一万句顶一句

邵燕祥序跋集

北京出版集团公司

北京十月文艺出版社

目录

序

朱　正

　　燕祥出这一本序跋集和我有一点关系。那是我的青年朋友陈徒手寄来他的新著《故国人民有所思》，我看了书前燕祥的序，觉得很好，想起以前读过他给别人写的那些很好的序跋，何不编一本序跋集呢？我向他提起这事，他同意了，于是编了这一本。这里，我要说一说我为什么喜爱他的序跋作品。

　　燕祥是一位诗人，他给许多朋友（以及原来并不熟识的新朋友）的诗集写过序。以诗人来评诗，时见精彩，言人所不曾言。像他为一位不相识的作者张建术的《流亡在故国》写的序中说："任何时候真正的诗人都是批判的，因为诗人都是感性的理想主义者；而从来没有无追求的批判。能在诗人痛苦的批判中听出诗人对真善美的虔诚追求，就算把诗人和诗都读懂了。"

　　在给陈抗行的《鸵鸟集》写的序中，燕祥说："诗是心灵面对心灵的对话。诗选择自己的读者，读者也选择属于自己的诗。真正的诗读者首先是凭着自己的感觉找到自己爱读的诗，尽管他们受到自身审美修养的限制，但还没有离开正常的审美过程；而一旦他们听了某些所谓专家的指点，或者跟着这样那样的所谓'一代诗风'亦即流行的时髦，硬要从他们本不喜欢或读不进去的诗作中找出什么神秘的内核来，多半就开始误入歧途，因为那样的阅读和模仿写作已经与审美无关了。"又说，"诗，归根结底是个人的。然而诗人的幻想或经验无不受到时代生活的影响。人们最易接受的，是与自己的幻想和经验相通的作品。那些不仅让经历相近的人认同，也能引起没有相近经历的读者共鸣的作品，就应该说是超越了代际的大手笔，它必然包含了超越时空的共同人性和人情。这不是每个作家或诗人都能做到的。"

关于打油诗，燕祥在《"当代打油诗丛书"弁言》中说："打油诗之所以为打油诗，不管各家风格迥异，其关注民生，直面现实，热爱生活，疾恶如仇是一致的；可以说，忧患意识和批判精神，正是这些打油诗的灵魂。"

燕祥又是读书界熟悉的杂文家，他的一些序跋其实也是杂文作品，反映出了他对历史和现实的深思。像他在《〈中国第一个思想犯——李贽传〉序》中指出："连李贽都不能见容的中国，是出不了笛卡儿、孟德斯鸠、伏尔泰、卢梭，也出不了马克思、恩格斯的。""我们比李贽晚生四五百年，又加上他身后几百年的中外历史可做我们认识世界的参照。讲民主，讲科学，讲法治，我们应该有比李贽更大一点的言论空间和生存空间，这是毫无疑义的。"

在《为〈回应韦君宜〉作》一篇中，谈到韦君宜反思自己一生经历的《思痛录》，说这是"打捞和抢救历史真相这一项有待更多的人加入的巨大工程"。说到韦君宜，这里可以说一件小事。中国现代文学馆即将落成之际，要制作一对巨型青花艺术花瓶，征集作家协会会员各留一句话。韦君宜写的一句话是："我在年轻时入党对着党旗宣誓，要为共产主义事业牺牲个人的一切。没有想到的是，有时候甚至要牺牲自己的良心。"（《中国作家3000言》，新华出版社1998年版，第289页）这大约是她最后反思的结论吧。

在这篇文章里，燕祥还引了红岩烈士何敬平的诗句："为了免除下一代的苦难，我们愿把这牢底坐穿！"燕祥说："事实证明，光是把牢底坐穿，并不能真正免除下一代的苦难，如果不反思，不总结经验教训，旧的牢底坐穿了，肉体和精神还会堕入新的牢笼。只有在'认识你自己'的同时，力求认识动态中的历史和现实，才能使我们和后代从历史性的苦难中真正获救。"

又如在"文化大革命"中遍及全国各地的"五七干校"，燕祥指出：这其实是奴隶学校（见为火星《残破的梦》作的序），在这里：

> 以软硬兼施的两手，或劝诱年轻人做奴隶，或强使不甘做奴隶者就范做奴隶；对甘于做奴隶或想通过俯首为奴隶来改善个人生存状态的奴隶，或可提升为不同等级的奴隶班头以至奴隶总管，也就是奴才了，据说这还是很有诱惑力的。

> 不需要多少教材，那对不同态度的人的"区别对待"，就是现实的示范。充斥在生活里的奴隶道德、奴才意识，随着对不驯服的奴隶鸣鞭和鞭挞，一声声、一鞭鞭地打进血肉之躯，如同在马身上打下从属的烙印。

> ……

> 作为被改造者的干校"学员"中的大部分，是在军管小组和军代表的监管下，在组织起来互相揭发、互相批判的群众运动中进行"改造"的。在文化大革命的纲领性文件"十六条"即《关于无产阶级文化大革命的决定》中，曾经把"挑动群众斗群众"列为"走资派"即"党内走资本主义道路的当权派"破坏"文革"的罪状，实际上整个"文革"的历史，在一定意义上就是通过"挑动群众斗群众"直到打派仗、打内战来完成各项部署的；而作为"文革"中"新生事物"的"五七干校"，就是采用"挑动群众斗群众"，以至所谓"群众专政"的办法来保证，来管理，来部署改造任务的。

对于这一历史事件，这真是又准确又深刻的论述。

在《〈林希短篇小说选〉法文版序》里，燕祥说，林希的这本小说选写出了"各类流氓无产者和流氓有产者"的形象。他提出了（创造出了）一个和"流氓无产者"相对称的名词"流氓有产者"来。真是妙不可言。这"流氓有产者"和"流氓无产者"各自有怎样的特征呢？邵燕祥在《劫贫济富》一文中说了。这篇文章只有两句话：

　　"劫富济贫"是历来流氓无产者的口号。

　　流氓有产者呢？他们的行动则是"劫贫济富"。（《柔日读史》，作家出版社 2013 年版，第 387 页）

看日期，我想，这大约是他写这篇序言或者准备写这篇序言的中间写的吧，他是看到小说里写的那些"流氓有产者"的形象才想到的吧。我很遗憾，没有读过林希这本小说，不知道小说中写的"流氓有产者"是哪些人物和情节。可是我知道在现实生活中确实存在这样的人物。他们养尊处优，钟鸣鼎食，挥金如土，俨然上流社会的骄子。可是论其作为，却比"流氓无产者"还要流氓。他们拉帮结伙，劫贫济富，用非法的和"合法的"种种手段，几转几转，就把平民百姓的辛苦钱转到他们的腰包里去了。其间是要通过国库这个中间环节，或者不必通过国库这个中间环节，我说不清楚。但是我确实知道流程的终端是他们的私囊，他们这些帮伙攫取了富可敌国的巨大财富。这种"流氓有产者"的存在，是制造社会不公的极大不安定因素，是中国改革事业的最大阻力。

燕祥在《〈自由星辉——世界犹太裔文化名人传续集〉序》中说到了 1919 年被德国社会民主党政府杀害的罗莎·卢森堡。他说："卢森堡那些被认为'犯错误'的见解，也许实际上正是她表现了高瞻远瞩的预见。"作为例证，他引用了她在布尔什维克革命在俄国胜利之初说的两段话："只给政府的拥护者以自由，只给一个党的党员（哪怕党员的数目很多）以自由，这不是自由。自由始终是持不同思想者的自由。""随着政治生活在全国受到压制，苏维埃的生活也一定会陷于瘫痪……"燕祥指出："她实际是要求实现党内民主化进而扩大到全社会的民主化。这一独立见解是基于她憎恨一切压迫和奴役行为，抱有明确的民主思想和人道主义情怀。后来苏联七十多年逐步走向失败的历程印证了她的远见。"

在这篇序言里，燕祥还提出：

> 无论就"文明"还是"文化"而言，都不能离开全球价值的认定。
>
> 全球价值取决于全人类的共同要求和共同归趋。在我们常识所及的范围内，只有民主的政治制度，才能保障实现越来越文明、越来越自由的现代化目标；只有民主，能够对抗野蛮和专制（奴役），对抗形形色色复活和变种的法西斯主义。
>
> "文明"也好，"文化"也好，凡是符合全球价值，有利于民主的建设健全，有利于人的越来越自由（而不是恐惧于专制）、越来越文明（而不是屈从于野蛮），有利于人们物质福祉的增进和精神世界的提升，就该是我们欢迎的，乐于吸纳和传承的，反之，便坚决拒绝它。

我以为这是一个极其重要的意见。

在 1957 年，燕祥被划为右派分子。这样，他给不少右派难友的书写了序。像我的那本反右史，就请他写了两篇序。这件事他说过："我曾经给朋友的书写过序，例如朱正的《1957 年的夏季：从百家争鸣到两家争鸣》，那是十几年前的事了，去年此书的增订版《反右派斗争始末》在香港出书，我又为港版写了一篇序。固然因为我有话要说，更因为朱正是我的朋友，我知道他写这本书的初衷和其间的甘苦，更因为要把这样的私人著述化为社会公众之所有，大非易事，所谓写作难，出版尤难。作为朋友，做不到两肋插刀，还不能摇旗呐喊一下吗！"这事我当然很感激。在我之外，我数了一下，收在这本《一万句顶一句——邵燕祥序跋集》里的，他为之作序的右派难友还有饮可、林希、胡遐之、钟鸿、丁耶、公刘（刘耿直）、张天来、黎焕颐、茆家升、倪艮山、述弢〔张祖武〕、万书玲（万里）、陆清福（绿石）、李慎之、何满子、郭慕岳（郭源）、高野……这许多人。他在为高野的诗集《一棵开花的树》作的序言《苦难的见证》中向当年的受难者提出了一个重要的要求，要求我们大家都把这一页经历写下来。他说：

现在时机已经非常紧迫了。由于自然规律的不可抗拒，许多历次政治运动的亲历者已经不在。有一个未经核实的数字，说到当年打成右派分子的难友，所剩也不足万人了。屈指一算，像这本书的作者高野，生于 1932 年，1957 年时恰正是二十五岁的大好青春年华，半个多世纪过去，而今已经七老八十了。权力者大概会为这批能够提供历史证言的历史见证人陆续老去，而沾沾自喜，以为得计。但近年来不断写出来的回忆录式的文字，打破了他们的好梦。除了权力者的回忆，还有无权者的回忆。私人记忆不仅丰富和校正了公共记忆，而且唤醒了其他人的私人记忆。这样的连锁反应，大概是企图掩盖和篡改历史者所始料不及的吧。

高野人在西北，这使我想起了夹边沟，想起了高尔泰。作为美学家也是画家和散文家的高尔泰,同高野一样,其身份也首先是 1957 年的蒙难者。他前几年出版了一本回忆"劳改"农场生活(那也叫生活!)的散文集《寻找家园》。诗人、评论家一平在谈到这本书的时候说:"……而仅仅十年,那几十万苍生白骨、冤魂鬼魅便在无尽风沙中掩埋得了无痕迹。历史不残酷吗?残酷得使残酷没有痕迹。"

人们!亲历苦难的人们!就是要把苦难的痕迹保留下来,把残酷的痕迹保留下来,把反文化反人类的"历史遗产"的性状保存下来,这样,至少这样才能对得起自己经受过的苦难、遭逢过的残酷。然而,又不仅是为了这一点。如高尔泰所说:"往事并非如梦,它们是指向未来的。而未来正是从那浸透着汗腥味和血腥味的厚土上艰难而又缓慢地移动着的求索者的足迹中诞生的。"另一位评论者徐贲在《在过去和现在之间写作》一文中,对这一类见证性写作说得更为透彻:"见证是积极的、反抗的,它拒绝孤独,也拒绝顺从……是积极地争取人的尊严和社会正义。见证不是私人心理上的一架情感天平,而是公共认知的一个道德法庭。在这个法庭上,不仅苦难经历者作见证,而且整个正义社会也都是列席的证人,见证者以全社会和全体人类的名义呼唤正义,为的是不让发生在他们自己身上的灾害再次发生到任何别人身上。"徐贲这些话引自《随笔》今年(2013 年——编者注)第三期,高尔泰和一平的话也是从徐文转引的。这篇文章触发了我为高野这本诗集写此小文的意念。

我完全赞成这个意见。我们这些地狱边沿的生还者,一息尚存,就都拿起笔来,把这一页记下来吧。

燕祥在为刘荒田的散文《唐人街的婚宴》写的序言中说:"序

文宜短不宜长。"我已经写了五千字，不能再写下去了。如果读者觉得我写的也有一点"可读性"，恐怕是看上了其中那些引文。那么，直接去看原文岂不更好吗？

2013 年 7 月 31 日朱正序于长沙

青海之歌

——读格桑多杰诗稿，代序

我没有到过青海，我也不认识格桑多杰。

我读着这一束诗稿，正是这位没有见过面但似曾相识的果洛州藏族兄弟，以他时而雄浑、时而幽婉的歌声，引我走到了昆仑山下，江河源头。

这是又壮丽又旖旎的山、河、草原。这是一个彪悍、朴实、勤劳的民族的家乡。

我仰望着玛积雪山。只有太阳，才知道她的诞辰；只有她，才能找到为她命名的第一个牧人。

我听到歌手唱着：四千米的歌，六千米的歌，八千米的歌……

我俯瞰鄂陵、扎陵，这一双孪生姐妹般的湖泊，有如明眸，映出高海拔的土地日月自己的风姿。

来去无常的云朵，往昆仑山赴约，跟奶桶一起挂在了姑娘的桶钩上。

春天的黑颈鹤，"格萨尔达孜"，巡守羊群中，你这英雄格萨尔麾下的牧童。

如电、如火的烈性的风马，闯出藏乡的壁画，飞入辽阔的草原。

油黑的土地等待殷切的脚步，

青梨期待着化为清醇的酒香。

温泉在雪山下迸流。

雪莲在雪线上开放；她是雪山的女儿。

1

天空属于鹰。山林属于金鹿、羚羊。

我跟随着歌者，从春天走到秋天，从大河解冻，载着浮冰流去，到遍地闪着鹅黄的"昂瓦希德"花的眼睛。

从月光映着雪光的、羚羊追逐着残星的峭壁峻岭上，迎接射向高原的千万线晨光。

我随着歌者，叩访玲珑剔透的石楼和牛毛的帐篷，问讯亲切的炊烟和奶香。

我听歌者为我翻译云杉的涛声，百灵的歌，高原人的心里话。

我随歌者下马，采一束八月的鲜花，献祭于马背上滴尽最后鲜血的战士墓前，他曾"撕碎了凌辱、歧视和冷酷的旧历，用年轻的血液输亮了理想的灯芯"。

多少值得珍重的纪念！将近半个世纪前，亲爱的"迈玛"——尊敬的红军：把革命的理想带给牧人的帐篷，又向茫茫的草原出征。

那用牛角犁耕作的薄瘠的土地上才有了一条新的路。

那猿声哀鸣、枯木枕藉的地方，今天竖起了勘测的井架，升起了探空的气球。

赛尔青——幸福的花朵属于高原人，属于歌者格桑多杰的乡亲。

我没有到过青海，我也不认识格桑多杰。

读了这卷诗稿，我多年的夙愿更强烈地翻腾起来。是的，一定要到青海去，造访柴达木，也造访巴颜喀拉山、黄河源头，造访劳动、生息在那里的，雪山、森林、河湖、草原的主人。

我相信，我可以不再通过翻译，就能听懂你们的歌，你们的话，你们的心音。

1982 年 2 月 24 日

2

左漠野《宿莽集》序

　　我常想，一首诗能让人记住一句半句，就差堪告慰了；甚至想，一个诗人毕其一生能有二三警句长远流传，也就堪称不朽。我就是由"满城风雨近重阳"这一句诗而知有诗人潘大临的，虽然这位诗人的姓名和家世对我这个千年以下的读者已经并不重要。诗句有生命，就是诗人生命的脉息和温热啊。

　　我没有正经地、系统地学过诗。东翻翻西看看，能够记诵全篇的很少；但总有一些饱含着激情而又富于哲理的警策之句，往往一下就打动我，记住了，难忘了，时时还从心底翻腾出来：我相信直观和直感，我重视第一印象，这是我长期形成的读诗的习惯。

　　重读这本以七绝为主的诗集中的百多首诗，我当然不仅记住一些佳句，而且透过这些佳句，感受到作者那感时忧世的火热情怀。"许身蜡烛应无泪，到老春蚕尚有丝"，从这里看到的绝不仅仅是同民族诗歌传统以至民族文化传统的联系，而且是与人民共同着脉搏的革命老战士的形象！

　　早在1943年审干时，漠野同志就吃过些苦头。后来，1959年"反右倾"，他又遭到错误的批判和排斥。而在那个"史无前例"时期所写的《十年诗草》里，他却"不以己悲"，一片耿耿孤忠，无时不以国家的命运、人民的命运、党的事业的命运为自己的命运。他悲愤，他思考："前车三覆长征道，仍恐沉舟在左倾。"他控诉，他问天："城狐社鼠猖狂甚，一局危棋付与谁？"他怀念彭德怀同志："识得庐山真面目，人间长忆故将军。"粉碎"四人帮"的锣鼓声中，他终于写道："春秋确是无情物，总把新桃换旧符。"这些歌吟，可作诗史读，更可作心史读。将来的读者从中除了看到十年动乱里交织着光明与黑暗、崇高与卑鄙的大千世界以外，还可以看到一个既受过传统文化熏陶，又有马克思主义思想素养，"少年许国"、屡经坎坷、不改初衷的共产党人的精神世界。

在《十年诗草》四十首之外，作者自谦为"对别人没有多少意思"的篇什中，可以继续读到他在新时期以本色的语言写本色的风格的诗作。"屈指何须悲逝水，补牢不许再亡羊。"他仿佛总是在自慰自勉，虽垂老之年而不伤迟暮，念念都在十载疮痍，万家温饱，中兴大业，物阜民康。记得十年动乱后期，我从干校回北京，几次在路上邂逅，漠野同志握住我的手，别无多语，反复说："向前看，向前看！"后来读到他《十年诗草》中怀念罗瑞卿同志，"拜托春风多问候，万千珍摄望前头"之句，读他几乎全部的诗，都贯穿着向前看的精神、希望、信心和乐观主义。"岛上太阳呼欲出，豪情如水奔前头。"（《游松花江》）这七十老人的诗句，难道不是豪情犹昔、青山不老吗？

漠野同志似乎不太重视他那些没有直接抒写时事政治的诗，可能认为属于闲情，而"闲情岂是祯祥物"吧；其实同在一片山水之间，有人流连光景，消磨壮志，而如作者，出口也仍然是"白头人上白头山""风雨纷飞共一舟"这样充满积极精神的诗句。可谓"抒个人之情"的《洛阳车站跑步》中，"老马情长望战场"，不也是分明可见千里之志吗？

集中那些写给妻女、故人的诗，哪怕是像《赠慎之同志》那样采用集句的形式，也都远非"闲情"，而是从一个侧面倾泻出战士的深情，人间的至情，同时带着时代的烙印。使我们至今读来，还能想见当时的音容和世态。

4

就诗论诗，在这类题材的作品中，我尤喜有关"天伦"和"乡心"的两首，或许因为这也是"永恒的题材"吧。一首是 1971 年所写《自嘲》：

屈指流年五十余，一生曾读几篇书。

烹调缝纫无长处，笑听儿曹话"腐儒"。

不知为什么，这总使我联想起杜甫"老妻画纸为棋局，稚子敲针做钓钩"的意境。另一首是写于 1973 年的《春节》：

红灯竹马闹更阑，秋水桃花梦里看。

纵有童心燃爆竹，数声响不到湖南。

跟古人诗中许多类似题材的绝句一样，缩时（老年忆童年）、空（北京忆湖南）于尺幅，而情思溢乎尺幅之外，使人久久涵泳其中。

诗词中适当用典或变化前人语意，可以引起读者定向的联想，可以扩大诗的容量，深化诗的意蕴，如《十年诗草》中"英华零落秋风里，他在丛中笑也无"，意味深长，两句诗抵得一篇专论，春秋之笔，感慨何限！而像上述《自嘲》《春节》，不用典，纯系白描，也能在读者中引起这样那样的联想。一方面是由于诗意有余不尽，乃是凝练和含蓄的好处；另一方面则应归之于我国古典诗歌传统对欣赏活动的影响，这是要由研究创作和欣赏心理的专家们来解释的。

的确，漠野同志无心为诗人，却写出一些可读之诗。近六七年来，较多地读到在这一时期陆续发表的，于瓶、酒、汤、药都有个人风格的，表现出真世相、真见识、真性情的诗词之作，此中不乏大家名家，上接柳亚子、苏曼殊、鲁迅、郁达夫，使诗词这一体裁确实重获生机，使无论号称新体、旧体而笔下非诗者相形见绌。近两三年来我常想，当代诗歌可以实行新诗、旧体"双轨制"，让五四以来作为新文化运动一个组成部分并有了六十年发展历史与经验的自由诗或称新诗（包括近于"自度曲"而以现代汉语为基础创作的"新格律诗"及"半格律诗"），和沿袭古典诗歌的、基本上是格律化的传统、以五七言古近体及长短句为主的诗词曲等旧体，并存争荣，百花齐放。

我想，正是因此，漠野同志不以我对诗词知之不多为意，恳切地嘱我为序；而我也不仅把漠野同志敬为革命长辈，并且冒昧地引为忘年的同道，不揣谫陋地漫谈一番如上。

1985 年 5 月 28 日

6

不尽长江滚滚来

——为大型画册《长江》作

　　长江，滚滚长江，流过我少年时的书卷，流过我跋涉的青春，至今流在我的梦里。

　　虽然祖籍江南，但落生在北方。二十岁以前没见过大江东去，然而悠悠江水，于我并不陌生。

　　一本七八百年前的《入蜀记》，几本千年前的唐人诗，伴我溯流而上，一箭而下，多少次在江上神游。

　　春江花月夜多可流连，茫茫江潮连着海潮，江海与天相接处，漾出一片月明。这是古时的月吗？还是古人的古时月？这是古人曾经咏歌的，而古人之前更有古人。"今人不见古时月，今月曾经照古人"，"江畔何人初见月？江月何年初照人？"前不见古人，后不见来者，唯有长江知往古来今，还有那唐时月、汉时月、战国时月啊！

　　我于是邀古人，也请来者，同我一起泊舟细草微风岸，从朝至暮，从烟花三月到枫叶纷纷，看尽星垂平野，月涌大江，挂孤帆一片，从日边月边进入云边天边，像沙鸥一样化为迷蒙的远影。

　　而古人与来者，不仅邀我听峡江山里的猿啼，黄鹤楼头玉笛吹《梅花落》，而且把我抛到连山喷雪的惊涛中，天门山下，如此风流，"白浪高于瓦官阁"，不知那二百四十尺的瓦官阁历尽风波尚在否？把我抛到万里长江上的古战场，这里乱石崩云，惊涛拍岸，那里山高月小，水落石出，使我知道江中有两个赤壁；而把我系在行船的缆绳上，逆水挽舟，早晨抬头见黄牛山，晚上回头见黄牛山，

"三朝三暮，黄牛如故"，乃知山之高，水路之难行；更把我投入险仄的瞿塘峡，"滟滪大如象，瞿塘不可上……滟滪大如马，瞿塘不可下"，我听见江声撞击，如雷滚动，舟子的哀歌仿佛"天问"，发自我的口中！

我走到一处处渡口，悬帆解缆而行；我送别远游的友人，挥手自兹去。我忽而唱"杨柳岸晓风残月"，忽而持铜琶铁板，为"大江东去"的壮歌击节。多少神话，多少人间故事，儿女情，英雄志，文人的吟哦，水手的号子，随着千年起落如昔的潮水，时时漫过我少年的书卷，漂过我脉脉的情思。

年事渐长，诗中的长江由远而近，渐化归地面，不再杳渺如天河。我听到江水轰鸣，在燕子矶头，龟蛇山下，幸好在我的时代，天堑长江不再把神州划为南朝北国，大陆如掌，长江是掌上的事业纹。

青春与悠悠江水俱去，但青春的诗篇曾这样记录下长江的事业：

> 一碧深青琥珀光，
> 静如陈酿动沸汤。
> 赤壁浪淘折戟远，
> 黄石青山今战场。
> 高炉屏开金孔雀，
> 行见平炉炼凤凰。
> 烟囱擎天天不倾，
> 江面新添一桥横。
> 一钉一铆百年计，
> 天衣无缝况神工。
> 天凭日月人肝胆，
> 六亿心与此心同。

都是 50 年代的浪漫主义。我们已没有时间凭着一只船，一片月，随古人去神游故国。毋宁说我们怜悯古人，为他们的凄凉身世慷慨悲歌，甚至为了他们中的伟大者也只能茫然作《天问》，怀着壮志与不平沉没。我们以为自己已不必问天，可以用行动回答一切。我们确在万里长江建起第一座桥，使千年以前一对知音朋友留下的琴台古迹黯然失色；他们弹奏的古琴，志在高山，志在流水，而我们用钢铁轰鸣的交响表现着自己，志在建设，志在现代化，志在跻入世界民族之林而无愧色！

历史如江流，奔突曲折。50 年代的浪漫主义撞碎在岩壁上。江流绕过石鼓，陡急转弯，一度在三峡两岸的约束中夺路而行，一旦泻出瓶口，"山随平野尽，江入大荒流"，奔向东南，真的喷云吐雾，氤氲天地之间，一路扬波，浩浩荡荡撼动着城市、人民、生活。江流如历史。

长江不老，正在盛年。三十年只是一瞬。我又听到长江在呼唤我。落日心犹壮。我眺望长江之所自来，那江源恰在世界屋脊，太阳每天驰向那里，景象该多么辉煌！

第一个莽撞的漂流者，在那里以身殉志了。第一支长江漂流的队伍，正从长江源头出发。

我眼睛已经花了，头发已经谢顶，髀肉复生，垂垂老矣。也许今生今世，不得探唐古拉山，穷长江之源。但是我始终以那年过格尔木，叩昆仑山口，即此止步为憾。玉树在我心中，沱沱河在我梦中。感谢先行的科学家、摄影师，使我从此能做长江源的清晰的梦。我曾登过别的高原台地，天甚清，风甚凉，直吹透我的胸襟，使我视旷古如一瞬，而比起长江源，这天地又是如何之小！

我若能到长江源，望巍巍冰川，踏涓涓细流，缅想三四千万年以来，依稀如隔夜，我将真正体会时间的无穷——反觉得人生短暂、渺小、如梦如幻——还是更执着于似乎短暂、渺小、如梦如幻，却又不是不能掌握的、实在的人生？

绝少人烟的长江源，更毗邻亘古洪荒，能启发我以哲学的思忖：自然之源，世界之源，人生之源，人类之源。随着江流宛转，入人烟丛杂之地，江水过船底，过码头，荡朝曦夕晖，则更多款待你以人间式的柔情。烟雨中的轻舟，艳阳下的芳草地，早晨汲水、傍晚洗衣的江干，还有吊脚楼中远眺了千百年的黑眼睛……这一切不使你更依恋着宏阔背景下温暖的世俗生活？

祝福遥远的尼罗河和亚马孙河，祝福遥远的密西西比河和伏尔加河，以长江的名义，以黄河、珠江、黑龙江的名义。而我更要虔诚地祝福长江以及它在这块大陆上的姊妹河流，应该像传统的吉利话说的那样，碧水长流，千年不息，万年不息；让岸边的人民按照自己的方式，生活得更安定，更富裕，更有文化，更快乐美好。

这样一条长江，携着澎湃涛声，出入我的梦里。它汇流着古与今，慷慨激昂的不平之鸣与风平浪静的呢喃耳语，哲理与诗情，我少年时书卷中的意境和青春时亲身披沥的浪漫主义，以及狂风恶浪后人们深沉的思考、踏实的实践，汹涌着，奔逐着，鼓舞而东。

1986 年 7 月 6 日

［附记］此序为应某出版社约稿而作，出版前适逢 1986—1987 年之交，该社新领导莅任，遂遭撤稿。1949 年后，不写抒情散文久矣，此文得借长江的话题一吐衷情，良可纪念，虽未面世，姑存之。

序《陈小川杂文选》

好的杂文的作者，笔锋常带感情，但是光靠感情不足以说服读者；杂文的灵魂是真理的力量，逻辑的力量，所谓"持之有故，言之成理"。有理不在声高，甚至出之以幽默诙谐，这是杂文的理趣。

要有讲道理的舆论空间，才能有杂文。有杂文的时代是可以讲道理的时代。

没有杂文的时代是不可理喻的时代。失去理性，只是一味地虚声恫吓，挥枪弄棒，以势压人，则一切讲道理的文字皆亡，一切探求真理的努力悬为厉禁，杂文自然也就没有立足之地了。

姚文元生得晚了，没赶上围剿鲁迅和围剿鲁迅的杂文，但是他在60年代中期讨伐"三家村"的大批判文字，就在邓拓的杂文《燕山夜话》和邓拓、吴晗、廖沫沙的杂文《三家村札记》上开刀，从而表明他是杂文之敌，也表明了大批判与杂文二者之间不是文体之别，而是水火不相容的两种文化精神的表现。姚文元大发迹之前曾经出过几本所谓文集，揭去杂文的"油彩"，俨然只是后来江青敕封的"金棍子"的雏形，其大批判精神，与他同时的文论及此后的名篇，乃是一以贯之的。

列宁关于每个民族都存在两种文化的判断，无论于古于今，于西方于东方，于资本主义社会于社会主义社会，一概适用。我们的杂文有特定的涵义，是维护人民利益并坚持追求真理的社会文化评论；它以鲁迅为旗帜，与中国民主性的文化传统一脉相承，而大批判的文风不管袭用什么体裁，它只是中国历来的文字狱手段同欧洲中世纪教廷遗风相结合所生的怪胎而已。它不自姚文元始，也不会就到姚文元而结束的。

学习鲁迅，不限于鲁迅的杂文；学习鲁迅的杂文，不限于杂文的笔法。鲁迅上承历史上我们民族的脊梁，树立了韧的战斗的风范，这不仅影响于我们的杂文作者，而且将影响于我们的全民族。

这本书的作者陈小川同志还很年轻，他选择了写杂文这一布满荆棘的道路。愿他和他的同伴们坚韧地走下去。历史已经且将不断证明，最终只能是披荆斩棘的人主宰大地，而大地永不会复归蛮荒，遍生榛莽的。

是为序。

1987 年 1 月 28 日

为饮可散文诗集作序

我去年夏天参加武陵诗社主办的一项诗歌活动，在常德第一次与饮可见面，交谈不多，相见恨晚。

其实我们神交已久。还是在 80 年代初期，我读到他追悼夭亡的女儿的《追思录》，就被那一片深沉复杂的情思攫住，陷入茫然之境；我忘记了自己在读稿，仿佛不是读一篇散文诗，而是失神地凝望着一颗心在滴血。

当时完全不知道饮可的生平，揣想是一位饱经沧桑的老人。待到见了面，问了年纪，本来还不该像现在这样显老。自然也确是老人了，很难想象他曾经是驰骋在朝鲜战场上的年轻的士兵，以及 50 年代中期返国后在长春读大学时的风华。然而他就在那里跌进了冤狱。青春一去不复返了。

奇怪吗？有些人朝夕相处，却总隔着一层什么；有些人偶然邂逅，却能推诚相见。我和饮可就是这样。但我反复地想，我们也不能算萍水相逢的偶然，因为在这以前，他的名字，他的字里行间的真诚，早已深藏在我的印象里了。

我给自己定过一条戒律，除了自己的书上不得不写些说明性的前言后记以外，一般不为别人写序。因为我有自知之明，缺乏理论素养，说不出什么对读者、对作者有用的话，而我总认为一般书的序言是该说点有用的话的。

这回我情不能已地破例了。是有感于出书之难。饮可的新诗和旧体诗都写得很好，然而很不容易才出了一本薄薄的诗集。他的散文诗我以为比某些颇有声名的作者至少不差，但结集以后长期难得出版。我不愿意指出和分析这是什么原因，但我要叹息，这太不公平了。

我只想说，一个住在县城里的诗人和作家，并不就比住在省城的、通都大邑的以至首都的诗人、作家矮一头。一个不知名作者严肃认真地拿出的作品，比起名家粗制滥造的率尔之作来，毕竟更值得尊重。

我于散文诗是门外汉，但作为饮可的读者，我觉得这些散文诗之可读，在于可以从中读到饮可这个人。

1988 年 1 月 3 日

序《人生扫描》

翻看李辉这一沓随笔小品的剪报，不禁触发了一点历史的感喟。

说到历史，我们想到的常常是大部头的编年大事记，战争，宫廷政变，朝代更迭，帝王、贵族、官僚、军阀、弄臣们的家世，见得人的业绩和见不得人的隐私……

然而，如果我们按照习惯把过去的事情叫作历史的话，一个人一生的命运和遭际，不也是历史吗？普通人的人生，对于我们，不是比王朝盛衰、宫闱秘闻更加亲切吗？

这本书是以几位文学老人的印象记或访谈录开始的。他们是普通人又不是普通人。他们是普通人，因为他们从来不曾执掌过权柄；他们又不是普通人，因为他们比一般人对世界有更广远的视野，对生活有更深透的感悟，他们对斯土斯民、对读者有执着的爱，他们笔底留下的，无论是燃烧的呐喊，还是冷醒的沉思，都流动着鲜血一样的责任感。

在20世纪落日斜照下，李辉描画着他们的身影，寻访着他们的足迹，不就是在指点和书写一段历史吗？这几位几乎与世纪同寿的文学老人，作为中国知识分子的敏感的代表，他们与中华民族的命运、与中国现代文学的命运共浮沉，读他们的人生不也就是读历史吗？

我是从《胡风冤案始末》和《浪迹天涯·萧乾传》两书认识李辉的识见和功力，从他的书话和其他大量散文认识他的勤奋的。这对疏懒的我总是形成鞭策。我生于30年代前期，他生于50年代后

15

期，我们成为忘年的朋友。有一篇文章末尾他注明写于 1991 年三十五岁生日，那么他不是生于 1956 年就是 1957 年吧。许多当时已经四五十岁的人的经历和心境，到今天轮到由相差几十岁的这样年轻一代来"扫描"，证明岁月果然是在不知不觉间如烟飘散、如水流逝了。而从李辉的文字中可以看到他对老一代世事人情的理解和把握，这自然是难得的，但也证明这不是不可能的。

妨碍不同年龄段的人们之间互相理解和交流的，主要不是年龄，而是年龄歧视。在中国这样脱胎于宗法社会并长期受"长幼有序"礼教熏陶的国度，自然首先是"倚老卖老"者对青年的歧视，然后则有"倚小卖小"者对老年的歧视，作为反拨，作为补充。这样的例子随处可见，不见多年前"倚小卖小"的"神童"，今天又变成"倚老卖老"的老同志了吗？其中变化了的是所"倚"的年龄，不变的是一种年龄歧视的狭隘心态，其中应有必然的线索可循。

李辉写到的，如巴金、冰心、沈从文这些文学老人，年轻时曾经冲决旧时代的网罗，是五四精神的负载者和张扬者，入老境后，或绵里藏针，或百炼钢化绕指柔，而社会思想、艺术思想绝不僵化则一。他们既不曾"倚小卖小"，也不曾"倚老卖老"，因此他们得到几代人的尊敬和爱戴。

我在 1984 年写过这样几句："扔掉年龄歧视！无论老人歧视青春，还是青年歧视老龄，都是世纪末的神经衰弱症，而我们正在迎接新世纪的黎明。""我们不是同龄人，我们不是同辈人，我们却是同世纪人——我们同属于 20 世纪，还要走向 21 世纪的开端。"（长诗《中国，怎样面对挑战？》）

诗写得不好，但这个意思我至今还是坚持的。

李辉这本书可以说是从特定角度对同世纪人的生活和灵魂的扫描，因此也从特定角度扫描了 20 世纪中国的历史。

相信到了 21 世纪李辉继续用电脑写作的时候，这本书仍不失为送给 21 世纪读者的礼物。

1992 年 12 月 27 日

记忆中的诗和诗中的记忆

一个时代有一个时代的诗，一个时代的诗里保存了那个时代的记忆。

古城北平，40年代末，只要没有麻木的人，都会感到地火在运行。不断有地火奔突到地面，那就是一次又一次高潮状态的爱国民主运动。以青年学生为主体的游行队伍，又肃杀又热烈的街头，城内外大小校园，湖畔草坪的营火会，沙滩红楼的民主广场……到处是激昂的歌声伴着口号一样的诗，诗一样的口号："向着法西斯蒂开火，让一切不民主的制度死亡！向着太阳，向着自由……"

不难理解，即使在群众运动的低潮，即休整时期，诗和歌也把千百个青年凝聚在各样的诗社、歌咏队和剧团里。

不难理解，艾青写于1938年的《向太阳》为什么如此撄着年轻人的心，因为太阳，这自由和光明的象征，是黑暗、寒冷、不自由中的人们的唯一渴望。

不难理解，"七月"的诗风影响了一代年轻人，那美好人生的童话，为自由解放而战斗的原野，浪漫主义的向往很容易变成现实主义的誓言。

不难理解，那《马凡陀的山歌》，跟《古怪歌》《茶馆小调》一起，以谐谑的不平唤醒人们投身于严肃的任务。

从十几岁到至多二十几岁的诗人们，集结在诗社里，写着，切磋着，朗诵着，以油印甚至铅印发行着。

诗，我们自己的诗成了集体的代言者、集体的控诉者、集体的号召者，以至集体的组织者。1948 年 4 月 9 日零点四十分，国民党北平市党部指挥的二百多名特务闯入和平门外的北平师范大学，用铁棍和狼牙棒向睡梦中的同学猛击，绑架了八位同学，制造了"四九血案"。上午七点半钟，学生自治会召开了全体同学紧急大会。张家芬高举着被捕同学的血衣，以黎风急就的诗句控诉特务的暴行："同学们看！今天我们的队伍里少了谁？看啊，这就是他们的血衣！"大家由默默地流泪到低声抽泣，突然，全场失声痛哭起来。随后愤怒的回声从四面响起，全场宣誓以生同生、死同死的决心，表决无限期罢课，并立即前往中南海（蒋介石北平行辕所在地）请愿，以救回八位兄弟。这一斗争终于在本校教师的支持、各校师生的声援下取得了胜利。①

从 1947 年"五·二〇"反饥饿、反内战、反迫害运动到 1949 年初北平和平解放这段时间里，我先后在汇文中学、育英中学和中法大学就读，同时参加学生运动，并且尝试文学写作。我和北师大的黎风就是在 1948 年春天结识的。

那年黎风接手编辑《新生报》的一个新诗副刊（原来的编者海滔，似原名颜苇萌，直到"文革"中我看到一份材料，才知道他那时被国民党逮捕了）。我大约在 3 月初写了一首诗《春天，生命在跳跃》，投寄这一副刊，内容是悬想我作为解放军的一员在春天原野上的情怀。这首诗没有发表，黎风邀我到和平门外师大他的宿舍里见面，这样就开始了我和他长达四十几年、经常不通音问然而时在念中的友谊。1949 年初我准备随军南下时，还到石驸马大街师大校舍中辞行，留给他一首《告丘吉尔》。那时他忙于解放初期种种事务，但还在编"诗号角"丛刊，他把我这首诗编入了《在毛泽东

---

① 参阅《冲破黑暗 迎接黎明——北平师范大学地下党斗争的一些回忆》（张启华等作），见《北平地下党斗争史料》，北京出版社 1988 年版。

19

的旗帜下》一辑，记得同一辑还有陈牧、宁可等的诗。后来，听说他被牵连入胡风案件，不久我也在反右派斗争中沉没，但我一直保存着他署名李虹的诗集《彩色的画像》。二十多年后才恢复通信联系。

我当时比黎风、陈牧、曾白融、钟鸿他们都小，属于"每个中学生都是诗人"的痴迷的诗歌爱好者。在中学时候就参与过跨校的文艺活动；1948年夏天正是八一九大逮捕后进入中法大学，立即参加了新诗社。中法的新诗社和师大的新诗社都是北平诗联的成员，据我所知主要还有北大、清华、燕京以及其他院校的诗歌社团组成了这个联合会。如果我记得不错的话，北平诗联出版过纪念闻一多、纪念五四的诗刊如《牢狱篇》等。我当时只有十四五岁，追随大哥哥大姐姐们活动，没有参与过组织领导，这方面的详情需要躬亲其事者来回忆和记述了。

不过，以我度人，我们当时的诗歌鉴赏和习作，多半是一方面受到闻一多、朱自清推崇艾青、田间诗和提倡朗诵诗的影响，一方面又倾向于接受胡风、阿垅的某些理论指导——我说某些，因为胡风、阿垅似乎并不主张文艺和诗歌作为政治的工具，而我们是把诗当作团结同志和打击敌人的工具的；然而我们的确又燃烧着主观战斗精神，以年轻的胸膛去拥抱生活，而在同《画梦录》式的感情、辞藻和所谓技巧分手。

看看当时的诗友包括我自己的习作，在历经几近半个世纪沧桑，大家真的"成熟"之后，自然会一眼看出思想上的稚嫩和艺术上的粗糙。然而，它们总是留下了一个时代的某些侧影，留下了一代寻求光明的青年的呼唤和独白，从中还可感到鲜活的血肉和亢奋的脉动，不失为一段行动的历史和心灵的历史的证词。

还在70年代末、80年代初，我曾经设想过请熟悉情况和热心的研究者，把 40 年代末期北方以北平、天津为中心的国民党统治区的诗作编个选集，其中包括校园诗社和民主墙上的作品，当时的非法出版物上的作品，也包括当时报刊文艺版面上的作品。我以为这不仅有现代史史料价值，也有文学史上的认识价值以至鉴赏价值。大家都忙于各样的工作，这个设想没有实现。现在，由当年北平师范大学的诗友们苦苦搜求，成此一编，"慰情聊胜于无"，多少是 40 年代的青春的纪念：亲历者可以从这些诗引出关于那时的记忆，不曾亲历者也可以从诗中的记忆品出一些历史的味外之味吧。

1992 年 12 月 28 日

《中国古代诗歌精译》序

诗可译吗？长期以来聚讼纷纭。

在理论上，我是认同"诗不可译"的观点的。从一种语言译为另一种语言，原诗语言的色彩、音调、节奏和通过语言表达的韵味能够保留多少，很可怀疑；如果依某些论者的意见，译诗是以另一种语言进行再创作，使译作具有独立的艺术价值，那就是另外一个问题了。

然而，在实际上，我自己却是通过译作来接触、了解以至熟悉国外各个语种和国内各兄弟民族的诗歌的。翻译帮助我越过语言的障碍。我想即使渊博到能通五六种语言，但是要读第七八种语言的诗歌或其他作品，也还是得求助于翻译的。

但读译作毕竟不同于读原作。所以我说借助于翻译阅读其他语种的诗歌，只是接触、了解和熟悉，谈不到本来意义上的欣赏——我们涵泳其中的，只是译者的语言，当然其中有从原作引渡来的或多或少的韵味，那就看译手的高下了。

不管怎么说，我感谢译者的劳动，使我扩大了阅读空间。为了设法接近原作的精神，有些名诗有多种译文的，戋拿来比并对照，不但从中鉴别出译笔的精粗，不同译者对原作理解的不同，也引导我从几条不同的幽径，得窥原作的不同侧面，虽未能入堂奥，却比远远地一望显得切近多了。我读普希金的《欧根·奥涅金》、雪莱的《云雀》等，都有这样的体会。

阅读译诗时，我感到越是格律精严，充分发挥了所属语言的潜力的原作，其诗美越难通过另一种语言表达出来。一般地说，自由体比较容易在翻译过程中更多保留本色，尽管它也有内在的节奏和韵律。这是我的猜想，不知道是否合乎实际。

还有一种情况，原作比较粗糙、芜杂，但有诗的内核，经过译者用另一种语言再现出来，胜过原作。这就是道地的再创作了。

我们不期望点铁成金，不点金成铁就好。总之，我对从事翻译的诗人学人们始终抱着感激之情。

说到古文今译、古诗今译，从帮助读者越过语言障碍的意义上说，也是值得感谢的有益的劳动，只要译者是以严肃负责的态度来做这项工作的。

从我自己的经验来说，40 年代初学的时候今译读物还很少。偶然得到一本上海什么书局出的文言对照《古文观止》，那白话译文半通不通，败人胃口，还不如索性囫囵吞枣诵读原文，看看文言批注，慢慢也就懂了。至于郭沫若以白话新诗译《诗经》的《卷耳集》等，我是后来读到的。我以为原文与今译并存，可资对照，是一个好办法；如译笔稍差，作为串讲来看，也不无作用。倘同时独立成诗，则读者于欣赏原作的同时，又可以欣赏一首依稀相似的新诗，从中得到比较和鉴别以古汉语为基础的旧体诗与以现代汉语为基础的新体诗之异同的趣味。

为了偌大一部中国古代诗歌今译的书，选译者王洪付出了大量心血，可以想见。从诗三百以迄明清，一代有一代的诗体，一派有一派的诗风，一家有一家的诗心，若求篇篇句句尽洽古人，复通来者，未免苛求。然而对于没有经过古汉语专业训练，而又渴望在浩如烟海的古诗的阅读过程中得人指点的一般读者，尤其是心有灵犀的青少年，不失为一本有用的可读的书。

中国的古代诗歌译为新体，就如不同语种的互译一样，我以为也是比较自由的。如杂言诗、散曲小令容易传神，本书里的汉乐府《上邪》一诗可以为例;而近体诗的五律、七律,那凝铸在三四两句、五六两句即颔联、颈联中的诗意,纵然可用现代汉语复述出来,而精炼的对仗以刻意安排的语序呈现的意象的张力,令人三击节一扼腕的,却只能无可奈何地牺牲了。好在今译提供了稍许便捷的门径,读者只要不在此止步,仍然可以叩原作之门,一领再次一新耳目的愉悦。

因此,我以为,诗不可译,但不妨译。这一点于古诗今译也适用。实际上今人如要把中国汉语古诗译成其他语种,无不先经过一个"今译"的阶段。

此书校样我未通读。抽阅一些篇章,看得出选译者想把今译诗写得尽量流畅可诵的努力。选注译文因编选者曾参与并主持多部古诗鉴赏书籍的选注工作,相信会使一般读者减少翻检之劳。

篇幅巨大,不可能没有瑕疵。求全责备,如《诗经·卫风·氓》中"总角之宴"一句,译为"我们总角少年时,青梅竹马",加了"青梅竹马"的意境固然加深了色彩,但毕竟典出于千年后的李白诗,总觉欠妥;又如《古诗十九首》中的"凛凛岁云暮",注释"云"为语助词是正确的,而译文作"云生凛凛,又是一年岁暮时光",这"云生凛凛"便像是郭沫若式的神来之笔或庞德从日语转译唐诗的误读,另开新境,无可厚非,但作为意在辅导的工具书一类,似应重信达,以割爱为好。

这点意见供选译者也供读者参考,不一定即在校样上修改。书成以后广泛听取专家和读者的意见再作修订(包括篇目的增删)不迟。我想这部书会不断有新的读者,因而也会有重印、再版和不断完善的机会的。

1993 年 1 月 18 日,腊月廿六于古城北京

山水知己

——《楠溪江历代诗文选》序

从一千五六百年前的谢灵运起，集中所收古今诗文作者，都可以说是山水知己，尤其是永嘉山水的知己。

前人说过，世界上不缺少美，而缺少美的发现。这些作者，或羁旅，或久居，春夏秋冬，晨昏晦明，他们各以自己的眼光和胸怀，发现了这一带山水的美。

山和水是我们寄身的大地上最基本的景观。永嘉山水，那就是楠溪江的一泓碧水，江边的奇岩，山中的悬瀑，而山水之间草木蒙茸，茅亭瓦屋，山水之上日月经天，云蒸霞蔚，这一切使人流连，使人陶醉。

自然的山水，其沧桑变化是以百千万年计的。晋宋以来虽经兵燹，又因人口渐繁，这一带植被有所破坏，但地形地貌，风景依稀。如果从现在起加以保护经营，我想在楠溪江畔或能重见"谢灵运的山水"。谢灵运是中国古代诗歌中最早钟情于山水，而并不落入"寄托"的窠臼，却更重还山水于自然，专注地描摹自然界原生态的美的一人。然而你又不能说他是客观主义的，因为诗人神游山水之中，他的诗心与山水的风神常常是融汇合一了。

连20世纪中国最热诚的社会革命家李大钊，也写过"是自然的美，是美的自然，绝无人迹处，空山响流泉"的诗句。水色山光，泉声云影，可以使人有片刻洗俗虑，远凡尘。对于大多数生活在现世的熙熙攘攘中、身心俱感疲劳的人，回到山水中，回到大自然，匆匆一游或小住几日，大都能认可这是一种精神的解脱和洗礼。

永嘉的朋友是有心人，翻检搜集，编成古代、当代两卷《楠溪江历代诗文选》，足可为永嘉山水立传，又可为楠溪江的来客导游。客来楠溪江，看到的是"现在界"，手此一编，就如杨绛先生《读书苦乐》文中所说，"'现在界'还加上'过去界'，也带上'未来界'"贯通三界；从这些诗文中，不但看到楠溪江的山水——不同作者眼中、心里和笔下的楠溪江山水，而且看到风物、民俗，以至不同作者的身世和感慨，由山水而及于人，这就大大扩展了旅游的空间。

陶宏景诗云："山中何所有？岭上多白云。只可自怡悦，不堪持赠君。"楠溪江清景无限，岂止岭上白云；永嘉的朋友不止于自求怡悦，并且"持赠"大家，连同画山绘水的诗文长卷，这是值得感谢的。让我们——有幸到此游历过的，正在放情遨游的，或者相约来游的，都来做山水知己吧。

1993 年 3 月 2 日于北京

天台山的世界

——陈镛小说集《血地》序

五年前，也是这样的深秋季节，一瞥过天台，留下一些片片断断的影像，却也渐渐地淡了。许是行脚过于匆匆吧。

这一回，从浙东归来的旅途中，一卷书稿引着我，一步一步走过古木虬蟠、石冷苔滑的山径，又走过岚光升沉、落英缤纷的阳坡，于是隐现于神话中的天台山，轮廓分明、皱褶可辨地突兀眼前。

眼前不是石梁飞瀑，而是一道道门槛：一边是方外、空门，一边是尘俗现世；一边是城镇市井，一边是乡野山林；一边是浮生若梦的沧桑之感，一边是凡庸琐屑的世态人情；一边是对"血地"的乡情，一边是"出山"的渴望……而我这个年纪已经不轻的读者，倒像个好奇的孩子，东张张，西望望，要把门槛两边的风光窥尽，几分惊喜，几分惆怅，不由得脚步转而沉重，择解不清的思索，就如缭乱了的苎丝。

定一定神，我徜徉其中的，竟是完全用语言构筑起来的天台山世界。作者陈镛构筑了这个天台山世界，以他故乡子弟的情怀，以他浓浓的乡音。

从鲁迅的《故乡》数下来，我曾经钟情于沈从文写湘西的篇章，芦焚的《里门拾记》和《果园城记》，甚至当作描红的范本。我虽然根在农村，但是一直生长在古老的冷漠的大城，我总认为我是没有故乡的人——远离了山和水，田和林，哪还称得上故乡呢？有故乡可以怀想的人是幸福的，背井离乡而可以回忆热土上的童年的作家是幸福的：许多年我这样想。

后来我发现，被我认为有福的人，也纷纷沦入了我的不幸。几乎对所有的人，故乡和童年，都是一个遥远的梦，都是即使近在咫尺也难重归的家园。

前工业社会的中国，那令众多的游子魂牵梦萦的往往不过是自然的风景。那不如归去的啼血的倾吐，只是对往昔的一曲挽歌。

在这里，作者没有唱归去的歌，他的心情要复杂得多，在"小说乙篇·故乡杂记"中，不论是《神秘的水碓房》《狗·猎枪·"苦也鸟"》还是《血地》，都杂糅着柔情、悲悯、歉疚与告别往昔的决绝之心。

而在"小说甲篇"的《桃源风月》《风流劫》《元宵打生》里，更写了市场风吹进封闭的山村以后三个有关"金钱与爱情"的故事。那个绝食以反抗包办婚姻的女孩，对做丈夫的忠厚男子说："我不怪你人，不怪你穷，我只怪父母包办！"下面的对话明显带着90年代的特点：

> 这个家一切由你做主，你要我咋办我就咋办，这总好了吧？
> 我要你去摘天上的月、去捞海底的宝，你做得到吗？
> ……
>
> 做不到？好，我不难为你，你带我去做生意，去跑码头，去跳舞厅、卡拉OK，你做得到吗？做得到，我铁了心跟你；做不到，横竖拉倒，要我做你家媳妇，棺材搁在门口等！

另一个，被父母嫁给全乡有名的大老板的六妹，对母亲述说心曲，在一般老夫少妻故事框架中自也有了不同于过去的内容：

妈，我想跟他说，这两年我不要生孩子，叫他给我三千元，我去学做生意。

　　……

　　妈，你不晓得，女人生了孩子就像系了吊牛桩，半步也挪不开了。年里，我在上海旅馆碰到一个女人，打扮得真洋派哩，脸上胭脂涂得血红！……她是温州乡下农民，在城里开了店，专程到上海采购商品。她岁数比我大，还不肯嫁人。听她讲，她那日子过得真自由哩，一日到东，一日到西，自挣自吃，无拘无束，看看什么中意就买什么……我年纪轻轻，自己不学点本事，靠男人养活终究不会自由的。

　　两个女孩子的命运，都是在仍然盛行包办婚姻以至买卖婚姻的背景上，展示了过另外一种生活的可能。尽管小说里写得有更生动情浓的民俗段落，而这里浮雕出的人物却已不是鲁迅的爱姑，不是魏金枝、许钦文、鲁彦笔下的农家女，更不是赵树理塑造的新人物或旧人物。但我相信作者所写的真实。总的说来，作者理性上倾向未来，感情上倾向过去；然而对待农村社会中的父权、夫权，基于贫困蒙昧而对人的尊严的践踏和漠视，作者是并没有怀旧情绪的。

　　书中的"方志钩沉""乡间俚闻""方外志异"三辑，可称笔记，是小说、散文的边缘文体，夹叙夹议，或苍凉，或诙诡，都流荡着作者的性灵。

　　喜读故事者可从这里读到故事，即使带点传奇式的神秘，也都是可触可嗅的生活。愿意透过表层的人物情节作深入思考的读者，可以从而体会天台山文化的意蕴，这可能也正是作者刻意追求但没有过分流露的。而这一切，则是由带有天台山乡音的文学语言一句一句、一笔一笔造成了近于"浓得化不开"的乡土气息的氛围。我历来反对以方言入文入诗，但陈镛这些作品吸收了某些方言以至文言的词汇、句法，提炼为颇富韵味和色彩的文学语言，则是我很欣赏的。不过，前面引用过的两段，只是出于我行文的需要，绝不是什么特别精彩之处，甚至是书里平淡拖沓的部分，这是需要说明的。书中有许多令人击节的语言，留待读者自己去品味。

1993 年 11 月 3 日

天津作家写天津的书

——《林希短篇小说选》法文版序

这是一本天津作家写天津的书。

天津在哪里？

天津在北京东偏南，汽车车程两小时处，海河平原一角，海河的五条支流由此注入渤海。整个海河平原，千万年前原都是汪洋海水，地质史上叫北京湾。中国古代传说，时间女神麻姑曾三见沧海变桑田，桑田变沧海；中国人说沧桑之感，就指的是历史的寥廓感、荒凉感，对世事变迁、兴衰隆替的种种感触。

15 世纪初，这里有了军事行政设置，命名天津，意为天朝的渡口。19 世纪中叶以后，英法联军和八国联军都由此登陆。1860 年天津开为商埠，又因两条铁路干线在这里接轨，于是一个畸形繁华的北方滨海城市诞生了，并且成为畸形政治和畸形文化的舞台。

如果说自然界的沧桑是以百万年、千万年甚至成亿年为周期，那么人间社会的沧桑却频繁得多，快得多，"你方唱罢我登场"，像走马灯似的。作者着意截取的是天津在本世纪最初二三十年间这一段，特别是 1911 年辛亥革命之后，清王朝垮台，袁世凯上台，像拿破仑一样，先当共和国总统，再当皇帝，他死了，他所培植的各个军阀集团混战十多年，前朝遗老和当代军阀，许多人都在天津的外国租界里有宅邸或别业；其间日本势力早已伸张到包括天津在内的北方许多地方，直到把居住在天津的清王朝末代皇帝弄去做伪满洲国的傀儡皇帝……我们的作者在这个历史背景上要弄他的故事万花筒。

作者写历史，又不是写历史。他不像所谓正史为权力者树碑立传，各样权力者在他笔下都露出了假面下的真容；他的笔墨所及，那从来不上经传的社会底层人吃人、"黑吃黑"的场景淋漓尽致地折射出达官贵人衮衮诸公的煌煌业绩。不必是实有的真人真事，但是可信的历史真实。

作者写那时，又不只是写那时。因为他丝毫不带着怀旧的感伤；他貌似平静，如中医一般地望闻问切，细说病情，如外科医生持手术刀，条分缕析，把流氓政治赖以存身的流氓文化的活化石，一一加以解剖，暴露出它们的灵魂。中国历史上帝王将相者般人物，成功者多带流氓气，即欺骗、阴谋、暴力和不择手段，在作者写的各类流氓无产者和"流氓有产者"身上全部体现出来。

作者写天津，却又不限于天津。作者写的是 20 世纪 10—30 年代前后天津社会的"瓢子"，自然不同于北京，也不同于上海、武汉、广州这些码头。但不仅军阀的利害、帮会的规矩到处相通，而且许多伦理道德和精神面貌，是同一阶层的人所共有的。相士无非子心灵深处是要做刘伯温辅佐开国皇帝，而许多文化档次远高于他的传统读书人甚至留学生的人生哲学不是与他如出一辙吗？

作者写故事，但远远不是为了说故事。我说他耍弄故事万花筒，因为他确实故事编得好，有头有尾，有曲折有跌宕，有出人意外又有原在意中，有伏线又有交代，让人信服。不过，讲故事不是他的目的，其目的在于写人，写各种人的生存过程，生存状态。他写人坑人，人骗人，人整人，人吃人，他要突出的则是：人要做人。他呼唤人的尊严。他揭露和鞭挞那人性的丑恶，为的是叩问为什么出现人不能活得像个人这样的现象：那被吃的人，谈不到人的尊严、人的价值，连人身的生存也失去保障；即使是吃人的人，岂不同样是毫无人格可言，失去了做一个真正的人的资格，而且他们也还时时会有被更有权势的人吃掉的危险。这一切是合理的吗？这是文明社会的人类应有的生活吗？……这是读者从这些人——被吃的人、吃人的人以至各类社会渣滓的故事中体会到的，作者并没有特别地说明，他隐在了故事的背后，我们甚至没有听到他面对尘世的沧桑发出一声叹息。

但我懂得作者的心，懂得他不露痕迹的感慨和几无声息的呼吁。他不但从历史上、书面和口头的传说上，而且从自己血肉之躯的经历中，深深体味到不把人当作人的野蛮和残酷。

本书作者林希，1935 年生，原姓侯，名红鹅，一个别致的名字。可惜小小的红鹅泅入逆水。由于十七岁时得到一位诗人、诗评家的称赞，1955 年就跟许多人一样无辜地卷入反对所谓"胡风反革命集团"的政治风暴；随之在两年后的反右派斗争中被划为资产阶级右派分子，剥夺了一切，送入被称为"劳动教养"的劳改营中——这是没有刑期的苦役。后来他在唐山的林西矿劳动，便以矿名作为自己的姓名：林希。直到 1979 年，在他重获自由，发表以劳改营生活为题材的长诗《夫妻》《无名河》的时候，就用了这个名字。那些诗写了凄苦中的绝望和希望。

从 80 年代中期开始，林希发表了一系列长篇、中篇、短篇小说。这本书选入的是 1990 年后作品，艺术上已臻圆熟，而使读者动心和深思的，仍然是交互出现的绝望和希望。

1993 年 12 月 17 日于北京

一场没有胜利者的斗争

——朱正著《1957 年的夏季：从百家争鸣到两家争鸣》序

史无前例的无产阶级文化大革命，从 1966 年发动到 1976 年结束，长达十年之久。其间不止一次地宣告取得了重大胜利、取得了决定性的胜利，它也确实在一定的阶段，部分地达到了某些既定的战术目的；然而，历史最后宣告它以总体的失败告终。

那么，先它九年发动的轰轰烈烈的反右派斗争，是不是取得了如当时所说的"伟大胜利"呢？

在 1957 年下半年的运动中和 1958 年的反右"补课"中划定的资产阶级右派分子，据有关部门公布的数字为五十三万多人，有人说实际上大大超过此数。即以五十三万来说，这个占了当时估计总数五百万知识分子的十分之一的右派，作为反右派斗争的对象，经过批判、斗争、处分，已经赶出了历史舞台，分别到各种基层单位接受劳动教养、监督劳动或控制使用；他们受到政治上的孤立，在知识分子中间更不用说在工人农民面前，是"反面教员"，谈不到什么政治影响了。右派以外的广大知识分子，也都按照运动部署，向党"交心"，表白从此对党全心全意，不是半心半意，更不是"两条心"。在这个意义上，反右派斗争是胜利了。毛泽东当时就是这样估计的："在我国，1957 年才在全国范围内举行一次最彻底的思想战线上和政治战线上的社会主义大革命，给资产阶级反动思想以致命的打击，"他说，"在这以前，这个历史任务是没有完成的。"

在完成了资本主义所有制的社会主义改造，即经济战线上的社会主义革命，剥夺了资产阶级以后，毛泽东认为必须有一个政治战线上和思想战线上的社会主义革命，来巩固共产党的领导权，这是既定的战略方针。

毛泽东一贯充分地认识到中国民族资产阶级在经济上、政治上的软弱性。资本家们（甚至大到若干小业主）尽管未必情愿，但还是在锣鼓声中交出自己的资产，接受赎买政策，迎接了"公方代表"。他们一般表现得听话，守规矩。在国内，被认为还有资本同共产党较量一下的，就剩下资产阶级知识分子了，因为他们自恃有知识，而知识以及由此而来的思想政治影响是不能像浮财和生产资料那样没收的。这样，知识界便成为政治战线思想战线上社会主义革命的主战场。

反右派斗争，就是整个共产党组织并主要依靠知识分子中的左派力量，起来革那些除左派以外的知识分子的命；当然，矛头首先针对右派特别是其代表人物，但被叫作中间派的知识分子之同样成为政治战线思想战线上社会主义革命的对象，是毋庸置疑的。把中间派同右派加以某些区别，只是为了集中兵力打击主要敌人所采取的分化瓦解敌人的政策和策略。

决策者对当时知识分子的政治状况是怎样估计的呢？

周恩来1956年1月在关于知识分子问题的报告中说：

在高级知识分子中间，积极拥护共产党和人民政府、积极拥护社会主义、积极为人民服务的进步知识分子约占百分之四十左右；拥护共产党和人民政府，一般能够完成任务，但是在政治上不够积极的中间分子也约占百分之四十左右；以上两部分合占百分之八十左右。在这百分之八十以外，缺乏政治觉悟或者在思想上反对社会主义的落后分子约占百分之十几，反革命分子和其他坏分子约占百分之几。

　　周恩来在这里所说的进步分子、中间分子、落后分子，都是属于人民内部的范畴，不是敌我问题，其中的落后分子也还不等于反革命。

　　毛泽东在 1957 年春则抛弃了进步、中间、落后的概念，采用左中右的划分。3 月中旬，他在中共全国宣传工作会议上指出，有一种顽固地要走资本主义路线，实际上是准备投降帝国主义、封建主义、官僚资本主义的人，"这种人在五百万左右的人数中间，大约只占百分之一、二、三。绝大部分的知识分子，占五百万总数的百分之九十以上的人，都是在各种不同的程度上拥护社会主义制度的。"到 5 月中旬他写的《事情正在起变化》中，对敌情的估计也向严重方面变化："有社会上的左派、中间派和右派。社会上的中间派是大量的，他们大约占全体党外知识分子的百分之七十左右，而左派大约占百分之二十左右，右派大约占百分之一、百分之三、百分之五到百分之十，依情况而不同。"

　　后来划定五十三万右派分子，占五百万知识分子的十分之一，大约就是从这里来的。

　　毛泽东在是否拥护共产党、拥护社会主义两条以外，又提出一个对待马克思主义的态度的标准。他说："五百万左右的知识分子，如果拿他们对待马克思主义的态度来看，似乎可以这样说：大约有百分之十几的人，包括共产党员和党外同情分子，是比较熟悉马克思主义，并且站稳了脚跟，站稳了无产阶级立场的。"

　　这就是说，在大约占百分之二十左右的左派中间，除了百分之十几的人比较熟悉马克思主义，还有百分之几的左派也许并不那么熟悉马克思主义。不过这不要紧，毛泽东在 40 年代就曾指示："在担负主要领导责任的观点上说，如果我们党有一百个至二百个系统地而不是零碎地、实际地而不是空洞地学会了马克思列宁主义的同志，就会大大地提高了我们党的战斗力量。"中共八大（1956）时党员总数是七大（1945）时的九倍，按比例增长，有一千个到两千个真正学会了马克思主义的党的干部就已经够用。现在五百万知识分子中有百分之十几，也就是五六十万、六七十万以至七八十万党内外"比较熟悉马克思主义""站稳了无产阶级立场"的左派，难道还不足以掌握反右派斗争的发展，保证取得一个又一个战役的胜利吗？

正是在反右派斗争节节胜利的基础上，毛泽东以"不断革命"的思想把全党全国推向 1958 年的大跃进。他在 1958 年 3 月中央成都会议上，说冒进是"马克思主义的"，反冒进是"非马克思主义的"，这已经是针对高层的不同意见的批评。而与全国知识分子命运攸关的，则是他提出并在后来中共八大二次会议上被认可的关于"当前还存在着两个剥削阶级、两个劳动阶级"的思想：两个劳动阶级是工人、农民；两个剥削阶级，一个是帝国主义、封建主义、官僚资本主义的残余和资产阶级右派，另一个是民族资产阶级及其知识分子。看来资产阶级右派属于敌对势力，民族资产阶级及其知识分子属于对抗性矛盾转化为非对抗性矛盾，可以按照人民内部矛盾处理；那些侥幸没有划归右派的知识分子，也确定无疑地戴上了资产阶级的帽子。从理论上说，这是不以经济地位（是否有剥削，剥削量大小）、服务对象（是否为新政权服务），而以家庭出身、教育状况和世界观（是否已改造为无产阶级的共产主义的世界观，即是否接受并拥护马克思列宁主义）作为划分阶级成分的根据，所谓世界观则要进一步落实到现实政治态度——是否无条件地拥护党的每一项具体现行政策以至每一个具体的基层组织或党员干部。

在这样的政治气氛和人际关系中，知识界除了出现少数政治贵族以外，右派固然是政治贱民，广大的一般知识分子被称为中间派的也自然成了二等公民；就连左派中的许多人，不能夤缘时会、见风转舵、虚夸欺瞒的，也难免往往陷于困惑和惶恐中。

从1958年开始揭橥的"三面红旗"——总路线、大跃进、人民公社经过一个短暂的狂热期，导致了国民经济的破坏，哀鸿遍野。应该承认这是一次危及亿万人民生存的失败。这个失败同反右派斗争的伟大胜利，有没有一些因果上的关联呢？

随着国内外形势的发展，毛泽东自己从另一个角度否定了反右派斗争的胜利。他承认包括反右派斗争在内的各次政治运动都没有"解决问题"。他要解决的依然是如他所说，把政权牢牢地掌握在马克思主义者手里的问题，坚持他认定的社会主义道路防止资本主义复辟的问题。因此他要发动无产阶级文化大革命，后来说这样的文化大革命还应该七八年又来一次，不断地搞下去。有人说反右派斗争是无产阶级文化大革命的预演，我以为不如说是序幕。反右派以前党与知识分子，党与政治界、工商界、文化教育界、科学技术界、宗教界的关系中，逐渐积累了一些这样那样的矛盾，再加上国际国内许多因素（包括某些历史偶然性）的影响，引起了1957年春夏之交"右派分子的猖狂进攻"，毛泽东及时地、不失时机地发动反击，实现了酝酿有年的"政治战线思想战线上的社会主义革命"。这场反右派斗争是历次以资产阶级和知识分子为对象的政治运动（在两次运动之间则是党的政治工作）的狂飙式的继续。毛泽东称文化大革命实际上是一场"政治大革命"，那就不仅仅是反右派斗争的常态的继续，而终于形成一场毁灭性的民族灾难，直接株连的受害者达到一亿人，还不说因国民经济濒于崩溃而影响生计的更多的人。知识分子问题不是文化大革命唯一的内容，但从"五·一六通知"的指向，缺口的打开，"破除四旧（旧思想、旧文化、旧风俗、旧习惯）"的倡导和实施，到实行对整个上层建筑包括文化领域的专政，在在又都是知识分子首当其冲的。

如果认为无产阶级文化大革命是一次失败的实验，如果认为毛泽东发动"文革"是要解决过去政治战线思想战线上没有解决的问题，那么，强调反右派斗争当时的胜利是没有意义的。从历史的高度看，即使不说它如"文革"一样是一次一时看来似乎胜利，而长远看来是事与愿违的实验，不说它给知识分子、给文化建设、给国家民族，以致给中国共产党导致一系列恶果，也应该指出，后来实践证明，其发动者毛泽东也认为它没有达到预期的目标，因此不能算作是胜利。

而如上所述，右派和广大知识分子肯定是反右派斗争的失败者。

然则，反右派斗争是一次没有胜利者的斗争。

据说，毛泽东晚年曾向身边工作人员申说过：历史是由胜利者书写的。

一次没有胜利者的反右派斗争的历史该由谁来写呢？

我的湖南籍朋友，在划为右派分子后长年从事重体力劳动，仍然坚持鲁迅研究，卓然有成，进而染指现代史研究的朱正，毅然担当了这项工程。他不以曾沦为失败者而自馁，由春及秋，卜昼卜夜，孜孜矻矻，数易其稿；广搜博览，严格依据已经公开发表的资料，事事有来历，句句有出处，力求在最大程度上让历史得以本来面目出现，这是真正史家的风格，学者的态度。

著者嘱为序，我借此机缘谈一点粗浅的体会，不成熟的看法，附随鸿篇，一起请各方面读者教正。

1993 年 12 月 26 日

为邵勉力诗集作序

写杂感文字既久，离诗这片纯文学的净土愈来愈远了。诗的创作呈现了多元化的格局：一方面在摆脱了"工具论"的羁绊后，它在众多作者那里成为更加"个人"的东西；一方面也出现了大量假冒为诗的作品，或者被不同的作者群指为伪诗的作品。诗论作者虽然并不算很多，但从 80 年代初期强调纵向继承和强调横向移植的各执一端，到后来在不到十年的时间内几乎把近一个世纪世界上各种思潮、风格、流派展示如转轮，使人目不暇接。而我作为诗的读者，不太看重理论的指导和"科学"的分析，宁愿"跟着感觉走"——自然是我的而不是别人的感觉。在抒情诗这个领域里，我自认为还是可以凭感觉辨别诗的真伪的。因为对于抒情诗来说，感情的真是第一义的。甚至一个完全没有文学欣赏经验的人，面对一个对话者、倾谈者，也大体能辨别其是否真诚；当然也会有受蒙蔽的时候，或由于自己的痴迷，或由于对方的善于"表演"，然而时间终归会判明作伪者的破产，正如西哲所说，你可以长久地欺骗一个人，也可以欺骗许多人于一时，但不能使众多的人永远受骗。

那么，只要是真的就好吗？

当然不是。守财奴真诚地歌唱他的金钱，权势者真诚地歌唱他的权柄，至多只能获得别的守财奴、权势者或他们的奴才的共鸣。而只有少女真诚地歌唱她的爱情，才是诗。

正是在这个意义上，我认为勉力写于 1986 年和 1987 年两年的诗稿才有了一读的价值。

从诗艺的角度看，不无值得推敲之处，比方可以更事删节，注意锤炼；然而那对于时过境迁的作者来说，"来如春梦几多时，去似朝云无觅处"的情思不可重复，希望和失望不可重复，欢悦和痛苦也不可重复，倘加改写，无异重构，反失如璞未凿之天真自然，不如索性就此存真，倒是一份纪念。有缘读到这册诗的读者，不管愿意不愿意，你是作为一个"第三者"，通过略显稚嫩的笔触，窥视一个少女认真地画出最初的梦。

如果说要指出尤其可贵的一点，那就是这诗梦中的故事不是一帆风顺的，虽花季亦有荒凉，虽坦途亦有跌踬，并且有令人震颤的挫折和痛苦。这便使梦也赋有了真实感和深刻感，区别于流行包装下的平庸的向往和满足。痛苦，即令是仅仅属于个人的痛苦，也有一种使人成熟、使人坚强的力量。也许会有人指责这样作品感情的跌宕不过是"杯水风波"，然而我以为，比起在黑水洋掀起风暴致使舟楫摧折的灾难制造者来，颠簸于杯水风波者的境界诚然狭小，但那良心却总是不失清白的吧。

我没有想到在一个偶然的情况下又来谈诗，谈少女的爱情。这其实都是题外的话，对于这两组诗的一些读后杂感而已；无意于导读，更无意于争辩，也就无碍于读者以自己的感觉来读诗人的心。

是为序。

1994 年 1 月 20 日

荒唐慷慨两无妨

——胡遐之《荒唐居诗词钞》序

真是唯楚有诗，唯楚多诗。不久前才读了董月华的《西溪诗选》，今又得读胡遐之的《荒唐居诗词钞》，顿觉一种骚客情怀，书生意气，不仅弥漫潇湘，而且贯穿今古。

遐之卜居，何以名荒唐？他自有《荒唐居记》说明，我则有我的理解。犹忆 1987 年南岳之游，他曾有词相赠，下半阕云：

> 我自华胥梦醒，奈眼前桑海费思量。何似坡仙老去，犹发少年狂。不见故人故国，但相逢酒酽又茶香。只诗心万古，荒唐慷慨两无妨。

通观胡遐之诗词，从不做颓唐语，可知荒唐不是颓唐——他说过"松自常青草自黄，做诗最怕学颓唐"，然而帽子临头，破家驱役，流亡道路，又遭拘囚，可谓坎坷矣，可谓贫贱矣，可谓惨苦矣，可谓无告复无奈矣，但诗人并不戚戚然施施然悴悴然，而是坦然泰然堂堂然以对之，能说襟怀不慷慨吗？以慷慨的襟怀写世上的无奈，慷慨也就变成荒唐了。二百多年前，曹雪芹自称"满纸荒唐言，一把辛酸泪"，遍寻胡诗，独无泪渍，只见他把平生的苦辣酸咸，一半勾兑成茶情酒思，斟给了旧雨新朋，一半化为了嬉笑怒骂，唾向了城狐社鼠。因知在中国传统文化熏陶的读书人里，能作并敢作荒唐言者，大多是昂藏丈夫，慷慨男儿。"荒唐慷慨两无妨"，何止无妨，其实是一而二二而一。索荒唐与慷慨于文奴诗痞，岂可得乎！那里是只有畏葸卑怯，唯私是谋，对强人俯首帖耳，对弱者拳打脚踢的。

我总是把诗当作诗人来读的，读诗人的身世，更读诗人的心。又从诗人的身世、诗人的心来读诗人身历亲经并反映到他心目中的历史。诗钞中《尘劫篇》咏史的部分，使人如读《秦中吟》《新乐府》。而我读诗人从"文革"初期养蜂，"我有蜂兵数十万，岭南塞北任驱驰"；结识专家，协作工友，自得其乐，"盲流亦自意纵横，日牧春阳夜牧星。浪迹沙尘吉卜赛，大篷车里尽歌声"；到1969年冬忽焉被捕，"蜂兵百万徒空有，难救南冠作楚囚"，仿佛读老杜的《同谷七歌》，伴着诗人一路流亡，不过少了几分凄苦，多了几分旷达。随后三年羁狱诸诗，亦有特色，不同凡响。如其中一首，前有序谓：

衡山解放时，余即奉命接管公安局并兴建监狱。当时重在防止逃跑，狱中生活条件多未考虑。未料余竟自蹲此狱。

孰料残冬入狱时，北风抖索冻难持。当年愧少言人道，苦果自吞能怨谁！

"文革"号召触及灵魂，号召者自号召之，响应号召者则率多触及他人的皮肉，若胡遐之此诗，确是触及自己的灵魂了，能如胡遐之者不知有几人。诗人写诗，是要触及灵魂的，被客观人事触及而灵魂一无颤动者，不能为诗，不敢袒露自己灵魂的，云何触及，更云何为诗；不能为诗而硬要为诗者，只能写出"假大空"，"瞒和骗"。不是说没有比较就没有鉴别吗？用胡遐之的诗一比，真伪立见。

这一卷诗词，题材不一，情境不一，因此有温婉的，有悲切的，有豪迈的，有谐谑的，甚至有故作狂放的，分开来看，是诗人内心世界的各个侧面，合起来看，就是完整的、全无矫饰的诗人的真性情。他近年所写《大病愈后酬诸旧友》：

　　　　曾向阎君报到来，奈何愚钝不成材。为人强自夸人性，做鬼翻嫌缺鬼胎。有愿空将菩萨念，无钱难买孟婆杯。成仙成鬼均难就，又向人间走一回。

　　堪称亦庄亦谐，于萧散之间透出对人间事的不能忘情——不是指人间的名利，而是人道、人性、人的命运和人的尊严。

　　诗稿有三辑题为《尘劫篇》，我不由得想起龚自珍的一句诗，"尘劫成尘感不销"，这或许也正是诗人命题的出处吧。时间流逝，大海扬尘，历史无情，有诗为证，证明在 20 世纪下半叶的中国，曾有一些什么样的人，什么样的事，在一个名叫胡遐之的诗人心里激起了什么样的苦乐悲欢，又化为诗人笔底的波澜。"感不销"者，此之谓欤？

1994 年 12 月 9 日

熟悉的桥　陌生的水

——为萧向阳诗集《逝去的岁月》作序

熟悉的桥，陌生的水：这是诗人萧向阳深长的感叹。

1985年4月，诗人回到阔别三十五年的一个赣西小镇，在他的青春"嫩绿如茵"的早年，一度在这里"吸取过生活的乳汁"；今天如一片"斑驳的黄叶"飘回，一切都觉陌生，这时在小街的转角，恍同亲人的一座石桥出现了，"这粗糙的石料，这简陋而低矮的栏杆，这桥面上深陷的独轮车辙，这桥下的一泓流水……怎么能不惆怅呢？你看桥下停滞的一弯死水。它不是我记忆中欢快流淌的清澈的碧波"，于是他像两千多年前太息"逝者如斯夫，不舍昼夜"，一千多年前太息"树犹如此，人何以堪"的人们一样，在心底长吁一口气：

　　啊，这熟悉的桥，这陌生的水啊！

　　虽然出现了一些美好的事物，却也有一些熟悉的、美好的事物逝去了，逝去了……

这也正是我读这本诗集的感受。

但不仅仅是为了怀旧。

那些写于40年代后期的作品，是当时诗人心境的真实披露，他在"氾滥着肉欲，氾滥着珠光宝气，而又氾滥着饥饿和死亡的都市"，诅咒寒冷、荒凉，孤独、寂寞，渴望春天、阳光、原野，向往严肃地工作，健康地生活，矢志"投向受苦人的群中，以死亡的代价去换取新生"。看看这些标题,《在田野》《草原上》《通红的战斗》《早操》《打柴》《捉虱》《晒谷场上》《纺车》,诗人真的走向一种全新的生活,这里也的确是过去时代的诗人未曾涉猎、甚至未曾发现过的诗意。

今天年轻的读者或未来成熟的研究者,可以指出当时同样年轻的诗人在生活上、思想上都远未"成熟",但不能不承认诗人的真诚。诗人相信他向往的旷野上,"一切的生命在健康地歌唱,健康地欢笑,纵然哭了,也是毫无顾忌的健康的大胆的哭啊"!如果后来有一天哭笑无从,那也只能像普希金一首短诗里所说,"(假如)生活欺骗了你"!

80年代的诗,则有了"意识到的历史内容"所赋予的深沉。《失去的旗守卫》,凭吊一个在北京市地图上消失的地名,一段年轻人在那里进行艺术探索竟尔获罪的记忆,一场"真理以异端的身份在受难,愚昧和谎言却顶着黄金的桂冠"的历史恶作剧……"像春蚕吐出柔长的丝,回忆给我织成一个惆怅的茧。"而在《舍身崖》等诗中,理性义愤已取代了淡淡的惆怅。

诗人在50年代有些作品随俗做生活的记录,尽管其中也有作者注入的感情。而80年代更多与40年代衔接,较多诉之于想象、象征、意象,有些诗如《思念》就不必作胶柱鼓瑟的"甚解":那像苍耳子一样用钩刺挂住诗人的心,像狂怒的毒蛇一样紧紧勒住诗人灵魂的,究竟是一种什么样的"思念"呢?

当怀旧通向历史的深思时,也许熟悉的桥、陌生的水会出现始料不及的意义。

这本多少带有自传性的诗集,也反映了像诗人那样一代知识分子心路历程的某些侧面,因此不失为历史的见证。

1995 年 5 月 17 日

跋涉之书　沧桑之书

——钟鸿诗选《梦未了》序

人生就是跋涉。钟鸿的这本诗集可以说是一本跋涉之书。

不是指她四五岁时最初的记忆，怎样在莫名其妙地看着父母抱头痛哭后分手，怎样坐在咿咿呀呀的独轮车上，碾着坎坷的黄泥路回湖南老家，怎样在沦陷的北平车站，看日本兵用刺刀挑开箱笼、背包，怎样逃难过黄河，涛声如雷，羊皮筏子逐浪沉浮……那时候诗人还只是母亲翅膀下的幼雏，没有独自体验跋涉的艰辛。

诗集从1948年开始，她怀着美好的梦写下《我要出发了》，只有短短四行：

> 阳光洗着这条黄土路，
> 洗着我的生命。
> 青春是壮阔的，
> 我要出发了。

因为"新升的旗/在向我招手"，要"从奴隶的夜/奴隶的平原/走出去……将生命/投向/一个充满鸟喧的/黎明"。这是像钟鸿这样一代知识分子在青春年华典型的经历和典型的情绪。

然后，差不多有近八年的时间搁笔，读者可以想象钟鸿忘我地投身到烦琐的实际的革命工作中去。她重新歌唱了，建设工地上平凡的奇迹，走在铺满阳光的大道上的幸福……写小河流、小杉树，在在满溢着生机；这时她又写了一首只有四行的短诗《冬小麦之歌》：

> 野菊花谢了，
> 我们生长起来了。
> 冰雪封盖着大地，
> 我们孕育着丰收。

对于心态正常的人来说，这还需要解释吗？然而在 1957 年那个"不平常的春天"里，这首小诗竟成为诗人"反党反社会主义"的罪状。直到 1979 年初才改正了这一荒谬的结论。其间的二十一年里，一切几乎不可思议的事情都在我们这块多灾多难的土地上发生；诗人的遭遇，尤其是作为一个女人的遭遇——作为妻子，被迫同丈夫离异了，作为母亲，必须面对爱子身心被摧伤的痛苦……如果说，编筐、养猪、种树这些体力劳动虽累，却能使她"忘却无辜者的痛苦"的话，这些精神上的折磨是更致命的，是无法忘却的。经受了这一切而未死，"冬小麦"变成"死不了"，这是一种"低贱的花草"，又是一种生命力旺盛的花草，在这本书里，诗人三次写到了它。

死不了、万年青、核桃、榕树、小松树、无花果、丁香花、木棉树、昙花、白兰花、吊兰，以至无名的"黄色的小草花"，"一朵未曾开放即将枯萎的花蕾"，所有这一切，寄托着诗人的情思。友谊、爱情、信念、幻想……伴着诗人的跋涉。

记忆是人的不可剥夺的权利。记忆是安慰，是经验，也是启示。在颠簸的海船上，诗人回忆起幼年随着被遗弃的母亲站在船栏边，"窥见人间的悲伤"，又"预习了人生的骇浪"，而在四十年后，她对凶猛肆虐的大海，能够"报之以微笑"，因为比起经历过的波涛，"大海啊！……你不过是一个小小的池塘。"不是饱经沧桑，是写不出这样的诗句来的。这本跋涉之书，也是一本沧桑之书。

使人欣慰的是，在这本沧桑之书的结尾，是写于1985年春的《太阳花》，也是只有短短的四句：

> 红黄白紫摇摇摆摆，
> 你挤我拥亲亲爱爱。
> 从踩过的脚下抬起头来，
> 从掐断的断痕长出根来。

历经跋涉、阅尽沧桑的诗人，依然不失童心和柔情，更加了一份坚韧。

1995 年 5 月 19 日

序陈四益的《瞎操心》

先是陈四益作寓言，直追《志林》，丁聪作画，"曹衣出水"，图文并茂，相得益彰，这就是传诵一时的《绘图新百喻》。

陈四益寓言之不足，又咏歌之，有《玩具杂咏》《文化杂咏》，丁聪复为之画；诗画犹嫌不足，陈四益更出场"白话"，多数是娓娓道来，偶然也图穷匕见，这就是诗、画、话各极其妙的《诗画话》了。

丁聪的画一笔不苟，刻画入微，四益的诗文大处着眼，小处落墨。那文化批评，叫我们这些文化人脸红、当然因为我们还会脸红；而作者题为《瞎操心》的篇章，对某些社会现象的批评、警醒，似乎不是什么让谁脸红的问题，更不是脸红能解决问题的。

如一个不大的市，歌厅、舞厅、夜总会一天消费额二十五万，其中二十三万是公款，这或是微观小事。而黄河的流量从50年代的五亿立方下降为今天的一亿立方，这该是宏观的大事了吧？然而前者有各级党政纪检监察机关，后者有中央与各省领导和业务部门，各司其职，何劳尔等置喙？所有这一切，包括大河断流之于丁、陈，其实与"风乍起，吹皱一池春水"之于冯延巳一样，只配由南唐李璟斥之曰："干卿底事？"

历朝历代冯延巳们的作品，大抵都是在李璟们斥为"干卿底事"的前后写出来的。陈之诗文丁之画呢？

时代不同了。庄子云，"巧者劳而智者忧"，今天是巧者不劳而智者不忧，只有憨者劳而愚者忧，忧这忧那，"瞎操心"耳，若丁、陈二位就是这样的憨者和愚者，于是有千虑之一得、两得……

于是有《评奖》中述某项评奖贵在"集资"也妙在"集资"："何乐而不为，又何为而不乐？"

于是有《买十送十》中述年年有不准公费买送挂历的通知而年年不废以公费买送挂历之举，"是通知不合时宜，还是时宜不合通知？"

于是有《牛鬼》中述多处塑成"二十四孝"像，什么郭巨埋儿，什么舍身饲蚁，据说意在弘扬"中国文化"，"全盘西化不行，全盘'中化'就一定好吗？"

于是有《综合治理》中索性不再设问，而直截了当地说出："你也喊要'综合治理'，我也喊要'综合治理'。结果呢？因为无人'综合'，自然也便无人'治理'。"

真是一语中的，一针见血，然而其实无补于治国平天下，因为没有开出药方；就是开出了"综合治理"吧，还不是跟许多"综合治理"一样下场？正如《怕说文化》中所说，"文化满天飞的时候，最好是不谈文化——若是一定要谈，便应先问一句：究竟什么叫文化？"谈了半天，还得沿着怪圈绕回原地来。

那么，这些诗文这些画，就真的一点用处也没有吗？不管实际功利，总还可以审美或审丑，可供欣赏，在作者是自我欣赏，或称自娱，读者会心一笑，也就是娱人了。

千古文章，从来如此。杜牧《阿房宫赋》："秦人不暇自哀而后人哀之。后人哀之而不鉴之，亦使后人而复哀后人也。"范仲淹《岳阳楼记》："其必曰：'先天下之忧而忧，后天下之乐而乐'乎？"读过这两篇文章的人有多少，岂不是忧者自忧，乐者自乐，哀者自哀，不自哀者自还是不自哀，而文章只是后人公认的好文章，"叹为观止"而已。

丁陈此集，我想也将是同样的命运，语言和逻辑，线条与构图，经得起推敲，耐得住咀嚼；但与杜、范诸文命运不同的是，不会人人赞好，有人且必认为不好，因为它距离我们现实的生活太近了，既然针对一些昏话和昏事，便难免有锋芒，怎不令人如芒在背呢？

1995 年 8 月 15 日

《流亡在故国》序

张建术，这是一个陌生的作者的名字，从没有读过他的诗，无从想见其人。

这卷诗，读到最后，《车尔尼雪夫斯基的小屋》有这么两句：

最寒冷的思想家吟咏人间最温暖的事物
最孤独的房子里产生最不孤独的著作

我想我也许多少参透一点诗人的心情。不过，他不光吟咏最温暖的事物，也吟咏那些使人心寒齿冷、汗毛倒竖的事物；他时或走出自己的小屋，却是"流亡在故国"，并且心乱如麻，噩梦如焚；但他毕竟有"北方，我亲切的家园"，在乡村，在城市，在诗人孤独的时候，他的诗也不孤独。

除了个别的诗章，都没注明写作年月。或是不需要吧。因为这些诗不是编年的事件记录，我们就把它当作本世纪70年代到90年代一个诗人的心路历程看好了。

诗人出入于现实和幻想之间。他在《雨和雪的故事》里，写盘古后悔将混沌一团的天地辟开，苦思冥想如何把天地重新连在一起，终于撕扯云絮，搓成银线，这就是雨，他放声大笑，脸上皱纹绽开，这就是雷鸣和电闪。然而云尽了，雨停了，随风来的是互不连接的雪片。一个虚幻的梦破了。这不是有点像西绪弗斯的寓言吗？

我不知道这样的"故事"是诗人目睹了狼牙山的学童挑水不胜

重担憋红了脸，目睹了曾经打落过地主牙齿的庄稼汉如今怎样为村长的狗披麻戴孝，以及人间种种忧患以后"编织"出来的，还是先已体验了盘古的苦恼，却仍然不能不面对这使人痛苦的一切。

诗人出入于象征和实写之间。诗人写《天堂无窗》，写《夹道》，写《某年隧道》，这"隧道"已进入"现在进行时态"，是一种象征；他意犹未尽，又捉笔写了像《中国谁在流泪》《雾区》《夜色天堂》《朝景》以至《三岔口》这样直接抒发现实感受的篇章。

然而"实写"不"实"，因为都已变形，成为荒诞。现实也早就变形，如实写来，适成荒诞。荒诞的现实诉诸诗人的感性，诗人又诉诸荒诞的诗篇。诗人在这里不是写学术论文，更不是写政论，只宜推敲，不必挑剔。不过，无论从象征或实写中，都能触摸到诗人的批判锋芒。任何时候真正的诗人都是批判的，因为诗人都是感性的理想主义者；而从来没有无追求的批判，能在诗人痛苦的批判中听出诗人对真善美的虔诚追求，就算把诗人和诗都读懂了。

当然，在这里还有一些抒情之作纯是属于个人的，如《缥缈的豆青云》，幽思绵邈，情怀绸缪。

这一百多首诗，从风格手法格调看，是相当多样的。这自然因是作者多年的结集，有一个不断探索、不断发展的过程，加上不同题材也要求相应的变化。比起我们有时读到一位诗人几十年一贯地原地踏步、"统一风格"，我们更感觉到一种创造的生气。

我们习惯所称的当代新诗史，也许真的只是一部以出场先后为序，以社会地位和知名度为参照的众多诗人的诗作发表史……"诗失而求诸野"，我确在未曾入史的作者和作品中不断发现真正的诗，真正的诗人。70年代是这样，80年代是这样，90年代似乎更加是这样。

因此，虽然我过去不认识张建术，这回从这卷诗认识了他，故

54

乐意为他作序。

我不懂得什么诗学理论，只是作一个读者涵泳其中，写读后文字我常喜欢摘录一些清词丽句。这回我有意避免摘引，是留待读者朋友们自己去获得那发现的惊喜，去品尝，去咀嚼，去回味。

1995 年 9 月 3 日

读黄赞发的诗词稿

初访潮汕，得识黄赞发同志。我于潮汕知之不多，入境问俗，正好读了他写潮汕民俗和民间"八大节"的竹枝词，情趣盎然，从而体会出作者的桑梓情深。若说一个不爱家乡的人能成为诗人，我不信也。

"十二鲜花水浴身，红皮木屐步芳辰。公婆床上深深拜，跳出园墙成大人。"——据说潮汕旧俗，十五岁择吉行"出花园"礼，意谓小孩十五岁前犹如生活在花园里，至此走出花园；拜祭床神"公婆"，就成年了。这使我联想到诗人寄给负笈新加坡的幼女诗中，有句说，"应知少岁少磨砺，当令长途长探求"，似有一脉相通处。

"珠帘掀起见红颜，遍敬槟榔笑语喧。最是青娘作四句，欢声乍静夜将阑。"据诗注，潮俗闹房也颇文明，在新房陪伴的"青娘母"（善辞令者，或即赞礼一类人）常应要求即兴吟诗四句，称"作四句"；宾客也可"作四句"凑凑热闹。这使我想起所谓苏小妹三难新郎的民间故事，好的是有人替不会作诗的新人捉刀。潮州也罢，四川也罢，此种风气大都出在文化气氛浓郁的地方。黄遵宪少作《新嫁娘诗》兴许就是在"作四句"的基础上提高的吧。

以作者的年龄，虽在"文革"前就在大学读历史专业，但旧体诗只能是靠自学，这方面的爱好和训练，应不无包括"作四句"在内的文化影响。竹枝词正是从民歌谣谚脱胎出来，最便于朴素地叙民间之事，抒民间之情。当诗人把笔端转向当下生活时，如咏《汕大校园》："夜深灯火何明亮，境静翻知人不闲"；咏《北回归线标志塔》："每到窥天夏至日，声声句句话'回归'"也都于朴素中不失俏皮；"四句头"而有余味，写得比近体律诗更得心应手。

诗词稿最早的是 1969 年 8 月写的《牛田洋二首》。从那时过来的人都会记得，牛田洋是潮汕地区的军垦农场，当时有来自京广等地的千百大学生下连队接受"再教育"；那一年 7 月 28 日台风来袭，参加抗风抢险的不少人被卷入海里，以致遇难牺牲：

> 狂风横雨扫三洋（按指牛田洋的东、中、西三片），潮噬涛吞破海疆。泽口官兵逼浊水，浪峰学子逐残墙……

在那挽起手臂筑成抵御台风的"长城"、终于不支的年轻人里，当会有作者朝夕与共的同学。当时的指挥有无失误是另一个问题，诗人的这篇作品，留下了对那"狂风横雨"中不幸死难者的双重纪念。

诗人对新时期的肯定，就是在刚刚过去的年月的背景上相比照而突出的。例如《庆千秋·高考发榜喜赋》，是为汕头市升学率获全国第一而写，其下片云："曾记诗书如土，漫称英雄事，白卷专场，蹉跎那堪十载，少壮遭殃。长空丽日，乾坤转，坛坫重光。当岁岁、桃秾李郁，满城共乐槐黄。（注：槐花黄，举子忙。）"在抚今追昔的同时，作者也从旧事中引出教训，《破阵子·观揭阳潮剧团演〈丁日昌〉》词中，诗人感慨于清末丁日昌惨淡经营办起江南机器总局，但一道圣旨即把他调离，遂有"实业兴邦何过？熟谙洋务何妨"之问。

在这部诗词稿里，不仅可以触到一片乡情，而且扑面而来的，尽是汕头改革开放以来的新气象。题赠酬答，倚马急就是其长，而艺术的观照需要相应的距离，假以时日，厚积薄发，由沉淀而升华，相信诗人会写出更多有时代特色和地方特色，且更具诗人自己艺术特色的篇章。

1995 年 10 月 6 日

为高陶编《近看香港》序

香港，有她特殊的命运，也有她特殊的面貌。

这里是中国的土地，中国的民众，而一百多年来，是联合王国在这里行使治权。

这里的文化，包括政治文化，既不同于中国本土，也不同于英国本土。中西文化在这里撞击、渗透，产生了什么样的变异？

历史留下了哪些遗产？现实提出了多少问题？

在物质财富的运作和精神活动的嬗变的不同层面上，香港，对于近在咫尺的我们，都有如一个万花筒，目眩神迷。

一条深圳河，这才是真正所谓一衣带水啊！然而一水之隔，竟尔遥远而陌生。远远一看，不得要领。需要近看，需要审视。

"近看香港"：我喜欢这个选题。不过这是可以并且应该编成一套丛书的大题目。现在这本书提供了一个可贵的轮廓。

改革开放以来，内地怕已有成千百万人作过香港之游。也许是我孤陋寡闻，我还没有见到一本像这样力图对香港做一个全景鸟瞰的小册子。

它不是一般的文学游记，尽管有作家的文字、文学的笔法，它的视野远远超过了一般的山水楼台民情风物；它不是一般的专著，虽涉及经济、政治、社会文化诸多方面，回答的却是普通人的问题；它也不是一般的导游书，不是一次性的读物，即使不准备游香港的读者，也能从这里披阅世纪的风云，觇窥世界的一角。

1879 年，年轻的康有为到过香港，他在晚年的自编年谱里说起深刻的印象："览西人宫室之瑰丽，道路之整洁，巡捕之严密，乃始知西人治国有法度，不得以古旧之夷狄视之。乃复阅《海国图志》《瀛寰志略》等书，购地球图，渐收西学之书，为讲西学之基矣。"康有为不愧为中国最早睁开眼睛看世界的先进人物之一。我们许多有机会出访国外，但只发现"洋人身上的毛比中国人多，证明他们的进化程度不如中国人"，并以之为提高民族自尊心的论据的人，比起来简直是白白地晚生了百把年。

香港成为人们所珍爱的"东方明珠"，与百年来香港同胞的汗血和智慧是分不开的。1997年后，香港同胞以至全国同胞有责任把她揽在怀里，捧在掌上，只能掸去她所蒙的灰尘，决不能让她受到任何不应有的损害。

我们热爱香港，先要了解香港。这本书，不失为一瞥之助。

1995 年 10 月 19 日

妙人妙文

——为唐瑜《二流堂纪事》作序

打开这本书，透过唐瑜其文，可读唐瑜其人。

唐瑜，何人也？

岁在丙子，是他的本命年，除了1900年庚子那个鼠年他没赶上以外，本世纪的鼠年，他都躬逢，辛亥革命后的历史云烟无不过眼，自是名实相副的老人。

老人也曾年轻，把笔为文，"交通"洋场，来往多倜傥影人，结交尽一时豪俊，说是文化人，颇有些"出文入化"。

中年从军，却不舞枪弄棒，依然弄墨舞文。乃知唐瑜者亦文亦武，正是龚自珍所谓"亦狂亦侠亦温文"，狂或不足，侠义可风，40年代的二流堂便是明证：不是孟尝君而能好客，不是刘禹锡却也是"唯吾德馨"。二流堂的"陋室"容已不存，二流堂的声名则因冤案而益显。旧雨新朋，交相称道，唐瑜是"仁者爱人"的仁人，是不自鸣高的高人，饱经沧桑，依然故我，又是"吉人自有天相"的吉人。

还是唐瑜的至友、世纪老人夏衍说得好："像唐瑜这样的好人，今后再也找不到了！"痛哉斯言！诚哉斯言！又合着龚自珍的诗云，"人难再得始为佳"，一言可定千秋论：唐瑜，一个公认的好人。

其人如此，其文何如？

文如其人，好在：率真。

忧愁风雨，世事转烛，思故人，寻旧梦，披肝沥胆，俱见性情；

没有八股，不落窠臼，茶余酒后的闲话，更是从容潇洒，平易近人。一卷在手，仿佛可见此老虽患重听，而高谈侃侃，细语款款，谈笑之间，风生一室。

我尤喜其不是"为圣贤立言"而是为襁褓中的"加拿大中国小女孩"立言的《囡囡回忆录》。虽是游戏文章，实为真情流露。以耄耋之年而不失童心，此其所以高寿，不仅在于身材如晏婴，敏捷诙谐亦如之，而且因有一副神仙心境，由洞明而通达，由淡泊而超脱，由赤诚而率真。在这里祝"阿朗"即"老唐"亦即唐老继续健康而长寿，使我们能不断读到"难再"之人的"难再"之文。

予生也晚，时为30年代初年，唐瑜同志已经在上海以全身心参与书写左翼运动的历史了。然而先生之对后生，不以辈分年齿为意，嘱序于我，姑妄言之如上。

1996 年 2 月 17 日亦即丙子年前二日于虎坊桥

为金今儿童诗集作序

翻看了金今在1993年以前出版的三本诗集，都写于她五岁到七八岁。从她母亲和外祖母的介绍中，知道她是在童话的哺育下，在精心营造的一种氛围中长大的，这从她脱口而出，经人记录下来的最初的"诗句"就可证明。

金今无疑是早慧的。她一半生活在现实的家庭、学校，作为女儿、孙女、小学生；一半生活在幻想和幻象的世界，她把这些幻想和幻象或粗或细地画成画，写成诗。

1984年出生的金今，现在在一个中学的美术班里。其他文化课照常进行，重点增加一些绘画基本功的训练。相对来说，写诗就是她的"课余"，甚至"课余的课余"了。

我没有见到金今的画，从她小册子封面上的作品看，该是所谓儿童画吧。

金今的诗，以前的三本自然都是儿童诗，儿童写的，让儿童看。但在她1993年至1994年后，也就是她九岁、十岁以来写的这本诗里，她的心理，她的想象，她的感觉，也许是同龄的孩子不一定都能进入的内心世界了。那么还能算儿童诗吗？

我想这些作品的意义，也许首先不在于作为诗来欣赏，而是可供教育学和心理学的学者进行研究的对象。

人是有潜能的。金今对色彩、线条和形象的捕捉能力，对感情、感觉的语言表达能力，通过绘画和写作得到发挥。别的方面呢？我以为可以侧重，但不要偏废。

一个人在孩童时期的记忆力和模仿力，经过思考力的加入，会转化为创造力。这个过程是不能排除知识信息的输入、积累和激发的。

一个喜欢自然科学的儿童少年，从小到大，一步一步学习、实验，掌握更多更新的科学知识，努力做到自己有所发现，有所发明，这是顺理成章的。

而艺术和文学方面就不这么顺理成章。因为儿童画毕竟不同于"成人画"，儿童写作也是不同于成人写作的。这就是为什么我们看到许多很聪敏灵秀的"小画家""小诗人"没能从幼苗茁长为大树的缘故。当然还有一些外部因素，如过分地吹捧与拔高，世俗的功利心和虚荣心，都是对人的戕害；不但古时候有《伤仲永》一文中的仲永，当代也不乏使人失望以至痛心的实例。所以我们在谈论"超常教育"的时候，万万不要忘记，让天赋较好或智力早期开发见到成效的孩子，也应该像"常"态的孩子一样享有童年，享有童心，在正常的人际环境中获得健康的成长。

我，作为一个庸常的，已进入老境的成年人，对今天的儿童的期望，也像众多的常人一样，愿他们聪明，更愿他们健康而幸福。

因此，当我读到金今笔下出现的一些远不是她的同龄孩子常有的心灵的痛苦和矛盾，关于死亡的冥想和思考，总不免有些担心。

一个在艺术和文学上有所表见的孩子，其成长不会是纯然自发的，不可避免地受到某种有意识的诱导，尤其是艺术和文学作品的影响，这种影响不仅是技艺性的，而往往在气质上、精神状态上塑造了可塑性很强的孩子。据说，金今是不大读诗的，所以虽被称作"小诗人"，但无意于将来继续作诗人，这样可以使她少受关于诗的成见乃至偏见的束缚，保持诗心的天真。我不认为她是"无故寻愁觅恨"，更不认为她是"无病呻吟"。但我还是从她这些作品看到了她所爱读的流行的名著（例如她说到的《简·爱》等）的影响，以及她的监护人的审美意趣（包括对什么是"诗"的理解）的影响。

金今将怎么样走下去呢？即使她定向致力于绘画，画家也要读诗的；即使她仍然把写诗当作作画之余来表现自己的一个方面，她还满足于现有这样的出口成章的写作吗？

她将读什么书，画什么画，她是不是应该也愿意在艺术和文学之外涉猎哲学、历史和自然科学？她将选择什么样的人生道路？这里无疑存在着许多的可能性，也会存在着有意无意的误导。

我直言无隐地说出这一点，提醒正在成长中的金今本人，也提醒她周围的人，提醒社会上一切关心儿童和青少年教育的人们。

每一个幼小的生命面前都有漫长的人生道路，这是要切切实实一步一个脚印去走的，有的是曲折和坎坷。我愿祝福大家都成为坚持走向自己目的地的强者。

我要对金今说的是：祝你健康，身心健康地茁长成人。那些观看你表演的人们，为你鼓掌的成年人和小朋友都会散去，希望你永远热爱生活，清醒地站在坚实的土地上，并有条件在你最适合的领域耕耘，让你的才华和潜能最大限度地结出丰硕的果实。

1996 年 2 月 25 日

读于光远的散文
——《窗外的石榴花》序

于光远这个名字，在 50 年代之初，一常见之于《学习》杂志的要目，二常闻之于中央台的广播——"政治经济学讲座"，播的是他和王惠德的讲稿。到 80 年代我的眼界稍稍放宽，便发现于光远的研究和发言，远远不限于一个两个学科，他时而倡议规划、开发和保护国土，时而带头创办关于方法即"使人聪明的学问"的期刊等等；他是博览群书又好学深思的学者，能指摘《资本论》中译本里的"公有制"应该译为社会所有制才对，而他又经常走出书斋，在一些改革开放有所创新的地方留下踏访的足迹：各大特区不说，"小地方"如河北蠡县辛集市场、温州苍南龙港农民城，我都看见他提纲挈领的精到的总结。我感到于光远真是一位"风声雨声读书声声声入耳，家事国事天下事事事关心"的当代知识分子，往复于理论—实践—理论之间。

90 年代以来，我更惊奇地发现，这位医癌症两度住院的耄耋老人，竟好像有点无所不在似的，各地报刊几乎三天两头看得到他的随笔小品，恍如天女散花。固然钦佩他的动笔之勤，更欣赏他的敏感和多思，天地之大，神骛八极，芥豆之微，尽收眼底，无论长短，从不作模棱游移之语。不仅近乎"从心所欲，不逾距"的境界，并且可以说"不屑于隐瞒自己的观点和意图"了。

我说过一个希望，希望更多的学者在专业之余，多为普通读者写点深入浅出的短文，叫随笔也罢，小品也罢；大手笔写小文章，举手之劳，读者受益，也有助于报刊文字品种的丰富和品位的提高。近年有不少老年的、中年的、青年的学者早这样做了，于光远同志也在"普及于光远"了，他便不仅是学术圈子里的朋友或什么圈子里的话题，而进入寻常百姓家，成为与他们对话以至聊天的伙伴。于光远写给普通读者的这些文字，于亲切平实中"表现自己"，宣传了自己所要宣传的。

尤其是一些怀人记事的篇章，不仅诉诸理性，而且有作者喜怒哀乐的感情在，这足以消弭作者与读者间的距离。任何作者和读者之间都有一个由出身、经历、教养、性情、趣味即社会背景和文化背景不同所造成的距离，任何作者也都各有自己的局限，然而一个作者只要放下架子，对读者不是居高临下，不好为人师，不自以为唯我正确，不矫情，不造作，他就可能得到读者的接纳。另一位老人巴金说的"把心交给读者"，就是这个意思。可惜这个看似浅显的道理并不是所有从事宣传、文化这一行的人都懂得的。

话说远了。请读正文。是为序。

1996 年 6 月 3 日

读刘荒田的散文
——《唐人街的婚宴》序

替别人的书写序，总要说出点什么来才好。据说序跋也是一种文艺批评。批评不尽是坏处说坏，也应该好处说好。说好，那么好在哪里？这么一问，就知道我不是批评家，只是"感想家"，卑之无甚高论，说些感想而已。因为我与作者是朋友，难免"捧场"之嫌，捧场便须叫好，我是要叫好的，但不属于旧日北京戏园里常见的"怪声叫好"一类，或不致被人侧目而视吧？

连日北京是九月的响晴天，可荒田书里的一篇《等你，在雨中》老在我心里盘桓不去。说是旧金山下着江南"细雨鱼儿出"那样的细雨，驾着本田车疾行的诗人，想要一寻余光中、戴望舒的诗情，他的行动却是为避免一笔额外支出而辗转在公司、银行、电话亭之间，对初恋的回味，对闲愁的向往，跟眼下为"责任"奔波的处境大相径庭，这样的尴尬我们多半经历过，只有荒田把它抒写得恰到好处。

我常说我怕读所谓抒情散文，不过若是说荒田的这一篇，加上《独处的下午》《诗的家教》等也算是抒情散文的话，我是要读的，在这里不单能看见作者孤独的身影，而且甚至听到了多年恪信"男儿有泪不轻弹"的人呜咽饮泣以至痛哭失声。在那个"独处的下午"，他被电影《荷兰先生的乐章》结尾感动得忘情地大哭……他的这些散文，绝不滥情，但也许就因为这是作者躲起来挥洒成篇以代一哭，完全不带表演性质，我们才不会像读某些所谓抒情散文时那样觉得那作者离我们很远，使我们更加敬而远之。

荒田的抒情散文跟他的抒情诗一样：醇。

荒田叙事写人的散文，有些篇幅较长，更难得，依然一个醇字。记得我第一次读到《我在美国当侍者》，获得的是惊喜的满足。这个不上经传的角落，也许还从来没人这么痛快淋漓地述说过。作者在别处曾说，"身在新大陆的新乡里，除了极少数的幸运儿或大气魄的企业家，不是在中餐馆、茶楼、糕粉店里端蒸笼、捧盘子、拿锅铲、推车子、数大饼，就是车衣厂里踏衣车、拿熨斗、挥剪刀；不是握锯子锤子灰刀的灰头土脸的'三行佬'，就是拿吸尘器、拖把的所谓'斯文扫地'之辈"，作者把他当侍者的经验不加遮掩地侃侃道来，无意诉苦，更非炫耀，"少年子弟江湖老"，笑谈世故中夹带了几许辛酸。留学生里不乏有文才的人，也多少打点工，但没有如此"深入生活"，写不出来；老移民不用说，新移民里有同样经验的人，拿不动笔杆子，或能写点什么但缺少荒田这份眼光、境界的人，也写不出来，这份眼光和境界是作者移民十几年多少磨炼换来的！

后来我接连读了《唐人街的婚宴》《"公无渡海"之后》《共谁争岁月》《父亲和他的"生平知己"》以至《密西西比河畔的诗魂》诸篇，我发现打动我的不只是作者对世情的洞察之深和刻画入微，不只是一些人的命运令人扼腕，令人感慨万端，而且是作者在叙事写人中流露的悲悯和自嘲，强烈地撼动我。哦，《自嘲之必要》！悲天悯人之必要！

于是我在看完北京秋季书市骑车经过天安门时，想起荒田在哪一篇散文里说起，他戴过红卫兵袖章，二十八年后抚着天安门的汉白玉栏杆，别是一番滋味。他是远渡重洋到万里外的异国，更是从岁月深处走向今天的。正像他在纽约唐人街的夜市上感觉到纽约这个城市的"全部魅力之所在"，他也无法摆脱历史所赋予他的沉重的沧桑感。

他笔下浓厚的人情味，是中国的，是中国人的，是打着中国文化烙印的。《汽水瓶盖的启示》从一本美国畅销书故事里父亲对家庭的奉献和儿子对父亲的承诺，阐发了爱是人类最宝贵的潜能，比天赋的直觉、智商、异禀、灵感、美貌等更具有终极关怀的意义；用一个几乎中国式的故事注解了完全中国式的伦理。这是贯穿荒田散文的内在语言，而他自己也许未必意识到的。

至于荒田行文，说他运用母语倜傥自如，并不为过。当然，这可能是对一个散文作家的最高评价了。读者当不以我为"怪声叫好"乎？

序文宜短不宜长；应该赶快煞尾，还要再赘一句，我从他文章里得知，多年的包括"文革"时期的日记他还完好地保存着，而其中大概保存着一些在当时成年人，饱经世事的人不会笔之于书的真话，这是很可宝贵的，希望他继续保存好，容或有面世的机会，说不定那些文字虽或有失幼稚的日记，至少在史料的价值上竟超过他呕心沥血、惨淡经营的散文呢！

1996 年 9 月

"青橄榄文丛"① 序

写诗的人，叫诗人，那写散文的就叫文人？不行。文人所指更宽泛，文人"含"写散文的人，可不限于写散文的人。

写散文的人，不如索性叫散人。散人，也许还"含"文人以外的人，不过在此刻的语境里，多数属于文人圈。

但作散人亦大不易。

如要查辞书，散木是不成材的树木，散人则是"不成材的人"，涉及人的出处行藏，太严重了。我说散人，犹如说"散兵游勇"，指的是一个一个单个的人，各有各的脾气秉性，执笔为文，各有各的行文风格，不相统属，不事仿效，不肯雷同，不愿落入俗套，因此谁也替代不了谁，谁也代表不了谁。

就像这套丛书的作者，文章不同，各如其面，很难说读了其一便知其余。倘那样，就成为同型号大批量的产品，绝不是从中得见真性情的散文了。

其实又何独散文如此，任何文学和艺术作品不都是这样区别于匠气之作的吗？

这几位作者中，多半曾是写诗的朋友，有的至今写诗不辍。在他们的散文随笔字里行间，依稀有当年诗笔的影子，然以诗笔写散

---

① "青橄榄文丛"为当代中青年作家散文随笔自选集，中国国际广播出版社1997年2月出版，责任编辑李镇。内收伍立杨《纸上的风景》、邹静之《一地景象》、李琦《从前的布拉吉》、张爱华《水果女人》、庞壮国《听错人说》、赵健雄《乱话三千》、张洪波《摆脱虚伪》、冯敬兰《你到底要什么》。

文，那散文已是诗的延伸，自又别是一番境界。是不是都达到所谓"散人"之文的散文的境界，要请读者自行品评了。

　　散文随笔，一般说来宜短不宜长，为散文随笔丛书写序，这篇短文也已经足够。曾见有人批评某些序文是"捧场"文字，"广告"文字。我不想撇清，我作此序目的就在揄扬，就在遍告读者；我不是给贪官污吏捧场，不是给假冒伪劣商品做广告，真心地为我的几位年轻朋友哥儿们姐儿们的新书作一篇序，是我浅尝他们的"青橄榄"后，推荐给读者都来"含""咀"一番，即使算不上极品"英""华"，但多少留下些苦涩与回甘，也就证明我言之不谬了。

1996 年 10 月 25 日

为"野菊文丛"二集①作序

　　有人描述过在高山绝顶、大漠深处，不用说夜深人静，就是白天也万籁俱寂，那种环境里待长了不仅会陷入难耐的寂寞，而且会烦躁以至恐惧，渴望听到人声，哪怕是微弱的。我也曾在远离车马喧闹的地方投宿，中夜醒来，一片死寂，连一丝风声虫声都听不见，一时几疑跌入幽冥。因而体会龚自珍诗的"万马齐喑究可哀"，岂止可哀，怕会把人逼疯了的。

　　说是在高山顶上、大漠深处打熬不住的人，一旦来到闹市，就仿佛鱼游入海，多年游子归返故园，一声一息都感到温慰，杂语喧哗也成为一种享受。

　　我想，全然死寂犹如身处古墓，杂语喧哗的才是人间。

　　联想到杂文，真正是人间烟火的产物，是人间杂语喧哗在书面上的反映。杂文贵杂。无论是就它的内容多写杂感，或是就它的体裁不拘一格来说，社会生活有多么驳杂，喜怒哀乐又如何多样，别的什么文体，"曲子词缚不住者"，杂文都是足可包容的。

　　尤其可贵的，是杂语喧哗突破了无声的或只有一种声音的局面。

　　这件事的意义，首先是社会生活方面的，而不是文学方面的。因为杂文首先不是在文学书籍文学期刊，而是在一般报刊上找到读

---

　　① "野菊文丛"二集总题"思想者杂语"，青岛出版社1998年12月版，责任编辑王一方、杨敏青。共收林贤治《守夜者札记》、蓝英年《青山遮不住》、崔卫平《带伤的黎明》、程映虹《西窗东眺》、邢小群《凝望夕阳》、马斗全《南窗寄傲》等六种。

者；读者之于杂文，首先也不是当作文学作品，而是当作言论来读的。杂文的生存状态，从一个特定的角度标志着宪法中言论自由这一公民权利的实现程度。四十多年的历史已经表明，言路开放则杂文兴，言路闭塞则杂文趋于衰落，这一切系于政治的明暗，因此也就不仅与杂文作者的命运息息相关了。

杂文杂，杂文作者的构成也是"杂"的。除了作家、学者和各行各业的人以外，报人是主要的力量。当代杂文史上，夏衍、聂绀弩、邓拓、林放和严秀、蓝翎都是以报人写杂文，冯英子、虞丹、荆中棘等老报人，至今还在为自己和别家的报纸写杂文。如果从杂文作者群中剔除了现在和过去的新闻工作者，恐怕就要溃不成军了。

这一文丛的六位作者，在杂文写作领域，可称新锐，更可称中坚。他们多是报刊的编辑记者，捕捉社会的文化的各方面信息，似有职业的敏感；更突出的则是以关注国运民瘼、世道人心的责任感，是其所是，非其所非，他们的思想锋芒常使人想见孤军深入短兵相接如入无人之境的气概。

在他们共有的气概之下，已经形成了各自的风格，六本书放在面前，人与文不致混同，细品更各具独特的韵味。

杂文，我习惯把它看作报章文字，是社会性而非个人性的，尤其比较重时效性，往往容不得精雕细刻，因此更要靠厚积薄发，如陈平原说的读大书写小书才能显出大气；杂文有所为而发，言之有物，不凌虚蹈空，即使就实论虚，那出发点和归宿也都是实在，不尚空灵；杂文以议论为主，虽不排除感性的和感情的成分，但更重理性和思辨；杂文不是作者的内心独白，所涉及的主要是包括千百人命运、意愿、情绪、物质和精神生活在内的外部世界，且是跟读者对话甚至要读者参与，行文就须力求接近读者的阅读习惯：这些都是杂文区别于所谓纯文学的地方，纯文学可以"孤芳自赏"（这样说不含贬义），杂文却得尽量"通俗"一点，好通向更多的读者；它又区别于社论和讲义，一是篇幅有长有短，二是总要讲求点情趣和理趣，最佳境界是举重若轻，乃至谈笑风生，同时始终保持严肃的品格，不是为了"搞笑"而已。

作为边缘文体，杂文不能不从纯文学有所借鉴；不过杂文的本质更近于我们传统所谓的"文章"。文章学讲的"义理"和"辞章"，也许正是我们品鉴杂文的标准，是我们杂文作者应该着意追求的。

写到这里，翻回去一看，生怕不自觉地流露的"冬烘"气把读者熏走，以为我要在这里贩卖老式的高头讲章或是新式的作文指南。

其实，文章中的"义理"，在今天的作者和读者这里，指的就是思想含量。杂文吸引人的主要是它的识见，是独到而不是复制的见解。比方针对醉生梦死，提倡一下忧患意识，讲讲"天下兴亡，匹夫有责"的道理，固然是有益的，但那还是三百多年前顾炎武的识见；根据顾炎武对这个命题的阐释，讲讲他所说亡国不同于亡天下，"国家兴亡"不等于"天下兴亡"，便在认识上深入了一步；如果能从古今中外的史例中，不仅看到一家一姓之国亡而天下未必亡，还看到也有"国"未亡而"天下"将亡的危机，这样的眼光就穿透纸背了。

我们不希望别人代替我们思考，但希望从别人那里得到思考上的启发。正经读"大书"是如此，日常读杂文之类"小书""小文"时也如此。我们总是希望杂文作者能引导我们在前人停止了思考的地方，试探着前进一步；希望他们带领我们再掀开一角现实的帷幔，再登上一级历史的楼梯……要做到这一点是很不容易的，但我对这一文丛的作者们和更多的中青年杂文家寄予厚望，以他们的知识结构，思想视野，可望有足够的胆识，写出更多更好的、剥笋

75

燃犀的杂文来。

　　让人间如交织着千万种色彩一样，响遍天籁人籁各种各样的声音吧！

　　我们理应拥有一个有声有色的人间。

1997 年 3 月 18 日

《天台山笔记》序

我常常觉得抒情文字好写，只要确有真情，不是虚情，不是矫情，那么登山临海则情满于山海，执笔为文则情见乎词，似乎不须借助于多少技巧。而叙事写人不同，要写得好看，进一步，耐读，就需要一点功夫。

以前读过刘长春的《旅途》，主要是写家乡。他的故乡叫路桥，天下何处无路桥，但这一处路桥，他如数家珍，他说东说西，却只是为了抒情，一切景物风物人物从他笔下数过，都寄托着他的乡情。

这回的《天台山笔记》不同，他把他欣赏的台州古人和与台州有关的古人一一推了出来，这是他读史读书，与古人为友，再把这些异代不同时无从谋面但神交已久的人物，转介给我们。这里面且有我过去从不知道的，"士有死而不失义"的"江南奇士"齐周华，还有差不多与徐霞客同时，留下三部重要的人文地理学著作，但因《四库全书》未收，故不为人所知的王士性。

寒山诗，我小时候就读过，但《寒山子之隐》这一篇，从寒山一面归隐山林，一面执着地干预人生的事例，又从寒山诗（"元非隐逸士，自号山林人……猕猴罩帽子，学人避风尘"等等）透露的似乎难言的隐衷，做出他曾经历大悲苦、大变故的猜测，是很发人深思的。历代的隐士，包括大量的所谓化外之人，除了取道"终南捷径"的逐禄虫，以及故作奇行以邀名的之外，多半不过是避祸的难民罢了。

对于十六岁就沦落风尘的才女严蕊，作者不仅写了她的才情和痴情，更用重笔写下理学家朱熹为报宿怨，借口严蕊与台州太守唐仲友"有私"，而对严蕊刑求时，这个弱女子说出了许多七尺男儿在棍棒加身时说不出的硬话："身为贱妓，纵合与太守有滥，料亦不至死；然是非真伪，岂可妄言以污士大夫，虽死不可诬也！"

肉食者道德沦丧的时候，气节操守只能求之于草野间巷之间的社会底层了。

昔说文史不分家，我掩卷时想，像《天台山笔记》这样的作品，又何必强分几分是文，几分是史！虽非句句有出处，但作者并非率意为之。这里有他的史识，有他的选择，他把他深受感动的，默契于心的人写了出来，比起巨型的传记或小说，短短的三几千字可称"尺幅"，却纳入了一个人长长一生坎坷的命运，沧桑的风景；在精炼的笔墨间，不靠向壁的虚构，而靠常识和逻辑，多少打动你一点，启发你一点，让你记住一点什么。

熙熙攘攘，谁还想到历史？为了应试，历史课给人留下的只不过一些年代、事件、人名，甚至荒谬的观点，伪造的证言；然后，那些无血无肉的历史人物，随着他们的名字，像一片片单薄模糊的影子飘远了。于是，在一些人的记忆里，历史沦为空白。

然而，一个人不知历史，一个中国人不知中国的历史，可乎？

每个人都有自己的故乡，一个人不知道自己故乡有过什么样的突出的好人、坏人，可歌可泣或可悲可悯的人，则虽有故乡无异于没有故乡，"吾不知其可也"。

历史不是抽象的，历史上曾有各式各样的具体的人，有血有肉的人，他们的遭际和命运，出入于偶然与必然之间。离开具体的人的命运，也就不容易索解历史的真相。懂得当代有助于理解历史，懂得历史也才能更贴切地理解当代。而这都是不能离开对过去和现在的具体的人的处境，从抽象到抽象地完成的。即使是对思想史上形而上学的题目之研究，"目中无人"也是不行的。

刘长春的这组笔记，也许会有不同的反响。然我以为不同的读者可以从不同的角度去读，对一般读者而非专家说来，仅仅从增长些历史知识方面着眼也是开卷有益的。二三百年来，人们对三国和北宋的印象，还不是紧紧联系着《三国演义》和《水浒传》中的人物吗？

自然，《天台山笔记》不是小说，它也没有担负全面为台州历史人物立传的任务，他主要是写"台州式的硬气与迂"所钟的人物，在这些人物身上反射出作者的人格理想。

对这一作品做艺术评价，是文学评论家的事情。我读后以为，长春在《旅途》之后，业余写作，总算又开辟了一块新的园地。中国，乃至各省市县乡，有多少历史和现代的人物，值得纪念而埋没无闻，或只知其名不得其详，希望多有《天台山笔记》这样的作品，把影影绰绰的人事变成浮雕，功莫大焉。

1997 年 6 月 16 日

读黎焕颐

——为黎焕颐的诗集作序

50 年代我曾在一首诗里高呼："还他格律，放我歌喉！"惭愧的是我几十年来没有做到。而黎焕颐的诗正是这样的。

80 年代初，焕颐从流放地九死归来，出版了第一本诗集《迟来的爱情》。高嵩为之序，称为"狂泻的性灵"，切中特点。焕颐不屑雕琢，不拘绳墨，固然其弊在宣泄而少节制，有时不免泥沙俱下，但是绝没有作态矫饰：站在我们面前的，是一个歌哭从心，把肝胆一把掏出的诗人。

焕颐为诗如此，为人亦如此。支配他的是真诚和激情，胸无城府，流于轻信。待人接物，动辄推心置腹，每每上当受骗；观察世事，无意自欺，却往往蔽于片面的乐观，如《在鲁迅墓前》，表示"确信"阿 Q 和祥林嫂都不会复见。

难得的是，从受骗上当中醒来，他也并不怀疑一切人和一切事；在不慎的乐观碰壁以后，他也没有陷于绝望而一蹶不振。

也许是植根于传统文化骚史李杜的那一份忠信诚笃，加上青春远游赋有的那一份朦胧憧憬的理想情怀，支撑他度过二十年高原风雪，炼狱生涯。

黎焕颐是不幸的，一朝跌入冤狱，剪断刚刚起飞的翅膀；黎焕颐又是幸运的，当许多同难者已经不在的时候，健在并且归来，把一种重返人间的激情，拌和着块垒胸中的积愫，喷吐成篇篇诗稿。

归来初期的诗，有时图一吐为快，"文饭"来不及酿成"诗酒"，但绝不是假酒；有些歌颂，"欢愉之语难工"，似嫌空泛，但毕竟不失真诚。

而即使是那时的诗作，如中年新婚喜得娇女写的一系列"给女儿"的诗，《第一次……》《题婴儿的笑》《你不就是我的诗么?》《从爸爸的眼里看你》……舐犊之情，沧桑之感，尽在题中，呼之欲出。这是同他若干大视野的力作可以并存的。

焕颐的豪情也是"曲子缚不住者"，兴来秉笔，常"以文为诗"，且不避文言成分。自成一体，自成一家，置之百十家中，一眼就可辨识。逐字逐句推敲，或难免感到粗疏，但掂量题材内容，那旷野的风沙和粗犷的心境也许恰恰相称。如《飞机过查查香卡》一首，正是魂归天涯的旧地，诗中高空地面，天上人间，今古胡笳，酸甜苦辣，作赋体排比一韵到底，倒真的达到了抒情达意的极致。

以我们的母语写现代的情怀，本来有广阔的可能性。画地为牢，自缚手脚，为曾经朔荒大漠的诗人黎焕颐所不取，亦当为一切诗人所不取。

焕颐有几副笔墨，我希望他把在诗中向阿妈"隐瞒"的"浑身累累莫名的创伤"，在散文体的实录里淋漓酣畅地写出来。相对于他的自由诗，焕颐能写凝练的七律，且写得好，如他1986年题赠我的，有句"海内无妨存异己，人间难得是真情"，对世事的洞察和领悟都达到了一个相当的高度，我极喜欢，变化着写进自己的诗里。

唯有真情，能得知音。我自认为是黎焕颐其人其诗的知音。这里写下的是重读他八部诗集（其中有一本"抒情诗选"是选集性质）的读后感。

1997 年 9 月 2 日

五十年前打油诗

——《康华楚诗词集》代序

整整五十年前，重庆《新民晚报》"风雅颂"专栏里，发表过一批署名瘪葫芦的旧体诗。6月29日，也就是端午后几天，有他两首《吊屈原》，其二云："世味年来薄似纱，先生不必背皮麻。盗名尽赋衙中鹤，干禄何堪天下鸦。剩有残山多暴骨，更无好水可怀沙。认真何必分清浊，酒醒须防味不佳。"我记得那是内战方殷，老弱转乎沟壑之际，而国民党官场一塌糊涂，"天下乌鸦一般黑"的干禄之徒，加上"飞去飞来宰相衙"的"云中鹤"们的丑态，会使屈原看见背皮发麻的吧。

上海想要平息老百姓对物价飞涨和吏治腐败的不满，计无所出，出了一个禁舞的主意，接着又在中秋禁吃月饼。诗人针对这一派官样文章，写下一组七绝打油诗，如："有钱何必在中秋，夜夜笙歌明月楼。此饼久应绅士口，穷人能下几回喉？""禁舞声中饼亦休，双刀齐下使人愁。也妨王谢堂前宴，缺了盐来又没油。"

同年10月，诗人填词两阕，调寄《菩萨蛮》，记大钞（就是大额钞票）问世前后事，有云："'千元'币恐成虚设，'百元'更与何人说？小票要回笼，大钞来得凶。薪金还未发，十成贬了八。眼看又年关，'奉此'何以堪？"

这位戏署"瘪葫芦"的是谁？他名叫康华楚，当时重庆大学工科学生，学生自治会理事，是重大学运领导人之一。他还写作发表了不少新诗，像"不是罪恶来扼死我，就是我去扼死罪恶"这样的警句，反映了一代理想主义者的典型情绪。他的旧体多打油诗，则是"为事而作"，有新乐府风。有趣的是《新民晚报》副刊一度有关于"鬼""谈红""扇子"等专辑见报，他寄诗来讽刺说："俗海浮沉未认真，得时休喜失休惊。逢人且说三分话，写稿宜留半点心。几处红楼开夜宴，一时'纵扇'障风尘。'夜谈'此夜虚前席，不话苍生话'鬼神'。"至今还能感到诗中的少年锐气。编者连同诗前写的"打油诗嘲之，非贺也。敬乞编者先生剪下留情，万勿塞之废纸堆中，反见小气也"，也一起刊出了，那位编者可能是张白山先生。

1949年重庆解放前，中共地下党员康华楚按组织决定从重庆大学撤退，回到湖南衡阳故乡。解放后因受其父历史问题的株连，避居教席，日子一直不怎么好过。50年代写过几首诗，一句"如龙车马喧春雨，报道明朝万树花"，竟被指为要放"毒花"；60年代赠友诗写过"南岳山花红似火"，"一片丹心发杜鹃"，又被批判为"毒花""野花""闲花"，于是只好搁笔了。

今秋游南岳，到衡阳，因诗人胡遐之先生的介绍，拜读了康华楚先生部分诗词，并有缘登门造访，见壁上有主人自寿诗三首，其一云："少年学剑学文章，雾压嘉陵旧战场。一代牺牲催奋发，半生忧患叹荒唐。妻贤夫拙双增寿，子秀孙娇共举觞。醉眼童心天地迥，不惊春雪与秋霜。"这是他1993年七十岁时所写，有一种曾经沧海之感；又读到他1994年写的，"老来报国惟余笔，梦里谈兵尚挽弓。谁遣潇湘东去水，涛声日夜到心中"，谁说已经心如古井无波了？

1997 年 12 月 11 日

奴隶学校

——火星《残破的梦》序

从作者回忆的角度看，这写的是一篇"残破的梦"；而从书的内容看，它写的是一个"奴隶学校"。

以软硬兼施的两手，或劝诱年轻人做奴隶，或强使不甘做奴隶者就范做奴隶；对甘于做奴隶或想通过俯首为奴隶来改善个人生存状态的奴隶，或可提升为不同等级的奴隶班头以至奴隶总管，也就是奴才了，据说这还是很有诱惑力的。

不需要多少教材，那对不同态度的人的"区别对待"，就是现实的示范。充斥在生活里的奴隶道德、奴才意识，随着对不驯服的奴隶鸣鞭和鞭挞，一声声、一鞭鞭地打进血肉之躯，如同在马身上打下从属的烙印。

所谓"五七干校"的"五七"，来自毛泽东 1965 年 5 月 7 日对解放军总后勤部部长邱会作一个报告的批示，后来称为《五七指示》。那精神是肯定军队既要学军，还要学工，学农，学文化；工人也要学农，学军，学文化；农民则是要学工，学军，学文化等等。这个思想上承 1958 年人民公社的"工农兵学商""农林牧副渔"兼容并包，以此来达到消灭"三大差别"的理想境界。在现有生产力水平的条件下，实施的结果，只能是城市向乡村看齐、工人向农民看齐、脑力劳动者向体力劳动者看齐的倒退。

而在这样的"五七干校"里对知识分子的改造，第一步所谓"过劳动关"，是如毛泽东说的脚上要有牛屎，郭沫若说的滚一身泥巴，通过劳其筋骨，打掉"知识分子架子"，才能"端正"向贫下中农学习的"态度"，然后进入在体力劳动的同时改造政治思想政治态度的过程。党的一元化领导落实为"领导指到哪儿，就打到哪儿"，便成为从资产阶级向无产阶级"转化"，知识分子和干部"思想革命化"的标志。直白地说，在干校这个特定环境里，这也就是能不能再当"干部"的问题；所谓改造好了就调回去，改造不好就留下来"安家落户"当农民。大家都要以贫下中农为师，平常讲"三同"（同吃，同住，同劳动），但真要一辈子当农民，那就形同"处分"了；事实上也正是以"下放"为惩罚的，"五七干校"所在农村里，连小孩子中也流传着"好人不下放，下放没好人"的说法，干校中人的孩子在当地上学，也要被贫下中农子弟骂作"小资"的。

作为被改造者的干校"学员"中的大部分，是在军管小组和军代表的监管下，在组织起来互相揭发、互相批判的群众运动中进行"改造"的。在文化大革命的纲领性文件"十六条"即《关于无产阶级文化大革命的决定》中，曾经把"挑动群众斗群众"列为"走资派"即"党内走资本主义道路的当权派"破坏"文革"的罪状，实际上整个"文革"的历史，在一定意义上就是通过"挑动群众斗群众"直到打派仗、打内战来完成各项部署的；而作为"文革"中"新生事物"的"五七干校"，就是采用"挑动群众斗群众"以至所谓"群众专政"的办法来保证，来管理，来部署改造任务的。

鲁迅在将近八十年前，曾经把中国在皇权统治下两千多年的历史，概括说，只是暂时做稳了奴隶的时代和欲做奴隶而不得的时代的轮替。我们自己，在若干年前绝没有想到，这样的命运一直延续到我们这一代跟着中国共产党干革命的人身上。在叫作"五七干校"实为奴隶学校里的知识分子，党内党外的干部，甚至包括当时在干校里担任领导和管理职务的人，扮演整人的角色和帮忙整人角色的人，也都没有逃脱这可怜又可耻的命运。

难道不是这样吗？而为什么会是这样，这一切又是怎么发生的呢？

1998 年 3 月 3 日

宋晓梦著《李锐其人》序

李锐，这个名字今天广为人知，总是与他对中国革命的历史记述相联系，与他对毛泽东生平和思想的研究相联系，与他对左的倾向（已经从"左派幼稚病"恶化为"左"倾顽症）及其各种表现的探讨相联系。

人们读过他写的书，现在要来读写他的书了。

李锐生于 1917 年，正是俄国发生十月革命，开始把社会主义从理论形态转付实践的一年。1997 年，李锐在《八十自寿》诗中写道：

> 曾探骊珠沦厄运，仍骑虎背进诤言。
>
> 早知世事多波折，堪慰平生未左偏。

他走过的八十年人生旅途，大体上可分为前后两个四十年。他在《六十自寿》诗中说过，"生涯岂料虚前席，逆境常因好妄言"，第一句说的是在水电建设和三峡问题上接受毛泽东的咨询，第二句说的是在庐山会议上因言贾祸。其后的二十年间，他经历了从撤职查办、开除党籍、离婚破家到流放坐牢一系列的打击，"抛掷华年如废纸"，乾坤只剩一头颅。可贵的是，这颗头颅没有停止思考，这样，到了 80 年代新时期中，我们就从他笔下陆续读到围绕中国革命的正剧和悲剧所作的反思。

李锐是中国共产党内的高级知识分子；在 30 年代中后期从学校

进入社会生活，他既与同一代的共产党人走过几乎同样的道路，又与同一代的知识分子有相近似的心路历程。如果说所有的人的幸福都是相似的，那人们的不幸，却因各人的经历、资质而有同有不同。少年时就在五四运动影响下向往民主和个性解放的李锐们，成长于30年代，启蒙和救亡的声音同时呼唤着他们，追求真理和献身革命统一在他们的行动中；目睹国民党政府的腐败，面临日本帝国主义的入侵，他们别无选择地投身于共产党号召的抗日民族统一战线。李锐们到达延安的时候，中共中央正好在1939年12月做出"大量吸收知识分子"的决定。当时党中央机关领导层（其中多数是知识分子），懂得"没有知识分子的参加，革命的胜利是不可能的"这一道理。新来者一时受到了重视以至重用。随后，包括李锐在内的一些在中央青委工作的年轻的知识分子干部，办了"轻骑队"壁报，对边区的现实做出某种批评性的反应，锋芒毕露，招致了不满之声。接着而来的整风运动，自然有清算王明路线乃至抵制共产国际的更大背景，然而对干部的审查，则把怀疑对象首先集中于来自城市的青年知识分子，有陕甘宁边区（后来扩大到敌后根据地）"特务如毛"之说，遂以"抢救失足者"为名，弄得人人自危，这可能受到斯大林肃反扩大化模式的影响，而与当时革命队伍中农民成分占压倒优势，自发形成的反智倾向，恐怕也不能说全无关系。这是李锐进入延安这一"革命圣地"后最初受到的挫折。这也许正是李锐此后几十年从未以左的一套待人处世的原由之一。

当时在边区的革命者包括"抢救运动"中被伤害的人，几乎都没有把它如实地视为一次政治迫害，流行的看法则是当作革命进程中难免的失误，而据说革命队伍内部的阴暗面，在复杂的阶级斗争形势下不宜暴露在敌人面前，于是轻轻掩盖过去，谈不到从中汲取教训。可能李锐当时也停留在这一认识上，他是受过传统的和革命的两重影响的人，儒家正统中所谓不计个人毁誉得失，委曲求全，以德报怨，和共产党人誓为革命的集体的组织的利益不惜牺牲个人的一切直至鲜血和生命……加上战争形势逼人，这使他一经平反，不及抚摸身上的伤痕，就如人们常说的，"轻装上阵"，义无反顾地走向新的工作岗位了。

大约在1949年进入长沙后，李锐便有机会看到国民党领导特工的高级官员唐纵的日记，从那里知道，在延安惊呼"特务如毛"自相惊扰、大搞"抢救"自相残杀、闹得一片混乱乌烟瘴气的时候，国民党则正为在延安"没有一个内线"而遗憾。但这时李锐还没能进入对党史和革命史的回顾。他忙于大量的实际工作。在个人处理上下左右人际关系时，也一仍其旧，毫无城府，"直道事人"，直言不讳，即使在毛泽东面前，也坦陈己见，无多顾忌，可谓"书生气十足"了。

我想是1959年反右倾后，把他推入"六不怕唯头尚在"的深渊边缘，继之以"文革"中长年的单人监禁，这才最终促使李锐在回首平生的同时，在重新咀嚼马克思主义经典的同时，清理了自己的思路，从而清点几十年中国革命实践留下的"遗产"。

当李锐走出秦城监狱的时候，他给人们带来狱中用棉花签蘸龙胆紫写成的诗稿。不久，我们更看到他一系列史实准确、观点鲜明的著作，他属于最早一批走出个人迷信、闯入"左"的禁区的共产党人。

在历史反思中，李锐早年接受的以自由主义为代表的五四精神的熏陶起了主导作用。李锐在过去的半生，一直属于思想活跃之列，其中就有自由主义的潜在影响；如果说苏东坡自由出入格律之间，是"曲子词缚不住者"，那么李锐喜作独立思考，则是教条主义所缚不住者。本来意义上的自由主义（不是毛泽东《反对自由主义》

文中说的那个自由主义），其实是人类埋葬封建主义进入资本主义的条件，当然也是在中国实现民主和法治的精神条件。它与马克思要对一切现存的社会秩序、现存的学说理念都给以批判性的审视和重评是相通的：它同政治上的独裁、思想上的专断不相容；它的宽容表现于承认多元，保护个性，它的革命性则表现于不断地探索，由怀疑始，通过证实和辨伪，使认识不断地接近实际，接近真理。

也许事实将会证明或已经表明，李锐年轻时已形成的性格，天真、热情和浪漫的一面，使他适于成为一个直抒胸臆的诗人，务实、求是和执着、穷究的一面，使他适于成为一个秉笔直书的史家和思想者；而他晚年仍有精力伏案，也许是他的幸运，又是我们这些读者的幸运。

从这本传记里，我们可以大致了解李锐之为李锐。李锐成为今天的李锐，是时势使然，这里有历史的必然，也有历史的偶然在。我们通过李锐的一生，可以看到半个多世纪中国历史风云的翻卷，我们从中国以至世界历史的背景来看既是共产党员又是知识分子的李锐，也才更能看清他"这一个"的意义。

1848 年，马克思和恩格斯发表《共产党宣言》；一百年后，1949 年，中国共产党在中国取得政权。现在到了 1998 年，在纪念《共产党宣言》发表一百五十周年之际，我们要总结国际共产主义运动一百五十年的经验，更要总结中国共产党诞生以来尤其是执政近五十年的历史经验。这是一个大的工程，需要大家共同努力，让我们感谢李锐同志，他已经为此献出不可磨灭的劳绩。

1998 年 5 月 26 日

张扬：人与书

——《第二次握手》序二

张扬在他书的扉页上引用了恩格斯的语录：

> 我们不知道有任何一种权力能够强制那处于健康而清醒的状态中的每一个人接受某种思想。

然而，是不是每一个处于健康而清醒的状态中的人都能不顾任何权力的强制而公布自己的思想呢？

有思想以至独立思想的人并不少，也都处在健康而清醒的状态中，然而不是每个人都能突破某种权力的限制，把它发表和传达出来。

张扬做到了，以他锲而不舍的意志，以他的胆识；从他少年时"于无意中得之"的"反革命罪"，到他完全自觉地以自己的笔介入生活，介入社会，显示了一员闯将的姿态。

也许张扬会被"纯文学"家们视为圈外人，更被智者们讥为堂·吉诃德吧，然而我每以他为镜，在他的人和文前，看出自己的苍白和软弱。

你也可以挑剔张扬这样那样的缺点和弱点，然而他在激浊扬清、与恶势力斗时表现出义无反顾的气概，在并非自己切身利益攸关的人事上那种"亦狂亦侠"之风，索之于当世尤其是文人之中，已属凤毛麟角。倘谓之为狂人，今天这样的狂人不是太多而是太少了。

张扬的所为，常常让我想起"血气方刚"的年轻人，忘记了他已经年近花甲。"路见不平，拔刀相助"的事，从古以来发生在年轻人身上居多，所谓"少不更事"，不知深浅吧；一旦年事渐长，棱角磨平，遂如卵石，八面玲珑，事不关己，袖手旁观，出发归宿，端在自保，这样的人，见得多了。张扬则不然，而且积年如此，长期一贯，就不是一时逆反心理使然。我想，应该归功于少年时代即陷缧绁，这也是生活，这也是历练，性格因此磨砺，见识因此锤炼。在不寻常的年代里，曾被挫折打击以至关押刑求衔冤受罪的人，有的消沉，虚无绝望，从精神上摧垮了，使迫害者遂其所愿；有的却在危苦患难中成熟。

张扬自叙其经历的《〈第二次握手〉文字狱始末》这本书，就记下了他在特殊境遇中一步步走向"成熟"的脚印。

这样的故事只能发生在这个历史时期的中国这块土地上。一个在 60 年代不能见容于当时的人，如果他在后来依然遭遇坎坷，那就是说 60 年代笼罩大地的阴影还没有散尽。张扬在不算多也不算少的，有良知和正义感的人们支持下所继续做，并一直在不知疲倦地做下去的事情，也就是力求驱散我们大家头顶上的不祥的阴影吧。

从这本不乏传奇色彩的，使人揪心，使人感泣，又发人深省的书里，我们会触发诸多的联想，关于好人和坏人，关于法律和政策，关于民主和自由，关于个人和群体，关于良心和实利，关于道德和责任，关于革命和改革……让我们掩卷深长思之。

我在这里，作为最初的读者之一，感谢张扬，不仅是因为他贡献了一本记述真实史事的文学性自传。

1998 年 10 月 19 日，鲁迅逝世六十二周年忌辰

说 "笑"

——为《丁耶笑话录》作序

我会笑吗？

据说，一个有"修养"的人，能够喜怒不形于色，即使笑一笑，也只是笑于其所当笑，不会选错了笑的时间、笑的地点。

我上小学四年级的时候，有一天班上大乱，老师发了火，"一怒安天下"，立马安静下来，一治一乱反差太大，我忽觉异样，忍不住笑出声，也就立马引火烧身，被老师叫到前边罚站。

若干年后，在一次批斗会上，听到一位批斗对象的什么答话（可能是一位老红军自报家门说是"修正主义苗子"），自然是与我无关的，又觉得好玩，于是笑了，并未出声，只是脸上微露笑意吧，又引火烧身，招来一顿训斥，乃知一颦一笑还都有人注意，可不检点耶？

事后自己总结教训，其咎端在不该笑的时候笑了，错了位，乱了规矩，今后唯有"非礼勿笑"一途矣。

"文革"期间，在专政队和干校期间，只在"阴暗的角落"里即专政者或专案组目光不及的地方，与知心者交换一个默契的笑容，偶尔也有开怀一笑的事，但不多耳。我真的做到不苟言笑了，他们大约也以为我不但不"乱说乱动"，连乱笑的事也未发生；在笑不笑、笑得对不对的问题上，终于相安无事。

近二十年来，社会最大的进步，体现在我身上，主要是我想笑就笑，不笑就不笑，没人管我笑不笑了。笑与不笑，一切听由我生理上和心理上的需要了。

笑，发生在一个"社会的人"脸上，当然有它社会学的意义；然而，不可否认，它还是生理现象和心理现象，也还可以从生理学和心理学做出解释。但轻轻的一笑，浅浅的一笑，却未必都那么容易解释的。

我在1958年2月24日于划我为右派分子的定案材料上签过字以后，接到通知准备下乡。我在告别家屋时照了一帧半身像。当时还是衣冠齐楚，最让人不解的是我满脸笑容，四十年后看来，那笑容是明朗的，不是林彪说的"面带三分笑"，也不是俗语说的"挤"出来或"堆"上去的。不少朋友看后不解，问我为什么，想了又想，我也不解。如说喜怒哀乐缘于得失，笑该是自得的流露，然则我当时的笑，是因为结束了长达四五个月的疲劳战术而有解脱之乐呢，还是因为开除了党籍而感"无党一身轻"呢？似是而非，理由都不充足。但找因为若有所失，化"失落"为笑靥的先例，那只有贾宝玉丢了通灵宝玉以后才会一味傻笑呢，以我比附富贵闲人，无乃高攀了乎？

后来读到汪曾祺一篇文章，说他写的小说里，有个女同志被划右派，脸上常带着一种奇怪的微笑。他这样写不是没有根据的，他划成右派那天，回家见到妻子（就是施松卿女士，不久前谢世了，愿她在天之灵安息），曾祺对她说：定上右派了，脸上就带着这种奇怪的微笑。在他，也说这奇怪的微笑是无以解释的。

我当时的笑容，不像汪曾祺那样是"微笑"，但既然连今天的朋友都在质疑，那么在专政者们看来，这种连自己都解释不清的微笑，恐怕是"可疑的微笑"，须得立案侦查的吧？只不知全国的几十万右派分子里，还有多少人有过这类"蒙娜丽莎的微笑"？

我从1950年始读丁耶的诗，80年代后才见其人，其间他和他的家庭遭遇的坎坷，只从耳食得知。但我猜他在患难中的某时某地，必定会有过这样奇怪的笑容：在他以阿Q自居的时候，在他苦中作乐的时候，在他"白眼看鸡虫"的时候，但不知他习惯的是哪一种笑；以他的不那么含蓄的性格，大约未必都是"微笑"的，也不知他在笑时有没有让人捉住过。

我这样猜想，是因为看了丁耶这些年写下来的所谓"笑话"，虽写在不再被称为右派分子的年月，但不失为"右派分子丁耶"当年日思夜梦的物证。漫道"古今多少事，都付笑谈中"，笑与笑不同，笑谈与笑谈不同，被整者的苦笑，难道能跟整人者的狞笑同日而语吗？

是为序。

1998 年 11 月 7 日

为高旅杂文集作序

　　高旅先生从青少年时代民族危亡之秋，就关心国运民生，志存高远。投入抗日战争，作为战地记者，不畏牺牲地日夜奔走，不知疲倦地秉笔疾书，此后数十年一以贯之。晚年作为自由撰稿人，直到去世前四十八小时，仍在伏案写作。他的一生，是一个有良知的中国知识分子的一生；他以近于古典的情怀，为民族的解放、人民的自由和国家的民主，时而泣血椎心，慷慨呼号，时而忧思如缕，寄托遥深：他各个时期的所有著作就是证明。

　　先生著作各体均备，从新闻通讯，时评言论，到诗词、小说、散文、杂感，得心应手，倚马可待。职务写作或笔耕糊口，固不能不为稻粱谋，然而，先生确是"文章虽贱骨非轻"，有所为，有所不为。他是一个有始有终、全始全终的爱国者。一笔在手，他懂得它的分量。无论什么体裁，出诸先生笔下，无不充沛着浩然正气，史识文胆，此所以先生的人品文品为世所重，更使我心折，由衷尊敬于千里之外也。

　　高旅先生尤其笃于友情，在我未曾谋面以前，读他为聂绀弩诗集所写的序言，就为他们间历时半个世纪的金石般的交谊所感动，那是真正的知音，默契，濡沫相煦，肝胆相照。我是由顾文华先生介绍与高旅先生通讯的，我见证了这一对少年之交互相念旧，互相存问，至死不渝，惊异地发现了"朋友之义"的古道犹存。

　　去年听到高旅先生噩耗，怅望南天，黯然久之。先生一生的遭际，与我们民族挣脱镣铐走向现代化的道路一样，是曲折而坎坷的。

96

他的著作，正是这个多难的民族多难的时代之目击者和亲历者的证言。即使光从这个意义上看，也不该任其泯没。我知道高旅著作极丰，一方面有不少散失，一方面有更多未曾结集，怕也还有未曾面世的；仅藏于私家箱箧，不化为社会公有，不但高旅的心血可惜，于文化积累亦是损失和遗憾。幸经高旅夫人熊笑年女士搜罗整理，并得有关部门资助，先有这本杂文集可付出版，希望今后其遗作有陆续付梓的机会。鲁迅曾说保存亡友的书稿，就像手里捏着一团火，如果这能成为社会上普遍的心态，那么文化幸甚了。

高旅是邵慎之先生的笔名，先生与我五百年前是一家。而先生以旅为名，命意或在以人生为旅途耶？到这旅途接近终点的时候，先生为文又有一个笔名，曰"劳悦轩"，是辛劳而又欣悦呢，还是谐音"捞月"，或是兼有两义，当时远隔京港不曾探询，今天也无由起先生于地下，问个究竟了。传说李白捞月而去，先生或于尘劳之间，望月兴感，喜其孤高，抑悦其澄明？即以名轩，则袖底清风，胸中明月，也是先生平生襟怀的写照了。

1998 年 11 月 17 日，北京

《孙越生文集》序

面对孙越生先生这部书的校样，不禁百感交集。一半是悲哀，一半是欣慰。

80 年代初，王亚南教授的《中国官僚政治研究》再版时，是他的学生孙越生写了序言，此书在 1948 年初版付梓前，就是由越生用毛笔过录了一遍。半个世纪之后，越生的书，其中包括他的心血之作《官僚主义的起源和元模式》，竟只能由我，一个在他生前并不曾读过他这一主要著作的外行人来写序，难道还不可悲吗？

关于官僚政治的研究，像政治学的广大领域一样，在很长一段时间里成为不言自明的禁区，越生虽是专心致志，倾注全力于此，也只能在谋衣谋食之余，燃膏继晷地进行，我想这多少损毁了他的健康。然而，除了在 1988 年有几个片断得以发表以外，只能束之书柜。现在不断有人提倡做学问须坐得"冷板凳"；以孙越生为例，他之能坐得冷板凳，其实是因为有一腔滚沸的热血；而他的来自历史面向现实的研究成果所遭的冷遇，乃是一个时代的悲哀，一个民族的悲哀。

越生像一切勤奋而诚恳的劳动者一样，十分珍视自己的劳动。他的散文集《历史的踯躅》和诗画配《干校心踪》出版问世，他是很高兴的；不过他最关心也最放心不下的是他关于官僚主义的书稿。在他久病最后入住医院之前，也许有某种不祥的预感，他特地殷殷嘱咐了妻子孙明。我们现在知道，这部关于官僚主义的研究，早在 1989 年 5 月 1 日就写定了《起源论》和《元模式论》及后记，准备出版，后遂一搁近十年；而他原计划续写的第三篇《形态论》也只剩下草稿。

鲁迅曾说，拿着故人的遗稿，就像手里攥着一把火。至如孙越生这部几未示人的著作，我以为其实是这位关怀人类命运的思想者留给祖国、留给世界、留给同代人和后人的一份呕心沥血的遗嘱。越生去世已经一年了。有机会通过出版，使之结束秘而不宣的状态，让人们知道著者生前曾经在中外古今的历史和现实中，对官僚主义这个人类有史以来的老弊病，做了怎样广泛的涉猎和深入的掘进，这是令亲人和朋友欣慰，也可告慰逝者和他所念念于怀的"受官僚主义残酷迫害致死的无数善良人们"的。

我这个先睹为快的读者，于欣慰之中，油然生感激之情。我还不属于"受官僚主义残酷迫害致死"之列，而我在 1957 年所获的罪名，一言以蔽之就是"以反官僚主义为名"来"反党"。从那以后，官僚主义问题一直是我的一块心病：究竟什么是官僚主义？官僚主义和政权、政制是什么样的关系？二十年上下求索，不得其门。权威著述语焉不详，民间著述几不可得。直到改正我的右派结论时，这个问题犹如在五里雾中。

记得 1952 年发起的"三反运动"，有反贪污、反浪费、反官僚主义三项内容，可见贪污与浪费单列，不算是官僚主义；那前后在山东等地基层还同时反官僚主义、反强迫命令，可见强迫命令也没有纳入官僚主义。习以为常的说法：官僚主义是地主资产阶级政治的产物，到了共产党执政后，就没有了官僚主义的温床，有的只是官僚主义微尘，因此需要洗手洗脸；至多是官僚主义的细菌，会感染"我们的肌体"，而社会主义制度是与官僚主义不相容的，"是反对官僚主义而不是保护官僚主义的"，以至最终要战胜官僚主义的。1956 年苏共二十大揭露对斯大林的个人迷信及其后果，接着在世界范围展开一场大讨论，其中涉及官僚主义问题，比较突出的是铁托在普拉的演说。直到中苏决裂后的论战文章中，中方一直把大意是社会主义制度也能够产生官僚主义的观点，指责为修正主义。

回忆我和一些与我相似的朋友，在1956年前后之所谓反对官僚主义，其实是在一个浅层次上立论的，而且基本上沿袭当时的宣传口径，主要针对的不是体制的官僚主义，而是个人的官僚主义，而且大体上限于"脱离群众，脱离实际"的工作作风和生活作风。当时见诸报刊的这方面的文字，包括我写的在内，所谓官僚主义，多数往往是指革命意志衰退，对群众疾苦漠不关心，所谓"锈损了灵魂的悲剧"一类，实际上远未触及某些"进攻型"的官僚主义的皮毛。究竟是当时生活中的官僚主义还没有发展到后来那样严重呢，还是自以为在全力反对官僚主义的我们认识落后于实际呢？

我印象深刻的一件事，是1957年夏天反右派正式开始前不久，周扬通过《中国青年报》召集了几个青年作者，到中宣部座谈。他最后的发言我差不多全忘了，只记得他说："你们有些人在作品里要反官僚主义，你们见过什么官僚主义！"

我自问所见者窄，也许我真是没有见识过像样的官僚主义，甚或我目为官僚主义的，其实还算不上官僚主义？但周扬也没说他见过的官僚主义，比我们所见更标准、更典型的官僚到底是什么样子。或者，他后来谈异化是对这个问题的间接回答，但围绕异化问题的争论很快又成禁区，我却落了个一头雾水依旧。

孙越生文集中关于官僚主义的有关论述部分，我认为是继王亚南《中国官僚政治研究》后，我所见到的第一部最有系统的"官僚主义论"，视野更加开阔，来龙去脉分明，特别是对一些长期流行的观点的指谬，不留情面，证诸实践，显示了理论的、逻辑的力量。如果将来建立"官僚主义学"，这将可视为奠基之作。

我感谢孙越生先生，若不是他在这里的点拨，则我虽膺"以反官僚主义为名"来"反党"的罪名，却并不知官僚主义为何物，很对不起为此负罪的自己，也对不起就此整我的人了。

　　矿产在地下，则野蛮开采，文物在地下，则竞相盗掘：此中有"合法户"，也有非法户，有"群众"，也有干部。于物质的资源趋之若鹜，于精神的资源弃若敝屣；有形的古董值钱，出土而掠夺之，思想无形且不值钱，眼睁睁任其埋没。言念及此，心中又不免浮起一片悲哀，夹杂了没有着落的忧虑。

　　　　　　　　　　　1998 年 12 月 18 日，中共十一届
　　　　　　　三中全会开幕二十周年之日于北京

为济南版杂文丛书作序

在新一代的出色的杂文作者身上，看不到那种"口欲言而嗫嚅"的可怜相了。

能够议论风生，谈笑风生，显示了一种思想的优势，洞察的优势，乃至人格的自觉，道义的自觉。

面对社会上不同层次的假、恶、丑，却不停留于情绪化的表达，而将义愤上升为理性的驳论，但笔端又能饱蘸感情，往往化为嬉笑怒骂；既不同于干巴巴的讲道理，也不同于一笑了之的逗乐和噱头：这就是杂文写作中议论风生、谈笑风生的境界。

风生，风生，生的什么风？

今天，此刻，窗外，风过处，空气中的悬浮粒子被刮得无影无踪，还我们一片澄明的蓝天。

在社会生活里，没有这么便宜的事，希望将邪气浊尘一扫而空，也是虽善良而失之简单的奢望。对杂文的作用期望过高更是一定会失望的。然而，杂文中的议论或笑谈，如果有助于澄清蒙蔽思想的沙尘，使我们心中呈现理性的蓝天，不是就大堪告慰了吗？

相形之下，那些"口欲言而嗫嚅"的文字自然可怜，而有些强词夺理或扭捏作态，企图障人耳目或想要把水搅浑的文字，则是可恶了。

我羡慕议论风生、谈笑风生的杂文，可以说有志于此久矣。每看到无论比我年长或比我年轻的作者之有如高屋建瓴，挥洒自如，都是虽不能至，心向往之，有"不亦快哉"之感。

这一丛书中的几位作者，都比我年轻，比我"冲"，读他们的杂文，多数让人感到痛快，痛快痛快，痛而后快，非不痛不痒之作可比也，不亦快哉！

出色的杂文作者越来越多，成方阵地涌现，使假冒伪劣的所谓杂文无所遁形，不亦快哉！不亦快哉！

1998 年 12 月 28 日

吴祖光是怎样一个人

——陈明远著《吴祖光·1957》序

吴祖光是个什么样的人？

我从 80 年代中期与祖光、凤霞夫妇结识，谈不上过从甚密，但常在公众场合与朋友聚会上见到祖光先生，有时也到他家一叙，主要是看望行走不便的凤霞，总能听到祖光真诚地倾谈。无论涉及个人身家，或是社会见闻，国家大事，他都不加讳饰，直抒己见，是非臧否，爱憎分明；怎么想就怎么说，没有套话，不拐弯抹角，不设防，不怕得罪人，不留"后路"，真诚得近于天真，绝不像在我们这滚滚红尘中跌打了几十年的人。看他从年轻时就写出的历史题材和现实题材的戏剧，剧中显示的现实主义深度，他原是世事洞明，对各种人物的"机心"一清二楚，然则他只是不屑于此道罢了。

看祖光的文章，跟听他谈话一样，不费劲，一是他直来直去，用不着透过字面再去破译；二是他凡有议论，都从人所共有的、世所通行的常情常理常识出发，往往一语中的。你就看他在 1957 年《谈戏剧工作的领导问题》中围绕"组织制度"说的一席话，寥寥数语，切中肯綮，这也恰恰表明他并没有把思想纳入"党八股"的话语系统，这或许正是他的思想和文字的生命和力量所在，但也正是他在教条主义以至文化专制治下不合时宜之处吧。

在待人处世中，他讲信义，重感情。多少年来的正义感，不因碰壁受挫而打折扣，总是同情弱者，仗义执言，抱打不平。日常乐于助人，出奇地"好说话"，来者不拒，有求必应，以致被人揩油或受人利用亦茫然不知。因此，作为一个人，吴祖光无疑是个好人，甚至近于"君子可欺以其方"的"滥好人"了。

作为一个中国人，一个中国的公民，吴祖光是个爱国者，也应该没有疑义。他在1937年秋抗战伊始，就写出处女作、歌颂东北抗日义勇军的多幕话剧《凤凰城》，这时他是二十周岁；1940年他写出《正气歌》，以文天祥抗元的事迹鼓舞中国人投入抗日战争。整个40年代他从事的写作、编辑、导演和其他社会活动，无不是为着民族解放和社会进步的目标。这里还不能不提到他同中国共产党的关系。祖光在大后方的一系列剧本创作，他反对国民党剧本审查制度，争取创作自由的英勇行动，策应了中国共产党向蒋介石要民主要自由的政治斗争。1945年秋国共谈判时期，他从王昆仑手里拿到毛泽东《沁园春·雪》抄稿后立即经手首发，此举为毛泽东在国民党统治区赢得了广泛的影响。前两年在上海《新民晚报》席上，杂文家虞丹（蒋文捷）对祖光说，1948年我在香港就住在你家，祖光说他可一点也记不得了，因为当时在港的中共领导人之一、也是祖光的老友夏衍等是经常把来港的同志安排到吴宅暂住的，数也数不清。1949年吴祖光同其他许多民主人士一起来到北京，参加新中国的建设，是对中国共产党和毛泽东的号召的响应。别的都不说了，单是祖光做主把家传的无价之宝——他父亲吴景洲先生平生收藏的二百四十一件一级文物捐献国家，就可见其一片无保留的赤忱了。

祖光就是一个这样的人，无负于朋友，无负于国家，无负于人民，更无负于中国共产党。按照党的统一战线序列，即使因为吴祖光当时没有加入共产党，不能算做同志，也应该够得上是多年的朋友吧？即使因为吴祖光没有"入伍""吃公粮"，在1949年以前都不算是革命者，但是"自带干粮"同国民党斗争，上了国民党黑名单的人，称为"进步"人士总没错吧？中共领导的统一战线，核心和主体是革命者，外围是进步人士，在50年代以后这都属于拥护社会主义的范畴；而为了扩大统一战线，还有一个比拥护社会主义更大的圈圈，叫作爱国统一战线，意味着有些不赞成或暂时还不赞成社会主义的，例如港澳和海外的人士，只要是爱国者，赞成统一和回归的，也在争取和团结之列。那么，吴祖光即使不算一个社会主义者，谁能说他不是个爱国者呢？何况他在中华人民共和国成立后，即使作为中共的"诤友"提意见时，其全部意见也都是以承认共产党领导的政权和社会主义制度为前提的，否则他何必苦口婆心地要求改进工作、改善领导呢？对于执政党，他乃是推心置腹，"不把自己当外人"的。然而，为什么这样一个好人，党的老朋友，进步人士，爱国者，在1957年中国共产党某一级组织的眼里，就变成了十恶不赦的坏人，敌人，必欲对之实行革命和专政，"不获全胜，决不收兵"，最后要撤职停薪，发配到北大荒监督劳动，并且几乎非让他妻离子散不可：这是为什么呢？

我们无须替吴祖光呼冤辩诬，就他个人来说，他早就以自己的历史和现实的实践为自己平反。然而事情涉及的不仅是他一个人的命运。我们在这里，通过著者对个案所做实事求是的陈述和分析，看到了使至少五十五万人直接遭逢厄运的反右派运动的来龙去脉。

我希望这本书的读者，各自得出自己的结论，各自汲取必要的教训。

拿我个人来说，虽然也在1957年"沦为右派"，然而对于全国究竟打了多少右派，都是怎样处分的，却不甚了了，至于涉及全局性的问题，如运动如何决策、如何发展的种种内情，更是一无所知。我是受的第四类处分；当时对右派处理共分六类，我原以为也像过去一般常规那样"两头小，中间大"，即处分严酷的一、二类，处分较宽的五、六类都属少数，大量的恐是三、四两类，撤职降级，下放劳动而已。事实上我是想得太天真了。反右开始后在 1957 年秋公布实施了"劳动教养"条例，而从李维汉的回忆录得知，半数以上的右派分子被送去劳动教养，也就是近三十万人进了"大墙"。我在短期劳动后成为"摘帽右派"，并保留了北京户口，回到原单位控制使用，这只是少数中的少数。即以劳动场合来说，我所在的渤海盐滩虽也艰苦，比起如祖光远戍的北大荒，也还是好过得多了。在祖光和其他深受迫害者面前，更不用说在已致死的亡灵面前，我由衷为自己曾经苟安于一隅感到歉疚。

了解情况，才能总结经验。我是新近才知道新凤霞曾被迫吞金自杀，她当面对刘芝明等人说过这样的话："既然你们这些革命干部没良心，不让我活了，我新凤霞就死给你们看。死了也不服！死了也是冤鬼呀！"犹如感天动地窦娥的绝叫，使我们好生想一想，某些革命干部（有些曾经参加过对蒋介石国民党的革命），为什么要以人民的名义"革"人民的"命"？新凤霞是旧社会里生活在底层的受苦艺人，不用说了。吴祖光虽然出身于非无产阶级家庭，但他在民族民主革命时期的表现，是党的领导人周恩来充分肯定过的；刘芝明长期在解放区，或对于解放区以外情况无知，或同时在思想深处有自发的反智倾向，然而，当时领导文化部运动的还有陈克寒、钱俊瑞等一干人，党内的高级知识分子干部，却都长期在国民党统治区工作过，与那里的知识界合作过，怎么也会在与知识分子为敌的斗争中披坚执锐，没有二话？周扬则说："知识分子们的思想改造往往是最痛苦的，特别对你们这些从旧社会过来的旧知识分子。"周扬是从上海到陕北才告别"旧社会"的，距他说这话也不过二十年，自然，当年置身上海"旧社会"里，大约他也不是"旧知识分子"，而是领导、利用、改造"旧知识分子"的人员吧。

周扬不仅要吴祖光"检查思想"，还要他"交代关系"。从这里我们可以懂得，"旧知识分子"云云，是知识分子的"原罪"，而思想言论和社会联系则是知识分子可恶的现行罪行。因此，一个当年在重庆少数"进步"文化人因同住形成的松散结合，远远够不上"集会结社"的组织活动，而且是由周恩来玩笑地命名为"二流堂"的，竟成为追查的重点、定罪的凭据了。呜呼！

没有言论自由、出版自由、集会结社自由这些公民基本权利，这些权利虽经宪法规定，却缺少民主和法治的制度保障，那么，吴祖光或别的任何什么人都会随时被抛到冤案的中心。祖光先生晚年转而呼吁人权，是完全可以理解的了。

回忆我最初得知吴祖光的名字，是 1947 年在北平，在《马凡陀的山歌》扉页，见到丁聪为诗人马凡陀作的漫画像，旁有吴祖光毛笔行书题词曰：

> 小丁画了个凡陀马／不由我就惊喜交加
>
> 提起了此马来头大／在蜀水巴山会过他
>
> 一诗成好似黑风帕／将鬼怪妖魔一把抓
>
> 这书一出纸应无价／诗人笔开遍自由花

在结束这篇序言时，首先把这首诗还赠给作者祖光先生，并祝他健康长寿！其次，借花献佛，将此诗转赠本书著者陈明远兄，并祝他身笔两健！

1999 年 1 月 24 日

《晒谷集》序

为什么答应给陈西峰的《晒谷集》写一篇小序呢？因为我跟陈西峰有一点点缘分。

什么缘分？

陈西峰出生在沧州，是在 1960 年。那时候我刚刚离开沧州，在 1959 年秋末冬初。我在沧州度过了反右派运动的最后阶段，在那里经过了所谓整风补课，包括再一次动员大鸣大放大字报，经过再一次引蛇出洞，批判斗争补划右派；然后是贯彻"三面红旗"，也就是总路线、大跃进、人民公社运动，在运动中，宣传跑步进入共产主义，大放高产卫星，搞关于"够不够，三百六（即人均年口粮原粮三百六十斤）"的大辩论，办公共食堂"吃饭不要钱"，接着上山找矿、砸锅炼铁等等，最后全民的大饥荒就到来了。沧州自然不会例外。我离开那里的时候，已经取消了"吃饭不要钱"，粮食也紧上来了。

我在当时是以右派分子的身份在沧州劳动改造的。按政策受"孤立"，"不许乱说乱动"的处境是屈辱的，然而我仍然从身边的农民和农工那里体验到人情的温暖，人性的本真：这就是为什么我对这个林冲发配的盐碱东乡，离去时唯恐不速，离去后又常惦念的缘故。

只要有机会，我就打听沧州的消息，直到 1963 年一场大水，连我住过的沧县姜庄子、姚官屯全都淹了。"文革"一来，自顾不暇，"全国山河一片红"，没有一寸安生的土地了。

从 80 年代到 90 年代，刘小放的诗和何香久的小说，让我重新回到沧州地界，前者让我重温那里人民的质朴可亲，后者几篇倾诉人民苦难可称惊心动魄的小说，跟我对那里的记忆衔接起来了。

1997 年秋，我和妻子重访了沧州，早年中央人民广播电台的著名女声播音员万里，是我们的老同事，更是跟我一起下放沧州的"同年"，她陪同我们走访了一些旧地。在她家里，我跟本书的作者有了一面之缘。给我印象最深的是，我们闲谈中说起的一些书，他几乎也都读了，而他读过的有些书，是我想读还没读过的。我得知他出了校门，教过书，编过报，又到党政机关工作，算是一支"笔杆子"。原以为他只是写写公文，计划总结，汇报材料。这一回我点名看了他的散文，一组《乡间旧事》，这才觉得多少理解了他。

我绝非看不起公文写作。这也是一门本事，很像样的作家未必能写得中规中矩，然而，只有在像散文这样的作品里，才能看出作者的性情。名为散文的文字，若看不出作者性情，要么是缺灵性，要么就是矫情。

西峰的《乡间旧事》，所记的事最早似从六岁开始，那已经是 1966 年了。他没有正面写当时当地大人们的斗争和运动，但他的亲人长辈那些贫穷又善良的人的命运依稀可见。那篇短短的小说《糖人儿》，像鲁迅的《故乡》一样，没脱生活的原貌，显然是纪实的，我们相信那母亲责备孩子时心疼着孩子，孩子一下就从贪玩到懂事，并且会成为孝子了。

我们近年已很少看到正面写体力劳动感受的文字，大概凡爱弄弄笔杆的年轻人，大都没干过重活累活脏活苦活了。展望未来，进入知识经济的前景，好像更将重体力劳动排除在视野之外。物以稀为贵，读到《拔麦子》和《拉油》这两篇东西，我感到亲切。我也是在沧州阴历五月大太阳下拔过麦子，也是口渴难耐，也在一小洼的地面积水边，用手拨开浮在水面的肮脏，闭了眼咕咚咕咚一口气喝下去的。这个水是什么滋味？而十五岁的陈西峰一日一夜往返十多个小时上大港油田拉一罐油回家，在饥渴和疲惫中，他终于体验到"男子汉的滋味"：

> 走呀，走呀，开春的土路正翻浆，轧下去，颤悠悠，车辙很深。腿也越来越沉，路也越来越长，两人越来越少说话，走走歇歇的时间越来越短。累极，真恨不能躺在路上，再不起来。看到有人在路上拾粪都羡慕，见到坐小驴车的就眼热，待"嘟嘟嘟"的拖拉机开过，简直就嫉妒了。
>
> 走呀，走，从油井到二号院，到窦庄子，到苏家园，到南和顺，到中旺，过一个村再盼一个村，一步一步地量，懊悔、失望、愤怒、怨恨、希望……一切都没用，只能向前走！
>
> 终于看到家了。看到村边的树，家的土墙，两行泪不知不觉流下来。是委屈，激动，疲劳，历尽苦难的喜悦，还是初尝男子汉的艰辛？说不出，道不来，只觉得两行冰凉挂在脸上。
>
> 油是黑的，泪是白的。黑白相间，留下了永久的回忆——
>
> 呃，男子汉的滋味！

这样的文字，也该让今天十五岁的孩子读一读，中国需要男子汉，需要从小就决心当男子汉并做好准备的少年；真正的中国男子汉，应该是懂得民间疾苦，甘愿与大多数人共命运，在争取社会进步和社会公正中实现个人价值的人。

从目录看，这样的散文只占了本书的很小一部分，半数以上的篇幅是随感杂谈一类小品，我想这可能跟他从事报纸工作的经历和习惯有关。我曾经在一个座谈会上说过，书刊影视有所谓"少儿不宜"，而社会批判性的杂文，则是"官员不宜"，不宜写也不宜读也，此中有中国的国情在。仓促之间，这个话题来不及展开，想写一篇小文来说一说，却至今还没动笔。西峰书里的杂文部分，我只读过三两篇，都是十几年前旧作；我猜想那些较好的作品，怕也多半是走上仕途之前写的。西峰"官"不算大，但毕竟属于公务员序列，"官身不自由"。那么，行有余力，就不必非写杂文不可，散文，随笔，以至小说，仍然大有用武之地吧。

希望陈西峰继续写出好作品，对得起一方的父老乡亲，更不辜负广大读者的期望。

1999 年 3 月 1 日

忆张弦

——《张弦电影剧作选》代序

在将近半个月使人窒息的春阴以后，今天春分，风和日丽。但翻开张弦的小说、电影剧本和他身后才发表的一部未定稿的长篇，我轻快的心情忽然变得沉重，而且沉入悲哀了。

是的，两年前，张弦是在江南那凄风苦雨之夜离开了他所留恋的亲人和人世的。他本来忍受着癌症晚期带来的巨大痛苦，盼望一再延期到 3 月 21 日的聚会不再延期，他要前去和那些多年共过事、彼此交过心、互相理解互相支持过的影剧界朋友再见上一面，说几句临终的话，关于自己做到了和没有做到的，关于对朋友们的感激之情。然而，死亡剥夺了他这个最后的机会。

听说张弦在去世前一天，还跟医生说他的心情，要像年轻时那样"拼一拼"。

听了这话我问自己，我对他真的理解吗？我从来没有把他和"拼一拼"联系起来过，在我的印象里，他一直是潇洒自如的。1956 年在刚刚创刊的《中国电影》上读到《锦绣年华》这个剧本，就知道必然出于锦绣年华的作者之手，那陌生而清新的名字张弦，果然是翩翩年少。接着看到《甲方代表（上海姑娘）》，期待这位科班出身的工程技术人员，能写出更多在大工业背景上音容笑貌纷然杂陈的青春故事，我相信这在他是得心应手、驾轻就熟的，用不着"拼"就能写出来。

谁知一别就是二十年。1977 年我去皖南地质队路经马鞍山，竟意外地听说，这个才华横溢的电影剧作家，曾经被分配到电影院"领座儿"。我并没因此热泪盈眶，而是苦笑而已。因为我听说文艺评论家、老编辑唐因在哈尔滨"落实政策"时，是让他上一个营业浴池去报到的。在掌握着对普通人"生杀予夺"之权，从而也掌握着强词夺理的话语权者面前，这都是不容置辩的"革命需要"。剥夺知识分子从事熟悉和热爱的专业的权利，想办法从肉体和精神两个方面折磨他们，力图摧毁他们的自尊、他们的信念，这大概同属于"革命需要"之列。我不知道张弦在这个"革命需要"的"岗位"（如果也叫岗位）上干了多久。后来张弦复出的第一篇小说《记忆》，写一个女电影放映员因颠倒了一段胶片而被颠倒了半生，也许就跟他那一段生活不无关系。他说苦难带给他的"困惑、苦恼和沉思"，在他重新执笔时，都成了他的"财富和力量"。可能他就像《记忆》中的女主角那样，原谅了那加害于他的一切吧。

从 1979 年到 1981 年，短短三年里，张弦接连写出了《被爱情遗忘的角落》《未亡人》《挣不断的红丝线》《银杏树》等名篇。看得出他"从新的起点出发，努力思考和探索下去"。而我觉得这好像是水到渠成，用不到他怎么"拼"的。

现在回头来看，在这些篇章里激荡着他的悲悯之心，怕也凝结着他对中国血泪历史的思考。他直到晚年爱说一句话，"性格即是命运"，这句话已镌到他的墓碑上。他在小说和剧本里写了一些人，尤其是青年和中年的女子，她们的性格，她们的命运。多半是善良的人，她们爱，她们受害，受骗，她们失望，绝望，她们痛苦，无告，她们沉沦，或者默默死去。

在特定的社会条件下，善良的性格导致悲剧的命运，这似乎是必然的，无须论证的。对于普遍发生的事情，我们往往麻木了，习焉不察了。只因读了张弦的女性系列，才又想起了我们几十年间所遇见、所听说的若干平民女子的遭遇，难免废然而叹。张弦刻画了女人们的痛苦，体贴入微，似乎只是为了表达一种无可奈何的同情和理解，然而这些悲剧人生体现的宿命，不能不引起读者良知的战栗，使我们感到了所谓思想大于形象的那些有待咀嚼的内涵。

有一次，在偶然交谈中，不记得是提到杨玉环，还是历史上别的什么女性，张弦说起中国历来读书人与女性在命运上的相似之处。诚然，被豢养的地位，依附于人，不能自主，无独立人格可言，从思想到行动都是不自由的。难道不正是这样吗？也许张弦在写女人们的性格和命运时，并没想把从古至今中国读书人都捎带着写进去，但不排除读者做这样的联想。而张弦有意无意间，总是把对读书人可悲命运的同情寄托在笔墨之中了吧？

五四文学的特点之一，是突出了诸多社会问题中的恋爱婚姻家庭问题，往往从女性的命运折射出被压迫阶层的命运，发出控诉和呼喊。一直延续到三四十年代，包括革命文学在内。这印证了经典作家所说，妇女解放的程度是衡量社会解放程度的标志。而后来的革命，把人们对自由的追求，集中引导到争取政治参与自由——归根结底是夺取政权的轨道上去；在这种情势下，女性的权益似乎只是从属于集体的个体的局部利益，因此毋庸讳言应该放到第二位。于是，在文学作品中，有关女性在恋爱婚姻家庭问题上的个人自由这一主题，像一切有关个人生活空间的主题一样，冲淡了以至消失了。然而，离开了个人自由和个性自由，更不用说抹杀了每一个人作为自由的主体之后，自由岂不仅仅剩下一个空壳？事实上，张弦小说中的那些可怜的女子，并没有得到以一代人的个人自由换取的真正意义上参与公共生活的自由，自然也没有得到对个人生活自由和其他个人权利不受侵犯的保障。

从这个角度看，张弦的女性系列，在新时期文学作品群中的意义，就绝不是当时所说的"拨乱反正"，而意味着重新唤起对个人自由的向往，真是"古调虽自爱，今人多不弹"了。

从 1982 年起，大约是他的小说改编成电影，并获得什么奖项，张弦一夜之间成了新闻人物，这绝不能说不是好事；他差不多由此向影剧创作倾斜，小说家之名渐为剧作家之名所掩，实至名归，这个定位也符合他早年即以电影剧本名世时最初的选择，当然也至少不是坏事。我作为他的朋友和最早的读者，却在 80 年代后期执拗地盼望他继续以主要力量用于写小说。现在看来，是不懂得他把剧本改编这一"再创作"同样看成一个切切实实的艺术创造过程，并且也确实付出了相应的劳动；囿于某种先入之见，我是把剧本的改编更多看成一种专业技巧性的技术处理，好像在他只需要付出时间，而无须全身心地投入。我曾经半开玩笑半认真地强烈地呼吁他：再给我们读者写出更多好小说来！今天看来，这样的要求几近相强，可能在他精神上形成一定的压力。因为，他后来告诉我，试过了，但是久不写小说，不顺手了。平心而论，写剧本，既是他的初衷和宿愿，是他的兴趣所在，又是他的长项，他在整个 80 年代直到 90 年代中，剧本写作的数量和质量都对得起中国千百万的影视观众，他已做出他可能做出的，而且是别人无可替代的贡献。

张弦谈到我的写作时，笑说"你的尖刻的杂文"，是说"尖刻"，而不是一般人所说的"尖锐"。或许包含有我对人对事过于苛求的意思吧。知我罪我，他对我上述的不情之请，也当会一笑置之，加以原谅。以性格论，张弦不是剑拔弩张的人，而是善于理解和谅解别人的人。

他在逝世前不久，从南京的病房里打来一个电话，以微弱的声音，向我要书，我知道他是看到了先在报上刊发的一篇书序。但那书还没出来，只能另外寄了别的书去。近日翻读旧信，他在 1981 年收到我一本赠书时，曾经说："我们这一代走过三十年多么困苦的路，而且还要更加困苦地走下去。可慰者，你总算留下点东西了，让后代评说吧！"那时复苏不久，再次入世不深，大家还保留着50年代的思路，其实我的那点"东西"，是断然不会传世的；再进一步说，诗也罢，文也罢，影剧也罢，能在当时进入受众的视野，得一点好评，所谓"各领风骚三五天"就很不错了，要想进入异代人的生活，并在异代人中博得知音和欣赏，是很不实际的奢望。我从写杂文起，自知为一时一事写的都是"时文"，只求与当下的读者有所沟通，而不抱"以杂文传"的想法；将来的读者如有余暇，自会去读那时的"时文"，再吃多年前炒的冷饭，累不累呀？只有极少数大家，他们的作品因本身的意义（思想上和艺术上），超越了时空的局限，才会免于尘封故纸堆中或随岁月而化去。这同"人事有代谢"是一样的机理。张弦通达，大约也不存什么"不朽"之想，因此他在创作中从没有哗众取宠之心，只是真诚而平实地讲一些普通人的故事。这些故事的主人，他所深深同情的那些善良女性终将都不在矣；但是若干年后，总会有某一个雨天，某一扇窗前，一个多少阅历了人生的女读者，也许是偶然地读到了张弦的一本书，读到善良人的不幸，随着檐声滴沥，她的心也浸沉到悲悯之中，一滴泪或许夺眶而出，这在张弦，也就足以引为知己了。

张弦已去，两年来，秦志钰在一如既往地拼命于编导工作的同时，还为整理出版其遗作尽心尽力；为了张弦，也为了读者。这是令人感佩的。

张弦属于他所爱和爱他的人，属于他所爱和爱他的读者。

1999 年 3 月 21 日

一要活着，二要活得明白

——为向继东《生活没有旁观者》序

一个是，人头落地，还连称"好快刀"；一个是，临刑画押，只顾惋惜圈儿画得不够圆：这都是小说家言，却不失生活的根据。后者糊里糊涂地挨了刀，前者挨了刀还照样糊涂着。

死得不明不白，是因为无法无天，草菅人命；糊里糊涂就死，是因为活着时压根儿没明白过。

拿我自己说，肉体生命，苟延至今，政治生命，处决者屡。直到文化大革命结束，几经回首，这才有点儿恍然，倘在反右派运动里死去，念念"臣罪当诛兮天王圣明"的心态，何异于连称"好快刀"的人头；倘在"文革"中"为革命牺牲"，斤斤于定案材料上枝枝节节字字句句，岂不又是一个浑浑噩噩的阿Q！

于是从不知不觉而达到后知后觉，深知有些历史，有些现实，有些道理和有些没道理都需要弄清，认为只有如此，才不致糊里糊涂地死去，而能死得明白。

二十年来，如果说我又有所进步，就是认为不光是图个死时明明白白不糊涂就算了，而且是活着，要明明白白地活着，做个活得明明白白的人。

但实践证明，要做到这一点，多不容易！

世界之大，之复杂，或者说中国之大，之复杂，不是想弄明白就能明白的。以你个人，能够占有多少材料，且是真实可靠的材料，你能洞察多少幽微，包括预见到若干变数？认识是伴随着实践过程的一个歧异纷出的过程。即使你轻易地克服了自己的偏见和成见，你还得经历诸多认识上的困境与穷途，迷茫与困惑，才可能从山重水复走向柳暗花明。也许真的，到最后一息你还发现了近期认识上的偏差和失误，但你对此是自觉的，则庶几是个力求明白的明白人，甚至可以说达到或接近大彻大悟了。

知彼和知己，认识客观世界和认识自己的主观世界，都是没有穷尽的。认识有深浅，不安于醉生梦死就好。戏剧大师曹禺年轻时写的话剧《北京人》，有一个最年轻的角色瑞贞，可能是剧作家寄予厚望者，说了一句话："多少痛苦，才换来一个明白！"由于认识的不可穷尽性，也许我们自以为明白了，其实还在糊涂着，但在经历了许许多多的痛苦之后，若没有这一点力求明白的自觉和努力，不是连自己都对不起吗？

远的不说，我们当代中国的思想者，我们从事社会科学、人文科学的众多朋友们，二十年来主要就是干着这样一件事：为了大多数人能够活着，并且明白。如果没有他们的努力，没有他们写文章，写书，发表意见，帮助我睁眼看世界，睁眼看中国，睁眼看自己，说不定我还囿于"坐井之观"，蜷曲在井中，笼中，瓮中，茧中。而正是由于有了他们的启蒙，我才像在一首诗中所说：知道了"地球在宇宙中的位置／中国在地球上的位置／我在中国的位置"，即使如有人说的是在"边缘"，只是十二亿人口中的一人，千百万脑力劳动者的一员，在生活中我也不是旁观者，更不是任人宰割的鱼肉和牲灵！

向继东是我的年轻朋友，他的写作，就属于在自己变明白的同时也帮助人变明白的事业。从懵懂到明白，不是一蹴而就，也不是一劳永逸的，今天在这个问题上明白了一点点，明天在那个问题上明白了一点点，就没白吃饭，没白活。在这个意义上，我从不敢以明白人自居，但不愿意糊涂下去，让人蒙在鼓里，让人牵着鼻子走；这样积小明白为大明白，倘再有人妄图施小伎俩，掩我耳目，扯谎骗人，欺压相加，我就可以从容地讥之以一句北京土话，曰："谁比谁傻呀?!"

1999 年 4 月 26 日

《一窗风景》序

人之患在好为人序，我有一点自知之明，但这回又要破戒了，为了我的同乡们的文学作品。

我有一本书，书名《一窗四季》；这回同乡们的书名叫《一窗风景》。我从这窗望出去，满都是萧山的风景，是江南的风景，是中国的风景，难道不也是20世纪末的人类的风景吗？

描画这些风景的朋友，都有一份"文学痴情"。我十分珍惜这也许会被某些人嗤笑的"文学痴情"，它不带任何功利的意味，在充满各种实惠打算的今天，只有这样，精神的翅膀才能自由地飞起来。

关于文学，我不想多说什么，说，也是老生常谈。市场经济带来了价值多元和趣味多样的局面，理论和评论缺席固然不好，但摆脱那些形同炒作的恼人的所谓文学话题，做一个文学作品的自由读者，也许是更实际也更浪漫的选择。

自由读者的幸福，是会结识众多的作者，无论他们是今是古，有名无名。从他们的作品，得引他们为朋友也好，认定他们是可信任的朋友，然后去读他们的作品也好，总之，看了作品，觉得不足与友的，自然扔到一边去可也。

这本书里的作者，从介绍看，多数是在三四十岁之间，从作品看，多数出生在乡村，或小镇上，从他们笔下流出来的也就多是故乡草野之民的生活风俗风情画。在看厌了大城市灯红酒绿纸醉金迷宾馆餐厅游乐场销金窟老板白领三陪二奶乱七八糟一塌糊涂之后，乃有一种清新之感。

我不是唯题材论者，我不是说上述那些都市题材不该写。我是觉得我们有些作者站得太低了，过去歌颂权力是以下跪者的视角，今天美化金钱和权势，却又换了一副垂涎者和乞怜者的眼光。不但在巴尔扎克面前，而且在张爱玲面前都是应该惭愧的呀。

人的审美感觉，审美能力属于文化教养，主要是由读书和其他艺术鉴赏的实践，经年累月地陶冶而成。人的文学观念更是主要从读书形成的。总是先读书，而后写作，写作循着什么样的路数走，取决于读书和思考的影响，是勉强不得的。我看这本书作者们的自述，或说写作是"灵魂深处的呐喊或发泄，是彷徨与孤独、愤怒和无奈中的选择，是寻找记忆中的温馨和遁入梦幻世界的途径"，或说写作是"走入酸甜苦辣的真实生活，并用笔来叙写人生"，"在字里行间审视和翻阅着自己"，"把很世俗的东西去构成一个美丽动人的故事"：各行其道，各行其是，每个人用自己的笔去表达，去创造，有个性的人写出有个性的作品才好。

写作是个体的劳动，最不能强求一致。写作又是创造性劳动，最忌成批量的标准化生产。甚至有些作品，原本不是准备发表的，是写给自己的，或是为了自己而写的。然而如果要发表，那就需要能跟读者沟通，一般说来能使读者认为可读。

这本书里的作品，我认为都是可读的；从接受美学的角度说，这当然离不开我这个读者本人的若干条件。

比如，因为我关心我的祖籍故乡，听说下邵村的水塘由养鸭户承包，弄得脏污不堪，不复天光云影了，我读这段文字就不免悠然神往："那是一个很远的湖，在山上，我忽然感觉自己有好久不曾上山了，白雏菊又疯疯野野地长满了山坡，葛藤从溪坎上挂下来，好像要把一种葱绿灌进我的血液里去。"（丁晓梅《一个乡村女教师

的一天》）

再如，作为张中晓同一代的过来人，我读下面这段文字便觉得格外亲切：“张中晓所处的年代已经远去……总之，似乎不太可能再真切地感受‘寒衣卖尽’的苦痛了。唯独对于无书可读的滋味或许仍会有同感。因为于爱书者而言，只要有书可读，他即使寂寞，也绝不至于孤独；他也许找不到一个知己，在浩如烟海的书籍之中，却不会没有灵魂与他的心灵相沟通。对于一个读书人的意志的摧残，身临绝境远没有无书可读、有志难抒来得残酷。”（夏时炎《品书五题·走向无梦楼》）

的确，书，确实缓解了身处绝境的张中晓的痛苦。而张中晓最大的痛苦是不自由，不自由的痛苦除了自由是无药可医的。他在“无梦楼”中驰骋着自由的思想，笔底寄托着他对自由的向往，然而他终于在不自由中死去了。这是让我们在似乎“张中晓所处的年代已经远去”的时候，想起来还不能不感到痛苦的。我们已经温饱甚或有余，但愿全国还有那五六千万未脱贫的同胞也逐步免于饥寒，但愿“张中晓所处的年代”真的离我们而远去。

祝福我的故乡的乡亲。

祝福我的故乡的作者。

1999 年 7 月 23 日

《跋涉者的足迹》序

面前是一对俄文翻译家夫妇孙维韬、温家琦的书稿。

这是一串五六十年代的往事,一支苏联时代的挽歌。

维韬是 1950 年 10 月提前从哈尔滨外国语专科学校毕业,走上空军工作岗位的。后来有十年时间在空军司令员刘亚楼将军身边做俄语译员。因此,在朝鲜战争的战场上,在军委空军司令部,在莫斯科、西伯利亚和远东,他不但会见过苏联的空军英雄,接触过苏联的将帅,也熟悉许多苏联专家和普通工作人员,他体验过中苏两国人民之间真诚的友好感情,他也见证了两国关系紧张后不止一次"谈判桌上的较量","唇枪舌剑的交锋"。这是一个俄语译员眼中的中苏关系史。这个年轻的译员,不但参与过许多中苏两国间的国家级谈判和礼仪活动,还随同中国军事代表团,参加了 1956 年各国空军主帅云集的苏联航空节,和 1957 年十月革命四十周年的庆典。世事沧桑,看到他笔下融入自己感情的,亲耳聆听、直接目击的第一手材料,忽有"白头宫女在,闲坐说玄宗"的感觉。

这本书,不是中苏关系的编年史,而只是一个中国译员的亲历记,但它比正式的史书多了一些可贵的细节。不仅有例如刘亚楼这样有"儒将"风度的高级将领的音容笑貌,也有周恩来、叶剑英、陈毅等在外交场合与日常言行中的吐属;例如在苏联一次偶然谈起图哈切夫斯基,对于这位在二战前夕就以外国间谍的莫须有罪名处决,多年来鲜为人知几近湮没无闻的逝者,叶帅竟那么熟稔地缕述了他的历史功绩,连苏联军方的陪同人员也感到惊异:这是唯有亲闻謦欬者才能有的传神之笔。

对于苏联派驻中国的专家，作者也是既没有像过去的宣传那样，一边倒地说好话，也不是情绪化地笼统指责他们都是大国沙文主义骄横跋扈，而是如实地记录了其中有些人的恶劣表现，同时对许多人寄予了友好的感情。对于前者，这位译员在年轻的时候就曾经顶撞过，还因此得到过刘亚楼的首肯；而在三十年后的1991年，他重访俄罗斯，曾专程上基辅去拜会了在1955—1959年任中国人民解放军空军首席顾问的尼古拉耶维奇将军。此时的将军早已退役，且苏联亦不复存在，孙维韬更只是作为故人，他们的重逢，却是纪念曾有的一段国家关系和工作关系沉淀在个人心中的盟友的感情；这种感情来自政治，然而已经超越了现实政治。

在维韬和家琦合写的这本书里，无论前半部有关两国空军间合作关系的记述，还是后半部他们夫妇俩到俄罗斯旧地重游的见闻和感慨，都不隐蔽自己的是非好恶，直言不讳，这是我所十分看重的。以维韬和与他同样在空军中作译员的妻子的身份，在当时的工作中，虽然参与机要，但并不参与决策，对于国与国、党与党之间的关系，他们没有置喙之地，对自己在特定范围内所接近的中苏双方人员包括高级将帅，他们的看法只能是个人的看法；从1961年离开莫斯科后，由于历史原因，他们直到三十年后才得重来，此时此刻，苏联共产党和苏联国家业已瓦解，他们随后虽曾在俄罗斯又住了五年，但探讨苏东巨变、总结历史教训并不是他们的任务，因此他们也仍是在特定范围内同俄罗斯人有或深或浅的接触，或多或少的交往，他们的种种看法更是基于他们个人的感想。因此，我想，不必责之以"全面"和"深刻"，更不必强求以"不足为外人道也"的"此中人语"，我认为他们的劳绩，就在于如实地写出了他们的所见所闻，写出他们原始的真情实感。

在 60 年代中苏公开论战，苏联撤退专家以后，直到中国国内的"文革"结束，这对于几乎所有的俄文翻译工作者，都成了英雄无用武之地的空白时段。然而我从维韬的著译年表看，他却没有浪费光阴，而留下大量的作品和译品。更不用说到了 80 年代，他在译著编审方面的发挥了。50 年代初我就是他以"智涛"为笔名翻译的马雅可夫斯基诗篇的读者，对于他的博闻强记和勤奋刻苦，是佩服的，又是羡慕的。

在中山公园音乐堂纪念普希金诞生二百周年的朗诵会上，邂逅贤伉俪，嘱我为他们的新书作序，浏览书稿后，谨写读后感如上。

1999 年 7 月 25 日，北京溽暑

追求高品位

——《张子扬文集·角儿涅槃》序

什么叫"品位"？

1977 年秋我跟着一个勘探铁矿的地质队活动，我知道，用百分比记录矿石品位，指的是它含铁量的多少，也就是所谓品位的高低。我想，一个电视节目，一件影视作品的品位，该是决定于它的文化和思想含量。张子扬先生这部书，是一个电视工作者潜心提高作品和节目品位的记录。从事文化和媒体工作的有心人不妨一读，尤其是有志于电视和影剧的年轻朋友，会从这些并不故作高深的娓娓而谈中，得到你所期待的启发。

二十年来，中国的电视不再仅仅作为新闻公报的发布渠道，而是逐渐进入普通人家的日常文化生活。随着频道和节目的增加，也有了一些选择的可能。30 年代没有电视，鲁迅先生晚年有时去电影院，主要是看《人猿泰山》一类片子，他说，此生是不会到非洲去了，从电影看看那里的风光也好。我甚至觉得有些内容，也许从电视片里看的，比现场亲历更清晰更全面。相信看过专题片《卢浮宫》的朋友都会同意这个说法。关于"失落的文明"，关于历史上的重要战争，以及一系列引进的节目，这扇"把外部世界展示给中国观众的窗口"，慢慢开大了，给人的不只是见闻和知识，而是让我们见识到又一种视野，一种思路，一种观照世界文化和人类命运的态度。

我们封闭得太久了，我们应该睁眼看世界。然而我们的封闭又何限于国外境外呢。国内现实，真实的人和事，真实的生活场景，有多少还是荧屏上的空白！所以例如张子扬关于西藏的专题片，我认为是十分可贵的努力。我也到过西藏，不说别的，单是那仿佛因在高原而与我们贴近了的蓝天，那经常变幻，犹如格萨尔王出征时武士似的一团团披甲戴盔的白云，就使我为之搁笔，似乎只有用摄像机才能穷其象而传其神。像这样的，还有待张子扬们继续用武之地，在中国何止万千，何止万千啊！

电视有远远高于出版的收视率，有惯说的无远弗届的强大威力，似乎是便于造势和炒作的了；然而从根本上说，它更富于潜移默化之功。面对媒体和大众文化，我欣赏张子扬所说的"平民意识"，这是有责任感的电视人不可或缺的。

以我们这样一个长期贫穷落后的大国，处于初级阶段的发展中国家，改革开放后经济发展不平衡，种种原因造成的社会不公导致一定程度的社会心理失衡：有责任感的电视人，怎样把终极关怀体现为对人们日常权利、眼前物质和精神需要的关注，绝不能视为急功近利。要看到消费文化的正面和负面的影响，通俗而不媚俗，即使在趣味性、娱乐性的节目中，也不牺牲制作者的独立思考和人文精神，这就是我所说的品位了。

高品位的作品和节目，只能出之于具有较高素养的从业者之手。当然，这也离不开"厚积薄发"这个学与用的规律。我想，从这一点说，这部书也会给我们一个重要的参照，看看张子扬从他投考中央戏剧学院起，到他参与电视以来，他一直抱着什么样的追求，为了实现这些追求，他是怎么样做的，他读了些什么书，思考些什么，他又经受了哪些磨炼。我最近还读到子扬题为《半敞的门》和《提灯女神》的不错的诗稿，才知道这位电视人的本色是个诗人，他有诗的情怀，有超越于具体功利的感受和思索，这也是使他跟某些被实惠遮挡住眼界的人区别开来的吧。

一个人总是在历史提供的舞台上扮演自己的角色，即使尽力发挥，也不免带着主观和客观两方面的局限性。完全摆脱了局限性的人是没有的。这部书为作者前十几年的电视生涯做一小结，同时让我们看到他的潜力。尽管其中的观点不全是我所认同的，然而，此书以其相当的信息量，以其对原创性的向往和渴求，以其从戏剧专业走向电视编导的生动经验，自成一家之言。因此我乐于向一切准备从事广播电视和电影戏剧事业的青年朋友推荐。

1999 年 8 月 15 日，抗日战争胜利五十四周年

为《钟鸿文选》作序

我曾为钟鸿的诗集写过小序，这回又为她的文选写序了。两读她的书稿，都使我感喟她多舛的一生。

在这本文选里，依稀可见她人生的影子，而更多的是她对亲情和友情的记录，她总是在缺少美、缺少欢乐的时候和地方，顽强地寻找着美和欢乐。

她的母亲贺澹江、继父黎锦熙、生父钟皿浪，三位都是世纪老人，关于他们的笔墨，描绘出那一代学人和志士的风格。钟鸿还写了她参加革命以后的两位老上级，廖沫沙和杨述，于缅怀的意义之外，也都有史料的意义。

钟鸿在清理遗物时，发现母亲还珍藏着她十六岁在学生运动中写的诗歌集《给妈妈》，还有她 1957 年初发表的一首惹祸的小诗《冬小麦之歌》等等，有一些是钟鸿自己都没有保存的。珍藏是无言的爱。这样的爱，在钟鸿写她自己儿女的篇章里，一脉相传下来了，使读者都能触摸得到。钟鸿的母亲年过半百亲见了女儿的落难，钟鸿自己则亲历了老年丧子之痛。

我说过，钟鸿不但有二十年沦为政治贱民的厄运，而且遭遇了一个女人所可能遭遇的一切不幸。但应该说，她作为一个女人，作为一个知识分子，作为一个人，是从来不失其乐观和坚强的。60 年代中期，偶然邂逅，我知道她正在为一个剧团编剧本，工作非常努力，显示出一派天真。如果说这种天真常常与轻信相伴，因"轻信"而乐观和坚强，似乎未免不尽合乎逻辑；然而经过文化大革命加给她个人的重重磨难之后，她所表现的乐观和坚强，显然就是建立在别样更坚实的基础上了吧？

钟鸿已经年近古稀，而积极热心如故，常常让人想起1948年那个从北平奔赴解放区的年轻大学生的身影。比起她所忆念的父母一辈，比起她的儿女一辈，她这一代人的"鸿爪留痕"，至少也具有特定的历史认识价值，而对于同辈人来说，更会引起共鸣、默契，以至有价值的回忆和联想。所以我曾经建议她，不妨把自己经历的某些生活，自己对这些生活的真实体验，更细致地写出来：我期待着，相信很多朋友和读者也会这样期待着。

1999 年 10 月 24 日

杨乔《北京随笔》序

40 年代香港《华商报》的新闻编辑，50 年代北京对台湾广播节目编辑，六七十年代遭返故里后走街串巷的修伞人：这就是杨乔花甲以前的简历。

杨乔老人已是八十高龄了。只有在 1979 年后，也就是十一届三中全会后的二十年间，他才有了较为安定的生活，有了稍事个人写作的精神余裕。

我和他都曾在中央人民广播电台工作。那是 50 年代初期。但从反右派运动后我沦为政治贱民，离职下放劳动改造；等我回来时，听说他也遭遇了不公正的待遇，离开他热爱的北京。直到二十多年后重逢，不但人事已非，楼台也不复当年了。

由于我们有一些共同的朋友，如刘岚山、袁鹰等，也由于我们有某些类似的经历，每回杨乔来京，我们总有一些可谈的话题。我知道他虽然年高体弱，仍然不辍写作，这于我也是一种无形的鞭策。我有不少忘年之交，各各年长于我，我老是想，如果我能到了他们那样的年纪，能不能有他们那样豁达乐观的胸怀，良好的精神状态，积极向上的生活态度，以及锲而不舍的干劲？

老人的优势，我以为在于悠长的岁月沉淀给他们的记忆。把这些写出来，在某种意义上是给历史作注脚。对个人来说，则是审视自己的过去，继续磨砺自己的思想，升华自己的经验，也有益于身心的健康。

老人把他部分随笔的篇目寄来，说要辑为一集出版；多数我没有读过，但都引起我的兴趣。也许其中有一些具体观点我未必尽能认同，但他所提供的史实，他所坦陈的思路，无疑会有一定的认知意义。

杨乔除了个人写作以外，还热心参加桐乡当地的一些社会活动。如他经常给我寄来的一份油印刊物《不老松》，就是他参与编辑的。杨乔寿登耄耋，八十岁是又"上一个新台阶"，希望他起居珍摄，祝福他健康长寿。

是为序。

1999 年秋北京

"当代打油诗丛书"弁言[①]

我们倡议编一套"当代打油诗丛书",得到朋友们和出版家的赞同和支持。

打油诗,在有悠久诗歌传统的中国,历来是带贬义的,常指一些肤浅油滑且平仄不叶之作,犹如所谓顺口溜,是难登大雅之堂的。

我们这里所选,则多是原先无意为诗,更无意登大雅之堂奥的作者。他们甘居"打油"之列,也从不以方家讥讽"打油"为忤。尽管他们于诗各有主张,彼此之间亦复有同有异,这是正常的。

作者中有四位已经谢世。

大家熟悉的聂绀弩先生,生前在香港印有《三草》(《北荒草》《赠答草》《南山草》),后都为一集题名《散宜生诗》,由人民文学出版社出版。先生去世后,许多朋友致力于他集外诗的搜集。除学林出版社出版了《聂绀弩诗全编》(罗孚编,侯井天、罗孚辑,朱正、侯井天、郭隽杰、罗孚笺注)以外,侯井天先生以十二年之功钩沉辑佚,先后多次印出由他句解、详注、集评的《聂绀弩旧体诗全编》,至1999年5月第四次印本,共收《散宜生诗》二百六十二首,《拾遗草》二百七十首,合计五百三十二首。这里的《聂绀弩卷》,选入一百一十四题一百六十四首;选目经侯井天提出,依次经王存诚、陈明强、何永沂、郭隽杰增删。

高旅先生,曾为聂绀弩《三草》作序,读聂者多知之。高旅是

---

① 这一丛书功败垂成,那缘故是可以想见的。留此书序以为纪念。

134

老报人、小说家、政论杂文家，"文革"前任香港《文汇报》主笔。平生写作以千万字计，大陆印有他的历史小说多种及杂文《持故小集》。他的遗诗达千余首，王存诚先生正在整理，现从中选出若干，自成一卷。

唐大郎先生，曾用笔名刘郎，他的打油诗在三四十年代的上海广为人知。但因没有结集，多已散佚。香港三联书店1983年出版了他的《闲居集》（收诗三百零八首，并附集外诗五十首），主要作于1949年至"文革"前、"文革"后至去世前这两段时期。他的诗多配以短文或长注，引申发明。这里的《唐大郎卷》即从这一集里选编。大郎先生散见旧时各报刊的其他诗作，如有有心人费神搜集，那是作者之幸，也是读者之幸了。

荒芜先生，生前出版有《纸壁斋集》（黑龙江人民出版社）、《纸壁斋续集》（湖南人民出版社）和《麻花堂集》（广东人民出版社）。这里的《荒芜卷》即从上述三书中选编，附以少量集外遗作。

健在各家，黄苗子、杨宪益、廖冰兄、胡遐之、熊鉴、李汝伦、何永沂诸先生，也都是饱经沧桑，发为歌咏；最年轻的何永沂，亦已五十多岁了。然而，在他们的笔下，无论嬉笑怒骂，或叙事抒情，心理年龄似都还在血气方刚或哀乐中年，正是"白日放歌须纵酒"的境界。这大约是打油诗人之所以为打油诗人的可爱之处。

而打油诗之所以为打油诗，不管各家风格迥异，其关注民生、直面现实，热爱生活，疾恶如仇是一致的；可以说，忧患意识和批判精神，正是这些打油诗的灵魂。

至于说到艺术，打油诗亦自有其对诗味诗格的要求。传统的中国诗词，应该说是门槛较高；当代诗词的作者，有些是进得去又出得来的，有些则是逡巡徘徊而迄未入门，在所谓打油诗领域也是如此，虽似同在大雅之堂以外，恐怕还是有出入的。

当代诗词作者何啻千百，其中不惮自称打油诗人的作者虽是少数，但绝对数字说出来也会惊人。这套丛书设计之初，还想到过别的一些"打油"诗人，限于种种原因，不能尽收。假如这套书能得到读者喜爱，也许类似的丛书还有望继续问世。但只望在诗歌广受亵渎之时，大家都来爱惜"打油诗"的名声，不要把它也败坏了就好。

邵燕祥　纪　红　1999 年 11 月

《中国第一个思想犯——李贽传》序

汉初的大功臣、绛侯周勃，曾经统帅百万雄兵，后来被诬谋反系狱，他说：这一回才知道狱吏的尊贵了！

这一句中国的千古名言，至痛，亦至切。

狱吏尊贵，正所以见囚徒的卑贱也。

扩大来说，官吏尊贵，正所以见一般民人的卑贱也。

从秦以降，中国就是一个"以吏为师"的国家。吏者，当然不限于狱吏；然而，对于在押的囚徒来说，狱吏就是大一统的中央集权专制国家的代表，也是"政教合一"的皇权统治的直接的实际执行人。明末的学者李贽一旦成了"思想犯"，捉将官里去，也就归狱吏"管教"着了。

这个政教合一，也就是所谓"法统"和"道统"的合一。李贽，在我们今天看来，他反对假道学，其实还是维护真道学的，他反对"咸以孔子之是非为是非"，也只是反对把孔子门生的传述当作教条；但就是这样，已经大逆不道了，竟敢触犯权威，自是向道统挑战。那时候还没有"把思想问题、学术问题同政治问题区别开来"的政策，加上他口出狂言，公然以"异端"自居，这还了得！于是，不客气，即以反革命煽动或曰危害国家安全论罪，当时的话叫作"敢倡乱道，惑世诬民"！

明王朝统治者给李贽定罪，也要打出"民"的旗号，他们是何等爱护平民百姓的思想纯洁性，以防异端的污染啊！说"也要"，是说并非自明代始。贾谊谓秦始皇"废百家之言，以愚黔首"，而当年秦始皇在大举坑儒之前，也是说"吾使人廉问（侦讯），或为妖言，以乱黔首"。可见，在秦皇那里，百家之言就是"妖言"，而要使黔首不"乱"，只有使之愚昧才行了。贾谊如生在秦皇治下，也必是思想犯无疑；即使不说，固难逃"腹诽"之罪，何况多嘴说出，动笔写出，那么"言就是行"，不但是所谓思想犯，也是犯"恶毒攻击"罪的政治犯了。按照中国的道统，据说本来是尊老尚齿的，但李贽以古稀高龄，一成叛逆，且不免于缧绁之灾，桎梏之辱，更不用说贾谊这样以年轻而知名的读书人了。口头上拿宽仁厚德装门面，骨子里则以暴力严刑相威慑：这就叫外儒内法。

异端或准异端或假想的异端之不能见容，正所以见统治者政治霸权、思想霸权和话语霸权的神圣不可侵犯。

在秦始皇还没有一统六国之前，就有人预言："诚使秦皇得志于天下，天下皆为虏矣。"果然让他不幸而言中。虏，就是奴隶；黔首，其实也都是奴隶，因为他们匍匐在下，从上面俯瞰，一片黑乌乌的头发，才呼为黔首。作为大奴隶主的皇权统治者，为了让黔首们好生听从使唤，自称是在"牧民"，把愚氓驯化成"会说话的牲畜"，他们也有分析，区别对待：其中死心塌地的奴才，要嘉奖；不甘为奴的觉醒者和反抗者，要镇压；而对从统治的营垒中掉头出来以至反戈一击的人们，则必得诛杀之而后快。李贽就是这样的靶子，他自命异端，敢倡"邪说"，扑而灭之，便可让普天之下的臣民都信服皇家的"正说"，完成同样是大一统的精神控制，亦期维系金字塔式的权力结构于万岁千秋。

等因奉此，李贽之死是活该的。

当大吏、长吏、案牍小吏，全都在超稳定的权力结构中成为各自范围的狱吏时，则监狱以外的"黔首""黎民""百姓""愚氓"也就都成了假释或候补的囚徒。铁窗内外，一步之隔，有错抓的，没错放的，凡此乃是专制政制的题中必有之义。"百代都行秦政制"，偶语可致弃市，何况嵇康"非汤武而薄周孔"，何况李贽公然指斥"阳为道学，阴为富贵；被服儒雅，行若狗彘"，今天骂古时的君相圣贤，骂当下的官僚学阀，明天难保不会骂当今的皇帝及其他权力者，即使为了预防，也得收押治罪，叫思想犯，叫政治犯，欲加之罪，何患无辞，肉体消灭，最是理想，留一口气，则须折磨，死罪可免，活罪难饶，磨得发疯，概不负责，逼得自尽，正中"上怀"，然后将他的言论封杀，妄加传播者同罪，雷厉风行地"肃清流毒"。李贽熟读经史，自然有见于此，早就把他自己的著作命名《焚书》《藏书》了。

我从前只知卓吾先生李贽其名，真正翻看他的著作，是直到20世纪70年代的"批林批孔"运动中间。中华书局配合"评法批儒"，重印了先生的书。因他"批"过"儒"，竟把他当作"法家"捧出来了。这个历史的误会，倘李夫子再世，也会啼笑皆非的。不过感谢这一误会，使李贽著作得到一次小小的普及机会。那时我投闲置散，常常踅到广播局六楼资料室的书库里去"立雪"；不但读李贽，也读普列汉诺夫，与这些谢幕多年的中外古人悄悄对话，倒也颇不寂寞了。

那时还开始译介李约瑟的《中国科学技术史》。我不免从中国科学和技术的落后，想到中国封建社会长达三千年的停滞。读到李贽，思前想后，我好像明白了一点点：当一个社会要把有良知的、肯思考的读书人（以至突破禁区搞一点"奇技淫巧"的工匠）都"投畀豺虎"的时候，禄蠹和书蠹成为上流社会主流，而平民百姓缺少一个普遍的启蒙，只能眼睁睁看着西门庆、应伯爵之流横行市井，但求苟全性命于乱世或准乱世的时候，还能期望人文与科学在这片土壤上有多好的命运吗？

连李贽都不能见容的中国，是出不了笛卡儿、孟德斯鸠、伏尔泰、卢梭，也出不了马克思、恩格斯的。

话讲远了，扯回来。我们比李贽晚生四五百年，又加上他身后几百年的中外历史可做我们认识世界的参照。讲民主，讲科学，讲法治：我们应该有比李贽更大一点的言论空间和生存空间，这是毫无疑义的。

1999 年 11 月 21 日

为《回应韦君宜》作

"认识你自己！"这是很难的。韦君宜在饱经沧桑的暮年做到了。她是在半个多世纪的时代大背景下审视自己走过的道路，从而逐步认识自己的。

认识古代史之难，难在人物已杳；认识当代史之难，难在许多当事人或利害攸关者还在。遭受苦难的人回顾历史而痛定思痛；制造苦难的人，难免因别人回顾历史而触到痛处，于是而有掩盖历史，讳莫如深，篡改历史，混淆是非，甚者则欲销赃灭口，扼杀记忆，以掩天下人耳目。

然而我们不但要回顾五十年的历史，也要回顾百年的历史，不但要回顾百年来我们这块土地上的历史，还要把中国放在世界的背景上来重新认识。中国的革命史和中国共产党的党史也不能离开世界背景，我们耳熟能详的教诲：中国革命是世界革命的一部分；何况中共曾只是共产国际的一个支部！苏联共产党（布尔什维克）那时被称为"列宁斯大林党"，中共是按照联共的榜样，并在联共的帮助下建立起来的，整风中强调以《联共（布）党史》为中心教材，建国后重申要"以俄为师"。

而经过大半个世纪实践的检验，这不是一个可称良师的学习对象。在30年代全世界一片反法西斯声中，它就与另一个极权主义国家纳粹德国订立互不侵犯条约，而以牺牲弱小国家为代价；在这之前，共产国际对德共的指示，就是打击作为中间力量的社会民主党，实际上大大帮助了纳粹及其党魁希特勒。这一姑息养奸策略的恶劣作用不下于英国首相张伯伦大遭国际舆论诟病的绥靖主义。战后苏联以本国利益为基准，干涉别国内政，直到武装干预，对所谓兄弟党如同毛泽东说的仍是以"老子党"自居，都是人所共知的。

在对内政策方面，苏联这"第一个社会主义国家"，是依照阶级斗争和社会革命的理论建立起来的。由于强调夺取政权和在执政后以巩固政权为第一要务，在其表现的诸多方面，竟与自古以来中外权力者尊奉的"唯权力论"一脉相承；它经常表现为"唯意志论"，也是唯权力者的意志来行事。在这里，国家被解释为主要包括军队、警察、监狱等暴力的专政机器，国家功能是全能的，无所不管的，其目标在于变全国为一个大军营，大劳动营。它以阶级的名义行使自己的权力，阶级意志通过政党体现，尽管斯大林曾经批判过无产阶级专政是"党专政"的说法，但是从"群众、阶级、政党、领袖"的经典理论公式出发，经常形成一定的领导集团，从而"推举"出"最有威信的……"等等的"领袖人物"来统帅一切，阶级专政也就一变而为代表一定集团的领袖的专政了。斯大林就是这样的领袖。如果说他在国际事务中除了迷信武力以外还同时使用权术的话，在国内对人民则是赤裸裸的施行暴力的统治。大者如强行农业集体化，少数民族集体大迁徙，以及与知识分子为敌的种种举措；他在党内斗争中也是极端残酷的，动辄置人于死地，不论是异议者，真正或假想的政敌，还是其他撞在枪口上的冤死鬼。他所操纵的司法部门和报刊广播，可以随时宣布无辜者为人民公敌。这一切都是在革命和专政的名义下进行的，革命要求打破一切旧秩序，以革命为唯一的秩序，专政更不受法律的制约；只要是为了对社会进行"革命的改造"，为了镇压对革命的反抗，什么都做得出来，此之谓为所欲为：为了目的，不择手段，再无信义和道德可言。而在革命理想的外衣下，鼓励告密和伪证，掩盖、篡改并伪造历史，一切归结于一个伟大的目的，就是巩固那凌驾于全民意志和利益之上的，标榜为阶级权力的权力者的利益即特权。

中国共产党在几十年的革命历程中，围绕着对共产国际和苏联是否唯命是听，对苏联模式是否原样照搬的问题，不是没有争议和斗争的。然而由于先天的政治血缘，也由于中国社会发展阶段与苏俄革命前后同具的东方特点，要想彻底摆脱苏联在思想上、政治上、组织上以至体制上的影响，是根本不可能的，那在革命的严酷年代不仅将被视为异端，而且将被视为背叛。中国的第一代革命者，其中的先锋分子多受过西方资本主义文明的熏陶，但他们首先是受的本土前资本主义文化的传统教育，这也是他们能够接受以反对资本主义相号召的苏联影响的内因之一。

中国共产党的内部肃反，不是从40年代整风运动的"抢救失足者"开始的。早在土地革命时期，中央苏区的"反AB团"，鄂豫皖、洪湖以至陕北等根据地的肃反，都曾大开杀戒，现在的研究还未充分表明，这些究竟是执行共产国际指令，学习苏联的结果，还是中外相结合，或主要是继承和发展了本土农民造反和秘密会党的传统做法。正如中国革命内部长期对文化、知识的贬低，对读书人的歧视打击这一反智倾向，究竟是从苏联革命经验和"无产阶级文化（拉普）派"那里接受的影响，还是更多地来自农民成分的自发倾向——在传统的"士农工商"向"劳农至上"的革命转化中，"乡里人"对"城里人"、"泥腿子"对"油嘴子（包括读书人）"的矛盾从沉睡到唤醒，并趋向极端。

在延安的整风运动中加上了"抢救"这一插曲，是很典型的。后来在全国规模上重演了多次的，以政治革命和思想革命为内容的群众性运动，都以此为滥觞。"肃反"加"反智"，直到文化大革命，也未能超越这个模式。

韦君宜老人从"抢救失足者"开始她有关历次政治运动的回忆，是符合逻辑的。她的经历作为个案，也有概括一代人以至两三代人的典型意义。她是30年代中期参加共产党领导的革命的。人们称作红色的30年代，乃就全世界而言，那是在1929年大萧条之后。在美国，罗斯福正以他的新政挽救着资本主义的经济走出危机，而左倾成为西方知识分子中一个相当有力的潮流，似乎除了不断发生危机的资本主义，只有苏联式社会主义是人类可以选择的出路。在东方的半封建半殖民地中国，人们，尤其是知识分子和产业工人，辗转于贫困的不自由的生活，又面对着日本帝国主义强敌压境，随时有沦为亡国奴的危险，在当时国内的政治格局中，救亡图存的迫切要求，使人们把希望从国民党身上转而寄托于当时以"抗日救国"相号召的中国共产党。

韦君宜在正式发表《思痛录》之前，曾经出版小说《露沙的路》，我以为是自传体小说，虽截止于1949年前，仍可与《思痛录》参照阅读。在那里，同样表现了如她这一类型的革命者在特定历史情境下的内心矛盾。革命要求以集体主义消灭个人主义，令每一个具体的个人归于"阶级""国家""人民""革命""集体"的共名。而像韦君宜这样的知识分子，一方面受到党的多年的教育，另一方面也受过完整的家庭和学校教育，在二十多年中形成了自己的良知，不可避免地要以良知来审视自己和审视周围的一切。这样的矛盾，一直向后延续到1949年前后参加革命的一代。北京大学中文系女生林昭，1957年大鸣大放中提出一个"组织性和良心的矛盾"的命题，遂被打成极右派，并在后来的日子里，引申升级以致处死。这似是题外的话，其实并非无关。因为这样的悲剧涉及千百万人，其性质也远非个人的悲剧。

韦君宜能够在有生之年，虽是力疾执笔，毕竟把她的经历、她的心路写了出来，不只是倾诉隐痛，更意在共同搜索那使人类不能免于痛苦之源，这是一种大彻大悟大悲悯，一切良知未泯的人，应该同她一起思考。红岩烈士何敬平诗云："为了免除下一代的苦难，我们愿把这牢底坐穿！"事实证明，光是把牢底坐穿，并不能真正免除下一代的苦难，如果不反思，不总结经验教训，旧的牢底坐穿了，肉体和精神还会堕入新的牢笼。只有在"认识你自己"的同时，力求认识动态中的历史和现实，才能使我们和后代从历史性的苦难中真正获救。

感谢韦君宜，她在失语和丧失活动能力前，在半瘫痪状态中，最后做了这样一件事。她参与了也可以说率先投身于打捞和抢救历史真相这一项有待更多的人加入的巨大工程。

历史是社会的集体的记忆，历史又是多少代人苦难和血泪的记录。"不识庐山真面目，只缘身在此山中"，我们置身历史中，但我们未必能对历史有透彻骨髓的认识。现在，我们通过《思痛录》，通过有关此书的背景，可以看到什么？扩而大之，我们通过几十年的中国历史，通过对当代中国与世界，特别是中国与苏联、与国际共运的关系的历史来看，我们个人的悲欢离合、荣辱浮沉的"小历史"，不是都寓于"大历史"的左右进退是非功过之中吗？

没有纯粹个人的历史，也没有纯粹个人的命运。"思痛"云云，更不仅仅涉及个人的痛苦。

《思痛录》还给我们一个启示，就是要在历史的时空中做纵横的比较，拿我们身历的历史，不但同苏联和东欧前社会主义国家比，而且同中国皇权专制主义统治下的古代史比，同苏联前身沙皇俄国的历史比，同20世纪的法西斯轴心国家德、意、日等极权国家比，也同二战中组成反轴心的欧美各国比……在全人类命运的大角逐大展示中，找出其间的异同，加以鉴别，找出适于我们自己的前进道路来，掌握我们自己的命运。

那么，我们就不是为"思痛"而"思痛"了。我想，这一点，应该得到所有真正坚持辩证唯物主义和历史唯物主义的人们，真正实事求是、追求真理的人们的首肯。

以上所云，既是因《思痛录》，也是因《求真录——回应韦君宜》而发。后者选辑了韦君宜的朋友和读者所写的读后感，也选辑了她自己发表及未发表的文字中可资参考的篇章。这些都有助于我们了解《思痛录》成书的经过和书中内容的时代后景。我希望读者朋友们，能从上述更辽阔而纵深的风云视野来阅读这一切，也许《思痛录》的意义当会更加凸显出来。

1999 年 11 月 28 日

为王学娟书稿作序

我希望这本书的读者，除了像我这样的同辈以外，还有更多年轻的朋友。那么，我就得在这里先说些旧事，许多是生活在改革开放年代的读者今天无法想象的。

在 1958 年夏天北京电视台（中央电视台前身）开播以前，广播是中国大陆上唯一的电子传播媒体。那时候设在北京的中央人民广播电台，各省、市、自治区的人民广播电台，辅以遍及各县的有线广播网（也以转播中央台和所在省市自治区台节目为主），成为深入到电路所及的一切城乡、所有家庭，诉诸听觉来发布政令、传播新闻和提供文化娱乐的唯一渠道。

那时候，除了党报党刊，还到什么地方去获得有关天下大事的消息呢？除了有数的影院剧场，又还能到什么地方去听歌听戏呢？于是听广播成为从干部到群众、从知识分子到工农兵无一例外的每日功课。直到 80 年代电视机有了较大普及之前，情况大抵都是这样的。

发布政令，传播新闻，固然是对听众进行思想政治教育；文艺节目和其他专题节目，也都担负着这一任务。

当时中央台对国内的普通话广播，长时期虽只有两套节目，但基本上覆盖了一天二十四小时中的大部分时间。而其中除了正点播出的新闻性节目外，多数是文艺节目。1958 年，中共中央宣传部副部长周扬主管广播，他为文艺广播规定的"三三制"原则，要求以不少于三分之一的节目，用于配合政治任务包括配合一个时期的

"中心工作"；另外的三分之二，才是优秀的中国传统节目和优秀的外国文艺节目。那所谓政治任务和中心工作，既有像大跃进这样的大题目，也有像养猪积肥直到"滚珠轴承化"这样的小题目，不但今天的听众会认为不值一顾，当时的听众也是不爱听又不爱唱的，今天没有任何这样的作品流传下来，不就是有力的证明吗？

在60年代之初，大跃进已失败，全国陷入大饥荒，周恩来、刘少奇、陈云等提出"调整，巩固，充实，提高"的八字方针来纠"左"。中央广播事业局局长梅益在贯彻执行这一方针时说，当人民物质生活贫乏的时候，要让精神食粮尽量丰富一些。于是文艺广播在不得不继续宣传"三面红旗"的同时，也得以播出像电影录音剪辑《祝福》，歌剧录音剪辑《巴黎圣母院》等，在"列宁喜爱的音乐作品"名义下，还播出过贝多芬《命运交响乐》、歌剧《卡门》中的"斗牛士之歌"一类的经典作品。文学和曲艺方面也把门缝开得大些了。

可惜好景不长，毛泽东关于文艺的两个批示下达，文艺整风，随之"文革"开始。被江青谥为"封资修""大洋古（后改称"名洋古"）"的中外古今优秀作品和节目都在扫荡之列；与诛讨"三家村"相呼应，文艺广播中的"阅读与欣赏"等更是首当其冲。文学、戏剧节目有文字可查，比声乐节目受到更苛刻的挑剔，达到了"欲加之罪何患无辞"！几乎所有的文艺广播编辑都受到这样那样的政治冲击。中共十一届三中全会以后特别是进入80年代，处境才有好转。

然而，在长达二十多年的"左"倾政策下，我知道，绝大多数文艺广播工作者，怀着对文艺的挚爱和良知，仍然尽力设法为听众提供过不少不失为审美对象的真正艺术品，并且经过钻研，探索了许多变视觉欣赏（书籍文字和影剧形象）为听觉欣赏的广播形式。

148

这里面就有本书的作者王学娟。

习惯上称编辑工作是"为他人作嫁衣裳",他们是幕后的配角,无名的英雄;广播编辑尤其如此,他们的劳动成果不由纸笔以传,而仿佛凭空而来,随风而逝,天长日久,几无可考。王学娟也正是他们当中的一员。

我乐于看到王学娟从多年的文学节目广播稿中遴选了部分样品,不但有史料的意义,而且有欣赏的价值。我认识她,早在她们一大批同学从上海戏剧学院来京的 50 年代中期,四十多年来,我深知她为人的朴实爽快,也深知她的敬业和刻苦。读此书稿,真的像是看到她一步一步向前行走的脚印。

唯其因为这些脚印是从那么崎岖坎坷又布满荆棘的荒寒路上走来,我希望不但同辈人、而且后来者也能从这些脚印上体认到一些什么。

1999 年 12 月 6 日

为孙光萱《古今诗歌美学初探》题扉页

自然界里不能没有花。没有花的地方是荒原，是沙漠。

人间不能没有诗歌，诗歌是人的生命的花朵。

自然界的花，各有各的名字，各有各的性格，千姿百态，仪态万方，风情万种：只要不是假花。

人间的诗歌，古往今来，繁生流变，亦如千花万卉，都有自己的颜色，自己的芬芳：只要不是伪诗。

爱花的人，绝不限于植物分类学家。

喜爱诗歌的人，也不能仅仅用植物分类学的眼光，而要用灵魂去接近她。

据说花能解语；真诗和好诗呢，总是与人的灵魂相通的。

花迟早要凋谢的，有的朝开夕落，有的春荣秋衰，尽管来年还会重放。

而好诗生命永在，是不会凋谢的，即使只剩下一两个花瓣，一两个断句，她超越时空仍在等候着知己。

让我们作诗的知己吧！让无数珍贵的生命的花朵，带着灵魂的闪光、思想的色泽、感情的汁液，融入我们的生命，使我们的精神世界永不成为沙漠和荒原吧！

2000 年 3 月 19 日

150

《鲁迅：人，还是神？》序

人之所以异于禽兽者，是不仅浑浑噩噩地为族群繁衍着后代，而且对后代寄托着希望，对将来怀抱着理想：愿人之子们能够告别专制和愚昧，健康合理地做人，以进于真正的文明。

鲁迅在彷徨和孤独中，呼喊着"救救孩子"，一心想的是肩住黑暗的闸门，放他们到光明的地方去。他想望着推翻千百年来吃人的筵席，在恍如古墓的废墟上恢复一个人的世界。

他明知"绝望之为虚妄，正与希望相同"，他不忍人们在无望中沉沦，他要在如墨的夜涂抹一线熹微的亮色，为生活装点些欢容。

但他不是冥想者，他是切切实实地足踏大地，要在无路的地方走出一条路来。

于是我们看见荒原上过客的足迹和背影。

于是我们看见乌鸦盘桓的坟前依稀一个花环。

鲁迅，这个为人子、为人兄、为人夫、为人父者，这个有着正常人的喜怒哀乐却又因敏感和理性而一倍增其哀乐的大智大勇者，他不能不痛苦，不能不愤怒。他面对着野蛮和残暴，虚伪和卑劣，麻木和怯懦，面对着社会的畸形和人性的病态，发出了他所能发出的最沉雄的呼吼和呐喊。

他在路边的草莽中独自舔罢伤口，又进入壕堑了。他用借来的天火煮自己的肉，是为了营养奴隶的孩子们，成为敢想敢做敢哭敢笑敢骂敢打、搏击于时代潮流上的人。

他为年轻时夺去了幼小者心爱的风筝而歉疚终生，他为人血馒头治不了病孩的绝症而悲悯不已。一个识破无数谎话，参透生死，何等通脱的人，却一次又一次陷入摆脱不掉的迷惘和困惑：为什么他所深爱并热望的青年中，竟又出现了投书告密、助官捕人的恶棍？又出现了他深恶痛绝的奴才、二丑、帮闲以至帮凶？

鲁迅，生前不得不认真应付着来自四面八方也来自同一营垒中的明枪和暗箭。对来自委琐的小报文人或称小人们的诅咒和攻讦，他投以极大的蔑视，有时连眼珠也不转过去。他又从中国的常例预见到他死后会有的众生相，但他决然想不到他所寄予希望者会把他的前半生和后半生一砍两截，把他的思想和精神肢解示众，改换商标沿街叫卖。他曾宁愿以肉身饲狮虎鹰隼，然而狮虎鹰隼何在？但有堕落的蛆虫连同蠹鱼，游走他的书中，啃吃他的思想，玷污他的名字！

他生时是一个绕不开的存在。他死后，他的眼睛仍悬在历史的东门。他的存在对一切坏东西以及不是东西的东西，成为思想的、精神的、道德的巨大威慑，使他们如芒刺在背，寝食难安。

他曾指斥过"诗歌之敌"。但他也不会想到，这些不断繁殖的"诗歌之敌"，能使他所爱的一代又一代青年，在享有了多少人多少年用自由、伤痛以至生命换来的一点狭小空间里，浪费着他们的自由、才华和生命，甚至随时堕落下去。

这将是一个漫长的过程。一个希望屡屡遭遇失落，却仍将燃起不灭的希望的过程。鲁迅的全部希望和绝望，悲观和乐观，全部的"上下而求索"将与我们同在。

鲁迅指认过有数的民族的脊梁。也只有越来越多佝偻的脊梁挺直起来，奴隶的脊梁成为人的脊梁，才能形成中国的脊梁，世界的脊梁：为了人的中国，人的世界！

2000 年 5 月 1 日

诗人公刘的《纸上声》

弄文罹文网，抗世违世情。

积毁可销骨，空留纸上声。

—— 鲁迅《题〈呐喊〉》

诗人公刘曾说过："我的女儿是我个人命运的纪念碑。"因为他的女儿打从 1958 年春一落生，就失去母亲的爱，而与身陷不测的父亲同其命运，四十年来相依为命，饱尝坎坷与酸辛。

我以为，公刘从青春作伴，投笔从戎，奔走边关，纵情歌唱，历经短暂的荣，长久的辱，胼手胝足，哀乐中年，直到垂老浑身伤病而壮心犹在的今天，他本人，在一定意义上，也可以看作中国一代知识分子命运的纪念碑。

由公刘的女儿刘粹（小麦）编定并作序的公刘随笔集《纸上声》，其中记录的悲欢升沉，就不仅是他个人之所曾经；从他笔端发出的声音，一嗟一叹，多半也是同代人心中所有，然而他表达得比常人更敏锐也更深沉，更带着公刘的个人风格。

凡见到报刊上公刘的诗，公刘的文，我都是要读的。我的印象是，他极少敷衍塞责之篇，只要落笔，或发乎情，或成于思，板上钉钉，实实在在。这上下两册随笔文字，我多数都读到过，这回汇集成书，我又通读一遍。读其书犹如觌其面，也不能不想起他的诗。小麦在序言中说到"以血煮字"，公刘诗文中的字都是以血煮过的，

153

又不只是个人的，而是民族的血泪。

就拿开篇一文《刑场归来》说，这是他1979年8月12日踏访沈阳北郊大洼张志新烈士被害处有感而作。在那里，他在寒风如剪中看到遍地盛开的各色野花；我记起他在当天写的《刑场》一诗就提到过这一点：

> ……我们喊不出这些花的名字，白的，黄的，蓝的，密密麻麻，大家都低下头去慢慢采摘，唯独紫的谁也不碰，那是血痂。/血痂下面便是大地的伤口，哦，可——怕！//我们把鲜花捧在胸口，依旧是默然相对，一言不发；旷野静悄悄，静悄悄，四周的杨树也禁绝了喧哗。/难道万物都一起哑啦？哦，可——怕！//原来杨树被割断了喉管，只能直挺挺地站着，像她；那么，你们就这样地站着吧，直等到有了满意的回答！/中国！你果真是无声的吗？
>
> 哦，可——怕！

公刘半个多月后写的散文中，说："现在毕竟到了大声呼喊的时候了，可以呼喊，应该呼喊，必须呼喊！"然而他也引用了张志新早在1969年8月25日写下的不幸而言中的预见："矛盾在短期内难于揭晓，揭露矛盾的阻力在短期内难于清扫。"公刘呼吁尽可能迅速和尽可能 彻底地消除"文革"极左路线造成的愚昧、盲从和麻木。他这些话也已说过二十二年了，不知今天的年轻人能不能懂得一个历经忧患的幸存者这些话的分量？

张志新当年所说的"矛盾"，有的经由"文革"结束和后来一步步的改革开放而得到解决或部分解决，但新的矛盾和变了形的老矛盾仍会接踵而来。

我还愿意引用公刘 1985 年在《告别宽容年》中的一段话，这是他面对一些矛盾，"通过不宽容追求宽容"的基本态度。他说，作为人类的一分子，作为中国知识界的一员，有些事是他无法宽容的：

①我拒绝宽容一切为"恶"招魂的阴谋和阳谋。例如，日本军国主义的自我美化，西方社会中的纳粹残余蠢蠢欲动，中国"文化大革命"的孽根不尽，新芽时萌，等等。我认为，诸如此类，就都是曾经一度发展到极致，而且今后仍有可能死灰复燃的大恶。宽容屠杀，等于自杀。

②我拒绝宽容某种势力企图复活"个人迷信"的企图，不论是复活中国的"个人迷信"，还是复活外国的"个人迷信"。我想，吃尽苦头的中国人，都有切身体会，"个人迷信"是"极左"的老根。"左"而至于"极"，顾名思义，必定意味着绝对的排他性，意味着除了自身，其他皆曰可杀。因此，同这种非人道、无人性的势力讨论宽容，无异与虎谋皮。

③鉴于中国文坛现状，我拒绝宽容那种一心盘算个人得失，见风使舵，躲在什么背后挥舞"批判的武器"，专事暗器伤人的"战士"……

④我拒绝宽容一切"改造"历史的行为，不论它是以什么名义，也不论它在多大范围实行……

⑤我也拒绝宽容大小伪善家们的表演：自己多行不义，偏偏倡言"宽容"，损着别人的牙齿，却要求别人"打落牙齿和血吞"……

公刘说他以这些文字对国际宽容年致告别辞，也是对自己的自律。我以为，这些深藏于心的憎爱，也正可看作公刘《纸上声》全书的纲领。书中自述经历和胸怀的部分，正是他形成这一基本人生态度的根据和心路历程，而书中即使是诗论文论，也无不贯彻着这一历史观和不妥协的精神，至于那些短兵相接的杂文，不论是写国内事，写国际事，锋芒毕现，就更不用说了。

2000 年 5 月 3 日

为刘荒田贵阳书系作序

诗人刘荒田，1980 年从中国的红尘走进了美国的红尘。

我喜欢"红尘"两个字，我写过"人间有味是红尘"这样一句诗。当时在所谓干校的奴隶一般的生活里，我没有放弃对人间应有的生活的期望。

红尘中有美好的东西，那些值得依恋、值得信赖、值得在记忆中不断重温的，带来快乐带来幸福带来勇气，或者纵然失去但是没齿难忘的一切。

红尘中自然也有许多假的恶的丑的东西，时时窥伺着，加害于我们。需要看透它，勘破它。

红尘是世俗的生活，对于"曳尾于泥涂"的普通人，只要是不想随波逐流，不想醉生梦死，那总是忧多乐少的。

荒田这样描述过人们的烦忧："太沉重的生活压力，高速公路一般的生活节奏，加上各种思潮、风气的激荡，各种意外、不幸的冲击，厮伴我们的多是焦虑、抑郁、烦躁、颓丧、疑惧……"这几乎是现代人无可逃遁的处境。

刘荒田的散文出入红尘之间。他把他所亲历、所观察的世相和世情，一一笔之于书，不冷不热地娓娓道来，居然除了认识价值，还有了审美价值。

说不冷不热，其实就是说亦冷亦热。他以一副冷眼看红尘中的人事，他的心智是冷静的，他的口吻是冷峻的。冷，却绝非无情，真若无情，他就不会动笔了；杨子为我，故杨子无文。刘子有文，便非为我，于红尘似已看透甚至勘破，但并没有撒手而去的意思。

这就是荒田。他面对滚滚红尘，滔滔世俗，不惜施以嘲讽，包括对自己，他也照方抓药，回应"自嘲之必要"：这就是他的幽默之所从来。他幽别人之默，也时不时地幽自己一默，毫不矫饰，足见真诚，尤见傲骨：一下子就跟为文时还不免"拿捏"着大小架子的作者区别开来，也跟读者的心贴得更近了。

荒田的散文随笔，杂文小品，无论写在红尘中间，或写在红尘"边上"，都是从审美的角度观照周围他熟悉的世界，且多从人物和人事着笔，有血有肉，画龙点睛，深义自见；透过形而下，暗示形而上，耐人寻味，颇有"嚼头"，这该是小说家与诗人合流做出的文字。我爱读他的作品，我想不光是因为他是一位真诚的朋友，也的确因为他越写越自由，越写越出色。

2000 年 7 月 8 日

当代的《徐霞客游记》

——张天来《中国自然保护区探秘》序

　　说三百万字篇幅的《中国自然保护区探秘》是当代的《徐霞客游记》，也就是指认作者张天来是当代的徐霞客了。他们一样在中国大地上跋山涉水，不畏艰险，把一寸寸旅程准确无误地记载下来。不同的是，张天来比三四百年前的徐霞客，在交通代步上多占了一些便利，尽管他也在未经人到的地方爬很陡的山，走很长的路，顶风冒雨，忍饥挨饿，流汗以至流血，在山上摔过几十次，有时伤势还不轻；不过，天来从事这一浩大的调查写作工程，得到了数以千计的林业工作者，自然保护区工作者，生物学、生态学、动物学、植物学各方面专家的支持，这是远远胜过孤独的徐霞客的。然而徐霞客出发壮游时，不过二十七岁，天来从 1979 年踏上这条自然保护区探秘之路时，却已经四十有六，不知疲倦地奔走二十年，完成了对三百多处保护区的采访，将记录董理成编，已近所谓古稀之年了。

　　如果天来没有韧性，他不可能把这件事做成；如果天来没有一点牺牲精神，他也不可能把这件事情做成。由于全世界有识之士的呼吁，环境和自然生态保护已经形成时代潮流。但这在中国，毕竟还只是改革开放二十年来的新事物。口头重视是一回事，真的"当作一件大事来抓"，则又当别论。而讷于言、健于实践的张天来，一认定这件事有利于社会，有利于人类，有利于后代子孙，就从此不再放松，并乐此不疲。在他离休以后，有些采访，成了个人性质的活动，他以类乎业余作者的身份，有时是自己从有限的养老金里掏钱买票，直到出版这部大书，他一直在付出，付出，付出！

这样的事发生在张天来身上，一点儿也不奇怪。我识天来，近五十年了。那还是在1954年，在长春的第一汽车制造厂工地上，我们一些年轻的记者一起采访这个第一个五年计划重点工程。张天来以他的诚笃、认真、锲而不舍的精神气质和工作作风，给我留下抹不去的印象。后来我被打成右派，虽也不太服气，但觉得倒还"事出有因"，而听说天来也受处分，我才真的开始对反右派运动的正确性和必要性画上问号了。

张天来在这三百万字的大书里，写尽了大自然那不可抗拒的神奇力量，描画出只有在自然保护区才有的，基本上保持了大自然原始状态的神话般的世界。那真山，真水，珍贵稀有的动植物，远离人为破坏和纷扰，以其自在的性状、声音、质量、氛围，重现在天来笔下，扑面而来，使天来朴质的文字也变得迷人。我欣赏他采用了日记体，就像带着读者一步一步走近并深入保护区，一点不隔，十分亲切。

看这上下两卷大作，仿佛投身一次自然生态旅游，在惊异和愉悦的同时，也不能不感到保护自然这一事业的艰难。从书中看，海南坡鹿在1976年建立保护区的时候，只剩下二十六只，现在已经发展到五六百只；秦岭南坡的朱鹮，80年代初期发现时只有大小七只，现在已经达到一百多只。又如80年代在鄱阳湖发现了世界上最大的越冬白鹤群，也是曾经轰动世界鸟类学界的一个大发现。然而，我担心，眼下对环境的污染，对生态平衡的破坏，对珍稀生物的捕猎杀伤灭绝，恐怕正以十倍百倍的速度，压倒了保护自然环境生态的一点点可怜的努力！

我希望张天来这部著作，是将来同类著作的奠基石，将有后来者写作续编，记录我们在自然保护区内外不断取得的新成绩。我不愿意看到，若干年后，人们视这为一本怀旧之书，因为其中所写的，无论山水鸟兽，都已不复见于中国和世界。那时，即使人们多么高度评价此书的文献史料价值，该也不是天来的初衷吧。

2000 年 7 月 9 日

《箫声剑气》序

　　我的祖籍是萧山，浦阳江边有我的故里，虽然我的父亲从20世纪初离乡就没有归来，虽然老房子被日本侵略者烧得只剩下一块房基地，但我对家园的那份感情终归是属于萧山的。萧山人写的或是写萧山的文字，能读到的总要留下一读。

　　这本书的作者王长生不是萧山人，他生长在硖石，却从十八岁就来萧山工作，大半生在这里度过。萧山因萧然山得名，他笔名取萧然二字，他对萧山熟悉远胜于我，他对萧山的感情也是可以理解的了。此书不仅写萧山，兼及他的故乡，还有绍兴等地，总之钱塘江两岸的风物民情尽收笔底。

　　那些反映萧山当代生活的纪实文学不必说了，让我感到了故乡人与日俱进的脚步；我尤其喜爱他写打渔，写赶海，写海市，写江潮，以至写椿芽、写慈菇的随笔散文，从《钱塘江渔猎图》的系列，到记虾情蟹趣的零篇，以看似不经意的平实之笔，娓娓道来，每个细节中包含着作者观察和了解的细心，也透出他对一方人事的关情，读着读着，我仿佛品出五四散文中那关于莼菜、关于"故乡的野菜"等名篇的余味。

　　不要小看这样的随笔散文。我们从历史的"宏大书写"中往往只看到政治的斗争、政权的兴替，而各个时代的普通人是怎样生活的，多半还要到说部稗史、民间笔记中去搜寻。就拿当代来说，除了这位作者的文字，我没见过什么书里写过"柯鳗苗""捞蟹苗"的情趣，即使是经济史的著作，也无暇顾及盐水花生的消失和莼菜从濒临绝种到重新出现，这些见微知著的点染，也许恰恰要靠散文和随笔呢。

这也许从一个小小侧面表明了传统的"文史不分家"之不可废。散文不必尽限于叙事，但叙事的散文要在纪实，从纪实中挥发出鲜活的生趣来。来自现实生活和现实感情的鲜活生趣，可以说是散文随笔这种体裁的精魂所在。

作者写信索序，我乐于借此说些读后感，姑妄言之，亦请读者朋友"姑妄听之"，还是读正文要紧。

2000 年 10 月 2 日于密云

程绍国《双溪》序

我认识程绍国，跟我对温州的记忆分不开。我对温州的记忆，跟我的几次温州之行分不开。我对温州之行的记忆，跟林斤澜、汪曾祺这几位的身影分不开，跟唐湜、莫洛的人与诗文分不开，也跟谢灵运、李清照的生平，跟"春晚绿野秀，岩高白云屯"，跟"只恐双溪舴艋舟，载不动许多愁"分不开。

所以，听说绍国出生在双溪，就有几分惊喜，看到他一篇散文题为《双溪》，我眼前一亮。不管史志家们考据的结果，李清照行经的双溪，是否即为八百多年后程绍国的出生地，这不重要；因为平生所到之处，一线天、南天门所在多有，沙河、清水河何止十数，谁能说天下只有一个双溪！

绍国写双溪写得好，他的父亲就是撑了大半辈子舴艋舟的，他写父亲，写叔父，写他的乡亲，不溢美，不避讳，一个个让我们觉得亲切，不只是健在者，那些今天已经不在了的乡人，竟活灵活现地继续活在绍国的文字中。

绍国写他家乡的山水，如乌岩岭，也写得好，因为他不是像我这样匆匆过境的访客，他写爬山真写出了惊心动魄或干脆叫提心吊胆，还有被大自然"点穴"以后那份无以名之的感觉。

他还写了在家乡以外行走，在国境以外行走的感觉和印象，各种人、事，他都给写活了。有些平常"作文"的规范：这些不可入诗，那些不可入文，都是教人怎样把文章写"死"之道。绍国不听这些，不藏藏躲躲，不屑于向读者隐瞒他的真实的所思所想，使我们透过文字，读到作者其人。

这是多么平常的道理，可偏偏有不少吃写作饭的人不懂。只能归之于做人和作文的习惯吧。只有跨过这道从老传统到"新"传统造成的藩篱，才可与言写作尤其是散文的写作。

我读着绍国的部分书稿，感到亲切处，也有我个人的原因。例如他的"处女作"，经林斤澜推荐在1984年发表的《童年的夏》，我最感亲切的是他捉蟛蜞的一段。我不像他生在水乡，在童年就有这样的经验。我是在1959年夏天一个晚上，跟几个人提了灯到一条稻田干渠边上去捉蟛蜞的，收获不大，但最大的无可替代的收获，是在劳改农场"偷得半夜闲"，也几近"偷得"的一份普通公民才有的快乐；我今天已经想不起为什么在当时的处境下，有这么一次"时人不识余心乐，将谓偷闲学少年"了。我"学少年"这一年，比少年绍国捉蟛蜞怕还早些，我并不自伤，但我有理由羡慕他。

双溪边上捉蟛蜞的少年程绍国，一眨眼成了大人，成了写家。他驾驭文字的功力不知在什么时候已经很老到了。随手翻到他一段文字，听人说他这个瘦人胖了，"我窥镜窥我，坐秤称我，拿旧照片比我，捏捏大腿，摸摸脸颊，真有那么回事，胖的竟真是我。啊，似乎是等了三十多年的事了，'得来全不费工夫'！"后来好像没有继续发福，那是后话了。

读程绍国部分书稿，仿佛对面倾谈，增广了见闻，也开阔了心胸，他有一篇文章前面引用了陀思妥耶夫斯基一句话，是我第一次读到的："我只担心一件事：就是怕我配不上我所受的苦难。"这如同重重的一锤，敲在我的心上。如果我所经受的，也有一部分堪称苦难，那么，今天的我，能够配得上我所受的苦难吗？

绍国比我小得多，还有越来越多年轻的诗人作家，应该祝福他们比我们少受许多苦难，那么，陀斯妥耶夫斯基这句话，对他们是不是就不适用了呢？

为朋友的书作序，没有一定的规范，随想随写，即以此随笔代之。

2001 年 1 月 24 日

陈抗行《鸵鸟集》序

我是这些诗第一批三五个读者之一。现在这部诗稿要结集出版，去寻找更多的读者，我好像应该说些什么。然而关于写诗和读诗，其实是很难说的。它不像小说，说不出别的来，还可以复述一个故事梗概，挑出几个人物来发发议论，但诗不然，好诗只能引用，不可用其他的言语转述，能够转述的都不是真正意义上的诗。

我以为诗不可说，并不是主张不可知论。而是说对诗的感受存乎一心；不同的人，不同的经历，不同的素养，不同的时间、地点、条件下，读诗当各有会心。其实，不仅读诗如此，许多事情都是如此，从山川风物到社会生活，在不同人的心目中，形成不同的感受。而真正的诗，以小的篇幅，巨大的容量，为读者准备了生发想象的空间。古人说"诗无达诂"，我正是这么理解的。

这不是故弄玄虚。对于诗的本体论，我想可以借助某些理论来印证我们读诗的切身体会；如果不读大量的诗作（且用自己的"心"来读，不是像读讲义那样读），而光是读讲义，读"理论"，怕总是隔着一层，甚至被误导。有些很用功的朋友写了多年的诗，应该也读过不少的诗吧，但可悲的是也许终于不知诗为何物。他们可能记住了不少关于诗的定义、概念，以至有关写什么样的诗和怎样写诗的传授，这些被人用心地总结出来的"经验"，用心地抽绎出来的"规律"，不是说不会在某个侧面某个层次上有其可以成立之处，但往往是越求做出全面的概括，越像是陷入盲人扪象的困境。

诗是心灵面对心灵的对话。诗选择自己的读者，读者也选择属于自己的诗。真正的诗读者首先是凭着自己的感觉找到自己爱读的诗，尽管他们受到自身审美修养的限制，但还没有离开正常的审美过程；而一旦他们听了某些所谓专家的指点，或者跟着这样那样的所谓"一代诗风"亦即流行的时髦，硬要从他们本不喜欢或读不进去的诗作中找出什么神秘的内核来，多半就开始误入歧途，因为那样的阅读和模仿写作已经与审美无关了。

有没有"一代诗风"这种东西呢？从文学史或诗歌史看，后人对前代做出这方面的观察和归纳也许是可信的。但在某一个时代，不管是什么人大倡"一代诗风"，那成效固然可疑，那动机也不免让人疑为想要"一统诗风"至少是自居主流的专横。这样的人在各个历史时期都有，有的是从流派的排他性而来，而在中国的特殊国情下，则更多的可说是泛滥的权力欲在诗歌问题上的投影吧。

不过，一代诗有一代诗的读者。除了政治诗（好的政治诗也是通过诗人独有的感受来表达的）以外，诗，归根结底是个人的。然而诗人的幻想或经验无不受到时代生活的影响。人们最易接受的，是与自己的幻想和经验相通的作品。那些不仅让经历相近的人认同，也能引起没有相近经历的读者共鸣的作品，就应该说是超越了代际的大手笔，它必然包含了超越时空的共同人性和人情。这不是每个作家或诗人都能做到的。所以每个时代总是一批批作者来了又去了，连同洛阳纸贵的流行之作，也会飘然而去，痕迹无存。

陈抗行为什么把他的诗稿命名为《鸵鸟集》，我不知道，我想自有他的理由吧。而这样一个书名，绝对不是一个热衷于市场炒作，要在闹市上吆喝叫卖兜售什么的人所会选用的。他写诗，是在异域行旅中排遣寂寞的需要，若说功利，这是他唯一的功利，此外别无世俗的目的，这是他的诗的真美所在，价值所在。我把他的诗当作他感情和思想的"心电图"看，那笔触的平稳或起落，反映着他基本的心理素质，也标志着他在地理上和社会文化心理上的各种"怀乡病"的征候。我读过一些人写异域的诗，其中失败之作不少，或者是"风光＋友谊"的应景之作，或者是只见风物不见作者的导游之作，我以为陈抗行的作品与这些有别，他不是应酬，不是"到此一游"，我们可以看到他仆仆风尘，在应接不暇的人事的风景中，随时梳理自己的纷繁的印象，也不怕把那剪不断理还乱的情思收入笔下。

从书后附录的旧作可知，作者是有写诗的准备的，因此，涉足异域，陌生的也是新鲜的一切，在在触发他的诗情诗思。因为他在这之前没有诗名的负担，写诗时也不想以此来换取任何浮名或实利；他只是想写就写，捕捉着稍纵即逝的意念和意象。这是最佳的自由写作状态。他无须考虑什么可以入诗，什么不可入诗，什么是通行的规范，什么是照例的禁区，也不用注意文化市场的行情，专家的口味和脸色等等，这种只问耕耘不问收获的写作，套一句王国维说李煜的话：是他投入市场所短处，却也是他为诗人所长处。

这本书不必期待在市场上"走红"，然而它将在真正读书人的阅读空间里，墨守一隅，等待知音：等待那在浮躁的尘嚣中寻找诗和诗人的读者朋友。

2002 年 2 月 3 日

169

致陈安谈他的诗

——陈安诗集代序

陈安先生:

谢谢你的信赖,要我对你的诗说说读后感。在这方面,我稍有一点自知之明,能写几首诗的人,未必就能对诗谈出中肯的意见,更不用说评论,因为诗评已经属于文艺学即一种科学,而写诗多数时候却是"感性当头"的。况且我这十几年来,于诗只是偶一为之,久疏实践,连读诗也读得少了,再加上我在知识结构上的欠缺,实际上我是没有多少发言权的。

一个人的诗观,往往取决于早年的教养,我在上个世纪40年代中后期接近诗,是从五四以来的诗歌入门,然后是中国的诗词曲和欧洲(包括俄罗斯)19世纪和苏俄20世纪的诗,那时的熏陶是"刻骨铭心"的,今天看来,则可能"不入时流"了。

将近二十年前,在一位出版社编辑一再要求下,我为一位不太熟悉的诗人的诗集写序,自以为态度是诚恳的,不料后来那位作者大为不满,大概认为没有足够地说好吧。从此深深引为鉴戒。

不过,来信表示不计褒贬,作者有这样的胸怀,就让我放下精神负担,姑妄言之,也请你"姑妄听之"。

我粗看诗稿,好像80年代上半期的作品较多,后来选入的较少,不知是忙于工作、学习和生计写得少了,还是别的缘故。写作固需要稍稍闲定的心情,使思绪和情绪都有所沉淀,但写诗即使是知性的诗,也是需要激情的,但愿你能激情不减。我猜是你在纽约这样的国际大都会里，面对着或称"光怪陆离"或称"丰富多彩"的世相，你总是习惯地要作出理智的分析（有了一定的明确的观点），始发而为诗，这样的路子古已有之，有成功有失败，赞成的反对的都有，叫作"以文为诗"；那失败的一路，我们曾叫作"主题先行"，在写诗时往往便成为观念的图解，思想啦，观点啦，不是不正确，甚至无可挑剔，但因缺少了感情的燃烧或蒸馏或锤炼，不能以"诗"的力量打动人。

你的诗稿开头有几首诗，我觉得流于概念化，如《祖父的礼品》《大陆》，可能就是这种状况。又如《忧郁》，我从字里行间也感觉到你的感觉，然而，你在诗中却急不可待地做了未经论证的判断："其实忧郁是与现实有反差／是期望与失望的交叉／是力不从心的无奈／是从长计议的筹划"，这里就徒具诗的分行的形式了。

而你的诗作中，那些看得出是在生活中有所感触，确有发现的，即使写得平实，也会传达出一种新意。如1985年写的《他走进安理会会场》《我站在联合国讲坛上》，并不是因为你近距离地以联合国大厦为背景。前者写了一个华人移民后代对祖先故国的神往，后者写了一个年轻父亲对世界安宁的祈愿，但都是取了一个特殊的视角，显得举重若轻，余音可听。你在《纽约的鸽子》里，写到纽约的扰攘，而鸽子却悠闲又冷漠，对周围的事态不闻不问，篇末水到渠成地写下"别以为没有战争就是和平／请看恐怖的阴影笼罩着全城"，便不感到突兀。《中国城》写足了华埠同是华人间的差异和敌意，直到存在着帮会和枪声，最后借孔子铜像发问："孔夫子站在广场上闭目寻思／——莫非仍是春秋战国之时？"《我宁愿——一个新闻编辑的话》，那份宁愿报纸不热卖，只求今日天下"无重大事件"的心理，也许不是久蓄心中的构思，只是稍纵即逝一闪念，但它反映出，诗人对各种"重大事件"

171

如坦克碾平边界、驱逐舰污染洋面以及轰炸平民、大屠杀等的厌恶、反感并非一日了。

由此我想到你在海外，自觉地扩大了视野，也扩大了胸襟。1988 年写的《塑像的遭遇》，从一个校园里有人把铁丝字纸篓套在"思想者"塑像头上这件事，写出对历史上一场场虐杀以至凌迟思想和思想者的抗议。这里能感到诗人不是在一般地叙述历史，而是动情地，感同身受地，像那校园里"鸽子停止了啄食/松鼠停止了跳跃/都用惊恐的目光/注视着这场侮辱和迫害"一样，注视着过去和当下世界上发生的一切凌辱和残害思想者的罪行。1987 年写的《真理的燃烧》，写的几乎是同样的意思，但因为鲜花广场上对布鲁诺施以火刑一事，人们早已熟知，反倒不如"字纸篓套到'思想者'头上"的意象更快地从视觉刺激进入心理刺激——也许叫"刺激"不太贴切，一时想不出更合适的词了。

但说到视觉，这确实是阅读中的"首当其冲"。文字符号诉诸视觉，而读诗人的视觉，我想如果要求"刺激"的话，一是要求具象，一是要求新鲜。读《雨雾中的香港》，我仿佛真的看到了以至裹进了烟雨蒙蒙。但像《等你》一诗，节奏尚可，而"在河边柳树下等你/在公园花坛边等你/在雨天小巷口等你/在黄昏窗户下等你"这几个"等你"的地方，好像都已泛化为一般性的符号，虽似具象，形同抽象，"等你明亮的眼睛……"以至"甜蜜的笑容""温柔的手""快活的神情""深情的话语""爽朗的笑声"等等，都已成了所谓"花前月下"通用的意象，重复过千百遍的套话，磨钝了，不再能"刺激"读者的感觉，唤不起必要的联想和共鸣了。

事实上，凡是作者有自己切身的感受，无论大事小情，就都可以给人以新鲜之感亲切之感。如你的《时差》一诗，写的应是两地

（且是地球两边）之思吧，在一连串东与西、日与夜等对比的排比之后，你写"你醒我眠／你是我一枕的梦""我醒你眠／我是你一枕的梦"，没人这么写过，有未经人道的新意，又带点古典色彩。你很善于发现相对的事物或事物的相对，有的是矛盾，有的仅是差异，你在《日本印象》中所写似不费力，但可见你的洞察入微。又如，你1984年写的《夜空战》，你看到或不如说你感觉到"多么宁静的夜"的不宁静，那是冷战在隐隐进行，而这一切，如同《纽约的鸽子》中的鸽子"一无所知"一样，"夜依然那么宁静／星星竟一无所知"，在动与静的对比中，你为这"不安分的地球"而忧心忡忡。《现实》一诗，写一双拉小提琴的手正在切肉，"刀的上下／正是小快板的节奏"，这一动态中的对比，显示了现实的残酷，而你纯用白描，这正是杜甫"朱门酒肉臭，路有冻死骨"的写法，也是艾青写《一个黑人姑娘在歌唱》的写法。

像这里所举出的几首诗，因为你诉诸形象，故单纯而自然浑成。《历史坐着轮椅》想是从一位越战退伍军人坐轮椅的景象生发开来，但因又缠夹了"时代列车"的意象，不得不用逻辑思维来加以梳理，结果反而弄得思路不清。《云之歌》从浮云不受国籍限制着笔，但似乎又要从理性上辨明自由自在虽好却还要落地生根，这么一来，等于两个"主题"在那里缠夹不清了。

读你的诗，发现你有的相当着力的作品（显然酝酿较久，篇幅也较长），反不如偶有所感偶有所见即兴写下的更动人。像《大河冻了》，波托马克河在冻结的一刻还保留了波动的动态，成了波浪的塑像，"时刻准备着激荡"，这是人们心中所有但笔下所无的。《一个黑人在弹琴歌唱》《角落》，仿佛信手拈来，没有刻意求深，但寸幅之内别有意蕴；还有一首《纽约匆匆》，我很欣赏它以急促的节奏写出了当代大都市生活中的无奈和惶恐，《向往》

写出城市中人向往乡村宁静和乡村中人向往都市喧闹的"围城"心理。这两首诗还给我另一种启发，就是这些年来人们过于在诗歌写作中追求"复调"，而忽略了"单纯"这一审美境界的价值，这里不排除有些诗评诗论的误导作用。——天可怜见，想以一己眼界、一家之言、一种诗风、一套路数（乃至一皮一毛、一招一式）来领袖群伦、一统天下、自我作古、唯我得之的意图，说穿了是专制主义的思路，称王称霸的心态，却总是隐现于诗歌的作者和论者中间，不知道别国的诗歌界怎么样，反正现在中国所谓诗坛上流行着这样的传染病。

总的说来，我偏爱你集中那些抒情性较强的作品，简单说理的、简单咏物的不太能引我倾心；同时我又喜欢那些有"思想"但不是直接把"思想"说出的作品，因为诗人若显示没有思想，那诗也就缺少了骨骼甚至灵魂。或者，不简单称之为诗中的思想，而是指一种诗歌精神——一种自由的精神，一种批判的精神，那是可以使静物燃烧起来的精神。但我在这里所说的批判，是从人类历史的深处，从人类摆脱异化的高度，是所是非所非，爱所爱恨所恨。人们身上都带着传统文化（有老传统还有新传统）的烙印，这种文化的烙印必然与异时异域的文化发生碰撞，你的诗中从社会的也从自然生态的侧面写两难的心理，读来可以理解，但不知为什么，我读《诗意》《听雨轩》这样的篇章，总觉有点"矫情"。

你运用母语驾驭汉字的功夫不错，偶有小疵，如《最后一场雪》中的"五更之寒"，脱离了古典的语境便感格格不入，即在国内写现实生活也不宜入诗了，这正如当年胡适说有人在美国写词还有"鸳鸯瓦冷"的辞藻，不妥。再如诗题中的《死魂灵的叫喊》，因"死魂灵"是鲁迅译果戈理作品所用，有特定所指，就不同于"死者的灵魂"之义了。

以上云云，随想随写，凌乱无章，但出自真诚，一隅之见，谨供参考。

我们虽未谋面，读诗如见其人，希望你对我这封信以至我发表的其他东西，也都报以批判的眼光。

顺颂

春安

2002 年 2 月 28 日，元宵节后两日，北京

周侗、吕丹云《闲逛美国》序

这是一本以鉴赏收藏家的眼光、记者的文笔写成的美国游记。

从前我只知道书稿执笔者周侗是北大出身的资深记者，直到我迁居潘家园旧货市场对门而不曾涉足其间近四年之后，才知道周侗早已成为明清青花瓷鉴赏收藏家了。

说他以鉴赏收藏家的眼光观察美国，不光说他能在美国古董市场上"捡漏儿"，更是因为他和他的合作者、夫人吕丹云一起，在纵横美国东南西北几万里的行程中，面对目迷五色、七彩缤纷的多元文化和万花筒般的社会生活现象，远观近看，摩挲端详，究其根底，辨其源流，比较短长，品评高下，确有心得体会，这才笔之于书，用文字锁定，"收藏"起来，同时"收藏"于相机的照片，只是小小参照罢了。

说他以记者的文笔写美国，要在用事实说话。这在从事职务写作的，尤其是规规矩矩的"笔杆子"，未必容易做到，因为要忠于所谓新闻导向，每每不免对事实加以剪裁（不过剪裁有巧拙而已）。周侗从来不是一举手一投足每句话每个字都中规中矩的人，这里又是纯粹的个人写作，所以多采独立的视角，在这个那个问题上，说得高些是"一家之言"，说得低些是"聊备一说"，不可绳之以一时一地的宣传口径，更不必与外交部发言人的发言相对照也。

我，在喜读《闲逛美国》部分书稿时，也不是以听有关国际形势或某国国情分析的严重心情，而是如与老友闲坐聊天，倾听他说壮游见闻的自由心态，他的有些具体看法我也未必赞同，因为我于背景了解不多，自不能遽下判断，但我相信他说的都是亲见亲闻，所思所想，这才是最可贵的。

至于美国这样一个大国，如同我们的老大中国一样，原是看不完，说不尽的，尽管两位作者在美国游历了三四趟，但那活动范围仍不过是广大幅员上的点点线线，从中得到的感触和认知，从中提炼的思想观点会有一定的局限；但重要的是见从己出，不是先有成见，这就多多少少能为我们读者提供一些新鲜的、属于作者个人的发现。

这样做的作者多了，我们就可以从众多有关的书籍中，看到一个比较接近真实的美国。

作者说他对这个庞大而复杂的国度，是好处说好，坏处说坏，我看大抵做到了，还可以加上疑处说疑：我们对自己的祖国，有些事一下尚且说不清楚，何况是别人的国家。在所谓"坏处说坏"的时候，作者也能从事实出发，实事求是地发表议论，而不像有些情绪化的文字，沿袭长期以来曾有的武断的文风，攻其一点，上纲上线，据说是针对着"妖魔化中国"，而去把这个那个对象国也"妖魔化"一番。这样的"反帝"情怀，似乎也不难理解；但如果把他们之所作为，跟 19 世纪下半叶为了救国，为寻真理、求进步而努力向外国学习的先进的中国人比一比，看看先贤们那时向西方以至东方（如日本）学习中写的游记、日记和纪实与议论文章，自然便看出目的不同，一切都会不同了。一百年后的人未必就处处胜过一百年前的人啊。

近年来，随着改革开放的进展，关于美国的书也出版了不少，我印象最深的当属林达写的近距离看美国的三本书。据说叶永烈新近出了一本面对一般读者的美国游记，现在周偶夫妇的这本书，可以说同样是写给一般读者看的，而有关专业人士应该也能从中得到有益的启发。

希望有更多帮助我们"睁眼看世界"的，有可读性又有可信度的好书出版。

2002 年 7 月 10 日

《自由星辉——世界犹太裔文化名人传续集》序

苦难能够摧毁人，却也能淬砺人的精神。无论一个人、一个群体以至一个民族都是这样。

犹太民族两千多年来遭到亡国灭种、走死逃亡之痛，到 20 世纪中叶，又有六百万同胞死于法西斯的屠杀。同样饱受法西斯主义荼毒的中国人对此感同身受。

1941 年，正当众多的犹太人被驱赶到死亡营、焚尸炉，千百万幸存者被迫辗转流徙，随时有死于非命的危险，而欧亚两洲人民也已被德意日法西斯轴心国置于侵略的炮火下，其他若干国家和地区即将被卷入战争的灾祸之际，这一年的八月，罗斯福和丘吉尔两巨头——准确地说是美英两国政府首脑——联合发表了《大西洋宪章》，旗帜鲜明地揭橥了"四大自由"，即出版自由、信仰自由、免于恐惧的自由和免于匮乏的自由；使全人类，包括犹太人，也包括中国人，在硝烟和血泊中听到响亮的号召，在痛苦和迷茫中看到了熹微的希望。

二战的胜利，是文明对野蛮的胜利，自由对法西斯的胜利。但远非最后的胜利。战后半个多世纪的历史证明，法西斯主义的阴影并没有从这些国家内部和国与国之间退出。各式各样的野蛮，各式各样的专制，还在阻挠着人类的进步，制造着种种灾难。

而在争取人类进步的漫长过程中，特别是近百年来，涌现了灿若群星的做出卓越贡献的卓越的人。一个奇迹般的发现：其中不少第一流的人杰，虽属不同国籍，却都是犹太民族的后裔。

我们像康德一样仰望星空，又低头历览这长长的名单，令我们动情的不只是这些人杰可见可考的经历和业绩，还有他们思想和实践中贯串的人文精神。

在这里，衡人的尺度，不是时下流行的所谓"成功"的标准。其中有些人与其褒为"成功"人士，毋宁如实说是"失败者"，如罗莎·卢森堡就是在1919年领导柏林一月起义失败后被德国政府秘密杀害的。

我这一代人在成长期中，追随中国共产党，向往俄国十月革命，因此，列宁称誉为"鹰"（"鹰有时比鸡飞得还低，但鸡永远不能像鹰飞得那样高"）的共产党人罗莎·卢森堡曾经是我们崇拜的偶像之一，她的《狱中书简》则是我们锤炼革命情操的教材。然而我们囿于成见，往往忽略了，卢森堡那些被认为"犯错误"的见解，也许实际上正是她表现了高瞻远瞩的预见。

卢森堡尽管与列宁在革命活动中互相支持，她对列宁也很尊重，但早在20世纪之初她就不同意列宁式的建党结构，责备列宁是极端集中主义、主观主义。列宁领导的布尔什维克革命在俄国胜利，卢森堡站在支持者的立场，在欢呼声中，她对新建立的社会制度提出批评说："只给政府的拥护者以自由，只给一个党的党员（哪怕党员的数目很多）以自由，这不是自由。自由始终是持不同思想者的自由。"她表示忧虑："随着政治生活在全国受到压制，苏维埃的生活也一定会陷于瘫痪……"她实际是要求实现党内民主化进而扩大到全社会的民主化。这一独立见解是基于她憎恨一切压迫和奴役行为，抱有明确的民主思想和人道主义情怀。后来苏联七十多年逐步走向失败的历程印证了她的远见。

另一位卓越的女性汉娜·阿伦特，她是现代社会的有力批判者。她所著的《极权主义的起源》一书，不仅给她带来世界性学术荣誉，而且具有世界性的理论和实践意义。这本书以纳粹的种族灭绝作为主要分析对象，指出那是一种人类历史上从未有过的新的统治形态，它把一部分人视为天生理应消灭的"种类"，进行集体的改造和屠杀；过去专制政权仅限于迫害"政敌"，而集权主义却无情地消灭它的"顺民"；它甚至公然践踏人的道德信条，使撒谎、作伪证、行使暴力等畅通无阻。这套逻辑将人类过去、现在与未来解释为一个封闭的整体，自订一个"终极目标"，为此要对现实世界进行任意的改造，一部分人自封为这一改造的执行者；发动那些陷于被攻击的恐惧中的人去攻击其他人，并赋予"崇高"的含义，这正是纳粹——法西斯主义得以大行其道的原因之一。

阿伦特在影响 20 世纪风云的许多重大问题上，都发出自己的有力的声音。她在《论革命》中把法国革命和美国革命加以比较，表达了"自由宪政的共和主义"的理想；同时揭示了"革命"活动中所包含的难以摆脱的悖论。

从德国逃亡到瑞典的女诗人奈丽·萨克斯，她的作品更具犹太色彩，她认同她同胞的信念和宗教神秘观，用象征意味浓厚的有灵性的语言写诗，不避讳死亡集中营和焚尸场的恐怖真相，呈现出面对人的卑劣行径所感到的哀伤。她要"让一切恐怖和怨恨都成为过去"，因为新事物不可能建立在仇恨和复仇的基础上。1966 年，萨克斯"由于其卓越的抒情诗篇和剧作以感人的力量表达以色列的命运，以及作品中所表现出来的宽恕、解脱与和平的精神"而获得诺贝尔文学奖。

我们心目中这些灿烂的星辰，在历史的天空，都是为文明而不是野蛮、为自由而不是专制，闪耀着自己全部的光辉。

在重版时冠以"智慧星辉"书名的《世界犹太裔文化名人传》推出了八十八位传主；眼前这本续集，传主也达七十八位。前者选自社会科学、自然科学、文学艺术及大众传媒各领域，后者则扩大到政治文化、经济文化的代表人物。经济文化方面所收的理论家和企业家，都对市场经济的发展贡献卓著，自由经济是现代民主社会的支柱，他们所代表的经济文化符合社会进步的方向。而政治文化方面入选的个别传主，所作所为则与社会进步的方向相悖，与全球价值相悖，与其他典型有人文精神的文化名人完全是背道而驰的，不可同日而语。如长期担任斯大林副手的卡冈诺维奇，公德私德均不足取。据本书中《苏联历史上最具权力的犹太人——卡冈诺维奇》（高科）一文称，1925 年，他受斯大林委派去改建乌克兰共产党，采取一系列反对所谓"资产阶级民族主义"的过激做法，不得人心；30 年代，他全面支持斯大林的农业集体化和大清洗，以积极和残暴闻名，所到之处，便有成千上万户所谓"富农""富农的走狗"全家扫地出门；1934 年，在苏共十七大上，他借担任组织委员会主席的权力，下令销毁了近三百张反对斯大林的选票，使斯大林和基洛夫都以满票当选，为斯大林保住最高领导地位；1933—1934 年，1936—1938 年，他是大清洗的急先锋，经他审批的逮捕、判决名单达几十件，他审查大案、要案时随意改动判决内容，并受斯大林委派到一些州去摧毁当地党政部门，仅在顿巴斯一个地方，他就下令于一夜之间逮捕了一百四十名党政干部……够了，就是这样一个灵魂丑恶、双手血腥的恶棍，极权主义的死命推行者，怎么能厕身于为文明和自由的群星间呢？

也许编者所说的宗旨之一"从正反两方面揭示知识分子应有的人文精神"能够解释一二，收入卡冈诺维奇式的人物，是要他充当"反面教员"的。不过，把这样的人列入"文化名人"，总觉难以苟同。名人固然，文化何在？只有卓越的政治家能够代表一种政治文化，一般大小政客且不足与言政治文化，何况是以政治迫害为业的刽子手？

全书业已编就，我意无须改动。相信读者自有辨别和评价的能力。

讨论人文精神和文化方向，我以为应该从区别野蛮与文明、专制（奴役）与自由开始。

"文明"（Civilization）和文化（Culture）两个词，不仅在中国，而且在其他语文中，多年来往往混用，有待界定。然而无论就"文明"还是"文化"而言，都不能离开全球价值的认定。

全球价值取决于全人类的共同要求和共同归趋。在我们常识所及的范围内，只有民主的政治制度，才能保障实现越来越文明、越来越自由的现代化目标；只有民主，能够对抗野蛮和专制（奴役），对抗形形色色复活和变种的法西斯主义。

"文明"也好，"文化"也好，凡是符合全球价值，有利于民主的建设健全，有利于人的越来越自由（而不是恐惧于专制）、越来越文明（而不是屈从于野蛮），有利于人们物质福祉的增进和精神世界的提升，就该是我们欢迎的，乐于吸纳和传承的，反之，便坚决拒绝它。

2002 年 7 月 29 日

赵昂《正确的废话》序

赵昂的这本随笔集，我有幸看到出版前的书稿。忽然想到一句杜诗，"故国平居有所思"，我读到了他的"有所思"。

此书分为三辑，"长吁短叹"一辑多半是倾诉衷曲，"浅唱低吟"一辑是在日常生活中即兴点评，"咬文嚼字"一辑则流露了作者的机智。

《废话连篇》一文，讲了他对"正确的废话"的看法，也可以看作是这本名为《正确的废话》的书的解题。从他对"正确的废话"的命名，对它产生的语境的分析，可以看出作者于这种时代病的洞察和无奈；如果浑浑噩噩，了无知觉，也便没有无奈了。"正确的废话"就像一股污泥浊水，任其泛滥，黏滞人的七窍，湮没人的心灵，还侈谈什么思想的解放，理论的创新。我要补充一句，作者没提到，这类"正确的废话"也还通过学校里的课程，扼杀着孩子们的精神自由和创造天性！

有所思则有所言，无论所思的对象是形而上，还是形而下。作者在《思想无价》一篇中，讲到身边有人时时在为社会忧患和可能出现的突发性灾难而担心，但绝少表达的机会，偶有表达的机会却也引不起足够的重视。相对于"正确的废话"所拥有的话语权，普通人的"言路"或称言论空间还是过于狭窄甚至阻塞了。

赵昂是一份公安文学刊物的编者，我作为专栏作者，与他有了七八年的合作交往，读其书就有了更多的了解。他的工作使他有广阔的视野，而频繁接触的犯罪案件，不仅锤炼着他的社会责任感和法律意识，而且激发了他的悲悯情怀，加之好学深思，他在有限的业余时间里写下这些所感和所思。他的随笔"言之有物"，总是让人联想到文字以外的地方，而他绝没有居高临下"教育"读者的意图，没有一句属于"正确的废话"，我们在听他叙述和议论的时候，听得入耳，得到启发。随笔这种体裁就应该是这样的吧。

2003 年 4 月 1 日

《从人到猿》序

黎焕颐的回忆录要出版了。

也许读者会问：黎焕颐是什么人？

人们看惯了名人的回忆录，政治界的，演艺界的，而黎焕颐不在其列。

与那些腾传众口的名字相比，黎焕颐不算名人；尽管他以诗名，在国内的诗歌界广为人知，但论所谓知名度，当然远远比不上前者。

早在上世纪80年代前期，诗歌还一个热潮接一个热潮的时候，有人统计过，诗人艾青的社会知名度，仅及当红演员刘晓庆的一半还弱。

不过，黎焕颐的这本书，主要不是写他怎样作诗，而是写他怎样欲做人而不可得。这本书之可读，在于他写出了他的特殊经历和相应的心路，以他了无伪饰的真诚。

我与黎焕颐相识，却是由于一份诗缘。二十多年前我在《诗刊》当编辑，读到他从青海寄来的诗稿，没有当时习见的"帮（指"四人帮"）腔帮气"，另有一派莽苍悲怆之气回荡其间，非饱经沧桑者不能为也，非腹有诗书、学有根底者亦不能为也；尽管他搁笔太久，笔下不免粗疏，他像当时同在青海的昌耀一样，引起编辑部同人的注意。后来，他调回上海，50岁初作新郎，偕夫人来京，我才知道他50年代在少年儿童出版社工作，曾是我的儿童诗集《八月的营火》的责任编辑。在这个意义上，不仅是一见如故，而且可称故人了。这是我们订交之始。

1997 年秋，我为他的诗选作序，这样叙说其人：

　　80 年代初，焕颐从流放地九死归来，出版了第一本诗集《迟来的爱情》。高嵩为之序，称为"狂泻的性灵"，切中特点。焕颐不屑雕琢，不拘绳墨，固然其弊在宣泄而少节制，有时不免泥沙俱下，但是绝没有作态矫饰：站在我们面前的，是一个歌哭从心，把肝胆一把掏出的诗人。

　　焕颐为诗如此，为人亦如此。支配他的是真诚和激情，胸无城府，流于轻信。待人接物，动辄推心置腹，每每上当受骗；观察世事，无意自欺，却往往蔽于片面的乐观，如《在鲁迅墓前》，表示"确信"阿 Q 和祥林嫂都不会复见。

　　难得的是，从受骗上当中醒来，他也并不怀疑一切人和一切事；在不慎的乐观碰壁以后，他也没有陷于绝望而一蹶不振。

　　也许是植根于传统文化骚史李杜的那一份忠信诚笃，加上青春远游赋有的那一份朦胧憧憬的理想情怀，支撑他度过二十年高原风雪，炼狱生涯。

　　黎焕颐是不幸的，一朝跌入冤狱，剪断刚刚起飞的翅膀；黎焕颐又是幸运的，当许多同难者已经不在的时候，健在并且归来，把一种重返人间的激情，拌和着块垒胸中的积愫，喷吐成篇篇诗稿。

黎焕颐的回忆录，也如他的"喷血成诗"（聂绀弩语），出诸胸臆，尤其是凝聚了他暮年的回首反思；所谓痛定思痛，这不只是他个人之痛，而是在特定的制度环境下，特定的人群的生存状态，这特定的人群并不是与世隔绝的。整个世界上任何一个角落里特定人群的命运，未必不与全人类的命运相关。"非典"的大规模流行，就说明了小小地球上所有的人休戚与共。我身在疫区，读到一位佚名者的警句：

> 给媒体戴口罩的结果，
> 全世界都戴上了口罩。

我也写了两句不成其为诗的大白话：

> 中国人经历了"典型"的苦难，
> 还要面临"非典型"的苦难啊。

中国人口在世界人口中的比重那么大，中国人的苦乐悲欢能够对世界无所影响吗？当中国处于黎焕颐所说的"返祖时代"，八亿人口在"人猿相揖别"（毛泽东词）的一百六十万年之后，又一度进入"从人到猿"的历程，那不是意味着五分之一人类从现有的文明境界倒退回野蛮与蒙昧吗？

总之，人要能够活得像个人：这个最朴素的愿望，恐怕是时无分古今，地无分南北，放之四海而皆准；任何违背这一常情常理的言行，都是伤天害理的，反文明反人道以至反人类的犯罪。

关于这本书的内容，请读者斟酌判断，我不再多说什么。我只说一点，就是我在旧序里提到过的，"支配他的是真诚和激情，胸无城府，流于轻信"，这是指黎焕颐的性格在平常人际关系中表现出的相互依存的两个侧面。

马克思在回答"你最能原谅的弱点是什么"时，说："轻信。"轻信的人，多半是真诚并富有激情，以至是不成熟的，幼稚的；前者是其为人、为友的长处，后者严格地说却是弱点。像马克思这样不准备利用别人弱点的人，对这样的弱点会加以原谅，而在善于利用人的这一弱点以售其奸的人，这就是可乘之隙。而在轻信者，则结果往往是受骗上当的悲剧了。

　　读者从这本书里能够看到的，能够因而想到的，会远远多于我在这里所说，我所说也未必能够中肯。我在真诚上将好好向老黎学习，而缺乏理论准备这一点，恐怕是我们两人共同的不足，对人对事，感性直观多，理性分析常为情绪化的反应所掩。我在这里，也不强作解人，去梳理他在书里实际提出的问题了，那是我力不能及的。谨以他的老朋友的身份作此简介，给此书可能赢得的读者——也是新朋友们。

2003 年 5 月 21 日于北京

巴金与无政府主义

—— 李辉《百年巴金：望尽天涯路》序

我仅浏览了书稿的开头就来写这篇小文，违反了我一向的自律，但因有些话急于说出来，也就顾不上破例了。

在这里，李辉，作为巴金生平思想和著作的研究者，终于不是从辩诬的角度，而只是如实地、毫不遮掩地写到了巴金与无政府主义的关系。

巴金自己说过，他是五四运动的产儿，他又说过，他是法国大革命的产儿。他从少年时代就服膺"自由、平等、博爱"的信条。十四五岁正值五四狂飙乍起，他就以可贵的聪颖，接触了纷繁的新思潮。他是富家子弟，但他深知其内里，他认定所有体现了宗法礼教秩序的家庭，都是无自由无平等也无爱可言的牢笼，也正是整个社会的缩影。因此，并非为谋个人的温饱和出路，而是出于良知，对无权无钱贫病困顿者的同情，对人压迫人的不平，对一切非正义的愤懑，使他苦苦寻找改造社会的道路；这时他从西欧和俄国的历史中邂逅了那些激进而忘我的革命者，邂逅了无政府主义的思想和理论。在 20 世纪 20—30 年代，他身体力行地参与了无政府主义的宣传和抗议行动。在他这里，无政府主义，就是迈进"门槛"，为建立一个自由平等、互助互爱的社会而不惜牺牲，它是弱者的道德，也是弱者的理想，而巴金自觉地站在弱者一边。

如果说"十月革命一声炮响，送来了马克思列宁主义"，而无政府主义传入中国还要早些。从晚清一些志在推翻清皇朝的党人身上，就可以找到无政府主义者人格和行为的影响。五四时期，无政府主义的传播是跟共产主义的传播同时进行的。民国初年被军阀政府杀害的工人运动者中，就有英勇的无政府主义信徒。在早期共产党人中，特别是其中的知识分子，许多人都接受过无政府主义思潮，甚至可以说是从无政府主义走向革命的。不但第一代，第二代，这样的情况直到1949年前参加中共领导的革命的新一代中，也不鲜见。

如果查看30—40年代（主要是抗日战争开始前后）革命者档案中的自述，相当数量的青年知识分子都会说道，他们是在革命文学的影响下投身革命的，其中就包括巴金的书，例如众所周知的《家》和其他著译。这些作品对当时社会制度人情世态的揭露和抨击，令他们共鸣，令他们感奋，令他们要起而行，找一条对社会进行革命改造的路。但他们后来又会持批判态度说，像巴金这样的作家，并没能给他们指出明确的投向共产党的革命道路（例如《家》里的觉慧最后只是出川，曹禺《北京人》里的瑞贞也只是搭乘火车去了远方），而是实际生活中抗日战争爆发这样的机缘，以及国共两党的鲜明对比，使他们认定共产党是革命的和抗日的，别无选择。不过连有些仅仅是为了逃婚，为了争取婚姻自由的男女青年，受到了《家》的鼓励，也去了延安，去了解放区，则是事实。巴金小说里模糊的指向，与现实生活中的实体就这样重合了。记得在"文革"以前，我们议论这种现象时，曾经开玩笑说，巴金给共产党招兵买马，该记大功！

李辉中肯地指出，经常出现在巴金早年书里的"革命""信仰""事业"，其内涵是要从巴金写作时的思想来认定的。没有附加语也就没有确指，固然是不言自明的默契，也有不得不尔的苦衷。在不同的语境，便产生各有所指的歧解，乃历史条件的变动使然，却不是任何人故意的误导。

恰恰是十月革命的胜利，布尔什维克建立苏维埃政权，使反对阶级专政的俄国无政府主义者的遭遇，比革命前更加困难；19世纪作为革命者头上的光环，换成了20世纪初沦为"反革命"的荆冠。在苏俄，无政府主义者或是流亡国外，或是受到镇压。在中国，无政府主义则不仅于"五四"前后被军阀官僚视为与共产主义"赤化""过激"难以区分的洪水猛兽，而且随后更陷入左右夹击的困境，很有点像以陈独秀为代表的托洛茨基派，不能见容于中国两大对立政治势力的国共两党。作为政治派别的无政府主义遂不复存在。作为思潮的无政府主义，1949年前偶或散见于出版物中，1949年后则完全绝迹。年轻人只能从《列宁在1918》一类苏联影片中瞥见"无政府主义者"的漫画像，或是在"文化大革命"中听到把违背"无产阶级司令部"的"战略部署"的行动叫作"无政府主义"了。

巴金与无政府主义的历史关系成为他一生尤其是后半生劫难的根源。在"文革"批斗时封之为"反共老手"，到"文革"后的"清除精神污染"中，还有人揪住不放，大有必欲置诸死地而后已之势。其实，那些气势汹汹的批斗家并不知无政府主义为何物。因为几十年来中国大陆各种版本的历史普及读本里，早就从无一语及于无政府主义了。

谈论巴金而不涉及无政府主义，总是让人感到隔着一层。完全不了解无政府主义的渊源，也难对巴金其人和他的作品有比较透彻的实事求是的理解。顺便说一句题外的话，对于世界范围的无政府主义，它从19世纪到20世纪的理论和实践，它在各国社会生活中曾有的影响，它与各种革命思潮和实际运动的关系，也是一切想要认真了解中国近代史和现代史的人所应该具有的背景知识。

李辉此书，在这一点上，试图引领我们接近巴金精神世界的一个"禁区"。当然，这个禁区不是巴金自设的，相反，他几十年来以白纸黑字的形式坦陈自己的信仰和理想，只不过他的由衷的倾诉，他掏给读者的心，往往被历史的烟雾遮蔽了。

李辉用他特有的散文笔调，绝不故作艰深，却让我们一下子接近了那几乎被遗忘甚至被抹杀了的历史。历史只有拂去尘封，刮去油彩，还其本真，才显得逻辑分明，真实可信。这样的文字也就使人感到亲切。

我愿意接着读后续的书稿。

2003 年 6 月 13 日

读王辛笛

——《智慧是用水写的·辛笛传》序

历史不容假设。一个人的历史也不容假设。一个人的历史落在书面上就是传记，记录的是已然的事情，不管有多少遗憾，也只能是这样而不是另外的样子。

王辛笛先生尽管有各种社会身份，而他的一生对中国来说，最重要的是他作为诗人的存在。

诗人辛笛，以九十高龄，回首来路，对得起他的祖国，他的家人，他的师友，他的读者，似乎"可以无憾矣"；然而历数文学生涯，却又恐怕"未免有憾焉"。他所会有的遗憾，是跟我们这些读者的遗憾一致的：总括其一生，他写诗的历程被动荡的时代生生割成三段：早期从1933年至抗日战争开始，不过四五年光景；中期为抗战胜利后的1945年至1948年，三年多不到四年；后期则是1976年"文革"结束以还，已是将近七十岁之后的时光了。我们看到了累计三十多年的空白：在日本军队占领上海的八年中，辛笛蛰居，片纸只字无存；从1949年直至"文革"结束，辛笛除了在1957年5月一度较宽松的空气中写下《喜悦和感谢》（后改题《泉水来了，泉水来了》），泄露了他还不能忘情于诗以外，长期搁下了诗笔；当然，其间，在六七十年代，他写过一些赠答纪游的旧体诗，七绝为主，间有七律，都是绝不为发表的。他用笔十分谨慎，但情不自禁，在给挚友的篇什中，偶亦略见自怨之语，如："窗下生憎少读书，笔因闲久渐生疏。元知獭祭无缘分，学写黄庭总不如"（《窗下》）；

"谠论燃犀钦有道，闲愁游刃斩无端。未全抛撒妨行远，不尽缠绵剩倚栏"（《1962 年 11 月 11 日诵槐聚居士（钱锺书）秋心诗因步原韵》）；以及"邯郸学步勉追移"，"自恨愚顽悟道迟"（《农历除夕寄冰季乾就两兄》）。从这些怨而不怒的流露，可见在文字狱频繁的年代，或者所谓知识分子必须"夹着尾巴做人"的年代，保持沉默以苟全性命，不失为一个明哲的选择，但在良知未泯的诗人，也必然同时是一个痛苦的选择。

辛笛童年和少年时期在学塾所受的儒家教育（在他的基础教育中这是主导的方面，当然后来他杂收博览，也受到老庄学说的影响），本来是入世的，濡染所及，连读诗也曾偏爱老杜、陆辛。直到在"孤岛"上海家中帮助郑振铎保藏几十箱国家珍贵书籍免遭日本的掠夺，以及在 40 年代内战时期对上海进步文化界友人的道义支持，都表现出忧国忧民和急公好义的性格。

辛笛在南开中学和清华大学，则接受了五四新文化运动前后，睁开眼睛看世界的先驱们引进的现代文明的启蒙，其后，负笈英伦，更使他具有了现代知识分子的心态。他在 40 年代末持反蒋的立场，正是由于他向往民主自由，反对专制独裁；我想，当时上海中共地下党组织，是把他定位为中间偏左的知识分子，属于团结之列的。然而，这不可能改变像他这一类的知识分子，毕竟难免在随后的共和国时期被视为"民主个人主义者"而必须改造的命运。

有人说过，性格即命运；也有人说过，政治即命运。某种性格遇到某种政治，那就该是逃不掉的宿命。

1945 年到 1948 年，对于辛笛和他的同好者，虽然处于内战中，但毕竟不同于日本占领下，他们得以从事不自由时代里的自由写作。辛笛和他的同好们办的《诗创造》提倡对多种风格的包容，《中国新诗》更强调对诗作的艺术要求，为此遭到来自北方的谩骂式批判以至人身攻讦，但他们不怕，辛笛对自己的诗和诗观有信心，因此理直气壮；自然，这也还因为当时霸道的批判者尚未与政治权力相结合，不可能对批判对象采取"实际解决"。

而在 1949 年 7 月，辛笛到北平参加了第一次全国文代会，开会期间他参与筹组的全国诗歌工作者联谊会胎死腹中。传记中只写到他敏感地觉察到私营企业没有前途，却没有写到他在当时文艺界一片"会师"气象背后产生了什么隐忧；但他自动离开了栖止多年的金城银行的职位，也婉谢了到文物部门、高校和作协工作的邀约，"投笔从工"，申请到地方工业部门去做一名"案牍小吏"，从生存策略来看，不能不说具有相当的先见之明。基于要求"自我改造"的原罪心理，和从而自觉或不自觉的恐惧心理，他脱却了西装，放弃了花园洋房和小汽车，也不再参与文学界的活动。他相对地远离了"知识分子成堆"的多事之地，这样，在一些从人文知识分子打开缺口的多事之秋，他暂时小隐于他所不感兴趣的行政事务之中。这种近乎洗手不干的决绝，并不表明他从情感上已经和诗一刀两断，而对比冯至、何其芳都曾在新的文艺路线下表示否定少作，但终是心有未甘；卞之琳不但烧掉自己的长篇小说稿，又努力学写民歌体：当是出于同样的心理状态。后来者可以批评这些老一代知识分子的软弱（也是一种动摇，对自己文学信念的动摇），然而综观全局，也不妨给予同情的理解吧。

辛笛的幼女王圣思，在这本传记中，以辛笛的人生道路为背景，写出了他成为一代诗人的道路，写到诗人一步一步诗的履迹，也对其各个时期的重要诗作，从背景到文本作了翔实中肯的解析；而对辛笛没有诗作问世的年代，则详述了他的行藏与交往，从中也折射出一代知识分子的际遇。这就不仅于诗歌史、文学史，而且于数十年社会政治的变迁，都有某些史料或笺注的意义。

我小于辛笛老人二十一岁。也是从小喜欢文学并习作新诗，但知辛笛之名很晚，那是在 1948 年秋冬之际，读到了他写于 1948 年夏沪杭道上的《风景》：

> 列车轧在中国的肋骨上／一节接着一节社会问题／比邻而居的是茅屋和田野间的坟／生活距离终点这样近／夏天的土地绿得丰饶自然／兵士的新装黄得旧褪凄惨／惯爱想一路来行过的地方／说不出生疏却是一般的黯淡／瘦的耕牛和更瘦的人／都是病，不是风景！

这已是辛笛诗艺完全成熟的作品，唐湜等评论家所说的"现代风，古典味"于兹得到完满的融合。而早期他的诗即赋有的"浪漫情思，古典意味"，其中浪漫情思却为忧患意识所替换了。

不能笼统地说知父莫若女，但圣思毕竟是以一位研究者的身份，而随侍在父亲身旁。她得亲馨欬，能够随时请教，她写出诗人创作思想和实践的逻辑发展，丝丝入扣，令人信服。

传记中对辛笛作为一个知识分子，作为一个诗人，既写了他与别人之同，也写了他与别人之异。特别是就诗论诗，他与后来收入《九叶集》的其他诗人，本来也是各具特色的。例如诗中具有古典意味这一点，大约只有陈敬容庶几相近。

我们知道，辛笛所受的儒家诗教，到 1929 年、1930 年，他上高中二年级前后就由他自己颠覆了。儒家轻诗词，认为是"余事"，雕虫小技，不登大雅之堂；至于词，更是歌台舞榭的玩意儿。但少年辛笛终于在这一片禁区中，发现了李商隐、李贺、周邦彦、李清照、姜夔以至龚自珍，文则有晚明小品，并深深爱上了"南朝人物晚唐诗"的风度。他是从这里出发，走出去接触到莎士比亚，华兹华斯，直到艾略特和奥登的。他与完全不具备足够的母语古典的学养，先只是学了外国诗（原文或译文），而后要"回归古典"的作者不同，那些人的终点，在辛笛们（在他之前还有闻一多、徐志摩、戴望舒）则是自己的出发点。就辛笛而言，那古典的影响是浸入骨髓的不是皮毛的。他在吸收各国诗歌包括现代派（甚至百年前的玄学派）的营养时，能够以我为主，表现在诗作的语言和意境上，都不失民族的色彩，亦不失母语的基调。可以说，他的诗，称得上语言艺术，充分表现出他对汉语语言的艺术敏感，比起当时只接受新式教育和外来文学影响的作者的大白话或文艺腔、翻译腔，他的诗更近于典型的"母语写作"。

辛笛来自旧文化的营垒，又沾丐到欧风美雨，这样的经历，与五四那一代如二周、胡适、刘半农、沈尹默是相同的；他又跟他们一样，不泥于古，也不泥于洋，他把"古"与"洋"都消化了，写出来的是中国现代诗。徐志摩、闻一多、戴望舒也是如此，不过，徐、闻都借鉴英诗尝试格律化，而辛笛和南星等，主要是走戴望舒的路子，注重内部节奏，不求表面划一，以凝练而不是芜杂的散文句式为诗的载体。

学诗之初，辛笛认定了诗的灵魂是真与美；他触景生情，融情入景，显然是受到中国传统诗词讲究意境的影响。后来，他又服膺济慈"美即是真，真即是美"的话，在诗中不仅写美的发现，而且咀嚼人生的感悟；实验艾略特主张的诗的"非个人化"，给主观感受找客观对应物，又在抒情短诗中加入了更多的知性；在这里，他仿佛由唐入宋，而总的来说他还是力避直陈，少写赋体，并把比兴、寄托与局部或整体象征沟通，把中国诗画的意境和炼字炼意与西方所讲的意象、通感沟通：这一番旁征博采的功夫，俾他兼祧中外，举重若轻地显示了自己的特色。至于尽力把抒情诗写得短，本来是中外古今皆然的高标准，辛笛格外注意就是了。

1945 年，读到了何其芳在抗战期间写的《夜歌》，特别是其中写于延安的诗，这给辛笛造成一定的冲击。何其芳走出了他的成名作《画梦录》和《预言》，走出个人的世界，开拓了新境；辛笛更是在社会氛围的催动下，尝试着面向公众，以诗笔戳穿虚伪，抨击残暴，抒情之外也有了反讽，相应地在语言方面且不避某种程度的直白和痛快，以致有时丢掉了他一向的婉约风格和含蓄手法，也在所不惜。收入《手掌集》中的 1945 年至 1948 年诸篇，表明中年的辛笛在艺术上已臻炉火纯青，而仍然在艺术与生活的关系上，在诗的真谛上做不断地探索。

可惜这样的探索，到 1949 年又一次中断。1976 年后复出，不得不经过一个不无艰苦的恢复时期。在大约几年的时间里，他也写出了《蝴蝶、蜜蜂和常青树》这样的佳作，但正如他在 1982 年 1 月《香港小品》中感慨地写道：

二十年前／你在旧书摊上／无意中拾起了我的诗／蚕在茧中找到了自己

二十年后／我第一次遇见了你／人间何处无诗／你我都已不是旧时风格

辛笛终于又找回了自己。他嗣后写出的一些新作，保持了他现代诗创作的应有水平，也可与他写的那些旧体诗中的佳作相媲美。他说过，新诗易写难工，旧诗难写易工，是深知此中甘苦的见道之言。辛笛是左手写新诗，右手写"旧诗"（当然偶亦腾出手来写书评和诗论）；由于传统诗赋词曲（即我们常说的旧体诗），与以现代汉语为基础的新诗分属两个不同的审美体系，辛笛绝不破坏规范把旧体诗写成顺口溜，也绝不让新诗借口民族化而向旧体靠拢。他分别在现代诗和传统形式的诗歌这两个领域，坚持了对诗质诗美的共同追求。

在中国现代诗歌史上，像辛笛这样的诗人是可遇而不可求的。唯这样的文化素养能成就这样的诗人，而在今后，并不是照方抓药就能够"培养"出王辛笛式的诗人来。其实，任何一个像样的诗人作家，都不是由什么人有意"培养"出来的，一切取决于自然和社会、家庭与个人的机缘相凑，但愿这样的机缘多些！

读王圣思写的辛笛传记，又重读了辛笛的若干代表作，写了我的读后感如上，就正于辛笛诗和辛笛传的读者。

2003 年 8 月 18 日夜

贾越云诗集序

我毫不犹豫地答应为贾越云的诗集作序，完全是出于诗集与诗以外的原因。

我与贾越云曾有一面之缘。那还是 1988 年和 1989 年之交，这个未曾谋面的青年作者到我家来，我于是看到了他的一篇长文，详写了湖南道县 1966 年夏天的那场惊心惨目的大屠杀。这件事，由于新闻封锁，也由于我长期处于被隔离在社会之外的生活状态，我是一无所知的（后来发现，像我这样的耳目壅塞者，在一般公教人员中不在少数）；当然，就连发生在我身边北京市所属大兴、昌平两区县的类似事件，也是一直包得严严的，好像从来什么都没发生过一样。

贾越云当年采写这篇纪实文字，确是振聋发聩，唤醒渐趋忘却以至麻木的读者。一个人的灵魂在于记忆，失忆的人等于掉了魂，虽一息尚存，无异于行尸走肉。一个民族失去了记忆，也就失去了重要的精神支撑，这就是我们常常重复的一句大实话，叫"欲灭其国，先灭其史"，一个民族的历史是这个民族的生命的记录，活在人们集体记忆中的历史，是一个民族的灵魂之所栖居，也是这个民族与她的儿女相连的脐带。

碍于种种意识形态的和实用主义的考虑，对历史特别是近期历史事件的真实书写，往往遇到极大的阻力。因此，秉笔直书的史德总是与忠于真实的良知相伴而行。

贾越云该是第一个报道了道县血案，让它公之于世的记者，他的勇敢也许不下于第一个吃螃蟹的人吧。正是因此，我在十几年前就记住了他的名字（那时他署名贾月华），记住他当时在湖南株洲，他那篇文章我保存了一段时期，后来有人听说索阅，我才转寄，还曾后悔没有复印留底。

说起复印，我在1988年秋天，参加作家协会理事会，有一篇发言稿题为《没有真正的民主，便没有真正的团结》（次年刊于《随笔》），我拿到宿舍附近一家复印小店，想复印一份，店主老大爷看了看标题，面露为难之色，随手就退给我，说这不能印，该是出于对"民主"二字的敏感，也是"遵纪守法"的严格自律吧。这位老人是个军属，小本经营混口饭吃，我怎么能砸他的饭碗呢？所以，贾越云那篇特写，我也就压根儿没想去复印了。

十几年未得贾越云的消息。最近，他来电说，要出一本诗集，而我在十几年前曾答应如他出诗集时一定作序。当时这个"轻诺"，惭愧我早已忘记了，但我相信他是认真的，我也就不能"寡信"。不过内心深处，总是认为他作为一个新闻记者，写诗乃其余事；他主要的成绩在于那些面向社会现实的通讯、特写、纪实文字。我之敬佩有良知的记者，远远胜于空头的诗人。

这些年来，贾越云的新闻性作品，影响较大的有：《正义与邪恶的较量——平顶山政法委书记雇凶杀人始末》（首发）《巨贪胡长清，嫂娘为你悔恨交加》《郑州郊区黑心村干部合谋杀害候选人》《老职工与朱总理联手反贪——湘潭电缆厂老总陈海燕侵吞国有资产案》《台胞向大延，三万大陆人挥泪为你送别》《名噪全国的爱心典型竟是大骗子》。我称这些新闻性作品为通讯、特写、纪实文字，意在表明，作为一个新闻记者，要追求真实和时效，所写有新闻价值，并能有思想意义，不一定非要是纪实的"文学"不可，也不一定非是篇幅长的不可。当然，在采访具有新闻价值和思想意义的题材时，能做深度报道更好。

贾越云的诗作，其中写于上世纪 80 年代的，固然也是抒写自己的某些感受，但多半是为发表而写；晚近的作品，有些倒不仅是为了发表而写的。我为什么强调为发表和不为发表这个界限呢？从我的见闻看，一般还不见知于人的新作者，往往为了能得到发表的机会，而迎合时流或更简单的是迎合报刊编辑部的需要以及责任编辑的趣味，有时就难免"取法乎下"了。总的看来，贾越云的诗中，那些写乡村的，写亲情的，似较胜于其他。我只是匆匆浏览，不一定说得中肯。我以为，这本诗集若以诗评家沈仁康兄曾为作者冬日山村一诗所写的赏评作为代序，也许更加合适。

祝贾越云写出更多好作品。

2003 年 11 月 19 日

李纳《烛光下的记忆》序

李纳这本散文集，不是一般的散文集。这才真的称得上是"一个人的历史"。

从遥远的云南边城，到黄土高原的延安，到冰雪载途的东北，然后是首都北京，然后是流放地的安徽……从一个向往自由的少女离家参加抗战，到一个鲁艺学员经受整风"抢救"的淬炼，到作为记者下鸡西与矿工交上知心朋友，到目睹宣城乡下的善良百姓沦为饿殍……最后是所谓"文化大革命"，被"命运"驱赶着走死逃亡。

在这本书里，我读到了许许多多的人，著笔尤多的是李纳的可敬的母亲。年轻守寡，孤儿寡母相依为命，在礼教道学统治的旧家里，可以想象处境有多难。而她，苦苦支撑，给了幼小的三个女儿以良好的教育。她竭尽心力帮助十几岁的李纳挣脱了包办婚姻。当抗战军兴，台儿庄大捷，李纳在昆明加入战地服务团行将出发的时候，她因为深知国民党军队的黑暗和腐败，搭一辆运盐车赶到省城把女儿拦住；而一年多以后，李纳决心奔往延安参加抗日，她千方百计打听延安的种种，硬是同意了，待后来终是舍不得，又赶到孩子等车的地方，想再把李纳拉回来，却见一伙年轻人为走上这条路那么高兴，不忍心阻拦，送走女儿，一下就浑身瘫软，走不动了。

就是这个母亲，1949 年与李纳重逢，好日子只过到 1952 年，就陷入不断的运动。直到"文革"中的"一打三反"，重点打击"现行反革命"，有人提出李纳所谓"攻击"江青的问题，把她列为重点，来势汹汹，好心人怕母亲见到女儿挨斗的惨状，替她买了车票，坚决要她转去二女儿处。好容易她才勉强接受，临走那天，犹如死别一般号啕大哭，当着众人撕心裂肺地哭诉："毛主席啊，当年我送女儿去延安，哪里会想到有今天啊……"大家劝她不要说这"犯法"的话，她还是悲怆地痛哭不止。时隔三十多年，透过纸背，我仿佛还听到那令人肝胆俱裂的哭声和质问。

李纳属于青春做伴投身抗日战争的那一代。她在怀念冯牧一文中说：

> 我们这代人，有幸又有不幸，幸福的是我们的青春闪耀着光彩，过得充实，因为我们将自己一切美好的都融入伟大的祖国解放……不幸的是频繁的运动困扰着我们，我们难得有属于自己的生活。

李纳长我十几岁，从政治经历说，则是上一代人。然而因为所走的人生道路大致相似，五十年来又在同一片天空下，读她青年以后的回忆，那各个时期的心路几乎是可以互相印证的。只有她在云南路南县小城里的童年，才有隔世之感。

她对童年的追忆，《没有见过面的姑母》《我的第一个女教师》《铓锣声》以及《誓雪国耻》诸篇，原有一个总题《远方的童年》，现在分篇立目，把前面一段小引也删除了，但我看原稿，觉得这删去的几句也很引人深思：

> 我生长在遥远的边疆小县……可是我小时候，在那个小县里，到过北京的人屈指可数。那时我所见过的北京的东西，只有我舅母手上戴的那个"京顶针"，所以我觉得它远在天边，我一辈子也不可能去经历那传奇式的旅程。

一个女孩子，在歧视妇女的社会里，不会有快乐的童年的，所以凡是我那小县女孩子所能遭到的不幸，对我也都毫无例外；不同的是，我不甘屈从命运的安排，因此，我比她们遭到的压迫就更多。可是我并不抱怨我黯淡的童年，如果我没有经历挫折和痛苦，我的身边尽是鲜花，我不知会变成什么样子。

　　我不想提那些，我要从灰暗童年的生活泥土中，刨取几枚稍具光泽的石头，献给亲爱的小读者。

　　李纳这"暮年诗赋"，实际上也就是依着她这个思路剪裁的。她在毕生的经历中，主要是挖掘她所说的"稍具光泽的石头"，那些真诚的、善良的、美好的人和他们的人情、人品、人格；而对那些虚伪、丑恶和残暴的人和事，除了不得不涉及的以外，全都略而不论了。如作为一个时代的见证，这自然不无遗憾；然而，从她偶尔流露的少量春秋之笔，也不难窥见她的是非好恶。她只是由于洁癖，不愿让那旷世的恶浊玷污她的笔墨罢了。

　　与李纳仅有一般交往的人，也可以感到她的善良和宽容，然而这是不见容于多年来的革命要求的。从 40 年代到 70 年代，历次运动中她一个不变的缺点以至错误，屡被批判的，就是"温情主义和人性论"。她满怀赤忱到延安，首先进了王明为校长的"延安女（子）大（学）"，她本能地感到格格不入的，就是不允许有个人之间的友情联系（这可能就是当时以至后来在革命队伍内部抓"小集团"和什么"联盟"的渊源吧）；不久转入鲁艺，一片年轻人思想活跃、人际友好、个性张扬的气氛，谁知运动一来，这就都成为"灵魂深处有一个小资产阶级王国"，"资产阶级小资产阶级总是要顽强地表现他们自己"，乃至"按照他们自己的面貌改造党"的对抗"无产阶级党性"的罪行了。

　　然而，这个看似柔弱的女性，却有其倔强的一面，那是天性，那是从母亲那里继承的秉性，那是她读了不少凝聚着人文精神的文学经典而烙印于心的，在运动里，她不肯违心地栽诬别人。艾青饱经斗争的风霜，于革命队伍的人情世故颇多亲验，他把人际关系中的倾轧构陷概括为"鬼打架"，但他却说："李纳是有原则的。"还有比这更高的道德评价吗？

因此我也相信李纳书中所写的一些她所怀念、所感激的一些人，有的是我也曾结识的，有的虽不相识却也听说过，有的则是默默无名之人，然而他们的善行是李纳所称道的，这里绝无溢美的揄扬，而必定是真心的赞许。

李纳为人不事张扬，她无意写自传，这些篇章，无非她的"朝华夕拾"之作。她凭着经过时间筛选的记忆，朴实无华地记下一些亲身经历过的事情。"事情"二字，因为常在口头，语感已经钝化，其实这是一个非常值得咀嚼的词。人间万事，未免有情，李纳笔下，叙事抒情，做到了抒情不离本事，叙事总带感情。

李纳散文无论叙事抒情，归诸一个"真"字，事是真事，情是真情，甚至书末所附的几个短篇小说，也有纪实的影子。这使她的这些"文"，兼具了"史"的品格。

李纳这本书，除了它文风的真挚敦厚有如其人，使我读其书时，如听她娓娓道来，无意中得到审美的浸润，同时，她的价值还在于它的纪实性——这样一个真实的人，对于她身历亲经的事情，依她的方式做出如实的叙述。

这里没有伪证。这就使之高出于若干以回忆为名伪造历史的文字垃圾。

谢谢李纳。

2004 年 1 月 21 日，旧历羊年除夕

《蔡东藩研究》序

记得前人说过，自古以文章鸣世的人，可以分为两种，一种是文以人传，一种是人以文传。文以人传的，时过境迁，最终难免云烟过眼的命运；人以文传的，也许作者本无意于不朽，但一脉文心或诗情可与后来者相通，书在，有读者，虽时空远隔，仍有如晤对。

蔡东藩先生应是属于人以文传的作者。从八九十年前直到现在，人们是从他所著六百万言的中国历代史通俗演义而知其人的。他的史笔如椽，纵横挥洒，把中国近两千年历史舞台上的兴亡盛衰生死离合尽收笔底；他的史笔又如雕刀，把那么多的人和事、情与景疏密有致地刻画入微。普通的读者无分老幼听他娓娓道来，如临其境，而于叙事间渗透了作者的识见和感情，好恶判然，真的让我们看到了一面历史的镜鉴。

经过一度的几近湮没，人们似是重新发现了蔡东藩。在逐渐告别了"以论代史"的时代之后，首先是由蔡著的重版，悄悄增长的印数表明了读者的欢迎，证明了它作为读物的价值；嗣后，越来越多的有识之士，认可了蔡东藩作为通俗史学家的贡献。

于是而有蔡东藩研究，于是而有对他生平出处交游和其他著作的追寻。于是人们发现，在他身上，人品和文品是统一的，他不肯混迹官场，曲意逢迎，宁愿布衣蔬食，贫贱不移，尤其于当世军阀劣迹，秉笔直书，斯人而有斯作，表现了中国传统文人最可贵的士节。以人格精神统领史料，是其所是，非其所非，后人可以不尽同意他的某些观点，却不能不钦仰他求真求善的史德。

208

自然，文采也并非余事。蔡东藩的文笔，根底来自《史》《汉》与唐宋古文，通俗则取径于稗官说部，就连穿插的诗句，章节的回目，也都见斟酌推敲之功。乃知历代史通俗演义绝不是突兀而起或飞来之峰，因此如能继续搜集蔡氏其他著作，当有助于我们更深入了解这位卓越的一代史家。

　　我的祖籍为萧山临浦，临浦镇政府主持出版《蔡东藩研究》专集，嘱序于我，义不容辞。然我只是在幼年时曾承庭训，以乡贤蔡东藩先生的历代史通俗演义为读史的启蒙，从此心存感激，而对于蔡氏其人，包括他为先祖勉卿公书写行述的事情，都是近年读了各方面专家学者的记述和论文，才略有所知。老实说，我对祖父的一生，也是因读这篇行述，才了解得更多些，更具体些。想起"数典忘祖"的话，真是无地自容。

　　大而言之，我对我们中国的历史，又记得多少，弄通了多少呢？小时候当作故事浏览过了，后来从俗"把颠倒的历史颠倒过来"，又受时风影响，重"观点"而轻史料，我虽不是史学圈里的人，也跟着几经反复。现在史学界"拨乱反正"了（不管各家各以什么为"正"），而我作为一个普通的读史者，则有一个回到常识和重新审视的问题，我想，我的问题也会是不少普通读史者的问题。离开了史实，何谈面对历史，更何谈以史为鉴呢？有人读二十四史，有人读《资治通鉴》，更多的人要读较少语文障碍的书，蔡著历代史通俗演义自是上选了。

　　蔡东藩不仅属于他的故乡，他是属于中国的；他属于史学界，更属于广大读者。我并且相信，他对从民初上溯一千七八百年的历史叙述必将传世，历百年而垂千古。

2004 年 4 月 2 日

沈敏特《给儿子·提前十五年的信》序

　　沈敏特先生提前十五年给他未成年的儿子写了二十八封信，孩子还不到识字的年龄呢，怕是念也听不懂。我作为写信者的同辈，却完全看懂了。我为他的苦心所感动。

　　因为我亦为人父者，我的儿子小时候叫闹闹，当我迎接这个几乎是陌生的但又十分亲近的小生命的时候，那份愉悦的接着是忐忑的心情可以说跟沈敏特相似以至一样。在本书今天的读者中，也必有众多有同感的知音。

　　那时候，我是二十八岁，虽初为人父，却已经经历过划右派、戴"帽子"的严峻的一课，但是孩子的诞生让我在灰色的单调的生活当中看到了新的色彩，听到了新的声音，那就是生命的色彩和声音，每时每刻让我感受到生长和未来。于是我充满信心，重新萌发了让下一代得以健康地合理地做人的希望。由此，我在困塞的境遇意识到自己的责任。

　　沉重吗？与其说是沉重，毋宁说是鞭策。在1962年3月28日，一个北京春季特有的大风沙日子，正是闹闹呱呱落地的一年一个月零二十天，我终于把他这一年多的"行状"写了下来，这就是不久后被批判为"毒草"的《小闹闹》一文。在往后持续十几年的批判当中，我一直不悔，因为我为这一个小生命留下他最初的脚印，就像现在有些年轻的妈妈为孩子留下日记和逐年逐月的照片一样，这算什么罪过呢？

　　而且，我还在文中预告了一笔：

......你得长大啊。

那时候，你自然要起一个像样的大名儿，那时候，爸爸将对你说一番别样的话。

批判我的人，认定我要说的是一番关于"（右派）翻案"的话，其实这是把我看"扁"了，难道我除了为自己辩诬以外，就再没有别的话可说了吗？他们以为只要把一个人打倒在地，戴上政治帽子，这个人就不会再思考个人以外的世界了。

不过，在当时，我确实也还没有具体地想过将来说些什么"别样的话"给孩子听，等到多少可以自由地"说一番别样的话"时，有了另外一个"大名儿"的闹闹就到外地去上学，然后是毕业，是走向社会，转眼间他长到了他出生时我的年纪，幸乎不幸乎，他已经有了超出我当时的阅历。我索性把一些"别样的话"转而说给更多的人去听了——不过没有十五年的提前量。

现在读到沈敏特提前十五年写给儿子的信，也许因为"老年得子"，他更是爱得深，想得远，"掏出心窝子"说给孩子，从个人的经历和感受，说到生命的质量，顺境和逆境，"听话"与思考，初恋的可贵，爱与责任，婚姻和家庭这些伦理教育的内容，进而说到阅读与思维、科学与技术，读史的必要，思想空间和心理空间，什么是现代人，什么是爱国这样一些深层问题，以及关于金钱、时尚、公民意识与臣民意识这些日常随时会遇到的话题；他期望他的儿子具有自信和镇静的精神状态，培养起独立思考的能力，判断能力，选择能力，联想能力和创造能力；他又用自己和先人作为中国知识分子的切身经验提醒孩子，人生道路不会是一直平坦的："我迎接你走进的世界......是富裕与贫穷、文明与野蛮、民主与专制、光明与黑暗、温馨与冷酷、公正与不公......交错争斗的天地。你能走好这人生之路吗？你能经得起上升和下沉、成功与失败的磨炼吗？"

读罢全书，我想，如果当年，在我的孩子刚近成年，而我并没能对他说些实在的"别样的话"，即使偶有涉及却远不能说得如此中肯和深刻的时候，就有这样一本书出现，让我把它当作礼物送给我的孩子，那该多么及时，多么好啊。可惜，那时候没有这样一本书，沈敏特那时还不可能把这样一本书写出来，不仅因为那时他没有由他这个小儿子带来的激情，更因为书中这些思想是发掘了多少历史的矿石，又经过了整个80年代、90年代直到这个世纪初年现实的锤炼，才可能出炉的。

历史也许会在一个时段里停滞或倒退，但总的趋势是不断向前发展和进步的。也许十五年后当沈敏特的小儿子读这本书时，老沈又能够补充若干对新问题的回答和阐释，甚至孩子本身也能提出自己的看法；不过我相信，这二十八封信的核心内容，有许多是会历久常新的。以老沈身心的健康，他一定会在十五年后和长大了的儿子互相讨论，比赛谁的谈锋更健吧。

不要等到十五年后了。今天我们有一定阅读能力的青少年，还有他们的父母、祖父母们，何妨先睹为快？

沈敏特的儿子（我至今不知他的小名或大名），一定不会把这本书视为独得之秘，不与人共；老沈自己也一定希望更多的孩子都听到他的"祝福"和"嘱咐"，这该是他把这本书付诸出版的初衷吧？

我和本书作者是有缘分的。他从大学毕业，走向工作岗位的第一个任务，竟是在1957年晚秋列席一场对"右派分子邵燕祥"的批斗会，从而促成他要求调换工作这一个影响人生道路的重大决定；近年来，我不断看到他思想十分"敏"锐而具个人"特"色的时评，且又因他约稿促使我在上个世纪末写了总结个人五十年心路的长文《狂欢不再》。因此，我乐于为他的这本新书作序，但绝不是仅仅出于友情，更是出于一种与作者相同的爱和责任感，我向读者推荐此书，并且首先把尚未印行的打印书稿推荐给我即将上中学的小孙女。她可以挑选能够看懂的篇章浏览，随后在成长的过程中，慢慢把全书看完，有所采纳，有所思考。

2004 年 4 月 14 日

为《明星身后有只手》作序

　　我写作多年，但很少涉及"演艺圈"，因为不熟悉，故不敢轻易插嘴。这回陈牧兄打来电话，让我给他谈论这方面事情的书写序，我却一口答应了。首先因为他是我半个多世纪前的诗友，1948 年，他和黎风都是北平的"非法出版物"《诗号角》的编者，而我是读者兼习作者，一个爱诗的孩子，那时他们已经是中共地下党员，而我还不是。1949 年他随军南下，留在武汉的报社工作，1957 年他和黎风异地同被划为右派，在这一回合我也被划了。除了诗与文学的同好之外，又有了同案同命运这一层；多年我以兄长视之，怎么好违命呢？

　　上世纪 90 年代，我知道他在他主编的《中国演员报》上以"阳羡客"的笔名开辟一个短评的专栏，篇篇有针对性，并且及时。而我写杂感文字，常是泛泛而谈，很少点名，又因从写出到发表有一个周期，往往见报已是时过境迁，常有马后炮之叹，越显得温吞无味。因此对他直率批评的勇气是钦佩的，对他有一个"自己的园地"是羡慕的。不过后来才知道，他并不像我想象的那般潇洒，只顾"指点江山，激扬文字"就行了，他还要张罗经费，维持开销，对付小人，弥补亏空；被他的点名批评刺痛的人，也不是个个"闻过则喜"。这样，我就更为他的敬业精神所感动，那分明出于一种责任感，一种对艺术的爱敬。

　　陈牧把他所写的称为"演艺圈随笔"，我觉得这些随笔可不是"随意"地"随便"地写出来的，它不是一般的叙事抒情。品评演出，月旦角色，其灵魂在于批评。而陈牧的批评是开门见山，亮出观点，不拐弯抹角，含糊其词，而时见锋芒。

陈牧的批评不是"捧角家"的"批评"，而是知识分子的批评。它的价值在此，它的可能"不合时宜"、可能碰壁也在此。

从张恨水小说里写过的专事捧角乃至借此敲诈艺人的小报记者，到今天的某些所谓"娱记"，是一脉相承的。他们可能人数不多，但是能量不小，因为他们听命于某些有钱或兼有权的制片人等，又跟某些缺乏艺德的大小"腕儿"们沆瀣一气，在"演艺圈"内外形成"话语霸权"。风气所至，像样的批评几乎宣告缺席了。

我说几乎缺席，并不是说绝无仅有。不过，陈牧的批评文字，多少给人以空谷足音之感。他把他看到的一些演出，以及在演艺圈里触目所及的某些人事，不是仅仅就事论事，而是当作文化现象来剖析，透过具体的人和事，揭示出普遍的意义。比如他对《切·格瓦拉》的演出，说"'过瘾'而说不清楚"，还可谓引而不发，直说"不要把观众当阿斗"时，便是不留情面的诛心之论了。

陈牧接近演艺圈，但并不在这个"圈"内，他能保持"旁观者清"的优势。这样，他不但直截了当地劝告"影视制作大款、编导大腕、红得发紫的明星、笑星、闹星"们"多看看别人的作品，多读几本书，多靠近点老百姓，然后再考虑怎么用艺术去打动观众、去赚钱"；而且指出有些电视节目主持人"总是让我们在你们的话筒前看那几张老面孔，和你们一起去神侃，大话说多了，捧场捧过头了，打打闹闹，插科打诨频繁了，人们也就感到无聊而腻烦了"，这样的话，让听惯了捧场而自我感觉良好的人听了"不受用"，今天这样说话的人已经不多，陈牧是正直而近"迂"了。

这个迂，有人看作优点，所以谓之褒，有人看作缺点，所以谓之贬，其实是仁者见仁，智者见智。在陈牧身上的迂，可以说是优点和缺点共生。如他指责某些演员"利令智昏""做了金钱的奴隶",却归之于他们"忘记了自己'人类灵魂工程师'的社会职责"云云,岂不是迂得可爱?不用说人类,就是请你仅仅做这一位已成"金钱的奴隶"者的灵魂"修补"师吧,那任务可是好完成的?

又如,陈牧听说张艺谋声明他执导的影片《一个都不能少》退出戛纳电影节的新闻报道,便表示"举双手赞成",并据以发了一番议论,其实未免也有些迂,或者说是天真。后来张氏的《英雄》一片,正是治疗这天真的良药。

陈牧还有更天真的表现:他痛感广告满天飞而唯独不见戏曲的广告,于是说"如今的报纸广告费确实高,电视台的广告费高得更加吓人。我们希望那些靠广告收入盖起了高楼大厦和坐上了豪华轿车的媒体发点慈悲心肠,给戏曲广告一点优惠政策",读到这里,能不发现陈牧似乎完全不知今日世风社情的一派书生气吗?

这样的论者,在接触现实的人事时,缺少心计,难免上当,但也正因此,他笔下恪守自己衡事察人的标准,不苟同,不媚俗,能够直话直说,真人不说假话。而真诚,这正是影剧批评以至整个文艺批评取得真正批评品格的前提。

我不一定同意陈牧兄书中的每一具体观点,但我欣赏他有几分迂、几分天真,而有爱,有责任感的直率的行文风格。

2004 年 5 月 15 日

清华园：雕像无言

——《清华园随笔》（增订版）代序

曾昭奋先生的《清华园随笔》是一本感慨之书。其中，核心的是从 1994 年到 2003 年这十年间，逐年为清华校庆写的十篇文章。无异于带着读者在清华园里走了一遭。

清华园里，现在树立的十几座雕像中，不但有从 1952 年院系调整时学习苏联把清华改造成单一工科大学的校长蒋南翔的像，也有 1949 年前主持校政后来在台湾地区去世的老校长梅贻琦的像。

人一成为雕像，注定繁华消歇，默默无言了。但是从改革开放以来，人们常常念起梅贻琦 1931 年就职演说中的一句名言："大学者，非谓有大楼之谓也，有大师之谓也。"本书作者在六十多年后续了一句，"大学者，非谓出大官之谓也"；似还可以说，亦非谓出大款之谓也。然而，如今，大官也出了，大款也正在出，而大师之出也，却远不如当年之盛。

当年的大师，如梁思成、叶企孙，在清华园里也都有了雕像，作者在文中曾为他们的雕像放置非地而抱不平，其实大可不必。早年清华国学院的四位大师，不是至今还没有一座雕像吗，可能是政审不及格吧。

其实，雕像最好的位置还是在后人心中。

曾昭奋并非出自梁思成门下。他第一次听梁先生讲话，是 1959 年冬在广东母校的班级里，应邀来演说的梁先生，真诚地讲到建国十年来建设成就的伟大，讲到首都十大建筑创作的成功，接着，他抑制不住激动地说："拆掉北京的一座城楼，就像割掉我的一块肉；扒掉北京的一段城墙，就像剥掉我的一层皮。"在这之前，北京市负责人早已断然宣布："谁要是再反对拆城墙，是共产党员就开除他的党籍！"这对党外人士自然也有威慑的作用。于是人们沉默了，梁思成也只剩下"喊痛"的微弱声音，可惜在《梁思成文集》中没有留下这以另一种形式说"不"的记载。同时，在文集中也找不到二战后期美军轰炸日本本土时，他希望美军对奈良和京都这两座文化古城手下留情的呼吁，以及北京围城时为攻城部队做出保护古建筑标志的纪事。先生在文集之外所做的这些，跟他的学术研究一样，渗透着对人类历史文化遗产的珍爱之情。"梁先生也许不会理解：整个儿的一座两座古城，在即将落下炸弹之前可望得到保护；一个伟大的文化古都，在攻城的炮弹还未发射时可以获得关怀；而一线城墙，却连'保护'的意见也不能再说，只能眼巴巴看着它在和平时期里彻底地消失。"和平时期的破坏，也会像战争时期一样的野蛮、粗暴、无理性！

曾昭奋说得对，"历史过早地为梁先生铸就了这缄默的雕像"。

回首上世纪前半叶大师们出入清华园的年代，清华还只有1919年以前落成的所谓四大建筑，大礼堂、图书馆、体育馆、科学馆，最高的才三层，总面积不过一万平方米。然而这个图书馆是"造就"了曹禺、钱锺书、费孝通等学人的地方，也是几代清华人魂牵梦萦的地方；而至今屹立校园中心的科学馆，像一座纪念碑似的使人想起叶企孙。在一般读者中，叶先生不如梁先生知名，他湮没得太久了。1926年，二十八岁的叶企孙受命创建了清华物理系，当系主任，两年后又担任理学院院长。他为物理系和理学院延聘的教师有熊庆来、张子高、萨本栋、周培源、赵忠尧、吴有训……物理系学生则有王淦昌、赵九章、王竹溪、张宗燧、钱三强、王大珩、林家翘、戴振铎、朱光亚、周光召、李政道、杨振宁，还有理学院其他系学生许宝騄、段学复、陈省身、华罗庚、袁翰青、汪德熙、翁文波、杨遵仪等，群星闪耀。短短几年间，出现了辉煌的神话般的奇迹，科学馆仿佛成了科学圣殿，一大批中国现代科学家由此健步走向世界，单是成为国内外科学界精英和科学院院士的就不下六七十人。1931年，华罗庚以一个杂货店小伙计的身份，得到数学系熊庆来、杨武之和理学院院长叶企孙的特许，进入数学系当文书并随班听课，终于成为数学家。这件事也成了现代科学教育史上传诵不绝的佳话。

而叶企孙的晚年却是那样的孤苦无助。

原来，抗日战争初期，叶先生把他最亲密的学生熊大缜送到吕正操领导的冀中根据地，协助、指导抗日军民制造炸药和其他技术、后勤工作。当年令日寇闻风丧胆的地雷战，就凝聚着叶先生和他学生们的智慧和心血。1938年秋，叶先生去昆明途经香港，通过蔡元培介绍拜会了宋庆龄，还请她为冀中抗敌的学生们提供经济援助。但一到昆明，就听到熊大缜被诬为国民党特务而被捕、并被处决的消息。叶先生终身未娶，他跟熊大缜情同父子。1949年共产党在全国执政后，他一直经由正常渠道争取为大缜平反。不料他本人竟因此案株连，在1968年被捕入狱，"隔离审查"。他在海外的朋友和学生赵元任、任之恭、林家翘、戴振铎、杨振宁来访，要求探望他，都遭到当局的拒绝。1975年隔离解除，1977年，晚景凄凉的叶先生带着所谓"（敌我矛盾）按人民内部矛盾处理"的结论告别人间。后来据说河北省为熊大缜正式平反；1992年，对叶先生的生平和业绩重新评价，这时距离叶先生逝世已经十五年了。

清华园里的大师，一个人是一本书，好像是说不完的。曾昭奋还以专章写了骨鲠之士黄万里，他在建国初期的50年代坚持科学精神，实事求是，力排众议（包括苏联专家的错误意见），反对三门峡大坝上马，"我知道不对，我就要说。我研究黄河，我对国家负责。就像见到一个小孩快淹死了，我就嚷嚷，叫人来救。"不断嚷嚷的结果，毛泽东说黄万里有反骨。念念黄河，黄万里留下了像梁思成一样"喊痛"的诗："廷争面折迄无成，即阁三门见水清。终应愚言难蓄水，可怜血汗付沧溟。"黄先生在 2001 年九十寿辰之后，于昏迷中与世长辞。有一次清醒过来，他跟夫人要了纸笔，写下遗嘱："务须加强武汉一带的堤防。"晚年他的思维已经从历史上的三门峡转向现实中的三峡了。

在大师们纷纷凋落的岁月，清华园里并没有停止硬件的建设。体会毛泽东对莫斯科大学三十六层、二百四十米高的主楼的赞许，清华大学主楼的设计改取莫斯科大学的模式，也有一样缀着红星的尖塔，只是层数和高度都不及其半。开始兴建后，正赶上中苏反目，于是减掉了尖塔，加上天灾人祸，经济困难，建到九层不得不一度停工，直到 1966 年夏天终于完成了十二层。这是蒋南翔时代清华的标志性建筑。可一落成就当了红卫兵临时接待站。而清华园里的科学馆，在"文革"中竟成了武斗的据点，它的整个顶盖被燃烧弹彻底烧毁了。

我在十几年前去过清华园，已经是大楼林立，似觉拥挤，不复旧日"水木清华"的疏朗风光；我想是因为规模扩大、人员增多的必然结果吧。而曾昭奋不但感慨于"主楼升起的时代正是不出大师不要大师的时代"，而且感慨于"大楼易起，大师难求。新添的书桌，用来搞创收"，并说"我们的'平静的书桌'，不仅有可能被民族的敌人捣毁，也可能被我们自己捣乱"。作者是"此中人"，他更有切肤之痛；他说，梅贻琦和蒋南翔两位校长都曾论述和表达的"独立精神"和"学术自由"，"在我们实行党委领导下的校长负责制的大学中，包括清华，对这种大学精神的拥有、更新与弘扬，真值得校长们认真地探索。这比建筑大楼、安置书桌和造就富翁会有更多的困难，也比造汽车、放卫星会有更多的艰辛和风险。"

这已经不只是个人的感慨，而曲曲传出了历史的喟叹和呼唤。马克思所说的，崎岖的、必须艰苦攀登的那条山路，似乎变得越来越冷清，总不能不让关心科学文化前途的人更多关注吧。

2004 年 5 月 20 日

《冷石斋忆旧——政治沧桑六十年》序

　　继《吴江论集》之后，吴江的《冷石斋忆旧——政治沧桑六十年》又将出版。吴江同志嘱序于我，因得先睹为快。我跟他的忘年交始自谈诗，那时他已从"中心"转入"边缘"；我喜其为人低调，不事张扬，以为这是读书人的本色。从他的自述，知道早从上世纪50年代，他就希望由"从政"转向"从学"，因为他自1937年参加共产党，在若干年的党内生活和党内斗争中，对"政治"有了一种特殊的感受，从而发现自己的气质不适于从事实际政治；虽然，他也知道，"在党内'从学'和'从政'仍然是相通的，这就是理论必须联系实际之意"。所以，他是直到1990年离休以后，才真正按照自己的意愿，就重新认识马克思主义和社会主义问题进行独立的学术研究。

　　吴江从少年时代自发追求新社会理想（一心扑在农民问题上），青年时代投身于共产党领导的抗日战争和人民解放战争。他对待革命，对待作为革命理论的马克思列宁主义，无疑是真诚的。然而，纵然他有志于学，但在40年代至60年代的条件下，他所能学的"理论"，他所能做的"理论联系实际"的工作，不能不受到极大的局限，很难越雷池一步；也只有到"文革"结束，他才能戴着枷锁走出来，并一步步获得思想的解放。

　　吴江在《十年的路》一书的前言中，恳切地写出了自己在"文革"以后思想逐步解放的历程，他说，1977年到1987年这又一个十年，是对过去年代的思想理论路线方针进行反思并开始拨乱反正的时期，也是对社会主义自身进行改革的初始阶段。这不是将"文革"之前的旧东西简单地恢复，而是进行一场革命性的变革，是社会主义前所未有的严格的自我批判（改革即自我批判）。"这场斗争总的可以说是对于社会主义运动中根深蒂固地积累起来的教条主义与"左"倾空想共产主义思想进行总清算。"吴江回忆，在"文革"十年中，忧伤和痛苦塞满心头，"到后期，忽然有些悟性，用思渐宽阔，觉得我们党就其为自己确定的理想和任务来说，固然堪称伟大，但行动并非一贯正确。所谓一贯正确，实际上不过是自欺欺人。从此，我开始动起自己的脑筋来，力求对每一项行动做出自己的判断与选择。这种思想逐渐明确起来，是在粉碎'四人帮'的斗争中，在改革由局部向全面推进、拨乱反正逐渐深入的过程中，经过多种性质的斗争（坚持极左与反对极左，改革与保守，制度变革的尝试，反对所谓'资产阶级自由化'，新领导人的上台下台，等等），而逐渐达到的。"吴江说，"思想达到这一步，我开始觉得对许多问题需要重新认识，对社会主义也好，对马克思主义也好，都是如此。'重新认识'是我们这个时代的课题。"

"'重新认识'是我们这个时代的课题"，说得真好。一个渴求接近真理的理论工作者，一个不改献身于民族自由解放事业初衷的革命者，一个正直的老共产党员，一个保持着读书人良知的知识分子，就从这里开始新的探索。从真理标准讨论开始，这一探索，得到中共党内的开明领导人胡耀邦的有力支持。他与少数同志一起，冒着风险突破了不止一个思想的、理论的，更是政治的禁区。

大体说来，在1977年至1987年这十年中，吴江这个素不习于官场潜规则的一介书生，从理论工作的角度，在某种程度上卷入了这一时期的政治核心斗争；而从1990年离休之后，他才真正做到他在80年代即已意识到的，"理论工作应与当前的政治、政策保持一定的距离（因为政治、政策的随意性实在太大）"，他把"述学"和"议政"结合起来，颇有一些发人所未发的创见，提出来接受科学和理性的审查，接受实践和时间的检验。他在这十几年里获得的研究成果，主要有收入《吴江论集》中"重新审视马克思主义篇"和"社会主义资本主义沟通篇"等部分的若干论文（单行本则有《十年的路——和胡耀邦相处的日子》《中国封建意识形态研究》《社会主义前途与马克思主义的命运》《马克思主义是一门大史学》等）。

《社会主义前途与马克思主义的命运》一书出版时，我曾以《吴江老矣，犹著新书》为题，写文记述他的一些思想，现在就摘录几段在下面，以见一斑：

　　我想用"空谷足音"来形容吴江新书和我读后的感觉。这本书就是《社会主义前途与马克思主义的命运》（中国社科出版社），主要收入了他十年来有关的论著和答问（书中同时收入了写于80年代的几篇文章，从中可以看到社会主义初级阶段理论的来龙去脉，看到作者这方面的研究成果；作者的研究最早是针对1983年一份宣传我国已进入建设共产主义的实践、制造理论和政策混乱的"提纲"的）。难得的，也是在国内久矣不见的，是在重新认识马克思主义（它原有的理论体系及其宣传、阐释和实践）时表现的自由精神。吴江数十年来一直进行理论研究，如他所说，"在研究中亦曾人云亦云，受教条之累"，而在这里他打破了教条式的理论思维定势。

　　在一般人看来，《共产党宣言》无疑是马克思主义经典了，但马克思、恩格斯却启示我们，不应该视之为神圣不可侵犯，行动上更不能墨守照搬。然而恩格斯在回答"你认为马克思主义的基本信条是什么"时，突出地引用了《共产党宣言》中的这样一句话："每个人的自由发展是一切人自由发展的条件。"吴江据此说，马克思主义千言万语，它的"基本思想"集中在"每个人的自由发展"这一点上。而每个人的自由发展首先表现在每个人获得言论自由和思想自由方面。若连说话的自由权利也没有，甚至连思想自由的权利也没有，那就根本谈不上什么"自由"了。"这将是人类最大的悲哀。"

恩格斯 1889 年 12 月 28 日致格尔桑·特利尔信中，着重指出工人自己队伍中不能消灭言论自由，"批评是工人运动生命的要素，工人运动本身怎么能避免批评，想要禁止争论呢？难道我们要求别人给自己以言论自由，仅仅是为了在我们自己队伍中又消灭言论自由吗？"吴江在《苏联社会主义失败的历史教训》一文中，关于社会主义意识形态部分，恰恰告诉我们，俄国在十月革命成功之前，马克思主义理论曾经显得生气勃勃，人才辈出；革命成功以后，教条主义和实用主义突出，注释经典风气很盛，从事马克思主义研究的执政党员，实际上失去了理论研究的充分自由。吴江说："马克思主义政党如果自身没有这种理论的研究自由和批评自由，也就丧失了理论的指导，因而也将不成其为真正的马克思主义政党；而马克思主义理论工作者如果丧失了独立人格、独立思考、独立研究的精神和自由批评的勇气，只以观察政治风向、揣摩领导意图作为理论研究的前提，上有所云，然后下笔，迎合为尚，鲜知节操，则其结果只能使马克思主义沦为实用主义或御用工具，只有实用政治价值可估，毫无理论价值可言。"

共产主义，这无疑是宣誓为共产主义奋斗终身的人们中间不容亵渎的话题。吴江作为"最讲认真"的学者回顾了马克思主义创始人写作时的历史事实。在马克思、恩格斯写《共产党宣言》的 1848 年，社会主义是各种空想社会主义者和中产阶级提倡的运动，共产主义则是工人阶级的运动（那时有"共产主义者同盟"的组织），因此他们避免用"社会主义"一词，并对形形色色的"社会主义"予以批评，而采用"共产主义"的提法，《共产党宣言》实际是《共产主义宣言》。但是到了 1894 年 2 月恩格斯却在写给考茨基的信中提出："'共产主义'一词我认为当前不宜普遍使用，最好留到必须更确切的表述时才用它。即使到了那时也需要加以注释，因为实际上它已三十年不曾使用了。"（所谓三十年不再使用共产主义一词，吴江认为或指从 1864 年组织第一国际即"国际工人协会"时起已一般不再沿用"共产主义者同盟"的名称。）

这是怎么回事呢？吴江认为，马克思主义思想仍然继承了某些空想成分。现在应当说，"从空想到科学"仍然是一个过程，它要由历史来完成。可以说，马克思主义对资本主义的批判部分，西方许多非马克思主义学者也称赞它难以超越；然而在发现和创造新世界方面，在提出具体的改造方针时，其论述往往表现出过多的"理想"成分，不少属于假设和推理性质，有待于实践来检验，其中包括证伪（例如恩格斯说他们对于欧洲革命形势的估计错了）。19 世纪 70 年代以后，马克思、恩格斯对资本主义重新进行冷静的观察，他们察觉到真正的社会主义革命不可能很快到来，认识到实现共产主义是难中又难的事，共产主义完全要听命于实践，由未来的实践去探索。他们劝告青年人切不可轻言共产主义，更不可轻率地为共产主义预先设计什么。他们自称自己并不是共产主义的预先设计师，也希望别人不要充当这类设计师。而后来的马克思主义者在谈论理想时，又往往忘记马克思所说的，"工人阶级不是实现什么理想，而只是想解放那些在旧的正在崩溃的资产阶级社会里孕育着的新社会的因素"这句植根于历史唯物主义的话；也忘记了恩格斯晚年提出的，实现共产主义是难中又难的事，切莫采取冒进行动的警告，而念念不忘尽快将共产主义理想变成现实，一而再、再而三地这样做，以致出现变理想为空想的教训。

列宁在十月革命后曾普遍使用共产主义一词，只是在经历了几次重大挫折之后，认为共产主义"只有在社会主义完全巩固的时候才能发展起来"，"社会主义只有完全取得胜利以后，才会发展出来共产主义"，并说"对待'共产主义'这个词要十分审慎"。由此可以推知这时列宁已改变了他原来那个"社会主义就是共产主义社会第一阶段或初级阶段"的看法，开始将社会主义和共产主义相对区别开来，而和恩格斯1894年的看法达到一致。

吴江说，教条主义和"左"倾空想共产主义是20世纪社会主义的通病，但中国的教条主义和"左"倾空想共产主义有自己的特点，并有自己的理论。通常说，中国社会主义的"左"始于50年代后期，实际上，可以上溯到1953年，即提前结束新民主主义阶段而急速向社会主义过渡之际。当时，中国共产党不顾《共同纲领》，收回了原说要使私人资本主义有一个较大的发展的诺言，决定对私营企业进行"社会主义改造"即收归国有；同时内部通知"我们的人民民主专政即无产阶级专政"。从这时起，由苏联搬来了计划经济体制和无产阶级专政的政治体制。中国的生产力水平比之当年的俄国更为落后，但是，中国的革命者一味相信人的主观能动性是万能的，以为有了这两样东西，社会主义和共产主义就唾手可得，甚至认为"愈穷愈容易向共产主义过渡"。以此为目标，不停顿地批判

"唯生产力论"，不停顿地片面强调阶级斗争，不停顿地搞左倾冒进，而且只准反右，不准反"左"，那实践的结果，凡是从50年代至70年代过来的人都是犹有余痛的。

在重新认识究竟什么是马克思主义时，吴江说，按他的理解，马克思主义是关于人类社会发展的一门大史学（即马克思、恩格斯自称的"历史科学"），而非长期被演绎成的"经典原理学"——这可说是教条主义的大本营。原理从史出，而原理作为方法反过来指导实践又必须从各不同国度、不同时期的一定历史条件出发，而不能将原理奉为教旨。不恢复一门史学的马克思主义本来面目，教条主义体系难以破除。吴江的论著如流水活活，新见迭出，正是坚持了唯物史观来观察和分析实际运动中的各种现象；其中关于社会主义和资本主义的关系问题，马克思和列宁的国家学说应予修正和创新问题，尤为直言说论。

以上摘录的只是我读吴江一本书所记下的感言，我以为，这些仍值得读者参考，并由此了解真正弄懂马克思主义并非易事，伟人、普通人都一样。

如果读者从《冷石斋忆旧——政治沧桑六十年》这本书读到吴江回顾六十多年来极富历史感的记述以后，能够再循此线索一读他的那些论文，一定不无进一步的收获——不仅是对过去的反思，而且是对未来的眺望，他的视野远远超出了中国以至苏联的历史和现实，远及于北欧例如瑞典的社会民主主义实践，西欧例如英国"资本主义胚胎中孕育新社会因素"的现象等等，都足以打开我们的眼界。他的每一篇卓有新意的文字，若在二十几年前严酷的政治环境里，都够得上打成反面人物的资格。对于像我这样处在懵懂状态的读者，则不失前导的意义。前人有言，"寿则多辱"，我却为吴江老人的健康长寿庆幸，他有了花甲以后这二十多载的夕照时光，才有了这些宝贵的思考啊。

2004 年 8 月 4 日

牧惠新书《沧海遗珠》序

这本书的主要部分，是牧惠先生自己编定的，而书的出版他已不及见。

大家知道，两个月前，2004年的6月8日，牧惠意外逝世。当人们发现他已停止呼吸的时候，在写字台上留着他刚刚写出的两则文稿。这两个月来，各地报刊在发表对他的悼念文字的同时，还纷纷刊出了他积存在编辑部的杂文。这使人惊叹，他写得真多啊，他真是奋笔不休，日日夜夜在把他的激情驱遣到笔端，把他的思考凝聚在纸上！他呕心沥血，不知疲劳地超负荷写作，甚至可以说是累死的。

他是为杂文而牺牲的烈士。他的每一本杂文集、每一篇杂文，都成了他留给我们——留给当前和将来读者的念兹在兹的遗嘱。

这本新书，当然也不例外。

上世纪进入90年代后，苏联和东欧国家发生大变动的冲击波，不可避免地辐射到全世界，由于它们原是中国的兄弟国家，其教训自然更引起中国人的思考。在我的阅读范围里，以比较精短的篇幅反思苏联历史的，记得有高放、闻一、金雁诸家；蓝英年先是集中于苏联文学界一些鲜为人知的真相，后来亦涉及社会政治；严秀则从一开始就更着力追究斯大林时期与个人迷信伴生的各种暴行。每一文出，振聋发聩。牧惠在继续针砭时弊的同时，也加入了这一行列。他借助于近年来译成中文的有关苏联的回忆录和解密档案等，广搜博览，加以梳理，引出对我们中国读者思考有益的材料和观点。

现在这本书里收入了他的这些文字——以苏为镜，可以知盛衰、鉴兴亡。

过去读诗人艾青为别人的诗集所作的序，他常常以引用书中诗作的好句为主，读起来直截了当，十分过瘾，我一直以为这是写序的好办法。但我现在发现，这个方法用于推介诗作固然便当，而于文章未必适用，即如牧惠，几乎每篇文章集中阐述一个观点，把他的精彩观点罗列出来，那也就不是短序所能容纳的了。

因此我在这里就不多说，还是请看正文吧。

书中附录了部分友人纪念文章，使我们在阅读牧惠这些语重心长之作以后，再一次亲近他日常的音容。

2004 年 8 月 9 日

为贺星寒《备忘录》作序

读了贺星寒先生（1942—1995）的《备忘录》，才发觉我对他的了解如此之少，如此之浅。

我知贺星寒之名，已在四分之一个世纪之前，当时编《诗刊》，经手发过他的一首叙事诗，题目似是《三个男人和他们的影子》之类，在1979年，许多人的文风诗风还受到长期禁锢没有解放时，他的诗笔显示了相当的特色，那时只知道他在成都的一个曲艺团工作。90年代初，我帮助林贤治为《散文与人》约稿，得读贺星寒的力作《人在单位中》，这是对中国特有的"单位现象"做出敏锐观察和中肯分析的第一篇文字，极有分量，于是我明白了为什么久久未见他的诗作，原来他关怀甚广，远远不仅限于职务写作的曲艺和偶尔涉笔的新诗。

后来从朋友处听说，贺星寒中学毕业或还没毕业，不足十八岁就被迫流浪新疆，以后又因投身公路部门，而到东北从事体力劳动多年，最后才回到家乡四川，真如杜甫诗所云"支离东北风尘际，漂泊西南天地间"了。他的妹妹贺黎说他留下一部纪实书稿，我先以为就是写他这些过往的经历。其实不是。这部《备忘录》写的是上世纪八九十年代之交他的亲历，他的心路。

贺星寒已经在1995年因癌症去世，他的病，恐怕跟他前半生的颠沛流离、身心交瘁不无关系，而我们没能从他的笔下看到他浪迹天涯的苦涩青春和辛酸中年，不免感到遗憾。然而他在去世前，从1989年到1993年，几乎是共时性地写下了这部书稿，该多少弥补了这一遗憾。因为近年来如此细致、如此翔实、如此近距离又如此真实地记下一地一群知识分子在特定时期悲欢、惶惑、思考与选择的作品，如果不说为我所仅见（因我的阅读视野有限），那也要说是为数不多的，十分可贵的。

克罗齐说过，一切历史都是当代史。就是说，所有的历史阐述都通过了当代人眼光对历史的审视。那么，身在当代的作者，秉笔直书当代的史实，就该说是"史中之史"了。当代人写当代事，究竟是更容易，还是更难呢？说容易，在于不用穷搜简牍，也不必田野考古，事情的发生犹如隔夜，有关的人多还健在；但也正因此，众目睽睽，哪怕是写一件小事，一个细节，也不容失实，不能羼假，要能随时质之于人证物证，还不说必须面对权势者的干预。但人人知道，史贵求真，难固难在忠于事实，而尤其难在不徇私情，不为物障，不因爱恶亲疏而有所遮蔽，对自己和亲友不拔高溢美，不文过饰非，这还只要求公正诚实；而在舆论一律的条件下，坚持对时势对权势者坦言臧否，则需要有捍卫个人话语权即言论自由权、捍卫个人独立人格尊严的勇气。

然而，舍此还叫什么历史性书写呢，遮遮掩掩，藏藏躲躲，吞吞吐吐，欲说还休，还有什么"备忘"的价值？

贺星寒题其书曰"备忘"，是提示这一段历史不该忘记，而自然并不只是对他个人重要，只是自家的柴米油盐账，而是希望别的过来人跟他一起"记忆保鲜"，希望后来者也不忘前人的探索与追求，不要真像一句旧谚语，"以前种种譬如昨日死"。那一来，多少人的苦心孤诣，多少人的殚精竭虑，多少人迷惘的死灰中复燃的憧憬，多少人绝望的废墟中重建的希望，不是又会付诸东流了吗？

作者写这部书稿，想必不是要"藏诸名山"，而首先是面向当代读者的。但也因他的"不合时宜"，不但在他生前不能面世，而且，十几年过去，至今犹如鲁迅说的，朋友的"遗作"留在手中，就像捏着一团火，贺星寒的"遗作"捏在他妹妹手中，也仍然像一团火。这把火何时不再烤灼贺黎的手，而能够成为火把，传递到广大读者手上去呢？

贺黎告诉我，她正在寻找出版的机会，让我为之写一篇序。我与贺星寒无一面之缘，但我不论作为当年的编者、当今的读者，都要说，这是贺星寒在去世前不久，以其病弱之躯，以他即将燃尽的生命，以他的理性和激情之笔，写给广大读者——相识与不相识的朋友的一份郑重的遗嘱。

让我们读其书，亦读其人，读他的真诚，读他的睿智。我总以为，这部书，由于他的早逝，可能并未最后写完和写定，而带着草稿的性质；也由于他的早逝，书中的一些"预言"未及亲验，但我们于看到他的深刻犀利的同时，也将看到他的天真，因而更觉亲切。

看惯了所谓"宏大叙事"亦即"大话题"的朋友，请不要挑剔他写的似乎只是大时代的一个小角落，但这"一滴水"，也差可映出了特定时期中国知识分子在社会角色和文化心理上的碰撞、震荡、徘徊与抉择。作者往往于小事及于深意，正像哈维尔的《无权者的权力》一文，是从一幅挂在菜市场的横幅标语入手，做出对后极权社会世态政情的鞭辟入里的剖析。贺星寒夹叙夹议，却并非就事论事，而由其评点，生发出值得深长思之的点睛之笔，不乏未经人道的新见——我今天读来仍然感到是"新见"，也可见他先知先觉的超前。我们自可"得鱼忘筌"，大可不必纠缠于他所说具体的一人一事了。

贺星寒若是活到今天，他又能贡献出多少思想的成果！天忌良才，令人恨恨。

2004 年 9 月 10 日，北京秋晴

林凯《不受约束的思想》序

　　林凯文、李有良图的《书边杂识》，一直在《文汇读书周报》上连载。现在要结集出版，改题为《不受约束的思想》。我答应林凯，替他们写一篇序。

　　接受为本书作序的任务，我觉得面临一次考试：怎样把序文写短？

　　这里一题一画，据以配图的文字只有那么一句两句，何其精短！

　　林凯采取的是语录体。外国的不说，在中国，最早是《论语》以孔夫子的学生记录老师的话行世，有些已经成为格言。宋代的朱熹也用过语录体，从那里可知近千年前中原人的口语已经接近现代，比他们写的古文好懂多了。

　　上个世纪有人选编了一本《毛主席语录》，从毛泽东著作中摘录了二百多条"最高指示"，也算作语录，由林彪作序，印行数以亿计，大大普及。当年全世界都知中国有"小红书"，人手一册，静态的典型姿势是右手执书，贴在左胸前——心脏方寸之地；动态则高举过头，大幅度摇动，配合"万岁"的山呼。

　　岁月如流，往事已成旧梦。当时的少年儿童林凯，人到中年自成一家，也许只是适应所谓"读图时代"的出版要求，借鉴了何立伟、康笑宇他们好多位以短句与漫画相配的经验，采取了类似语录的体裁吧？

　　然而我还是在样稿中，发现了《毛主席语录》的影响。

　　大家记得毛泽东在 1938 年革命老人吴玉章六十诞辰的祝词里的

话："一个人做点好事并不难，难的是一辈子做好事……"云云。

大家再看林凯这两段话：

> 做好事难，做一辈子好事更难。当然更难的是一辈子把坏事当好事那样理直气壮地干，并让大多数人相信这坏事是好事。
>
> 说真话难，说一辈子真话更难；说假话也不易，说一辈子假话并让人相信更不易。

套一句过去年代的习惯用语，这难道不也可以说是对前引语录的"发展"吗？

时至今日，"小红书"已成"文革"文物，而林凯还能给毛泽东一条语录续出新意——我相信他绝不是一笔一画的描红，而因曾经烂熟于心，"融化在血液中"，这才能在面对社会万象时，打开思路，接通信号，自然而然以毛泽东行文的语气表达出来。若在三十年前，能选他为"活学活用毛主席著作积极分子"，到人民大会堂去开会吗？

此序还是写长了，一篇也顶不上林凯一句。可见写短文难，写一句两句顶一篇的短文更难。

2004 年 11 月 28 日

说序文和广告

——杜书瀛《说文解艺》序

杜书瀛兄嘱序于我，我先看目录，很大一部分竟是我没有读过的，于是把书稿看了一遍，有些学理性强的文章还没消化，或还似懂非懂，但我觉得应该来写这篇小序。

书序可以有种种写法，有些著名的序言体文字，是就所序这一本书的中心内容或某一论点加以补充，生发开去，甚或是借题发挥，本身就形成一篇论文，限于学力，这是我做不到的。

而人们近年常常批评一些人之写序，说有的是"友情出场"，有的是为了"促销"，有的通篇不过是些"感想"……总之应该列为写序之大忌的——我现在要写的正不出这个范围。

我曾经给朋友的书写过序，例如朱正的《1957年的夏季：从百家争鸣到两家争鸣》，那是十几年前的事了，去年此书的增订版《反右派斗争始末》在香港出书，我又为港版写了一篇序。固然因为我有话要说，更因为朱正是我的朋友，我知道他写这本书的初衷和其间的甘苦，更因为要把这样的私人著述化为社会公众之所有，大非易事，所谓写作难，出版尤难。作为朋友，做不到两肋插刀，还不能摇旗呐喊一下吗！

我和老杜也是朋友，起先都是朋友的朋友，互相有所知闻，后来有机会当面交流，彼此以为相知了，然而在这个熙熙攘攘的时空，一年顶多见一两回面，这样的交谊真可谓其淡如水了。能读到他的书，犹如晤面，娓娓谈来，平实如其人；比当面聆教所能涉及的反而更广更深。我想，不认识他的人，如果不是心浮气躁或偏爱花里胡哨的文风，也会把卷欣然的。

所谓促销，也就是做广告吧。在市场经济条件下，广告怎么做不得？只要不是欺诈就行。书评本来分为各个层次，有学理性的评论，有即时性的新书评介，还有简介、简讯，就更像软广告了；书序也当作如是观。广告的本义是向消费者介绍产品。以这本书为例，作者老杜的后记就是产品说明，其实是可以置于卷首的；编者当然也要读书稿，似乎是最初的读者了，但编者参与"产品"的制作和包装，第一身份属于生产者一方；因此，我作为书稿的第一个读者，才是此书的第一个消费者，我的序可以说是从消费者的角度来帮助做广告吧。

但序言这种广告，是定向的，而非泛泛的；它不是登在书外，传媒或大街上，而是登在书内，这就规定了它"广而告之"的范围。不但不读书不买书的人士读不到这篇"广告"，即使读书也买书，但只爱读流行、时尚、武侠、言情的读者，走过这本书，也不会翻看。见到此书书名便放慢脚步，驻足浏览的，多数属于跟此书"对路"的读者，他们已经不会是盲从的买家了。其实，他们也不必看我这篇啰嗦的序文，翻翻目录就会引起阅读的兴趣。如果他们掏出自己的"带着体温"的钱买下这本书，有几分是缘于我说它可读，那么，我便与有荣焉，且深感欣慰，因为我的这份"广告"没有欺诈。

当然，这本书，是一位文艺学学者之作，我以为，政界商界以至工程技术界的读者不必费神来读；而文化人中有时还读读别人著作的朋友，写作人中还偶一涉足文学理论的朋友，大学文科于功课之外还有余裕的同学，高中以上的年轻的文学爱好者，以及社会上喜爱广泛浏览的朋友们，是不妨一读的。它应有的读者面说窄也不窄，但说宽也不宽，因为它毕竟不是一般消闲文字，而是学者的学术随笔。

我是爱读学者的专门论文以外的文章的。我从小时候就形成了一个尊敬有学问的人的情结，在上世纪40年代我的文学启蒙时期，废名先生的《谈新诗》、朱光潜先生的《给青年的十二封信》，给我打开了眺望诗歌和美的窗口。在上世纪70年代末到80年代，我又一次经历了新的启蒙，但主要不是去读中外"原典"，而得益于当代社会科学和人文科学学者的启示最多，其中又往往不是他们大部头的系统的著作，而是散篇的或长或短的论述，有些也是学术随笔一类，惠我良多，我至今感谢这些学者。我想，在一般读者中，像我这样的人应该是不少的。

前些年，我曾经在一篇小文里，呼吁学者们多写些学术随笔，我说，他们只要拿出些学术研究的"边角余料"就行了。现在看来，这样的说法不够全面，以此劝说学者们把心态放松则可，却不符合大多数学术随笔的实际。不必说从知堂、林语堂到金克木、张中行的随笔，包含大量的学术信息以至学术新见，绝非所谓"边角余料"可比；有些学者正是以"大手笔"写"小文章"，不是文章的价值小，而是篇幅不大，当然也有人写万儿八千字的"随笔"，但多数言之有物的学术随笔，仍然不失"随笔"这种体裁简练有趣的本色，因此格外得到一般读者的青睐。

这个"大手笔写小文章"，人们曾用以称某些专家学者写的"科普"一类作品，即以青少年和"圈外"一般读者为对象，普及自己当行的专业知识，不仅要精短，还得平易亲切。这方面，好像自然科学的学者做得多些。我们一谈"科普"，往往指的也只是自然科学和工程技术，而忘记了社会科学、人文科学，同样需要有普及性的读物，这方面的作品就更少了。写到这里，我忽然想，老杜这本书，其中若干篇章，能不能就算是文艺学的普及读物呢？

我最近读到一本建筑学家张钦楠教授写的《读史札记》（中国广播电视出版社 2003 年 10 月版），是他在古稀之年，摆脱了建筑专业的事务之后，潜心读史的札记，内容依次有关美、法、俄、中四国的革命史，一些国家的"改良"史，欧洲中世纪封建主义历史与"黑暗时期"，中国的"封建主义"和"反封建"，最后是对资本主义的再认识，对社会主义的再认识。我像读一些好随笔那样一气读完，受益不少。我以为这是一本由非（历史研究）专业人士写的普及历史常识的书，由于采取了随笔写法，能使读者的一次阅读达到褚钰泉先生主编过的一本书评期刊标榜的读书境界："悦读"。当然，我体验的"悦读"之"悦"，不是简单的"喜悦""愉悦"，也不必是轻松愉快，而是"豁然开朗"的意思，豁然以后或许倒会感到沉重也说不定，但比起糊涂到底，毕竟要好些吧。

许多学者都不是专业和论文规范所能束缚住的，他们于专业之余，于论文之外，依然不废写作，当然不限于学术随笔，还有散文、诗词、现代诗，都有他们驰骋的踪迹。

学者也罢，作家、诗人也罢，要不断扩大写作和阅读的自由空间，不仅是职业习惯的要求，更可以说是由一切思想者、知识者的天性所决定的，在这一点上，愿与书瀛共勉。

2005 年 3 月 4 日

民间的、个体的记忆

——读倪艮山的书稿

读倪艮山先生书稿，其中回忆生平的部分，所述上世纪50年代至70年代以来的政治运动、各种事件，都是我同样亲历的，涉及的一些人，一些旧地，有些也是我熟悉的，读着尤感亲切。它足以唤醒我的记忆，并促使我睁大眼睛凝视我们记忆攸关的历史。

对于人生经历不相同的人，比如更年轻的一两代人，这本书，或类似的书，还有没有一读的价值呢？

如果有，那就是可供对一段历史"补课"的参考。一位很有识见的画家陈丹青先生，最近在鲁迅纪念馆的讲话中就说："我们的历史教育是严重失实的，我们的历史记忆是缺乏质感的；历史的某一面被夸张变形，历史的另一面却给隐藏起来。"

民间的、个体的回忆，可以给历史言说注入真实，注入细节，也就注入了质感，有助于还原历史的本相。

人，社会的人，是离不开历史的。想要离开历史的人，也如想要拔着自己的头发离开地球一样，是徒劳的。时间无始无终，而我们生活其中的现实，是从历史而来，并将归于历史，只是历史长河中的一段。如果说先秦距今两三千年，已经是遥远复遥远的过去了，然而，先秦的思想，无论是孔孟或老庄的，不是依然影响着我们的人生观、世界观或最世俗的"处世哲学"吗？历史有它的光明面，也有它的阴暗面。主流意识形态不论是前些年的崇法，还是近些年的崇儒，不都是要我们回归传统的"阳光"下吗？而在制度文化层面，"百代犹存秦政制"，能说我们已经完全摆脱了"千古一帝"大一统中央集权王纲独断传统的阴影了吗？那么，我们又怎么能够置身于百多年来近现代史的影响之外呢？只是对复杂的历史现象，有各种不同的判断和说法罢了。

历史是千百万人在一定的经济政治条件下互动的过程，在形成这一合力的各种力量对比中，强势群体的利益和意志虽可能在一定程度上决定历史在一个时期的走向，然而，强弱会有转化，即使是占强势的群体及其代表人物，也仍然受到客观的局限——生产发展、认识能力以及利权分配的局限，而不能百分之百地逞其私愿。

这个历史过程能不能真实地反映在历代以文字记录的史书中呢？

中国自古以来一直推崇春秋笔法、赞美董狐的史德，由此可知，"左记言，右记史"而真要秉笔直书，有多大的阻力和难度。在改朝换代的不断更迭中，往往新朝修旧史，于前朝的弊政也许可少顾虑，但一旦遇到与当代统治集团有关联处，怕还是要受权力干预的。权力的本性，就是不断膨胀，要君临一切，何况是不受制衡的君权呢。于是，要求"信史"，确是戛戛乎其难矣。

历代的史官，是吃皇粮、享俸禄的，这样，笔下就难逃权力的羁绊。幸亏历代于官修的正史之外，还有甘冒斧钺的私家治史，以及从文字狱的网眼里漏出的野史笔记，哪怕其中夹杂着道听途说，但也差胜于有意制造的欺人之谈了。

我国政府在对待国际历史问题时，多年来强调"前事不忘，后事之师"，是完全正确的。这句成语，其实也只是对各国朝野那些有心汲取历史教训、总结历史经验的人有用；而对怙恶不悛的军国主义者之流，则是对牛弹琴。东瀛一再上演的"教科书事件"就是一例。

所谓前事不忘，后事之师，所以具有普遍意义，就是它不但求诸人，也要反求诸己。我写过一篇小文，谈"我们也有教科书问题"，就是这个意思。在盛行"为尊者讳，为贤者讳，为亲者讳"的道德律令几乎视为当然的国度，提醒这一点非常必要。辛亥革命将近百年了，对孙（文）黄（兴）关系、"陈炯明兵变"等历史话题，才有人试探提起；民初至今八九十年了，对于当时一些历史人物的真实表现，才有一些摆脱漫画化或标签化的披露。所以如此，就是因为多年来许多档案成为秘籍，而公开的历史书写遮蔽了真相。

民国初年的社会政治，今天在世的前辈中，即使高龄如五四前出生的季羡林、黄苗子先生等已不及见；他们，以及上世纪二三十年代出生的知识分子，亲历了共和国时期的例如肃反、反右派、"文革"等愈演愈烈的政治运动，至今也又有四五十年了。这一段影响及于全民族的重要历史，在集体记忆和历史书写中的情况，却很难令人满意。在运动中，由于所处社会政治地位不同，也由于对历史、对人民（有些中共干部，则还有对党）的责任感不同，不但当时，而且嗣后对待这段历史的态度，也很不一样，甚至大相径庭。

这里，矛盾集中于记忆抑或忘却之争，求实抑或掩盖之争。

在一般群众，不是深受其害的人，往往不自觉地淡化了记忆，一部分当时只求自保而基本上处于旁观者地位的人，如肃反时的非审查对象，反右中的中间派，"文革"中的逍遥派，虽然当时也有过一些紧张以至惊惧，但既得逃避和远离，往往也不愿再以回顾和反思"自苦"，这是人情之常。我认识一位六十多岁的资深编辑，他曾投入"文革"，但反右时还不在场，后来虽也编发过反右背景的作品，但于细节不甚了了，他听人说起反右时各单位都有划右派分子的控制数字（一般为单位人员5%的指标），竟大为惊异；另外一位作家是在北京大学经历反右派斗争的，而他对这个当时几乎人人知情的事，竟也漠然不知，原来他正浸沉在热恋之中，于是"事不关己，高高挂起"了。

历次运动中的斗争对象，一般年事已高，有些人觉得人生一世，要活得明白，虽时过境迁，还在力图通过阅读和追问，探求历史真相，也就是在时代和环境的大小背景下，寻找众多个案共同的和个别的根源，并认为只有这样，才能够有利于后代，也才能够得心之所安。不过，也有一部分受害者采取了不再回首的态度，因为感到回忆使人痛苦，不如出离记忆。①

出生于四五十年代的人，除了知青一代对"文革"和上山下乡保存了切身的记忆，而于更早些年的反右派斗争（更不用说更早的事情），往往也很隔膜，如听白头宫女说天宝年间事。

现在，生于六七十年代的作家，有些已开始"怀旧"了。在他们提到父辈的生活时，包括有些反映五六十年代的影剧中，可以发现，他们对土地改革、三反五反、镇反、肃反、反右、"文革"、干校、劳改、劳教这些关键词的理解，其中时序的先后，具体的区别，往往模糊不清。这不怪他们（当然他们也有不够严谨的一份责任），

———————

① 在写作此序时，读到两位我所尊敬的前辈文人对往事回忆的态度。

一位是孙犁先生，他在给《大墙下的红玉兰》作者、小说家从维熙的信中说："我不是对你进行说教，也不反对任何真实地反映我们时代悲剧的作品。这只是因为老年人容易感伤，在现实生活中见到的，或亲身体验的不幸，已经很不少，不愿再在文学艺术上重读它。这一点，我想是不能为你所理解的吧？"（转引自魏邦良《晚年的感伤与怀旧——孙犁"芸斋书简"读后》，7月6日《读书时报》。）

另一位是启功先生，他对一位忘年朋友说："过去那些事儿太痛苦，我是不愿意再想再提，这也是为什么我不让人给我写传记的原因。……因为他一写，就跟你要资料，我就得回忆，一回忆，就是痛苦，我何苦一遍遍折腾自己？"（引自陆昕《那个微带凉意的秋夜……——启功先生一席谈》，7月15日《文汇读书周报》。）

两位前辈的苦衷，我们是能够理解的。

孙犁先生在这里似乎连读都不要读对时代悲剧的回忆了。然而，事实上他有不能已于言者，不但在他的某些忆旧杂文中，而且在《芸斋小说》中作了真实的刻画。启功先生，在接近最后的日子里，也终于留下了口述历史，道出了他积郁于心久久未曾倾吐的记忆。

而首先是在公开出版物中，亲身经历过那个历史阶段的过来人，写得太少了，无论是非文学的，还是文学的。过来人的记忆，有的已不可靠，何况是耳食之言，以讹传讹，这是就历史叙述的真实性而言；至于艺术的虚构，对于非虚构情景的想象，本来也是脱离不了原初的生活真实这个基础的。

看来，在一个相当长的时间内，封杀记忆以至消灭记忆的习惯势力还是颇为成功的。有一位在肃反（由反胡风引起）和反右两大运动中受到迫害的朋友，他的孩子成长于八九十年代，毕业于名校，出国定居，高职高薪，竟因父母保存受迫害的回忆而反唇申斥，有甚于村民们的冷漠祥林嫂。因为他所受的教育中，共和国最初三十年的历史是一片空白。在1978年中共十一届三中全会之前，还在台上的某些"文革"掌权者，不但不许"为文革翻案"，对历次政治运动制造的冤案，照旧是连说也不许说的。三中会全打破了"两个凡是"的禁锢，为1976年的"天安门事件"平反，同时还平反了大量冤假错案。但其后不久就有了与中共中央声明"彻底否定'文革'"相悖的一些具体规定，成文的和不成文的，把"文革"和反右等划为公开言说的禁区。与此相应，有那么一些身居美国而拼命歌颂"文革"等极左行径的某派人士的文章、言论，对不知历史的年轻人——像刚才说的那个孩子，就乘虚而入了。

随着岁月的流逝，自然规律不断将历次政治运动的亲历者引出尘世。能为那个时代作证的证人只能是越来越少。我们现在看到，南京大屠杀和各地日军烧杀淫掠暴行（包括被抓劳工和慰安妇血泪史）的受害者、目击者、知情者，能作为证人出庭的已经屈指可数了。有鉴于此，我们更要与时间争夺历史的证人和证词，写出自己所经历的，耳闻目睹的历史真实，使我们对过去时期的历史有一个尽可能全面、尽可能真实的记录，当然要包括大家公认为国难和国耻的一切，这不是一般的怀旧，也不是如过去所谓之"忆苦"，而是一代人、两代人对子孙后人做出的必要的交代。每一个个人的记忆，汇集为群体的、社会的记忆，从而使我们这个历史悠久的民族的真实记忆，光荣和梦想，连同天灾与人祸，血泪的教训，在一代一代人心中接续下去，永志不忘。

在目下的法律实践中，遭遇到一个难办的环节，就是不易找到证人，或者证人找到了，却不愿出庭作证。大家明白，这是害怕作恶者和违法犯罪者及其同伙的打击报复。但因此形成的证人缺席，难免成为罪犯逃避罪责的漏洞。而我们今天，以一个相当长的历史时期的过来人身份，以历次政治运动的亲历者、受害者的身份作证，阻力究竟来自何方，这是值得所有的人，包括明达的执事者好好想一想的。因为，这不是为了追究法律责任，而是总结历史经验。三十年乃至更长时间的正反面经验，如此之多，如此之深，有些且是浸透国人鲜血的，若不从思想上、制度上加以总结，历史的灾难完全可能以不同的形式重演。我想，这并不是危言耸听。中国从50年代以来，一次一次逆自然规律而动，以"向地球进军"和"征服自然"的名义对国土资源、环境生态、自然景观肆无忌惮地掠夺、摧毁、破坏，即使进入"新时期"后有所察觉，但总结经验不够认真，纠正措施更远不得力，有些方面甚至在更大规模上重复过去的错误，现在，自然灾害频仍，自然对人的报复已经临头，这是有目共睹的事实。在人与自然的关系上是如此，而在社会政治生活方面，如不切实对待历史，所可能造成的灾难性后果，难道竟会有例外的侥幸吗？

因此，尽管倪艮山先生与我素昧平生，但他嘱序于我，我也有话要说，就借此写了这样一些拉杂的感想。每个人经历有不同，才具有大小，记忆有详略，文笔有高低，但我们作为一个从20世纪幸存下来的中国人，如果多少留下一段时代的证词，就不虚此一生，对得起自己有过的迷惘与追求，也对得起自己受的那份苦难，对得起自己的良心，在面临"最后的审判"时，我们可以说：我说了一切，我拯救了我的灵魂！

2005 年 7 月 19 日

《张羽文存》序

　　铁凤持来张羽兄"文存"的校样，于她，套用鲁迅先生的话，是保存亲人的遗稿，如同手里捏着一团火，于我，则从这里看到了这位兄长激情的一生。1921年，即中国共产党成立的那一年，张羽诞生在豫西的农村，抗战开始，这个热血少年立即投身抗日救亡斗争，虽然要求上前线未果，他于1938年2月22日入党，走上无形中的前线——同样是充满艰险，随时准备牺牲。从此，他的命运就始终与党相联系，无论顺境逆境都分不开。1949年前，他先后在河南和上海的学校、工厂从事秘密活动，同时给上海报刊写稿子，公开发出自己的声音。1949年后，他由上海调往北京，长期在中国青年出版社工作。他自己采写的，编辑的，参与主持出版的许多图书，几无例外都是宣传革命者特别是第一代中国共产党人在革命时期不怕牺牲的事迹和精神，却在所谓无产阶级文化大革命中都被列为他的罪状。从党内到党外，在不可思议的政治图谋下，革命烈士被诬为叛徒，张羽就成了为叛徒树碑立传的罪人，遭到残酷斗争，肱骨也被打断。他写的申诉材料累计达十余万字，直到1989年才彻底平反。进入90年代，他以古稀之年，病残之身，终于在夫人铁凤的帮助下，完成了准备达三四十年的《恽代英传》的写作。

　　面对张羽的文字，回顾他的一生，不禁想起一句"故人生死各千秋"，这正是恽代英当年追悼李求实烈士的诗句。张羽的大半生，也是与恽代英的名字分不开的。他在受到无情打击又患重病的年月里，首先想到的不是他自己的家庭离散，个人的生死浮沉，而是他还没有把有关恽代英的采访笔记整理出来，更还没把烈士的传记写出来，而知情人都已凋零，烈士精神所寄寓的诸多历史细节，面临着湮灭的危险。所幸的是，在他的晚年，不但应温济泽之邀参加了大型书系《革命烈士传》的组织、编辑工作，担任其中两卷的主编，而且在1995年亲见《恽代英传》的面世。

张羽对得起他所立传的许多位烈士，对得起他曾采写报道过的许多位革命年代中又平凡又卓越的普通人，这些都是民族的脊梁，不管政治层面的风云怎样变化，意识形态怎样趋于多元，一个民族在历史重压下所迸发的争自由争解放的精神，凝聚为一个个贫贱不能移、威武不能屈的伟大人格，形成了必须珍视和传承的遗产。

在这个意义上，张羽对得起历史，无愧于一个历史年代委托的重任。张羽留下的所有传记性遗作（《恽代英传》因篇幅关系，没有收入此书），因其探隐抉微，翔实严谨，便都具有了历史文献性的价值。"文存"上册中的全部文字，以及下册中有一些纪实性的篇章，便都属于这个范畴。这些作品，与其像过去经常说的，可以用于对青少年的教育，毋宁说更应该作为成年人的教材，首先是对目前各级党政干部检验和考核的镜鉴。

张羽是一个理想主义者，是不惜以他的全部生命去为理想奋斗的血性之人。他如同他的同代人一样，受到时代的、思想的某些局限，这是后来的读者能够理解的。因此，在历史面前，张羽可以无憾矣。当然，张羽作为一位十分自觉地对历史负责的人，至死还有他放心不下的事情，我们后死者也可以告慰他说，大到一个民族、一个重大事件，小到一单位乃至一本书的历史，都不是什么人（更不是历史的丑角）所能任意拨弄的，历史终会还其本来面目。

面对这一部千页大书，请容许我说些题外的话。我跟张羽同志在上世纪五六十年代还不相识，但我那时是一个青年读者，读过他采写的《王孝和》，读过他作为责任编辑帮助作者完成的小说《红岩》，读过他创意并与萧也牧（吴小武）一起策划，与黄伊、王扶一起编辑的多卷《红旗飘飘》丛书，这是一串长长的书目。这些读物，跟《刘胡兰小传》《把一切献给党》等，是共和国最早的一批传记文学作品。今天六七十岁的读者，大概还能记起上小学、中学乃至大学时，全都读过这些中国作者写的书，还有国外的主要是苏联青少年读物中的英雄传记，如《卓娅和舒拉的故事》《普通一兵——马特洛索夫》《古丽亚的道路》等，可以说，这些对一代人的成长影响至巨。

苏联的图书姑且不说，这些中国作者写的书，自然都是属于主流意识形态的产物。然而，难以想象的是，这些作品的发表也并不都是顺利的。就如《爱与死的搏斗》一文，是张羽1962年受《红旗飘飘》负责人陈碧方委托，到上海采访卢涛（卢志英）烈士的夫人张育民，连谈七天七夜后整理的口述记录，却直到"文革"后的1988年才得以发表。这是怎么一回事？据张羽的后记说，《记卢涛》写成后，原刊于《红旗飘飘》第十七集。不意，因书中有王朝北一文，康生制造了一个"王朝北反革命案"，这一集遂全部销毁，《记卢涛》也遭受池鱼之殃。陈碧方在一场内外夹攻之后，愤而离开。"文革"中，张羽本人和他编的《红岩》《王若飞在狱中》《在烈火中永生》以及他写的《王孝和》等均遭诬陷；卢涛当时也被诬为叛徒，建在雨花台上的烈士碑砸毁了，《记卢涛》成为张羽又一"罪证"，受到大会小会的批判。"文革"结束后，《红旗飘飘》复刊，但因"文革"余毒犹存，尽管王朝北的文章得以发表，而张羽此文却还受到排斥。1979年，卢涛夫人张育民在病床上口述了补充材料，由儿子大容记录，但来不及亲交给张羽，就去世了。1988年，在卢涛英勇就义四十周年时，张羽根据上述补充材料对原文作了订正，改为现题，正式发表，作为"对卢涛夫妇的共同纪念，同时也为那个可诅咒的年代留下一页记录"，"痛心的是，虽然1988年此文卢大容读到了，但是我的长篇仍未见到，而卢大容也去世了……"张羽在这里对张育民和卢大容母子所怀的感情，更不必说他对卢涛的感情，绝不是一般记者与采访对象、报道对象的关系可比，这是一种呼吸相通、患难与共的同志情谊，在今天的人际关系中已经少见。

在本书下册各辑中，我们还可以看到张羽的人生道路和心路历程，这个肝胆照人，有侠义风，却因胸无城府，不存戒心，在勇于内斗者的迫害下命途坎坷的汉子身上，同样折射了中国一个漫长时期的历史。我仿佛仍是在张羽东四十二条（胡同）宿舍的书桌前，听他的倾诉、指点、鼓励。在这部"文存"里，他告诉我们的远较他日常的谈话更多，更系统，也更深入细致，而激情和理想始终闪耀其间。

2005 年 10 月 17 日

为公刘纪念文集作序

说起公刘，我总是条件反射般地想起一句诗，"千古文章未尽才"。

因为他直到晚年卧床不起，诗情和文思并没有枯竭，天假以年，他还会吐出更多的丝来。

自然，比起盛年夭折的人，年过七十，至少也算中寿了。但他的七十多年中，被迫用在无益于己、无益于人，也无益于社会公众之事的时间太多了，例如搞运动、大小会、写检查、做交代、去劳改，以及幸而不死还须应对的诸多麻烦、折腾与"揉搓"……无论认真对待，还是敷衍着干，对国计民生究竟有什么好处？这岂止是浪费时间，这是浪费人们的生命。

有人说得轻巧，苦难"玉成"了诗人，这都是站着（或坐着）说话不腰疼的风凉话。还有什么"国家不幸诗家幸"，本是古代诗人的牢骚，怎么能简单地当作正面立论来套用？

让公刘来选择，他会说为了写出那些《活的纪念碑》一类诗文，他宁愿付出大半辈子正常人生的代价吗？以什么名义，才能使对亿万人青春年华和人生权利甚至健康和生命的剥夺成为合法的行为呢？

不过，公刘写一篇是一篇，总算为我们留下了相对丰厚的文学馈赠，这是他在同样相对困难的条件下拼命写出来的。

早在上世纪40年代末，公刘和白桦、彭荆风、公浦、季康等作为"新兵"，跟懂得文学又开明平易的"老八路"冯牧、苏策，汇合在云南高原，形成一个朝气蓬勃的文学群落。公刘献出了《边地短歌》《西盟的早晨》《佤佤山》等组诗。我就是在这时得知公刘其名的。公刘不同于文以人传的名家们，他没有什么权力、地位、职衔可以仗恃，而是人以诗传，且这些诗中的许多篇，应是足以传世的。

但厄运跟踪而至。1956 年 3 月，我期望在全国青年创作者会议上见到公刘、白桦和李瑛等军旅诗人时，却大失所望，据说他们在北京一个名叫莲花池的地方接受"肃反"审查尚未结束。

我侥幸没被"肃反"，但不久以后的反右派斗争在劫难逃。公刘、白桦、彭荆风等也都相继"落网"。就在 1956 年夏秋到 1957 年春夏的短暂一年里，公刘写出他的《在北方》《上海》等组诗亮相，在当时仍是平庸当道的诗歌阅读中令人耳目一新（我还曾写了《忆西湖》，呼应他的《西湖诗稿》，随后唱与和分别成为我们的罪状）。我对公刘《运杨柳的骆驼》等篇是印象深刻的。然而，我想，如果有些五十年的诗歌选本只选这样一两首隽永的短诗作为公刘的代表作，固然不必深责，却也是要么出于无知，要么有某种偏见，要么是有嫌疏懒，心不在焉，随手捡来塞责吧。

公刘放下他没有用完的笔远去了。用套话说，"人琴俱杳"。在这本纪念文集里所收的文章，相信没有官样文章或虚情假意，因为公刘生时没有世俗的利用价值，走后更无须勉强应付，就其人其诗其文胡乱说些言不由衷的话了。在这些文字中，多少可以透过朋友们的真声音，感受到公刘这个真诗人的活气息。音容宛在，这就是纪念的意义所在吧。

2006 年 1 月 4 日

《梦醒莫斯科》序

读这本纪实述史的散文，仿佛听一曲 20 世纪的挽歌。

它虽不具备史诗的规制，但书页间活跃着的却是斯大林、赫鲁晓夫、勃列日涅夫直到戈尔巴乔夫这些历史人物的身影。

我和本书作者述弢都生于 20 世纪 30 年代的中国，那时在苏联已经进入斯大林时代。俄罗斯和苏联其他加盟共和国的人民，从那时起，经历了战前的五年计划工业建设、大规模农业集体化、清党和肃反，反抗纳粹入侵的卫国战争，以及战后的经济恢复和政治事件，从国家民族到集体和个人的种种安危成败，悲欢离合，荣辱祸福，是非功过，乃至生死遭逢，简直是说不尽的。

而我们当时对这些不甚了了。我们这一代人对苏联历史有所了解，已在 1949 年后，主要是通过斯大林主持编纂的《联共（布）党史简明教程》，而对斯大林的了解则来自苏联外文出版局印行的《斯大林传略》，以及电影《保卫察里津》《难忘的 1919》《宣誓》《攻克柏林》，自然还有《列宁在十月》和《列宁在 1918》。

在我们这一代人的青少年时期，中国进入了毛泽东时代。当时灌输给我们的政治理念，是"十月革命一声炮响，给我们送来了马克思列宁主义"，是"走俄国人的路"，"一边倒"，更通俗地说就是"苏联的今天就是我们的明天"。中苏友好自不待言，已经由为期三十年的友好同盟互助条约加以肯定。毛泽东是中国人民的伟大领袖，斯大林则是世界革命人民的伟大领袖。正如我们不会怀疑毛泽东，我们也不会怀疑斯大林。与其说"不会怀疑"，毋宁说我们已经像苏联之崇拜斯大林一样，由衷地崇拜他，同时也由衷地崇拜毛泽东。

所以当1953年3月5日斯大林逝世，消息传来的时候，我们都曾真诚地悲痛逾恒。读到毛泽东写的悼念文章《最伟大的友谊》，也毫不怀疑这由两大领袖兼导师"缔造"的、两党两国间的"伟大友谊"，真是"牢不可破"的。

……这些因历久而变酸了的回忆，是我一眼看到这本书中一个醒目的标题而引起的——《斯大林之死》：这发生在20世纪中叶，标志着历时二十八年（1925—1953）的斯大林时代的结束（真是巧合，如果把毛泽东时代按他在全国执政的年份1949—1976年计算，则也正是二十八年）。

在苏联，在当时的社会主义阵营，在国际共产主义运动中，斯大林之死是一件大事。即使就全世界来说，它对所谓非共产国家的连锁反应也是不容忽视的。一则由于斯大林虽死，他所"缔造"的党和国家的体制，更不用说思想影响，并未随他的个体生命而消亡，不可能立时人亡政息；二则后斯大林时代的苏联及社会主义阵营为消除对斯大林崇拜的后果所做的一切，也是牵一发而动全身的。

中国古话里常说某个大人物"一身而系天下之安危"，移用于斯大林，并不为过。他身后的苏联，在一段很长的时间内，仍然处在他的身影下，不仅因为一个经营多年的体制是"百足之虫，死而不僵"，而且更因为寄生在这体制上的利益集团特别是特权集团握有举足轻重的权力。

斯大林一死，苏联逐渐进入一个"解冻"时期。在起初的三年，新的当权者出于种种现实功利的考虑，悄悄地平反了大约涉及一万名受害者的冤案，其中多数人已经不在。但这些极少见报。1954年3月27日中国驻苏联大使张闻天向国内报送了《苏联宣传中对斯大林提法的改变》的材料，指出这种改变从1953年4月起已见端倪，到 7 月份便已十分明显。① 大使有责任掌握驻在国的政治空气的变化，具有职业的敏感。中国的一般人自然得不到这样的信息，就是苏联的普通公民也未必全都意识到了。因为像苏联这样的极权国家，对外闭关，有一道人称的"铁幕"，而在国内，党和政府与国民之间，乃至党政领导集团与一般工作人员之间，同样也有"铁幕"相隔的。

直到 1956 年 2 月 25 日，赫鲁晓夫受苏共中央委托在苏共二十大闭幕前作了《关于个人崇拜及其后果》的秘密报告，用中国共产党习用的一个政治术语说，这才第一次向全党"揭"开了长期"捂"住的一个"盖子"，斯大林—斯大林主义—斯大林时代的"盖子"。

本书中的有关章节详述了苏共二十大这一报告的前前后后。由于兄弟党工作人员的泄漏，这一报告的内容在西方世界闹得沸沸扬扬，早已不是什么秘密，但在习于暗箱操作的苏联，是直到 80 年代后期才正式发表。在中国，1957 年"鸣放"时期传播或议论过这一秘密报告中的事实和观点的人，都划成了右派。

这一次的苏联"（自）揭盖子"，给全世界的共产党和工人党，包括中国共产党，出了一道难题。因为多少年来，大家都是以苏联共产党即布尔什维克——后来又称为列宁斯大林党——马首是瞻的，苏联是大家心向往之的人间伊甸园。以中国为例，第一块实行"革命割据"的红色根据地便号称"中央苏区"，在这里建立了"中华苏维埃共和国"，人们在公文信函和私人信件里，都习惯于"致以布（尔什维克的敬）礼"。现在苏联党和国家的阴暗面，斯大林残民以逞的真相大白于天下，这是令人十分尴尬的。如何面对国际舆

---

① 引自朱正《隔膜》一文，载《随笔》2005 年第 6 期。

论，更如何稳定国内人心，保持中国党及其领袖在群众中的威信不受这一事件的负面影响，无疑需要认真对付。

不但在当年，毛泽东主持中央讨论并定稿《关于无产阶级专政的历史经验》（4月）、《再论无产阶级专政的历史经验》（12月），并先后作了《论十大关系》和有关"百花齐放，百家争鸣"问题的报告，做出应对；而且在波兰、匈牙利事件后，于内部讲话中强调"列宁这把刀子不能丢，斯大林这把刀子也不能丢"，1957年则发动反右派斗争，1960年前后发动反对现代修正主义的斗争，提出警惕赫鲁晓夫式的野心家、阴谋家，这个口号也成为1966—1976年长达十年的文化大革命的原始动机。

我们在毛泽东时代的中国所经历的一切，既跟列宁—斯大林时代的苏联衔接并密不可分，也跟后斯大林时代苏联的政治生活息息相关。因此，读作者对几十年间苏联政治沧桑史的忆述，每不免联想到我们这里的许多事情（特别是有些细节都十分相似，如出一辙)①，又因回想当年一心坚信"苏联的今天就是我们的明天"，不能不感到丝丝缕缕的苦味，读者如我，自知往往停留在感性层面，但面对历史，的确应该采取更加理性的态度。也许认真而诚实的研究者，能从苏联的历史轨迹中寻绎出一定的规律，有助于我们社会能较顺利地转型。

---

① 如书中简述"列宁格勒案件"中，公审两天后，当庭宣判库兹涅佐夫、沃兹涅先斯基等六名前领导人死刑，"判决是最终判决，不得上诉，判决书宣布后立即执行"。而在审判前，不但以整死家属相威胁，还强迫背熟审问对答稿，不得离开事先编好的审讯脚本；还欺骗他们说，承认进行"敌对活动"的口供是党进行这方面教育工作所十分必需的，无论做出何种判决，都绝不会真正执行，这不过是顺应社会舆论而已。云云。这使我想起，1965年，在关押十年后，对胡风、阿垅等"胡风反革命集团"人员进行所谓公审时，都指定一些"胡风分子"必须按照预审时规定的内容出庭作证。林希在回忆录中就记下了执法人员多次督促检查他背诵情况的事。

我不相信，像这样的细节也是"学习苏联先进经验"的结果，恐怕只能是出于古往今来逼供诱供和作伪证的一般规律，以及相同或相近的思维方式和行为方式。

作者述弢兄，不仅真诚地面对自己的小历史，同样真诚地面对像苏联国家和苏共党这样的大历史。他和我一样，都属于小人物遭遇了大时代的类型，曾经因幼稚无知，也因"隔膜"而随波逐流，直到又因幼稚无知和"隔膜"受到惩罚，不久之后，才在各种契机下有所醒悟。契机之一，就是更多地了解了历史乃至现实的真相。世界上最有力的是真实，它比一切谎言更长久。只是我们有时长期生活在谎言中，对真实，就像长期生活在黑暗中，一朝置身阳光下，光芒刺目，会有一时觉得不适应。

近些年来，时迁世变，苏联一些档案解密，感谢我国翻译界特别是熟谙俄语的许多有识之士，帮助我们广大读者揭开了障眼的阴翳。特别像《先哲的启示》这样的译介，更以其理性精神笼罩了全书。这使我们相信，历史不是不可知的，任何掩盖、涂改和伪造历史的企图可以得逞于一时，但终究是徒劳的。

2006 年 2 月 8 日

258

《一个女播音员的命运》序

她叫万书玲，又叫万里。万里是她的播音用名，如同作家的笔名。她1957年被迫离开播音岗位以后，大家顺嘴叫惯了，还是叫她万里。这个名字跟一位老同志犯重："文革"后期邓小平复出主政，任命"文革"前的城市建设部部长万里为铁道部部长，他雷厉风行进行整顿，全国铁路秩序很快恢复正常，畅通无阻，人们都说他的名字好。播音员万里在中央人民广播电台的八年中，这个名字随着无线电波，也曾远播万里，但好景不长，她被定为右派，从此广播中听不见她那字正腔圆、表达贴切的播音和朗诵了。这个万里，却是直到四分之一个世纪之后的晚年，才得以自由地飞向万里长空。

她是1949年3月从中国大学中文系来到中央台的，我迟来了三个月。因她和我姐姐相识，我们也好像老朋友似的。她在播音组，我在资料科，平时工作上接触不多，见面点点头罢了。没想到"1957年夏季形势"把我们推到同一条漫长的贱民之路上。她所在的播音组，把万里和李兵（本名李道堪）两位年轻的业务尖子打成右派；担任播音指导的老播音员齐越也内定为所谓中右，长期受到控制和打击。具体主其事者不是一般的政工人员，而是同为播音员而又兼任党支部书记的身份，这就使人不能不想到，于执行上级布置的任务同时，是不是也还有属于个人的心理因素起作用，怕只有天知道了。

1958年，广播局的右派分子们，春天下放到河北沧县，秋后转而发配河北黄骅的中捷友谊农场。几十个右派分子中只有万里一名女性。在第十四生产队里，清出一间原是堆放农具的斗室给她住，准确地说，这是紧靠一排土屋尽头的半壁山墙，三面扎秫秸秆糊上泥，加上草顶，门是竹皮的框子挂上破席片，小屋四面漏风。还是老交大出身的工程师姚甦，帮她加固了门扇，用铅条拧了门扣，提高了安全系数。

万里在十四队只待了一个多月，就被调到十一队去。但就是这一个多月，她给当地人留下了很深的印象。这是四十年后证实的。1997年秋，我和万里一起回访这个难忘的"旧游之地"，在原十四队的家属区，也就是我们原先的宿舍一带，遇见一些上年纪的农工家属，那些大婶大嫂们竟还有人认出她来："你不是那个叫万里的播音员？"一说，都记得她——说话好听！干男人的活儿，不怕苦！

我和她是上世纪80年代中期以后，才又联系上的。见面时只听她讲"文革"后的拼命工作，我看过她关于汉语口语表达方面的部分讲义和论文，她把一条心全扑在这一新学科的开拓上了。她是那样敬业，那样废寝忘食，不仅在案头一丝不苟，而且硬着头皮顶着压力，为口语教学列入各级师范院校的正式课程做出了努力。当时我就想，这门新学科不仅惠及将要登上讲台的师范生，让他们在"传道、授业、解惑"的过程中得心应手，一句句都送到学生的耳边和心里去，而且，也将有助于其他行业的人，提高与口语应对交际能力相关的综合素质，至少从技能的层面锻炼口才。例如，在将来的民主政治生活中，从孩童到成人，从基层到高层，宣讲个人见解，或与对手辩论，通过口语表达的训练，能够做到准确、鲜明、生动，不用处处陷入念稿子背稿子的窘境了。其他如经济、文化生活中，也莫不如是。我当时就想，如果早些年听了万里的课，并经她培训，也许我就不会像现在这样的"讷于言"了。

我甚至为她庆幸，她在右派问题解决之后，没有实现多年来

"回到话筒前"的梦想，"塞翁失马，安知非福"。如果她调回中央台，不过是多了一位老播音员，而我们或将因此而失去了或推迟了应用语言学方面这一新学科的建立。在万里的这一开创性贡献中，寄托了她对广播播音魂牵梦萦的深厚感情，汇聚了她十年播音实践的生动经验，也许有意无意间还显示了对政治迫害的有力抗议。

无论任何时候人们都不该赞颂苦难，说苦难玉成了左丘明、司马迁，不，那是迫害者的哲学，是为施暴所作的诡辩。历史上那些于苦难中做出的贡献，都不能归功于迫害，而要归功于受难者的坚强。如果他们不受到那些非人的人身和精神虐待，难道不会做更多于社会人群有益的事情吗？

万里在遽然降临的令人费解的灾难面前，有过短暂的软弱，她曾想结束自己的生命。但是她找到了活下去的意义，这拯救了她，使她逐渐坚强。坚强，看似平常的两个字，在不同的环境中，具有多么丰富的内涵，能发出多么夺目的光辉，又是多么的耐人寻味。我也经历过反右派斗争及其后的种种际遇，我个人和家庭的处境要比她好得多，但在二十年的逆境中，我缺少万里那样的坚强——坚忍和顽强，因此常沦于庸庸碌碌的苟安。

坚强的万里和万里的坚强，这是值得我们体会和纪念的。同辈人都垂垂老矣，后来者能从她的生平有所取镜吗？

2006 年 4 月 19 日

为辛笛纪念文集作序

辛笛上世纪 30 年代初开始写诗，与《汉园集》三诗人的何其芳、卞之琳、李广田应在同时。他们在北大，他在清华。他的诗风较近于当时的何其芳，何的《预言》和《画梦录》，岂不也正是一派"南朝人物晚唐诗"？辛笛自己大概也是这样看的，因此对何其芳的写作一直格外关切，我从他女儿圣思写的传记中发现这一点——抗战胜利后，辛笛在上海读到了何其芳参加革命以后的诗，注意到何其芳诗风的变化和发展。我猜想，这甚至可能是激发他重新执笔来写新诗的因素之一。

他却不知道，那时候何其芳反倒基本上不写什么诗了。到延安后，起初何其芳还写了《我为少男少女们歌唱》等诗，而经过延安文艺座谈会和整风以后，何其芳力求改造自己"小资产阶级的思想感情"，并在实践中转向宣传和阐释毛泽东文艺思想，奉命与刘白羽同赴重庆，传达毛泽东关于文艺的讲话，同时参与了对胡风等人的批判，从 40 年代持续到 50 年代。其间，如果我记得不错的话，只是在 1949 年夏的新政协上写过一首政治诗，长期收入中学语文课本（后来在 1954 年发表了一首《回答》，因其中有些所谓"个人抒情"而遭到批评）。他在文学写作这方面，后半生再也没有真正的建树。刘再复曾命名为"何其芳现象"，大抵是指以他为代表的一些作家诗人创作力萎缩的类似经历。

对于"少年哀乐过于人"的何其芳来说，这不能不说是悲剧性的。

辛笛不像何其芳那样，因参加革命，不断接受革命任务，并努力"否定自己"，从而远离了诗。辛笛没有在组织上参加革命工作，他之在日本占领时期和五六十年代搁笔，则是出于生存需要的全身之策，没有任何革命的借口。并不是说他没有写诗的冲动，但他偶尔写的旧体诗只限于少数友朋间的唱和抄传。他的既具有传统文化熏陶，又吸收了西诗影响的现代诗写作，不得不留下不止一大片空白。

　　对于早在30年代就写出了许多成熟诗作的辛笛来说，这难道不也是悲剧性的吗？

　　辛笛和何其芳所走的人生道路不同，却在未能充分施展其诗歌才华这一点上殊途同归。上天何不佑中国之诗运乃尔！

　　"诗有别材，非关学也"，不是说诗人可以忽略文化教养，而是强调诗人的天赋才情、慧心、悟性。在这方面，何其芳和辛笛都是得天独厚的，加之他们又都接受了中国古典文学和西方文学的良好教育，如果能有自由发挥的环境，本来可望成为在中西文化潮流汇合点上的弄潮儿，成为有所继承又能创新的闯将。

　　尽管何其芳有早期那些天生丽质的诗作，辛笛除了少作还有晚年一些佳篇足以传世，但是想到他们都是"千古文章未尽才"，不免令人黯然神伤。

　　我在少年时代读到何其芳的早期诗文，为之倾倒。几十年后，我读他的一些回忆文章，知道他虽在特定的时空一再自贬自责，但他对少作其实也是未能忘情的，这使我对他深感同情，联系他其后充当了大批判的先锋，不免叹惋。因而在90年代初写了一篇短文《何其芳的遗憾》。有一位论者，不以我的话为然，其意若曰，你还不是多活了几年，现在才能在这里说便宜话！

　　这话说得也不错。何其芳不幸在1977年去世，他最后的欢呼粉

碎 "四人帮" 的诗里，也还留有 "文革" 时期的烙印。辛笛同样有他的遗憾，但他有幸在 "文革" 后健在多年，摆脱精神的枷锁，重拾旧日的彩笔，写下了新的篇章。这是该我们为辛笛庆幸，为何其芳扼腕的了。

辛笛老人在 80 年代写给我的一封信里，对我写诗有所鼓励，其间说到我的诗风近于何其芳（似指何《夜歌和白天的歌》），我在编友人信札集《旧信重温》时曾拟收入，后来考虑到信中颇多过誉，乃抽出去了。

我在八九十年代得与辛笛老人相识，有时见面，有时通信，但与我少年时心向往之的何其芳同志，则只在 1956 年艾青家中有过一面之缘。现在为给辛笛纪念文集作序，由于上述的种种因缘，把这两位先后已成古人的诗家作了一番命运的对比，在纪念他们的同时，或者也还有值得深长思之的历史教训的吧。

不多说了。

2006 年 5 月 21 日

以诗代序①

　　自从去年我为茚家升《卷地风来》和倪艮山《沉思集》作序以来，不断收到一些朋友的信稿，多是在各个时期受到政治运动冲击的——如果回避"政治迫害"字样的话。各人情况虽不尽相同，但大体上经历是相近的。其中详略不一，文字表达各异，但那刻骨铭心的记忆和逐步深入的反思，每每使我于欲哭无泪之余，思前想后，问天无门，欲对历史进行叩问依然不得其门而入，因为真正的历史依稀在重重的帷幕之后。我有时想，也许不单是历史的结论严重滞后，就是追问和探索历史真相的过程，怕也不是我们当事人这一代所能完成，而要相信我们的后人会比我们聪明。不过，为了让我们的后人有更多第一手的史料为据，今天的幸存者有责任提供尽可能详实、准确、公正的亲历记录。我想，这就是我所看到和没有看到的朋友们"藏诸名山"之作的价值所在。

　　这一番意思，我在为上述两书写的序文里大致说到了。现在有些朋友让我为他们写的回忆文字作序，我已经颇有无话可说的尴尬——同样的话如果说了又说，是不是会令人生厌呢？

　　我想，请索序的朋友们，包括本书的未曾谋面的作者理解并谅解，让我以今春3月风沙日所写的一首《夹边沟》寄托我的感慨：

　　春日多风沙

---

　　① 这是为陆清福先生《左右春秋》书稿写以代序的。

从河西走廊来

从巴丹吉林沙漠来

从玉门关外的戈壁滩来

从盐碱地上的夹边沟来

裹挟着漫天的尘雾

血腥的沙砾

无数的墓碑都是粉饰和欺骗

被害者没有墓碑

甚至没有坟墓

口令　训斥　鞭挞和呻吟

都被风刮走了

血痕和泪渍

早被风刮干了

过去的一切全不在了

只有你们留在这里

以你们的白骨

历史被黄沙掩埋

比无名白骨埋得深

而你们的灵魂

至今流落到何处

也许随着刺骨的朔风

一路呼吼　撼动所有的门窗

在这倒春寒的暗夜

寻找着

有多少颗心

敢听

你们

倾诉的

记……忆？

　　我的诗文采不足，但直陈了我的心情，应无任何朦胧难懂费猜详处，我就不多说了。我在1957年至1958年间同命运的人中，属于不幸中的幸者。比起万死投荒到黑龙江、青海、甘肃和其他边鄙之地，在穷乡野岭、沙碛丛山、大墙里面和矿井底层去服劳役，以至埋骨异乡的罹难者，以及侥幸生还的朋友，我那些年的逆境主要在精神的囹圄，而没到垂死的边缘，且在世纪末的二十年中，我还得以重新操笔，一吐积愫，这样的机缘，在大多数划为右派的幸存者，也是没有的。我惭愧，以我的条件，这些年来我所做的太少了，有限的作为中又包含了不少的无用功。

　　这些说也无益，不说也罢。让我还是对朋友们说：倾诉吧，不管一时有没有人倾听，或能不能传递到愿意倾听的人们那里。

2006 年 9 月 13 日

《谈往说今录》序

　　张文颖兄是我的老学长，但 1948 年秋天他离校时，我才入学不久，交臂错过。三十多年后的八九十年代，我们在校友活动中接触多起来。他已经从外交官任上回国，闲时写些见闻和随感，文字干净，言之有物，使我读后眼界为之一开。当时就曾建议他编集出书，让更多读者看到。现在这本书中，加上了不少晚近的新作，内容显得更丰富了。

　　文颖知道，我在学校时，只是一个少不更事的孩子，迷恋文学，什么都写，加入了新诗社。想不到后来大半生都以写诗为主。我的阅读却不限于诗，我读得更多的是散文，并且也学着写一点。不过我除了明确小品应该短小外，对散文、杂文、随笔之间的文体界限，始终也分不清。你说杂文的特点是有议论、有锋芒，散文、随笔就不能皮里阳秋吗？近年发现，有些志在创新的朋友，多数是年轻人，主张散文也可以虚构，这一来我在今天的作品中，便偏向于爱好随笔和杂文，对标明是散文的，我欣赏的也是纪实性强的。总之，我喜欢看的是，写人是真名实姓的人，叙事是实事，抒情是真情。

　　因此，文颖的作品我爱读。

　　写序意在推荐，但我不想多说，只请读者尽快进入正文，只要翻看一下目录，几十篇文章题目中的人名、地名，让你目不暇接，你就挑选那能够吸引你的题目看吧。我没管这本书稿的分辑，也没按着顺序看，写得随意，我也看得随意，最后"填平补齐"，篇篇尽收眼底了。

不过，在这里，作为闲谈，我愿意提到书中两篇短文，因为它们唤起了我童年的记忆，又补充了新知。

我上小学一年级，家里给我买的第一个铅笔盒，盒盖上彩印的是一个可爱的小女孩，先只知道她叫"莎丽登波"，再问原来是美国电影童星，现在通用的译名叫"秀兰·邓波儿"。当时北平沦陷于日军之手，我小时候一直没看过她演的影片，这一课是"文革"以后才补上的，而"文革"以后，文颖 1977 年在美国第一次见到她的时候，人到中年的"小公主"早就从政，正担任白宫礼宾司司长，在这之前，已经先后做过美国驻联合国代表和驻加纳大使了。看过她影片的老人或看过她光盘的年轻人，恐怕未必都知道她成年后的经历。

几代人大概都从课本上读过鲁迅的《秋夜》，一定记得文中的名句："在我的后园，可以看到墙外有两株树，一株是枣树，还有一株也是枣树。"学生会提问，老师会讲解，为什么不直说"墙外有两株枣树"云云。反复咀嚼，这两株树好像成了我们的老相识。现在张文颖告诉我们，他童年时家在鲁迅旧居的西邻，他可以作证：鲁迅当年说起的墙外的枣树，原先一共有四棵，但东边的一棵早死了，只剩三棵，最西边的一棵，被房子挡住，所以鲁迅先生看到的就只是两棵枣树。这两棵有幸进入《秋夜》的枣树，今天也看不见了。张文颖的儿时回忆，给我带来一些如见故人的情趣，还有一些淡淡的沧桑之感。

整本书给我的也正是这两样：如见故人和沧桑之感，在这后面，则是对生活的热爱，对师友的怀念。一段长长的时光凝聚在书里了。

2007 年 1 月 24 日

为老红军陈靖同志的遗稿作跋

人们形容过去，常常用"尘封"二字，尘封的旧籍、尘封的岁月、尘封的记忆……但说尘封，不过是尘土蒙罩，拂去尘埃，则束之高阁的文字，句句行行依稀可辨，拂去尘埃，则一去不复返的岁月，如隔夜之事，唤醒的记忆犹新。

但世间有一些昔日的人事与是非，却不仅是被尘封，而是像被雨打风吹后又深埋在土层下，那厚厚的泥土搅拌着血泪和白骨，它同时掩埋了不公与不义，隐秘与沉冤，无妄之灾和难言之痛。

中国乃至全世界罕见的群体大迁徙——中国工农红军的长征，就是这样长期遮蔽的一段历史。

长征的历史，首先被国民党蒋介石给遮蔽了。1949 年以前，主要是长征进行的当时，也只能从国民党治下报纸的字里行间透露一些消息，唯有美国记者斯诺（《西行漫记》）和燕京大学学生、中共地下党员赵荣声（《活跃的肤施》，署名天马，上海出版公司），是他们最早发出关于陕北的报道，其中多少涉及了有关长征的内容。而广大的中国人当时是并不知道的。也许在国民党及其军政档案中，会保留一些对红军围追堵截的决策和实施记录，但这些对于大陆读者，至今也还可望而不可即。

1949 年以后，中国共产党夺取了全国政权，"红军二万五千里长征"，从党史教科书走出来，成了共产党人为民族解放事业而艰苦卓绝、流血牺牲的证明，成了宣传毛泽东在长征途中力挽危局，确立领导地位，从此引导全党全军"从胜利走向胜利"这一"伟大、光荣、正确"的历程的党史教材。于是，从起初党史参考资料还博收三个方面军散见的零篇回忆，到最后"定于一尊"，仅以一方面军即中央红军长征的起讫为长征的起讫。1950年中央戏剧学院演出的话剧《长征》（李伯钊编剧），就是依这个宣传口径。剧中第一次在舞台上出现毛泽东的形象，由扮演者于是之站在高处，向仰望他的红军士兵们挥手高呼："同志们好！"

上有所好，下必甚焉。长期以来的党史著作，竟都像遵循着若干年后江青认定的"革命样板戏"之"三突出"原则，即在正、反面人物之间突出正面人物，在正面人物之间突出英雄人物，在英雄人物之间突出主要英雄人物。大量长征史的书写，对像张国焘这样犯了错误的领导成员自然当作百分之百的反面人物，连与他有关联的四方面军及后来的西路军也跟着背了黑锅（像左齐早年写西路军的书是绝对不会重版的了）。除此以外，其他的高级领导成员也都成了"主要英雄人物"的陪衬。我这后来者，对长征几无所知的人，便只看见毛泽东一人运筹帷幄，神机妙算，不断纠正其他干部大大小小的路线和战术错误，排除来自别人的干扰，校正革命的航向，不愧为伟大的舵手。而在毛泽东身边，不是前此犯过错误的，就是后来犯过错误的，再就是其他潜在的犯错误者，都不宜在历史记载中提名，这个曾经有数以十万计的指战员参加并付出牺牲的，历时数年，战斗行程远不止二万五千里的长征，套一句时下流行的句式，真像变成"一个人的长征"了。

因此，陈靖同志的这部遗著，无论在弥补史籍的空白，还是提供历史的细节，以至为观察长征提供新的视角等方面，都做出新的贡献。这是他继过去所写的有关文章，对所写重返长征路纪事诗的详注（《诗言史》）之后，带总结性的力作，阐述了他"读万卷书，行万里路"后，对他曾亲历的长征力求全面和深入的认知。难得的是于说真话、讲真相的同时，一扫许多历史著述枯燥生涩之弊，写得亲切可读。我以为表现了作者的史胆、史识和史才。

这本书的产生，跟"文革"以后，特别是党的十一届三中全会以后一个时期的"天时，地利，人和"分不开。上世纪80年代，陆续出版了一些以纪实文学体裁出现的有关著述，其中包括写长征、写西路军的题材，都力求接近历史的真实。陈靖作为长征的亲历者，不是一般的采访，而是怀着对长征前后牺牲于敌手和"自残"的先烈的深深缅怀，也带着幸存的老战友们的殷殷嘱托，三次"重勘长征路"，也不仅走人所尽知的路线，而且深入到记者、作家极少问津，顶多曾有少数地方省市县区党史文物工作者到过的点、线、面，寻访五十年后依然健在的老红军、老烈属以及他们的后代，和比较熟悉当时情况的人们，抢救了一些濒临消失的记忆，见证了一些平常难以见到的遗迹和遗物，并且在整个写作过程中，查阅了大量珍贵档案，成就了这部长征人写长征史的作品。

在这以前，陈靖早就在他的著述中告诉过我们，长征并不是像有些讳言失败的教科书上说的，是党中央有计划、有准备的一次战略转移，而是一次在第四次、第五次反围剿失败后，不得不尔的仓皇溃退。

在这部作品里，他明确地告诉我们，原称"西征"后来才改称的"长征"，其开始的时间，应该是从1932年九、十月间算起，当时二、四两个方面军在第四次反围剿中严重失利，不得不先后分别离开洪湖和大别山（鄂豫皖）。1934年秋，一方面军在中央苏区第五次反围剿中失利，也开始了西征，同样没有准确目的地。随后，留在大别山的原四方面军的二十五军，也遵照军委命令开始西征。1935年夏，一、四方面军会师懋功，同年秋，一方面军和原二十五军会师陕北。1936年7月，二、四方面军会师甘孜。1936年10月，

一、二、四方面军三大主力在六盘山实现了总会师。其间，1936年8月，先已到达陕北的中共中央就确定了"西渡"和"西征"以"打通苏联"的方针（见张闻天、周恩来、博古、毛泽东致张学良电），即共产国际批准的红军占领宁夏及甘肃西部的意见，并于总会师后命令四方面军立即实施，直至1937年4月西路军失败，二万二千名将士中幸存的四百八十六人陆续到达新疆哈密猩猩峡（作者根据档案证明西路军的一动一静都是执行中央的指令，厘清了长期搞乱了的历史责任）。这才是长征的全过程。

陈靖还告诉我们，除中央红军外，其他几支队伍在长征路上曾经分别开辟了六块根据地，即：川陕苏区、黔东苏区、湘鄂川黔苏区、鄂豫陕苏区、川康青边特区、川滇黔苏区。不但借以取得供应，暂时休养生息，而且建立了较好的群众关系，扩大了党和红军的影响，补充了兵源，得到发展与壮大。其中关于藏区藏胞的有关叙述，许多更完全是第一手材料，第一次披露。这几条长征线上新建的苏区，在过去也是囿于毛泽东所谓长征"十一个省""十二个月""二万五千里"之说，而长期受到遮蔽的。

国民党蒋介石在对分散江南江北的苏区和红军进行围剿时，是把"三大匪区"当作一个整体来对待的。陈靖此书，在讲述三个方面军因反围剿失利而分别"西征"寻找出路时，也采取了"三位一体"的视角，这样就展示了这一悲壮异常的历史事件的全貌：三个方面军，四条路线，辗转于十七省的广大幅员。有功言功，有过言过，不夸大，不缩小，也不突出一点、不及其余。在与国民党蒋介石军事对抗的大背景上，作者也尝试探讨胜败进退后面的多重因果关系。我以为他对党和红军队伍内部"自残"即残酷斗争、无情打击以至滥开杀戒的各次肃反恶果的批判，是深刻的，中肯的。

长征时的二十五军军长程子华同志1989年春曾为陈靖题词：

"长征岂止二万五，错综迷离画一幅"，我以为，这本书，在相当程度上为我们厘清了重新认识长征的线索，使之不那么迷离惝恍，也提供给读者以深长思之的广阔空间。

这样说，不是一概否定前人有关的书写，许多违背历史真实的教材之类，都是某种狭隘功利主义的要求使然，不必厚责于作者和编者。徐向前逝世后，我从《新华文摘》上读到重发他的文章时，他的秘书代他声明的遗言表态，即过去他对某一有关西路军问题的答问是不符合事实的。这除了让我深感徐帅的不为己隐，光明磊落外，也不得不慨叹于实际政治对写史的干预。再如申说"不唯书，不唯上，只唯实"的陈云，在上世纪80年代初忆述遵义会议时，也还不得不以"负总责"一词代指张闻天当选的"总书记"一职，更可见如实记述历史所受的控制是何等严密，其影响何等深远。

因此，我说陈靖写这本书，既是以高度的理性态度对待历史，又源于对历史负责、对死者负责，也对自己负责的高度革命热忱和历史责任感。由于可以想见的原因，他生前未能看到此书出版。现在有了出版的机会，是对死者的安慰，对生者的惕励。

陈靖同志在点定书稿目录时，注明跋文由我来写。这是老人的遗嘱，不可违逆。我自知学力和阅历均所不逮，但仍努力为之，好在这是书后之文，读者在通读全书以后，必当大有收获，我也不必更多费词。说了以上这些，也难免挂一漏万，因为书的内容之丰富，一些新见之熠熠耀目，很难在短短的跋文中复述和概括。

陈靖在他的晚年，不仅做了这样一件大事，写了这部篇幅也许还并不算大，但意义却极大的书。他还积极探讨作为中华民族一员的苗族的历史，苗族始祖蚩尤在部族战争中挫败后被迫率众由黄河流域向西南山区迁徙的历史（他建议在泛称中华民族的先祖时，将蚩尤与炎黄并提），凡此，都做了大量的工作。

任弼时夫人陈琮英1996年为陈靖题词说："长征真长，永生难忘。"这种绝非简单怀旧的心情，是完全可以理解的。长征的启示，长征的教训，不应仅仅属于当事人及其后代，也不仅应从政治层面上去接受，而应该从人性的层面去体认。人类究竟如何对待生与死，个人和群体，如何对待自己和别人的生命，如何对待自然力和人为造成的灾难，人类个体生命在极限的压力下能够迸发多大的潜力，如此等等。

想到这里，我仿佛懂得了陈靖为什么曾经提起人类历史上有过的三次群体大迁徙，那就是以蚩尤为首的苗族的大迁徙、以色列人的大迁徙和20世纪中国长征这一次大迁徙。从而感到更贴近了陈靖的心，当他自觉以苗族后裔一员和红军长征参加者一员的双重身份思考这三次大迁徙之一的长征时，他的悲悯情怀触及了人类的命运这根弦。

因此，我想，对长征这一历史悲剧，一旦超越了总结革命战略战术一时成败的局限，超越了个人的、阶级的、民族的际遇和意识形态的局限，则它作为人类精神遗产的意义便会凸显出来，有助于我们更好地展望未来，把握未来。

2007 年 4 月 16 日

公刘诗新选本《干涸的人字瀑》序

假如在上世纪 50 年代或 80 年代出版一本公刘的诗选，根本无须写序言或出版说明来推荐、介绍诗人和他的作品。因为那时凡是新诗爱好者，没有不知公刘这个名字的，正如乾隆中叶，"开谈不说《红楼梦》，纵读诗书也枉然"。那时年轻的知识人，都是公刘的读者或潜在读者。

我不是以诗人的知名度来支持应有的价值判断，"流行的未必是好的"，甚至有人引用过据说是赫尔岑的话，并推到极端，说"感冒是最流行的"，那就近乎"抬杠"了。但我们要理性地看待公刘及其诗在上述两个时段的流行。

公刘在抗日战争胜利后，入读南昌中正大学时，开始参加学生运动，成为反饥饿、反内战、反迫害的"五·二〇"运动的积极分子，并参与地下状态的"全国学联"工作。当时运动的目标是反对国民党蒋政权的一党专政，建立自由民主的新中国。内地不能存身，便转移到香港。套用今天的说法，公刘成了流亡的"民运分子"，不过这一批民运分子都是接受中共组织领导或思想影响的，虽然公刘并不是共产党员。就像旧俄的有些年轻诗人，包括马雅可夫斯基，在 1917 年政权大变动前，也曾参加过布尔什维克的地下活动，并在布尔什维克执政初期，写过一些宣传性的诗歌。

公刘在 40 年代后期就开始写诗，可惜那时的作品多已散失。我们知道，从内地到香港，再从香港回内地参军，几经辗转，都是需要"轻装"才能"前进"的。公刘和他的新战友们进军云南，对于作为诗人的公刘，这是全新的一课。这时对"拿枪的敌人"，直接进行着"武器的批判"，在全国范围都用不着诗人以诗来"打击敌人，消灭敌人"了。当时建立的新政权，按照"延安讲话"对文艺工作者提出的要求，主要是肯定的歌颂了。共产党领导的军队当然也是如此。于是一时泛滥的是谈不到多少艺术性的肤浅的颂歌。

这时，适逢其会地出现了一批值得注意的部队诗人。他们写行军，写边防，写军旅生活中的美好意趣，也写"情满于"高山大川，高原雪域，固然同属颂歌的范畴，但因来自践履星霜的感受，尚能不流于空泛。其中艺术准备比较充分的如公刘、李瑛和白桦等，在诗中留下了对祖国一山一水一草一木的爱，对人民特别是边疆少数民族同胞亲如家人的爱，这都是发自真诚，毫不矫情的。公刘最早的诗集《边地短歌》《神圣的岗位》《黎明的城》就是这样的作品。他且有足以区别于他人的抒情特色，有独创性的尖新的意象令人不忘，他的诗在当时一纸风行不是偶然的。公刘参与《阿诗玛》《望夫云》民间传说的收集整理，并以同题写作的长诗，与白桦当时写的长篇叙事诗《孔雀》等，都当属于传世之作。很难设想50年代初期如果缺少了公刘和白桦等军旅诗人或云南团队，会是多大的遗憾。

个人的命运离不开整个民族的命运。在肃反运动和反右派运动之间的空隙，即1956年夏到1957年夏的短暂一年间，公刘还曾灵光一闪地献出了《在北方》和《上海写意》等使读者耳目一新的充满清新感的短诗，少量写爱情的短诗则突破了"爱情从属于政治"的写作禁区，当然也写了西湖访古的几首咏史诗，却因代古人发了"报国无门"的感慨，成为后来被追诉的"罪行"。

在上世纪50年代，公刘有幸来到被徐迟称颂为"美丽，神奇，丰富"的云南，并以他的诗为云南的"美丽，神奇，丰富"增色不少。

到上世纪 80 年代，公刘同一大批曾因政治迫害而搁笔的诗人一起"归来"了。如同土耳其诗人希克梅特一首名言式的诗所说，"还是那颗心，还是那颗头颅"，移来形容公刘"归来"后的姿态是恰如其分的。

公刘这时操着他的健笔，在稍见放宽的话语空间中，大写他的诗体政论。过来人知道，当时的各样政治诗充斥着报刊的篇幅。曾经有人把"文革"期间投机"批邓"的"政治诗"改头换面，又当作"批判'四人帮'"的"政治诗"发表。而公刘的政治诗迥然不同。如写张志新事件的《刑场归来》《啊，大森林》，质疑威权政治和个人迷信的《车过山海关》，具有震撼人心的力量。这样的诗的写作和发表，都带有"打擦边球"的意味。应该是不怕其多，只恨其少的。当时的媒体上，除了官方的"社论""专论"或准官方的"特约评论员文章"之外，能留给民间舆论、发表个人见解的版面不说绝无，也是仅有，所以才有了诗歌、小说代替记者写报道、代替论者写时评的越俎代庖局面。公刘有感于时事，发之于诗，既是出于一贯的使命感，也是填补这一舆论空白。有外国记者说"你们中国作家和诗人做了许多不是作家诗人的事情"，因为他不懂中国国情，他不能设身处地，他不会为中国"管闲事"的作家着想，也不会为中国的读者着想。

我至今还为曾经身在一家刊物，却不能刊出公刘的《上访者及其家族》组诗而深感歉疚。公刘从安徽来到北京，他对上访者的遭遇痛感不平，激情难抑地写下这组诗。但按照当时的（以至现在的）宣传口径，所谓"主流"刊物是要视这种"非主流"观点和情绪为异端的，怎么可能正式发表呢？我也写过这方面的题材，但是以安徒生的旧题《卖火柴的小女孩》曲笔写出，我很惭愧，这样妥协的结果，可能"曲"到了一般读者也许看不出我在写的是上访者的儿女了。我没有资格指责像公刘这样的诗人是"政治标准第一，艺术标准第二"。中国社会最底层的弱势群体之一，是来自广大城乡特别是乡村和边远小城镇的上访者，至今道路不断，但哀鸿遍野，没有人能救他们出水火，解他们于倒悬。公刘以后，我再也没有见过哪位诗人为他们的命运哪怕是发出一声叹息。

公刘在90年代中后期疾病缠身，基本上中断了写作。然而他在整个80年代不仅留下了回忆性散文、文论政论，还留下大量诗作。他在当时拥有的读者，有50年代过来的人，也有不少是只有二十几岁的年轻人。这些年轻人今天也已经"微近中年"了。

当时的年轻诗人李怀宗女士——她热爱诗歌，尤其热爱公刘的诗，这回提议并赞助编这样一本诗选，我设想其面对的读者，固然还会有怀旧的老人，但更多的该是年轻人了。我甚至不知道如果不加注，有些诗的背景是不是已经不为今天年轻的读者所理解。但我又想，能够有缘买诗集、读诗的青少年朋友，是不可低估的。我从一些中学生的诗文中已经看到不少视野宽阔、见解超群的表现，我相信他们会乐于结识一个终身以诗为生命，以反抗不人道的罪恶为理想的倔老头，原名"刘耿直"的耿直一生的公刘，从他的诗里读到他的心，并且感到同他的心是相通的。

我希望这不是奢望。我期望着。

2009 年 6 月 24 日

何满子：特立独行的人与文

——《何满子纪念文集》序

满子本色是诗人。1998 年春，他写了《开八秩自寿两律求和
柬》：

坎壈一生，常忧非命；浑噩经年，竟开八秩。患难备尝，
战乱亲更；能登中寿，亦堪自庆。才视袜线犹短，身较鸿毛益
轻。劳体拂心，似天之将降大任；芜年荒月，胡帝之不佑斯文。
昔尝自标独行无侣，不期归为小集团；今仍心许和而不同，甘
作文学个体户。七十之年，曾叹臣之壮也窝囊极；今更耄矣，
愈憾浪掷韶华不复回。聊占两律自寿，窃盼好事赐和。拙句抛
砖，不吝还玉，不胜感祷。

垂暮光阴更骤催，浑浑噩噩八旬开。廉颇老矣犹乘马，陶
潜归欤独举杯。秃笔何从排愤懑，长歌不足振尵魇。一生颠沛
非由己，浪掷韶华不复回。

悬弧恰属绵羊岁，分合为时作宰牲。无得自然不患失，置
之死地复逢生。播迁一世老方定，恩怨多端今乃明。仍有知心
如许个，人间谁道乏真情。

我当时写了《奉和满子先生八十自寿诗》二首：

至今荷戟独行侠，昔日称名小集团。负轭盐车穷朔漠，校

280

书海隅远文坛。辞章西汉夸双马，歌啸竹林只七贤。闻道汨罗江里水，流经笔管见微蓝。

集团有个又何妨，党锢千年忆范滂。或有高升或退隐，孰仍前进孰落荒。睥睨市井独慷慨，叹息光阴转杳茫。桑海子遗康而寿，昂藏举酒不窝囊。

我与何满子先生过从不密，只是有事才通讯的朋友，见面机会不多，二三十年间，累计不超过十次。但我以为我和他的心是相通的。我读他写的书，文学评论研究可能没有读遍，但杂文集子差不多都读了。诗有唱和，文有呼应，也勉强可以攀为文章知己了吧。

上世纪90年代初，林贤治拟办《散文与人》丛刊，嘱我约些稿子。满子写来的是《如果我是我》。此文层层剥笋，步步为营，先讲了在特殊年代里人们梦寐以求"如果我不是我"，即"宁不作我"的悲剧，指出"当人失去了自己，我不复为我时，所有的价值观可以听从摆布而随意颠倒，现成的理由是'吾从众'"，"在神州大地一步一步地走向神经病大地"。满子说：

> 我之所以为我，系于我有主体意识，我必须像忠实于人、忠实于世界那样忠实于我自己。能做到"己所不欲，勿施于人"之前，首先要做到"己所不欲，勿施于己"。于是我才能心安理得，以我是我而欣慰，才有"宁作我"的自尊的执着。可叹的是，要做到"宁作我"，我行我素，宠辱不惊，虽千万人我往矣，实在不容易，很难很难。易卜生称颂孤独者是最强的人，正是痛感于独立特行之不易坚执。抗拒外力难，抱朴守素也难，何况生于斯世，还不仅仅是安贫乐道的问题，要守住"我是我"的防线，真须大勇者；能念兹在兹地提出"如果我

是我"的自问，判定我该怎么说，怎么做，也已可算是称职的
"人"了。完全失去了"我"，也就失去了"人"，当然仍不是
称谓，而是实质。

是的，"如果我是我"，是一个严峻的命题。满子以他的为人和
为文完成了"我是我"的坚守。他的所谓"独行无侣"，他的力求
和而不同，他虽有"知心如许个"，却宁愿背向文坛，做"文学个
体户"（以致他获首届鲁迅文学奖后，所在地作协竟还说本地无一
作家获奖，因为他不是作协会员，不计在"作家"之列），所有这
一切，都是为了我行我素，言我所欲言。

满子有个他同代人多半没有的经历，就是少年时练习过八股文。
"从旧的营垒中来"，他深知八股文的精神就是"代圣贤立言"，兜
来兜去耍弄"四书""五经"上那几句话，那诀窍就是孔夫子说的
"述而不作"，是不必自己有什么见解的。满子反对这种八股文精
神，他反其道而行之。无论做学问，写杂文，都有个"我"在，其
独立思考、独立识见，同他独立的人格精神不可分。近有论者评述
也是去年逝世的诗人彭燕郊，称颂这位同遭"反胡风"政治迫害的
老诗人，具有"独立的精神立场"，两者庶几近之，虽说各自表现
亦有不同。

满子的笔管里流着汨罗江水，他坚执着屈原式的"纾愤懑"或
如他自己说的"排愤懑"，但他一般不止于情绪性的挥发，可怨可
怒，而不忘"言之成理，持之有故"的文章学传统。他也有情不能
已的时候，矫枉过正或显偏激，但仍然是言论生态的一环。所谓
"深刻的片面"，某些情况下也许竟胜于平庸的全面，客观上足以激
发争议，使真理愈辩愈明，至少聊备一说，打破官方主导超稳定的
舆论一律或是民间舆论自发的一边倒，有助于考验乃至培育"异议

282

正常"和"尊重（并保护）少数"的氛围。他写过《文学争执还是诉诸笔墨明智》，提倡"打笔仗"，以解决文人论世评文的"参商"，申说此理甚详。

满子不止一次指点过我杂文中某些观点的天真而近迂，那么他果然会相信这个呼吁能有多大的实效吗？无非是要求扩大言论空间，减少行政权力和长官意志的干预，也不过是"不说白不说"，知其不可而为之罢了。

上世纪二三十年代鲁迅主动或被动打的笔仗，以致逼得鲁迅"横站"的，大体有文献保存下来了。还有一些与鲁迅无关的笔仗，近年也正由有心人拂去尘封。40年代国统区的各样笔仗，作为报人和学人的何满子，都曾目击或亲经的。只是50年代截止到1955年"反胡风"和1957年"反右派"致满子落难时，实际上已经没有双向的"笔仗"可言，有的是指挥刀下发出的大批判，甚至假借法律名义以至直接诉诸政治暴力对"思想犯"的"实际解决"。后来的二十多年固毋论矣。因此"文革"以后，满子似略无踌躇，就投入发言。以我当时的印象，他在1980年发表的《道德、时代思潮与爱情》对张洁短篇小说《爱，是不能忘记的》所作评论，分析透辟，逻辑严密，所见远远高于当时参与评骘的"正反"双方，显示了他厚积多年的功力，不因二十年的尘埋而稍弱。同年写的《现实主义的小说和非现实主义的评论——近年来〈红楼梦〉的研究现象一瞥》，次年为纪念吴敬梓诞生二百八十周年写的《吴敬梓是对时代和对他自己的战胜者》，在当时都是发人所未曾发的谠论。后来他在文化批评中对相当大量市场化娱乐性读物（以言情和武侠小说为主）的严厉指斥，也早在1982年《论庸俗》等篇中就已定调，而其观点的形成则可在他一系列对中国古代小说的研究专著中溯其源流。满子不是故步自封、抱残守阙者，但他也不是随时跟风逐势之辈。他自然赞成从计划经济向市场经济的转型，这却不意谓他首肯市场经济对精神价值的侵犯，更不会对诸多这类现象默不作声。

满子自知他的处境。关于文化批评，他说，他写出来的，不免是些"背时的"话头，如现实主义和鲁迅传统之类，"很容易惹时下新才子的嫌"。其实，即使"现实主义和鲁迅传统之类"有其历史的局限，但在勘破"新才子"们的真面目时还是够用的。满子有《文人活得很累》一文，说：一种是为争当大众情人而累，一种是为儿童强装大人而累，一种是为不甘寂寞没话找话而累，此外，还有为无故寻愁觅恨而累，为窥风测向而累，为制造轰动效应而累，为赶新潮而累，为炒自己炒得不露痕迹而累……总之是鲁迅所说"借革命以营私"的变种，争做官场或商场的帮闲而已。满子活画出这路人的体态和眼神。鲁迅杂文"砭锢弊常取类型"，满子也正是这样。

对周扬和舒芜，满子的态度可以说"纠缠如毒蛇，执才如怨鬼"矣，他就此为文既是作文化批评，也是作社会政治批评。固然，这里有围绕胡风一案的恩怨，但更要看到，在这里，被点名的个人是作为一种社会角色的符号甚至是"等而上之"者的代号而存在。他的《宜粗不宜细》一文，对所谓"宜粗不宜细"作了自己的诠释："评论人物的是非功过，包括文人的是非功过，要从历史这本大账来评衡，不管其人从别的方面说来有这好那好，主要的和基本的就要看其人在应肯定的或应否定的历史中所起的作用如何？这也是'宜粗不宜细'之道。""如周扬，说好说坏的都有。但从历史作用论人物，十七年（邵按，即指从 1949 年建国至 1966 年"文革"）中的一条'左'的文艺路线最终导致文艺荒漠，作为文艺负责人的周扬的功与过，正面或反面就可一言而决。否则，叫什么历史唯物论，叫什么以历史观点评价人物？全是废话。"不是强调区分本质和主流吗？不是要区别九个指头和一个指头吗？这真叫以子之矛攻子之盾，更可以说是"快刀斩乱麻"了。

当然，满子也无意叫周扬负他所不能负的责任。他只是点名点到周扬为止。他在《与邵燕祥议点名》和《以良知呼唤同代人的良知》两文中，一再说到曹禺名剧《日出》虚写了一个满台阴影无所不在、迄未出场却是全剧关键人物的恶霸金八，始终没有露面，然而呼之欲出，满子指出剧作家这一极具匠心的表现手法，较之"关键人物都应直写其名"的主张，可以说是另一路的"史笔"。

满子1998年写过一篇《同感于李辉和绿原》，因二人文中只写了受害者一方而未及一语于加害者，受到求全者的责备，满子为之辩护时回忆说，1983年某次他和已故的聂绀弩争辩胡风冤案中"交出私信"的责任时，绀弩说世人专门责怪犹大而不问总督是不对的。"他说这话当然另有一番感慨。我复述了赫鲁晓夫的故事①，说那时，以及还是'格鲁吉亚化'的当时，谁敢责怪总督呢？只有责怪犹大来泄忿。"所谓犹大，不过是总督的代号，正如"四人帮"在人们心目中早就成为封建法西斯主义及其体制的代号，并不限于"王张江姚"四个具体的人了。

满子对于贬损鲁迅的人，无论是操"文革"文风写官样文章的"帮忙"文人，还是从另一边鸣鞭示警的小文人，都不吝其疾恶如仇的健笔。前者如提倡所谓杂文只能以"歌颂"为基调而不宜进行"批判"的"新基调杂文"论一伙，其实是不值一驳的；后者则如

---

① 在赫鲁晓夫揭露并批判斯大林的苏共二十大之后的某次苏共集会上，有人递条子质问赫在斯大林当政时为什么不起而反对他的独断，赫把纸条念了一遍，随即大声喊，这是谁递的条子，站出来！但没有人站出来。据说赫道："你们瞧，我们现在这样民主，无须恐惧的情况下，递条子的同志尚且不敢站出来；试想，在斯大林统治时期那种气氛中，有人胆敢站出来顶撞斯大林吗？"他的话得到会场鼓掌认同。（刊于2009年8月6日《南方周末》）

有一人竟说鲁迅后期是"病中鲁迅",是"鲁迅后期感染的'新基调病态',带来一场历时半个世纪的杂文的悲哀",这个加之于鲁迅的破坏杂文的罪名不小,而其根据就是鲁迅晚年对中共的同情和"对苏俄革命的全盘赞同,奋力歌颂"。此人欲抑先扬地说:"作为一个思想家,一个学者,一个杂文家,特别是作为中华民族魂的代表,他是否可以根据中外历史规律而预测苏俄的发展,从而对这新生事物的呐喊有所保留,有所警钟(原文如此)呢?以他的胆识才智,完全应该是可以的。可惜他没有。"这就成了大张挞伐的理由。满子在申说鲁迅后期杂文成就的同时,也把这样胡说八道的苛责(时髦说法是酷评)保留下来,可算得"立此存照"吧。

满子于鲁迅后期杂文中,格外推许《病后杂谈》《阿金》《题未定草》诸篇,以为哪个杂文家能写出这样的一篇,就堪千古不朽。看得出满子也是一直朝这个方向努力的。他的杂文以文化批评居多,其社会批评或融入文化批评之中,或有确实按捺不住的激情,如谈血亲交班,权力挪用,流氓当道,外行领导,也多用鲁迅笔法,"奴隶语言",痛快淋漓后面有隐喻曲笔,嬉笑怒骂之中是兴观群怨。

满子作文化批评,因有坚实的文史根底,杂家的旁收博览,常能举重若轻,揭隐发微,触及要害。试举一例。针对一种指批评者与盗版者为合谋,说一个谋作家的财、一个毁作家的名,共同扼杀文化的妙论,满子转引了一个《黜妓斥盗》的佛经故事,起了四两拨千斤的作用。寓言有趣,录如下:

> 昔有一娼,姿质平常。性擅魅惑,艳帜高张。
> 雅善辞令,风流名扬。颠倒众生,蝶浪蜂狂。
> 收敛夜度,缠头盈箱。子弟沉迷,父兄怨怅。

邻舍侧目，视为祸殃。群起咒责，惊动街坊。

此娼积怒，强自包荒。爱侬恋侬，是彼儿郎。

尔辈詈骂，于侬何伤。乃甚矜持，得意扬扬。

忽有一日，遭逢强梁。细软被劫，痛彻肝肠。

怒火填膺，怨忿盈腔。兼怀夙嫌，骂槐指桑。

痛诟盗贼，又诬善良。谓鄙己者，与盗同行。

里应外合，谋害娇娘。意在为己，构一屏障。

义形于色，冠冕堂皇。从此天下，谁敢平章。

如此黠妓，天下无双。

　　这个黠妓把指责她卖笑的邻人和盗窃她卖笑所积财富的强盗一锅煮，来堵指责者之口，满子说他"盗一下版"，称发上述妙论的文人为"黠文人"，"不亦宜乎！"

　　其实早在几年之前，此"黠文人"还是个小文人的时候，满子和拾风就曾对他进行批评，缘于他在为学生讲课中，不知是一时失言还是处心积虑，指责巴金在"文革"中表现软弱云云（大意如此，原话还要难听），而他在当时却正是大批判组的红人，大有得便宜卖乖之概；彼时居高临下，此时还是居高临下，彼时所居者是权势制高点，此时还仿佛要占领道德制高点，满子和拾风忍无可忍了，但他们的文章，也不过是教他怎样做人，可惜这不是他所需要的，便如对牛弹琴了。

　　有报人的杂文，有学人的杂文，前者多为时评，后者近文史随笔。满子作为杂文家，他融报人杂文和学人杂文于一炉，指点时事，针砭时弊，不限于就事论事，常能揭示沿革，厘清脉络，且如梁启超"笔端常带感情"；而于书评序跋，叙事怀人，则往往扩大视野，纵贯古今，感发深广，而又逼近现实，考问时流，笔法直追鲁迅。

在他的《论〈儒林外史〉》《中古文人风采》《中国爱情与两性关系——中国小说研究》等学术著作中，同样毫无八股气与学究气，既见其学养沃厚，复见其思维活跃，视角独特，且是面向当前来发言。

面对何满子先生的学术专著和杂文随笔，文体多样，异彩纷呈，而贯穿其间的是一派浩然之气，憎爱分明，心口如一。这使我想起他对尼采的评论，屏弃了尼采的超人理念和权力意志说，以及非理性的狂悖之后，推崇尼采对奴隶道德的彻底否定，对陈腐秩序的抨击，对麻木的庸众的恼恨，满子说，"这种人格力量和叛逆精神都值得珍视，特别在封建陋习尚未蜕尽的今日中国更是如此"。早年的鲁迅从尼采那里取得了冲击旧势力改革国民痼疾的精神力量，师从鲁迅的满子也该是从这一渠道接受了尼采的一些影响——属于积极方面的影响吧。

纪念满子先生，文字俱在，其人不远。让我们清点他的精神遗产，化为我们的精神财富：这一定是无私的先生所乐意看到的。

2009 年 7 月 11 日

为何满子手书诗稿作序

满子先生直到上世纪末，八秩大寿时，还是身笔两健，诗酒陶然，文章不断出手，一年一本新作。前几年忽闻日感疲惫，体力渐衰，直至戒酒，便知问题严重了。于是轻易不敢打扰。近知先生暮年还应藏家之请，力疾手书诗稿若干，留下宝贵的纪念。有望付梓，嘱序于我。我何言哉？

满子先生是我的长辈，当我世事不知时，他已驰骋千里，用笔参加抗日战争了。后来得读先生著作，还是书脊上的署名吸引了我，再后来吸引我的便不是署名，而是内容和文笔了。上世纪80年代得亲謦欬，更多则是书信往还。究竟在何时何地初见，全无记忆，想还是基于同声相应同气相求吧。先生对我既有热情鼓励，又有委婉敲打，使我受益良多。

90年代曾拟编一打油诗集系列，邀请先生加盟，始知一统楼诗稿已交湖北某社；不过，拟议中的套书未能出版，先生的缺席也只算得半个遗憾。另有一个遗憾，则是许以祺君以《天葬台》摄影征诗，我亦为转请满子，先生立即写了七律来，极其精彩，然语涉钜公，锋芒太露，由我璧还。先生原作如幸而尚存，日后当有面世机会吧。

序先生诗，我固非其人。拉杂忆旧，想见先生音容笑貌，硬骨铮铮，特立独行，长在人心。

最后让我抄录1988年奉和满子先生八十自寿诗之一作结：

至今荷戟独行侠，昔日称名小集团。负轭盐车穷朔漠，校书海隅远文坛。辞章西汉夸双马，歌啸竹林只七贤。闻道汨罗江里水，流经笔管见微蓝。

又，此文全篇用白话文、简化字并加标点，也是表示后学不敢妄攀前修或附庸风雅之意云尔。

2009 年岁末于北京

朱淼水《萧山旧事散记》序

就像旅居异国的人总是倍加思念故土一样，我这样落生在外地，偶然回老家看看的人，格外关心萧山的动静。那一年重回萧山，除了到跨湖桥遗址参观八千年前的古船以外，还因忆旧而得诗，有两句说："一井独存庐墓灭，于无家处有乡愁"。注意看所有能够看到的关于萧山的文字，就是对这种无端的乡愁的慰藉了。

我说过，生在大都市的人是没有故乡的，有的只是出生地。故乡云云，应该说是农业文明的产物。游牧时代，逐水草而居，无所谓故乡。定居以后，有了里门、乡党，鸡犬之声相闻，倘能免于天灾兵祸流离之苦，有一枝栖，便安土重迁，不仅祖孙几代，甚且十几代、几十代地住下去。家风，民俗，也这么一代代地承传下来。

中国的农业社会，有史以来，其超稳定的社会经济政治结构，一治一乱地延续了三千年以上。我读史的启蒙书，就是吾乡临浦蔡东藩先生的"历代史通俗演义"。但所见仍是以朝廷、宫闱的权力递嬗为中心，比所谓正史作为"断烂朝报""相斫书"乃至"帝王家谱"稍胜的，是书中多少采纳了一些野史笔记的内容。说实话，要想了解过去时代各阶层老百姓的生活，还要看历代幸存下来的民间著述，特别是一些稗史说部丛脞散文。但这些，也多是大大小小文字狱的孑遗了。

近百年来的中国社会，处于大动荡中。辛亥革命是一大转折，北伐战争是一大转折，然后是十年内战，对日抗战，随之的政权易帜，是一次更大的转折。人们说"天翻地覆"，在某种意义上也称得上是"把颠倒的历史颠倒过来"，由于标榜"迷恋未来"，遂有不分青红皂白命名"旧文化""旧风俗"，而跟着"旧制度"一概否定的鲁莽灭裂。这样，至少三十年左右的时段内，硬件和软件都有了很大的变化。正面的变化，负面的变化，兼而有之。有的短期看不清楚，需要经过一个相对较长的时间，利弊才能检验出来。过来人发现，眼前事转瞬成了"往事"，沧海竟变成了桑田，难免有"惊回首、往事堪嗟"的喟叹。

朱森水先生是萧山人，大半生从事党史和地方志工作，工作之余，写了这些融亲历与感慨于一炉的"旧事散记"。记下了许多不可复见的旧时风景。有的属于名胜和古迹，如西山、北干山、越王城山、湘湖这些自然景点，或不复当年，成了遗梦，或回黄转绿，风景依稀；饱经风雨的西坞河、古桥、石牌坊，市心桥头、东门头、江寺这些地方来往聚散，有多少兴衰流转，今昔相比，瑕瑜互见。市井之中也容作者"悄立市桥人不识，一星如月看多时"吗，那旧时药店、当铺、餐饮业以至最早的"女堂倌"，让我们了解旧时的社会生活，意不在怀旧，而可供有心人对照参考。至于政治生活领域的某些旧时风景，则是作者和读者都不希望重见于现实中的，如1958年歼灭麻雀的"大会战"，荒诞迷信十年的"三忠于活动"，虽只一瞥，留下的教训却是深刻而沉重的。

森水先生的这些作品，是只有在近二三十年的改革开放背景下才能写出和发表的。他写的散文，一是写真情实事，写自己的真实感受，这在"党八股"和"假大空"盛行的时期早已无处立足；二是记往事，这在当年号召"厚今薄古"的钦命之下，是可以诬指为"今不如昔"论而加以讨伐的。

而今天，森水先生放开他的笔，写下这些多年很少人写的事情，有的甚至是从来未经人道的题材，这样的书得以出版，就表明了我们在观念上有了长足的进步。他的散记，既含着浓郁的乡情，又具有清醒的判断，符合常情、常理和常识，这表明我们已经逐渐远离了那曾有过的不讲道理的时代。

　　这本书保留了有关萧山的一些集体记忆和个人记忆。一个人失去记忆，就在精神上宣告了死亡；一个民族、一个人群失去记忆，就失去了前进和发展的活力。因此，记忆不只属于过去，记忆也属于未来。忆旧正所以怀新。看看旧萧山，也许有助于我们仔细想一想，我们内心期望的家乡是什么样的？在建设新萧山的时候，怎样能够更少遗憾？

　　那已经远远超出我们读一本追忆往事的书的审美期待了。

　　希望读到更多关于萧山昨天和今天的好书。

　　　　2010 年 2 月 13 日，旧历除夕爆竹声中于北京

郭慕岳《被革命回忆录》序

十几年前，当这本书的出版出现了一线希望的时候，作者曾嘱我作序，我却因自知文字板滞，一怕跟如此生动流畅的叙事不称，二也有怕因此而丢人现眼的几分私心，借故推托了。后来正式出版一事在堂皇的理由下搁浅，作者也把纸面书稿束之高阁。但有负于同学老友的信托，总不免耿耿于心。2000 年 11 月初，我写了一首小诗给他：

> 压城风雨灌门楼，
>
> 遍野虫沙尸未收。
>
> 五十万人一郭老，
>
> 悲欢生死录从头。

这首小诗却有一个长长的题目：《郭源兄著〈被革命回忆录〉记历史本来面目功在后世写此赠之》，这里须稍稍解释一下。

作者原名郭源，与兄弟郭沛，原来名字都从水，取水源充沛、源远流长的意思吧。我们在北平育英小学、中学同学时，他还叫郭源，老朋友至今这么叫他。后来他自己改名慕岳，我说改坏了，岳飞屈死，你羡慕他，天从人愿，大半辈子跟着"莫须有"三字搭进去了。

这自然是令人寒心的玩笑话。在 1957 年，以至之前之后在政治运动中跟他同命运"被革命"的不知有几千百万人啊。

他写的这部书，名之为《被革命回忆录》，是区别于大量的革命回忆录的。因为他在革命胜利的1950年才考入清华大学，只在大学时代开会批斗老师的时候，曾经列席旁听，算是仅有的革命经历。毕业参加银行工作不久，就陷入整风—反右派斗争的陷阱，划进所谓劳动教养的另册，在劳改局所属工厂"劳教"并"（解除劳教后）就业"十一年，取消生活费发配河北临西县农村九年，在人生最宝贵的青壮二十年间，既无缘于神圣的使命，更无从创光辉的业绩，虽然酸咸苦辣，艰苦备尝，不亚于第一、二两代革命者的劳其筋骨，饿其体肤，茹苦含辛，伤痕累累，却没有灿烂的光环，只留下屈辱的烙印。写下来的，自然也只能是"被革命回忆录"了。

说这部书"记历史本来面目，功在后世"，一点也不夸张。

历史无非人与事，但红尘间的人事，无论大小，都是变动不居，转瞬即逝。只有当事人在记忆中保存着原始的影像，但处境不同，视角不同，个人记忆也会因人而异。每个人的个人记忆，从各个侧面集合为群体记忆，这是整个社会的历史记忆的基础。但直接间接的经验都告诉我们，在把整个社会的历史记忆转化为文字记录的过程中，由于权力者、既得利益者的干预，把本来就不可能百分之百复原的历史事实，再加遮蔽、歪曲、伪造，是很难避免的，甚至是必然发生的现象。

我深深佩服郭源的记忆力，最早倾听他叙述往事，就为他的记忆是由众多具体的细节组成而惊异。没有细节的历史叙述是空洞而苍白的。郭源记忆中的每个细节都浸透了一个"被革命"者——无端遭受政治迫害的普通公民的喜怒哀乐，想必是在二十年中，他不断反刍自己所感受的一切，反复加深印象，达到了刻骨铭心的地步。

郭源在苟安无事的短暂时期，是沉于下僚的银行职员，一经拘捕，二十年就落入真正的社会底层。他因"被革命"——"被专政"的身份，行动受限，活动范围不出街坊邻里，劳改工厂，同类人（"黑五类"中的"右派分子"，以及其他受控人员）的家属亲友。郭源几乎凡所接触的人，不论远近亲疏，都或详或略，为之"立传"，并有自己从心底掏出的评价。"同是天涯沦落人，相逢何必曾相识"，郭源坦诚相待，虽也曾被告密出卖，但他一贯胸怀磊落，赤诚待人，阅人渐多，教训不少，他也日益"世事洞明，人情练达"，以他识人的眼光，往往绕开政治的迷障，穿透道德的表层，进入对人性的深层把握和领会。是是非非，善善恶恶，郭源在这部书里，引着我们步入他的"人物画廊"，虽然有的只是匆匆几笔，但更多的都是带着各自的体温，各自的长处和弱点的有血有肉的活人，不是纸糊的，更不是仅仅一纸标签或一张脸谱。

这样多的活生生的人物，特别是底层人物，他们在所处社会政治地位上的不同表现，他们的社会交往待人接物，以至他们的私生活，包括他们的心灵被外力扭曲，以及他们抵抗扭曲的挣扎，一一"记录在案"。这些在官方档案中，可能粗见于他们各自的"思想汇报"或他人告密的"小汇报"，但我敢说，许多是当时调查"敌情动态"，研究这些人的"阶级斗争动向"时所未曾触及的。

这里并不揭破什么秘密，更没有暴露什么"阴谋"；但章章节节折射出远远超出个人圈子的大历史，时代的气氛，社会的脉搏，政治的角逐，乃至制度的弊端。我们即使在事隔五六十年的今天读来，因其一脉相传，仍如昨夜之事。

一句话，痛定思痛，不是一人之痛，一家之痛，一个社会群体之痛，而是整个民族之痛，大而言之，也是人类之痛。

为什么这样说？

我们读这部书，过来人也罢，后来者也罢，读的不是一个普通公民郭源在这个古老国家、这段黑暗年月的遭遇，我们读的是大量来自历史深处的信息。

在一个文明的法治的正常社会里，其监狱中服刑的刑事犯中，有相当一部分是所谓社会渣滓。郭源所写的监狱内外众生相，其中也有这样的渣滓或准渣滓，这一点也不奇怪，社会人群中的个体，因先天的基因、后天的教养，加上社会环境的陶冶，公认的坏人总是占一定比例，不然不成社会；连"伟大、光荣、正确"的中国共产党内，也有层出不穷的典型坏人，由于基数大，那绝对数字也是可观的。而坏人坏到可称渣滓者，固然大量的往往沉淀于基层，但风狂浪大，不免"沉渣泛起"，那些社会的渣滓、人类的渣滓也会浮到上层的。

但郭源笔下，让读者惊异的，却是虽然在受难者中还是中间状态的普通公民居多，却集中了大量可称精英的知识分子。当他头一遭从拘留所押赴北京市第一监狱填表等候分配时，看到身边一位陌生人，填写的就是："陆育臣，四十八岁，北京基督教青年会总干事，美国哥伦比亚大学哲学博士。"这位看来礼貌、和气、憨厚的绅士不知所终。郭源到新生暖气机械厂填表时，又看到一位长者："冼荣熙，年五十九岁，籍贯广东，法国巴黎大学工学院毕业，曾任华侨大学校长，专业：冶金。"冼老分配到技术科。像郭源这样的"教养分子"，跟其他劳改犯一样，是不准互相叙述案情的。但他后来一度调到考勤室干活，到各车间科室走动，逐渐了解了这个"小社会"的构成。厂里三千人大约三分之一是正式判刑的劳改犯，三分之一未判刑故也无刑期的"教养分子"，其中有"右派"也有流氓、小偷，另外三分之一为"就业人员"，包括刑满释放的（其实仍在监管，社会上一有风吹草动就须留宿厂内），还有相当一批人是随傅作义将军起义的旧部，其中有当过团长的张金寿等。右派（已成中国特色的专有名词，故从俗不加引号了）中颇有一些学有专长的人士，应属所谓专家级的，如北京建筑设计院的高工秦泰、马凤阳，都是清华土木工程系出身；造船业专家曾声铮，西南联大毕业后到瑞典深造，1949 年归国参加建设；还有书法家、文字学者康殷，剧评家杜高，电影导演巴鸿，画家江荧，语文教育家韩书田……还有华罗庚弟子、据说是最早从数学领域涉及电子领域的年轻的徐匋等，特别是工程技术方面人才济济。有一次解决重点技术难题后，郭源慨叹说，这里足够办一所工程院校的，其实文科人也够了。

郭源还点到了一些"大学生中的佼佼者"，可惜都已身陷囹圄。仅一个车工车间，就有：清华大学实验室的刘雪麟，在北大 1957 年《广场》小报上发表一篇短文，就进了监狱；反右前清华大学"庶民社"社长徐宝琮，被判十五年徒刑；清华大学马维奇，维吾尔族同胞，当时写了一篇大字报，《还政于民》，照郭源的说法，不过是一厢情愿的乌托邦，却因此划为右派，在厂劳教期间又卷入一桩什么案件，以知情不报的罪名判刑一年，押走了；清华大学的张仁和，因是台湾人，就这个籍贯害了他，反右时节被逼无奈，从诚斋六楼跳楼自杀，可巧临地面时脚挂一下树干，得以不死，以"畏罪自杀"而罪上加罪，被送监狱；北京大学鸣放时的先驱谭天荣，这位号称"黑格尔—恩格斯学派"的创始人，一度也在这里。还有北大的俞贤哲，矿业学院的王家栋，北京工业学院的李永富，以及邮电学院的王迪如等。

郭源无限感慨地说，"这个车间尽是一些有思想的二十多岁左右未毕业的大学生，可谓群英荟萃，却由于独立思考，善良的建议，竟都成了阶下囚，这都是国家的财富啊！"

这样的感慨，不是发自执政者、当国者，而是发自一个同样受到无端迫害的青年知识分子之口，他不是倾诉一己的受压和挨整，郁闷与窒息，而念兹在兹的是知识的贬值，人才的毁灭，远远超越了报国无门的怨艾，上升为有关国家前途、民族命脉的天问。面对着高墙电网内的文化精英，能不叹息黑白混淆、是非颠倒，长期的反智倾向导致如某人夸称的千百倍于焚书坑儒的功业！在中国这样一个幅员居世界前茅、人口占世界五分之一左右的大国来说，20 世纪下半叶中如此的倒行逆施，难道不是人类历史上由文明回返野蛮蒙昧的空前大倒退吗？

这部书结束在 1978 年末这一个历史转折点，郭源的右派问题得以澄清，他从流放地归来。他这样写道他一路上剪不断理还乱的思绪：

一路上，我想了许许多多，我二十五岁划为右派，二十六岁送监狱，而现在年近五十了，虽不是"十五从军征，八十始得归"，但也二十年了。人生有几个二十年呵？早上八九点钟走了，下午五点半才回来，阳光最充足的年华我却在黑夜坟墓间行走，我躲过了魔的利剑，鬼的刀斧，我越过干渴的沙漠，游过咆哮的险滩，二十年。血和泪的二十年，但又是毫无代价的二十年。我的牺牲没有给国家带来任何好处，没有给民族带来任何幸福，而是国家和民族和我一样在水深火热中。我苍老了，国家衰败了。这么大的中国，没有一寸乐土，没有一寸净土，我在窒息，民族在窒息，一个不愿接受的现实，却也得接受。虽然近五十岁了，还是有明天的，明天怎么样？是暴雨转中雨？是阴转多云？能不能阴转晴，我不是气象学家，猜不准，就是气象学家也测不准的。国家向何处去？我是个井中之蛙，更加无法预见。当我被这些思考困扰得方寸已乱时，火车到了北京站。

郭源在这里从个人的角度，实际上也是替几十万同案的受害者，以及千百万因"阶级斗争为纲"而遍体鳞伤、家破人亡的公民，道出一个沉重的判断：我们牺牲了青春、汗血、幸福以至生命，然而这成了一种无谓的牺牲，这一牺牲没有为民族、为子孙带来任何一点福祉。一次次付出巨大代价的灾难，并未换来社会的进步作为补偿。由于人为的阻力，在"文革"后的有利时机，没有形成全民族对历史经验的总结。因此，说不让过去的悲剧重演，或只是无权者的善良愿望，或只是骗人者的空话佟谈。像书中所述的冤假错案等侵犯人权的事故，至今还在以不同规模、不同方式（甚至假手于执法的名义）不断发生。我们不禁要问：这一沉疴痼疾难道还要传给我们的后代吗！

在这种情况下，我们还能做些什么？

也许在我们这些垂垂老矣的人们，郭源所做的，恰也是我们力所能及的，就是把我们的个人记忆记录下来，首先是我们经历的事实，包括目睹与耳闻，有关的人、事，我们了解的前因后果，来龙去脉。"一个人的历史"是抽样，集合起来，那就是一个时代的历史。硬碰硬的事实是顽强的，刀斧都无能为用。以这样的个人记忆和群体记忆中的事实为基石建立的，是死难者的纪念碑，也是历史的证词。

让我们这些过来人，曾经沧海的在场者，还有越来越多理解我们的年轻人，为此做出不懈的努力吧。

是为序。

2010 年 10 月 1 日，于密云

《吴小如先生自书诗》序

我的老相识里，从上世纪40年代至今一直保持联系的，除了各个阶段的同学校友以外，所剩不多几位，其中就有吴小如兄，谊兼师友，可谓少年缔交，"白头到老"了。

翻看小如自书诗页的复印件，忽然想起六十多年前第一次接到他的来信，就为他的几行正楷心折，不是毛笔而是钢笔写的，在今天大概叫"硬笔书法"了吧，但其挺拔秀逸，绝无目下许多硬笔字帖的匠气。那时他代沈从文先生主编一个文学周刊，因我投稿，商量修改，信末署名"编者"。其后见面才知道他就是我从1946年以来经常在平津两地报章上看到的那个"少若"，写了许多的书评、随笔、杂文。当时我们两个人的年龄加在一起不过四十一二岁，这就是他后来诗中说的"初识心惊两少年"吧。

六十多年交往中，我读小如写的书和散篇文章，有了问题随时请益，得到他的点拨，我们之间没有客套，这时候每每想，古训所以说"友直、友谅、友多闻"，良有以也，而我有幸得之。

从另一个角度看，可以说我是小如"看着长大的"，所以我得到他像兄长一般的关注。1961年，他打听到我的消息，寄诗来说："归帆误泊狂涛里，小跌何妨跻大贤"，这个"大贤"两字让我一惊，记得1948年北平围城中，不乏书生气的小如，还跟我谈读经，谈"道"，这属于我在"左"倾后早已告别的另一个话语体系了。十几年后，小如该是告诫我，还是要"忧道不忧贫"吧？

我七十岁那一年，小如的贺诗有云："记否鸡鸣昼晦天，论诗把酒共陶然。书中自有忘忧草，阅历还宜享大年。"这画出了我们在那非常年代里苟安的一景，其实更准确地说，乃是晾在干涸的车辙里两条小鱼的"相濡以沫"，至于这两条据说叫作鲋的鱼，是怎么会掉到这个地方来的，他们自己说不说得清？谁又能说得清？

起初，那条叫吴小如的鱼，还曾经尽量以乐观的口吻，给创伤待复的另一条鱼以安慰和鼓励，他下放密云时，一天下了夜班走在田间路上口占一绝，其中一句"无限春光有限诗"，那条叫邵燕祥的鱼记住了，下乡四清，偶然兴感，顺口把这个成句搬到自己的《采桑子·野望》里。谁知不久一场龙卷风刮来，在批斗会上，这句诗被解读为：叫嚣"春光不受限制，而自己写诗受限制，不自由！"

所有的涸辙之鲋都不出声了。

我在70年代的河南干校，不甘心"相忘于江湖"，还曾写诗《寄京中友人》，"（涂鸦枉借春秋笔，）求友应从生死场"，就是写给小如的，说我们可以算是患难之交了。

虽说是患难之交，其实也只是互通声气，大致知道彼此的处境，都是自顾不暇，谁也帮不了谁。有机会通通信，或见上一面，或唱和几句，这又是即使据说走出涸辙后依然不免的相濡以沫了。小如心重，以致在接到我的打油诗后，答诗虽亦出于谐谑，却还不忘自报家门曰："永夜静思惭一笑，蛇神牛鬼竞诗魔。"

小如近些年来，以七八十岁之身，服侍病妻，支撑门户，但还坚持书写，我说他"晚岁何尝还梦笔"，笔力不减当年，并陆续整理出版多年旧作。他的研究成果，在一定的形势下逐渐获得承认。我从一个读者的视角旁观，他的扎扎实实研究一部作品、一篇诗文以至一句、一字，苦求真义的考据和品鉴，往往并非长篇大论而是短小篇章，在崇尚"以论代史"的八股的时代，遭讥被贬，甚至成为什么地主资产阶级治学方法流毒的"罪证"。然而若干年后的今天，许多已成为常备的教材和必读的参考，不少观点且被视为定论。而曾经煊赫一时为某些作者赢来虚荣与实利的空头高论更不用说大批判，除了个别人外，大概炮制者自己也耻于道及了。

然而，廉颇老矣，小如常有疲乏之叹。这样，我因小他十有一岁，便成了年龄优势。跟他互换角色，我必须对他稍有劝慰。我说他"百岁传薪图续火，一生结果证开花"，肯定他的人生价值，这是实情，并非虚话。我有感于他坎坷的际遇，"是非只为曾遵命，得失终缘太认真"，我也不知道，这样看，够不够称得上同情的理解。不过我由衷地叹惋："可怜芸草书生气，谁惜秋风老病身？"以"域中海外多知己，莫向疏林叹日斜"相劝。小如答说，"又是秋风吹病骨，夕阳何惧近黄昏"，这后一句比朱自清先生的"何须惆怅近黄昏"似显得积极些，但我想，这应是小如在衰飒的心情中横下心来自勉的豪语吧。我却一时受到他的鼓舞，写道："已向花间留晚照，更从秋后觅阳春。一天好景君须记，依依正是近黄昏。"这也不是矫情，不过只有进入"近黄昏"阶段的老年人，也许会偶有这样的感发。但，小如终于不堪重负，跌跤中风，从此手不能书，一生执笔而被迫不得不放下手中的笔，再加上相依半个多世纪的老伴去世，设身处地，真是情何以堪。劝慰其实也真是无从劝慰，不知说什么才有用了。

小如兄自书诗稿即将付梓，嘱我作序。他的诗和书法，皆我所爱，但我于诗于书迄未入门，自知浅陋，不敢多所置喙。爰记交谊，略抒感慨。

老实说，我原先对肖君有些抱怨的情绪，认为他不该在2008年"坚嘱"小如抄自家诗，"且须尽五十纸"，小如在炎炎长夏努力完成了这项作业。但从现在的成果看，这也终于抢在小如手残之前，为中国现代文化"催成"了一件诗书交融的艺术品，值得珍藏的纪念品，也许差堪告慰吧——不过，这样说，是不是有点残酷呢？

寅年残腊，2011 年元月 20 日

读董鲁安先生诗

——《董鲁安先生诗》代序

董鲁安先生（1896—1953）生于 19 世纪末，主要活动年代在 20 世纪上半叶。这部诗集所据为其手录的《温巽堂诗》，起于民国四年（1915）十九岁，讫于民国三十四年（1945）四十九岁①，加上集外诗，也仅到 1948 年为止。后来就不见他有诗了。

董鲁安手录诗稿，别为《甲子草》《问津草》《沭东草》三辑，后者包括 1942 年到解放区后所作，这部分后曾扩充为《游击草》单独问世，现合为全璧。

我在上世纪 80 年代拜读过由北京三联书店印行的《游击草》，一时惊叹击节。由于当时除毛泽东作品外，以传统诗词表现当代生活和思想感情的作品甚少力作公开发表，而董诗写其在日寇进犯晋察冀边区时，随"反扫荡"的军民辗转山野，不但所尝艰辛，崎岖竭蹶，仿佛日记细账，历历如绘，而且作者胸襟，同仇敌忾，喜怒忧惧，肝胆照人。他的诗艺，词采气格，在解放区老一代诗词作者中，唯延安十老中的钱来苏先生堪与比并。当然，十老皆能诗，但除钱来苏外，多是职业革命家，诗词乃为余事。故十老中的董必武称道说，"身经游击歌成草，古体诗坛得主盟"，不是虚语。

董鲁安的少作，距今已近百年。对于一般读者，我建议不必拘泥于编年的次序，不妨从抗日战争中的《游击草》读起，虽也六七

---

① 按中国民间传统算法（所谓虚岁），则这里说的十九岁至四十九岁，即应为二十岁至五十岁。

十年了，毕竟离我们稍近一些。这是一个投笔从戎者的亲历和见闻，不仅反映了敌后"反扫荡"斗争生活的艰苦，更写出了诗人的家国情怀，从一个过去"藤阴帘影转廊迟，小院无人月上时"情境中人的眼里，故国山河，由于风雪载途，日夜奔波，饥渴颠踬，似乎其"太行人面起"的高峻壮丽，已化作穷山恶水的峥嵘嵯峨，同样的情景，似乎只存在于杜甫北征和入川的路上。落在作者当时笔下，则是出死入生，惊奇、坚忍、爱与恨激情的沉淀，不意间成为以诗纪史的一例。读这一部分作品，我们比较容易进入诗中的氛围，如临其境。然后再来读作者以前的诗作，则有如听一位新交的朋友叙述他过往的身世，便觉亲切得多了。

作者在前往晋察冀边区之前，在北平燕京大学执教，属于书斋中的学者。他从小就浸淫书史，最钟情左荀庄骚、史迁鲍谢、《文心雕龙》，曾有《夜读十首》写其心得。他写诗叶韵合律，中规中矩，书卷气十足，对一般读者来说，本来已因文言（古汉语的书面语）辞藻而产生语言障碍，加上作者习用典故，更增添了拦路虎。有些诗有本事，无笺注很难看懂。例如《古意二首·其一》有云，"人岂畏多言，俗今崇寂寥。多谢金闺彦，其音徒哓哓。"若非下有诗人自注，"段祺瑞组执政府，章孤桐（按即章士钊）氏为谋主，近于《甲寅》杂志屡著政论"，不熟知当时背景的人，光读诗，谁能知道说的是什么呢？

再如《五月六日书感》：

霓旌翠盖委烟尘，东遁仓皇意不伸。一代枭魁天夺魄，中朝魑魅夜潜身。戴头纵复行千里，销骨何曾快兆民。见说炎旸逼宿雨，黄姑破梦恨难论。

从前后诗排查，知此诗写于民国十七年即 1928 年，再查旧历五月初六，原是阳历 6 月 4 日，这一天，张作霖乘专列在沈阳皇姑屯附近被炸身死。①此诗倘在当时，人们大约一眼看透所"感"何事，但时过境迁，这样要求于史学研究者以外的读者，就过于苛刻了。

由这样的体验，可知原诗集手稿前的郭家声氏《题辞》，在评价吴梅村诗时不同意赵翼之说，而提倡"借古题隐今事"，避免"记事明显"，认为"诗教本应如是"，云云，实在不免胶柱鼓瑟。吴梅村以至吴梅村之前，许多借古题隐今事之作，盖多出于不得已，与古谣谚中的谐隐发展为诗艺中的一品，情况相似；吞吞吐吐，委婉借譬，不过是为避忌时讳，或所谓"奴隶的语言"。而郭氏《题辞》中称道董鲁安时说"五七古均有佳境"是对的，说"藏过本事，借古题写之，极为得法"，则至少对今天的读者和作者，恐怕就是误导了。

其实，通观董诗，如最长的一首《清明前二日扫墓归作》，七古一韵到底，歌哭随心，自叙明畅。许多古题之作也并不隐晦。郭氏所夸，多半是指卷首的《代行路难十八首》，我承认我就如雾里看花，但觉朦胧，不知其意旨。甚至估计今天能够为之作"郑笺"的人，怕一时也很难找到了。

中国的传统诗歌，受到周以来史官文化的影响，至深且钜。充溢于传统诗作中的兴亡之感，不绝如缕。即使个人身家的感伤，往往也离不开王朝的盛衰隆替、铜驼兔麦与百姓的流离道路、辗转沟壑，二者又互相纠结，所谓"兴，百姓苦；亡，百姓苦"是也。董鲁安在序文中说他"生丁不辰，幼罹丧乱，庚子辛亥，家变日张，先君出边，氏籍中落"，其中就说到庚子即 1900 年八国联军入犯京

---

① 张作霖的遇害，长期以来被认定为日本所为。近期则有人经研究披露，此事实为当时苏联所策划。尚无定论。

城之役，他父亲随慈禧太后、光绪皇帝败走西安期间，因故被革职发配伊犁（后赦还），这对他这一满族官宦之家，自是一大打击；而请注意，序文中将"辛亥（革命）"同庚子之变并列，则是因为这一起初以"驱除鞑虏"相号召的革命，对于他家以至千百万满族人家，势必亦是颠覆性的变故。作为随着以边疆少数民族入主中原的满族统治权坠落而来的生存环境的变异，受到汉文化及其传统诗歌中兴亡叙事的感应，一位少年诗人笔写沧桑，这使我们不免会想起纳兰性德《饮水词》、曹雪芹《红楼梦》，枯荣兴废虽具体有异，空色之感则是相通的。

写《代行路难十八首》两年后的民国六年即1917年，董鲁安过卢沟桥有诗，他在这里一方面缅怀了康熙金川大捷的盛事，同时也对义和团案引发联军入侵深感遗憾。这一年张勋辫子军入京搞复辟时，他在东北，随后在《乱定返京听家人说复辟政变》，则表现出理性的认知："夺门此日真非计，借箸前筹可有人。鸡塞归来灯下语，忍从兵火说吾民。"这里的"吾民"当然指的是满汉两族。

董诗最初十年题为《甲子草》，甲子即此辑编讫的民国十三年（1924）。这一年之前的诗作，虽还偶有清明节写的"前王迹已扫，劫灰那可识"（《闲居十首·其三》），但目光已转向军阀混战给平民造成的疾苦："妇子歇灶厨，丁壮弃室逃，驼背余田父，龋龊同囚牢。民情恋故丘，孰令亡其曹。"（同上·其四）"龙战方无极，亲交各一天。时危须士节，谷贱虑丰年。河洛风云合，滦榆壁垒坚。空阶鸣蟋蟀，昔昔咽鹍弦。"（《病中不寐起坐成吟二首·其二》）；而看权力者一方，则是"城中车马客，倾势互经过……行厨鹅炙熟，精鲙槎头罗。按舞未辞频，甘醲不厌多。安问世局变，风波定如何。"（《闲居十首·其九》）"蚁穴弹冠庆，象阙操戈阅。揣摩坛坫谟，捭阖庙堂绩。颠倒是非能，顾盼亏成析。"（《门前车马过》）宦

308

情如此，国事谁托？在《送春绝句》中更借用黄晦闻（节）师的成句"国事于今尽可哀"，乃有不能已于言者，一句抵得千百句。他在《生日赋呈顺德黄晦闻师》中"回忆五四，犹隔尘梦"："惜昔初阳岁，匹夫赴国难。时危人自振，披发趋缨冠"，但投鼠伤器，从兹铩羽云云，此中当隐有本事，只可诉诸业师。然而旧事重提，自是于时势之下，怦然有动于心，随后一辑命名"问津"，殆亦寻路之谓欤？

董鲁安《中央公园杂咏·社稷坛》："天眷舍有清，社稷宁无托。巍巍五色坛，可怜蹂万脚。"他对前清的覆亡，归之于天命，从而早已认同了"五族共和"的民国。五四运动的参与，正是他出于维护民国利权的一个实际行动。到了上世纪20—30年代之交，日本军国主义铁蹄已经深入禹域神州，我们看到紧接着《五月六日有感》那首关于张作霖被刺的时感诗后，就是一首古题《代陇头水》，这个"借古题隐今事"却具有反映现实的穿透力，一点也不隐晦了：

> 陇头断已久，盼春无复春。空让陇头水，蜿蜒直到秦。健儿战鬼小，玉门碧血新。我身苦鞭扑，吾族尽儽民。禾黍给秣马，妻女随侍人。昨语犹汉耳，今听鼓夷唇。何时李轻车，收取拯沉沦。

此诗写于民国十八年即1929年3月6日作《哭殇女弗元》一诗之前，可能是九一八事变前最早的抗日诗作之一吧。而紧接着写的《代黄河曲·本辞》二首，均以"莫嫌浊流浊，莫忘我祖国"作结，则是先《黄河大合唱》十年的黄河之歌了。从政治诗的角度看，这是董鲁安作为爱国者——爱国诗人的宣言。

写于1932年初的《壬申元旦赋呈阆仙先生二首》，只是一般的贺岁诗，却为我们提供了一件并非全无意义的史料，诗云："萧条除夜了，寂寂曙光开"，除夜而云萧条，破晓而云寂寂，诗人夹注说："除夕竟夜无爆竹声"，为什么？因为几个月前发生了九一八事变！旧历除夕（也就是春节）而满城听不到爆竹声，若非全民有沉哀，是不可想象的。于此可见中国的民心。

董鲁安在《四十生朝》（应为1936年虚龄四十或1937年实足四十所写）中，加注说"予生丙申，当中日甲午战役后"，诗的前四句说："试啼忧患已分明，四十年前堕地声。烽火崇朝连海国，莺花三月满郊城。"而四十年后《代吁嗟篇》写明"二十六年作"，当是七七事变之后，目睹了日军在城内横行。诗中写出了作为一个民间知识分子的痛心与焦虑："登山山路长，济川川无梁。无梁犹可厉，嶻嶭愁人肠。如何满市街，任彼狂犬狂。狂犬毙有时，斯人不可支。进退若为计，将谁拯度之。吁嗟勿复陈，苦辛愁杀人。"《岁暮吟》结尾云："徒歌百里见空城，看惯鱼龙曼衍舞。崩奔万里茹在胸，何地堪容洒泪雨。"洒泪无地，真是痛极之语。民国廿八年即1939年初，友人顾随（羡季）家乡清河县逃难来京的乡人，说起乱中有兄弟分散各不知处者，为此，董鲁安写了两首诗和顾随原韵，其二云：

兵火田园里，怜君弟与兄。镶枪宇冀野，夷马跃春城。慷慨楚三户，啸歌鲁两生。清漳千古水，呜咽不胜情。

这个"夷马跃春城"，使人不禁想起杜甫的"国破山河在，城春草木深"，而手无寸铁的读书人，抗敌的信心还是来自历史上"楚虽三户，亡秦必楚"的故典。此时董鲁安执教于司徒雷登任校长的燕京大学，住在燕园。借美国与日本间的非战争状态，暂得一枝之栖。但1941年12月8日日本偷袭珠珠港，太平洋战起，日本

310

人控制燕园，将司徒雷登送往英美战俘营。此时此刻，董鲁安做出了一个重大选择，即于1942年夏进入中共领导的晋察冀边区，经清苑（按即保定）、满城、完（县）唐（县）涞（水县）易（县）至平山涡口川上苔儿里村，写下他到敌后抗日根据地的第一首诗《初就舍馆》，后来写就的《游击草》，为他的诗作开了新页，也为当代诗词的写作拓展一片新土。这些就不须多做阐释了。

附带说一句，中国传统诗歌，曾概括其艺术手法为"赋""比""兴"，一般说来，古体歌行，长短不拘，比较自由，便于叙事（当然不排除议论和抒情），往往以"赋"为之，敷陈其事。而字数有限、格律严谨的近体五七言律诗，则更多利用"比""兴"（虽然也不妨直白），短小的绝句（五言二十个字，七言二十八个字），不以叙事胜，其佳作更尚空灵。反过来看，长篇古风，若非像李贺那样的高手，偏取空灵，难免堕入魔障。而无论古近体，长短篇什，历史上都有以文为诗的，则瑕瑜互见，端看作手的手段和其文其议论是否警策，不可一概而论了。

董鲁安先生的诗，所存三十年间之作，其少作大部经过筛选，所以开卷即可见出手不凡。他自述作诗经过，是"偶好吟哦，聊安寂寞。天风海雨之句，永夜忧生之嗟，比之时鸟候虫，乍鸣乍已，率情适性，难相抑遏"，这是符合诗歌生成的规律的，并非听命于人，更非勉强凑泊，全是诗心的自然流露。不过由于所受诗教和生活阅历的关系，最初更多是学人之诗，后来渐多诗人之诗。两者的轸域如何划分，倒是有赖读者捉摸，存乎一心了。

以上只是我的读后感，知无不言，不知者也不鲜妄猜臆度，写出来跟大家一起商量。

2011年8月26日，于密云

为徐汝芳编《杜鹃集》作序

徐汝芳先生是我只见过一面的新朋友。他所编这一部似乎可以叫作新启蒙读物的书，有一半作者我曾有过从，亲聆过他们的谠论；还有一半是不曾结识的学者哲人，也多读过他们的著作或言论，为我所钦仰，我自认为，他们对我都是有"传道""解惑"之恩谊的。

要说"惑"，是有时代性的问题。胡绳先生早在上世纪30年代，弱冠之年就成为左翼社会科学战线上的骁将之一，但到晚年他总结自己的一生，却遗憾地说，"四十而惑（大家自然都知道孔子所树"四十而不惑"的标准）"。至于我，是在胡绳先生他们那一代的理论阐述下长大的，"文革"以后，在政治层面上才痛感"难得明白"——比胡绳先生还老还权威的人士，不是也说他们并没弄清什么叫"修正主义"什么叫"社会主义"吗?!

我和像我一样的一两代人，遇到一个文化上"单打一"的时代，耳目闭塞，营养不良。没有比较也就没有鉴别，没有选择，而以领导人的思想为思想，以教科书的答案为答案，不许越雷池一步。久而久之，思想僵化，甚至逐渐丧失了思维能力。所谓自己的头脑长在别人的脖子上，也就是迷信或盲从了吧。

后"文革"时期，首先是上世纪80年代，虽然时发倒春寒，但毕竟春雷阵阵，借助于思想文化上相对开放的时机，我们在"读书无禁区"的口号下，接触到过去不曾接触的一些新的思想文化成果，乃至新的思维方式。到90年代，历史的反思转入深层，对社会现状和未来道路的探讨，出现多元的格局。时时处处呼唤我们深长思之，不是为了表态，而是做出自己的结论。徐汝芳先生编的这一文选，据他的序言和目录，是以 90 年代以来面世的篇章为主的，各家之文也是各抒己见，不求定于一是。对于此书选目，可能正式出版前，编选者还要跟出版者和各位作者商量定夺，我不能赞一词，但我以为这些作者的文章，没有"瞒和骗"，没有"假大空"，也没有赶时髦，都是严肃的独立思考深思熟虑之所得，即使你不能全盘接受其观点，也会从中得到启发，使思考更加深入。

徐汝芳先生嘱序于我，我乐于遵嘱，盖以为这是一本有益的书，应该有更多的读者读到这些篇章。关于书的内容，配得上"博大精深"四个字，同时又明白晓畅，没有故作艰深的文风。我愿把我为其中五位写的诗附在后面，或悼亡，或祝寿，总之都是致敬；不避妄攀知己之嫌，让没有机会同他们见面的读者，或能透过我的诗句，看到他们人格的光辉，从而在读他们的文章时，更感亲切。（附诗从略）

2011 年 9 月 11 日

回忆他，读他，认识他

——《史铁生和我们》丛书首卷代序

聋子的耳朵是摆设，即使戴着助听器，聋子本人也多半是个摆设。刚才陈雷先生他们发言，我戴着助听器，实际上也只能说是听了一句顶一万句，所以我今天在这儿只能是"单向交流"，没法倾听大家的高见了。我知道所谓编委，挂名不干事，不好意思，但是这次建一跟我一提，让我参加这个编委会，我马上就欣然同意了。为什么？友情出演吗？我跟史铁生没有什么个人交往，见过，可能握过一两次手，如此而已。可他在我心里占了很大一个位置。我们不属于同一代人，可从他一开始进入文学圈子，我这个读者就对他感兴趣。我不知道算不算他的处女作，就是《我的遥远的清平湾》。

80 年代，的确是一个文学盛宴的年代。各种娱乐啦，理财啦，比较少，大家的眼睛都盯着文学，一篇好作品出来，真是一纸风行。《我的遥远的清平湾》，一种扑面而来的清新之感，一股清新的风。它不是写知青的英雄主义那种宏大叙事，甚至有点淡淡的忧伤。也许这就是我们经常受到批评的"小资产阶级情调"。他这不是怀旧，他是一种真的，对那块土地，对那块土地上的劳动者和他的同伴们的一种感情。在这之后，知道这个名字了，很快就出来了他的《午餐半小时》，而且很快就挨批了。（邵按：经指出，"午餐"在前，"清平湾"在后，是我误记了。）

尽管挨批了，我还是喜欢《午餐半小时》，因为它是一种带着泪的控诉，但不是大喊大叫，甚至有一点近于苦笑的幽默。但是最主要的写出了我们铁生在街道工厂的时候，那些一块干活的大婶、大姐、大嫂，她们当时的生存状态、心理状态，非常感动人。后来这篇小说挨批了，一棍子打下来，他不再写这种直接讽刺现实的东西。但是在那个时期，这个《午餐半小时》至少给我留下非常深的印象，你说它带着契诃夫的味道，或者莫泊桑的味道都无不可。对史铁生这篇挨过批的少作，究竟该怎么评价，就要请教评论家了。

我的老伴在中央台，1987年他们创办了一个节目叫《午间半小时》，是个杂志型的板块，我说你们是不是从史铁生《午餐半小时》得到了灵感，她没直接回答我这个问题。总之，那时候我们见到史铁生的作品就要读，我这里说的完全是些感性的记忆。

再后来就读了他的《我与地坛》。而且我记得，因为我过去很少到地坛去，我东城、西城甚至南城跑得多，北城不大去，看了他这篇文章以后还特地跑了一趟地坛。大概因为作者记忆和现实本来已有时间差，等我这个读者到那儿去，地坛景物依旧，可没有他文章里的那个氛围了。因为我不是铁生。我想，铁生后来再到地坛，他还能找到"史铁生的地坛"，而我们就不一定找得到，我们只能从史铁生的《我与地坛》当中去感觉史铁生的感觉。

还有一篇铁生的散文，我印象很深。好像不是专门写这件事，提到他小时候跟老作家梅娘做邻居，他的一些感受。提到梅娘对他从事文学写作也有重要的启发。梅娘老人现在九十多岁了，六七十年前，我大概十岁以后，小学三四年级到五六年级在沦陷区的北平，从杂志上就读到她的小说，最后一篇是1945年她写的《夜合花开》，我从而知道有一种花朝开夜合，夜合花开，寓意是天亮了。她的小说好读的，不难读。说是"南张北梅"，南张（爱玲）我当时没读过，但是梅娘我从小就知道。后来还陆续听到梅娘的消息，1949 年以后她到美术出版社编连环画的文字，又到农影厂。她曾经长期顶着汉奸的恶名，但是从我们的角度来说也有点翻脸不认人；梅娘的丈夫柳龙光的确担任过伪职，但是大约在抗日战争后期就已经跟中共接上关系了。所以"八一五"以后中共北方局城工部刘仁派他带着中共的策反任务到台湾去。我想，梅娘对她丈夫的公开身份当然是知道的，至于去为中共做策反工作，我不知道她丈夫会不会像共产党许多铁杆地下党员那样向家人亲属严格保密。1949 年这位不到三十岁的柳龙光从台湾返回大陆时遭遇海难。梅娘带着孩子回到北京，然后就背着一个政治历史的包袱经历了各次政治运动。"文革"后，我看到一些关于她的报道，看到她曾经跟遇罗克家，跟史铁生家都住过邻居，遇罗克、史铁生小时候就都去过梅娘的家，接触过这位慈和的长者，梅娘的影响进入了他们青少年时期的精神世界，这样就与我的早年记忆连接起来了。

到《我与地坛》为止，我对史铁生作为一个作家，作为一个曾经的知青，作为一个伤病员的印象，就基本上形成了。他后来包括《务虚笔记》等一系列的作品，我在这里坦白，我没有认真地读过，因为要读的东西可能也太多了。而我这个人是一个坐不住的人，我也像许多读者那样，更关心大家所说的表层的东西，就是一般的社会现象、社会生活，始终没有进入史铁生对人的生命，精神现象，还有终极关怀的深度思考。所以我觉得我们成立这个研究的组织，办这样的专刊，出版有关研究铁生的书，十分必要。铁生，特别是后期铁生，并不是属于文坛上走红的，特别当红的那个圈子。但他是这样一个人，非常值得我们重视的作家，实际上整个的文坛——狗屁文人、马屁文人不算，真正的文坛对铁生都是怀着善意的，甚至崇敬的心情。

在这个情况下，对一般读者，包括像我这样的对铁生没有全面的深层次理解的读者，应该做这个工作，就是说有助于提升我们对铁生的理解。而从更专业一点的角度来说，就应当更加强对于铁生及其作品的体悟和理解。铁生虽然从二十一岁起就陷入不幸的遭遇，但我相信他自己绝不期望大家对他的不幸采取怜悯的态度，绝对不是这样的。他是一个坚强的人，而且由于他的处境，使得他有可能塌下心来，从很多的角度，或者说多元文化的角度来汲取思想资料、精神力量，来探索关于生命的重大命题。他在这方面所达到的深度，很可能是我们当代很多搞文学工作，更不要说一般文字工作的人所没有能够达到的，甚至有相当远的距离。我看到有一些哲理散文，甚至于哲学工作者写的文章，都赶不上史铁生，史铁生做形而上的思考，是有他自己血肉的体悟来支撑的。

我们都是尊敬铁生，热爱铁生的，也是力图维护他的人。但是我以为我们不要走到一个误区去，就是说听不得对史铁生的批评。我们很多研究会也好，什么什么也好，变成好像某些名人家属似的，就是说只许说好话，不许说一个不字。其实，到现在为止我没有看到在公开发表的报刊上，有对史铁生哪怕是有一点点批评性质的文字，没有。但我觉得文化工作者这么多，未必就没有一点不同的看法。记得巴金的《随想录》出书不久，似乎是四川的一位青年作者写文章批评，说巴金散文的文字不行，《随想录》不该过度推崇（大意如此）。我当时特别简单化，马上写了《为巴金一辩》，等于把这个批评堵回去了。现在我有些后悔。有不同意见，无论是对作品的思想或艺术，以至语言表达，这样才正常。完全应该让各样的看法充分自由地发表出来。

我觉得我们对铁生不要这样，有不同的意见，包括挑毛病什么的，都属于研究，我们都应该能够容纳。我看到一个材料挺好的，没有把铁生写成凡事中规中矩的模范，举出一个例子，就是铁生也有那样一个阶段，由于生病脾气很暴，在家里发脾气，我觉得这都是人之常情，完全可以理解的。从其人其文的实际出发，没有搞完美化、理想化的必要。这样我们写出来的文章，我们做的研究才有说服力，能够使人信服。

还有一点我以为要特别注意，我们要区别于某些大家名家的研讨会，别做那种过度阐释。评论家、批评家对一个作家，通过他作品对他的理解，有时可能超过作者自己的自觉，这种情况是有的；有时作品会形象大于思想，作者对潜在的思想意义没有意识到，评论家给他揭示出来，这是好的。

但是真理不能往前多走一步，千万不要过度阐释，阐释出作家根本没有的思想。这个情况，我刚才说的是对一些大家名家的评论，这个属于拔高的性质。还有一种情况更普遍，就是我们对于语文课的课文解释，这个我有亲身体会。一篇选入语文课本的课文，有时候很简单的课文，却把主题思想啦，要说明的问题啦，三条四条，弄复杂化了。我有几首小诗选进一种课本，我很感谢，但一看教辅材料上语文老师写的分析，好几条都是我没想到的。过去的诗话、词话里有四个字，"过于求深"，就是这么个意思，没那么多事。结果客观上还加重了小孩的负担，加深了小孩对于课文和课文作者的反感。铁生的文章自然也有选入课本的，我不知道对这些作品的阐释有没有这种情况。总之，我们实事求是地对待作品，既是尊重读者，也是保护作者。

我想，研究要深层次的、浅层次的并举，深层次不必说了，浅层次的就是对一般读者做些"普及史铁生"的工作。有些读者对史铁生还没有很深的了解，也要尊重他们，让他们从我们的评介中对铁生感到亲切，愿意去找他的书读，进一步认识他。

我就说这些，谢谢。

（本篇是 2011 年 10 月 11 日在《史铁生和
我们》丛书编委会首次会议上的发言）

赵武平《人如其读》序

赵武平先生嘱我为序，我接到他来信时，正好在读林贤治先生的《中国散文五十年》，而且正好读到第三十页所引鲁迅的话：

> 鲁迅在一篇文章里说到散文时说，"用秕谷来养青年，是绝不会壮大的，将来的成就，且要更渺小"；结束呼吁道："甘为泥土的作者和译者的奋斗，是已经到了万不可缓的时候了，这就是竭力运输些切实的精神的粮食，放在青年们的周围，一面将那些聋哑的制造者送回黑洞和朱门里面去。"

这里说到作者的同时，还说到了译者。鲁迅在可诅咒的地方，可诅咒的时代，呼唤砸破黑暗的铁屋，睁开眼睛看世界。他赞美"盗天火"的人，自己也参与进去，甚至说过用天火煮自己的肉一类的话。他对把外国有价值的书翻译为中文，而且不限于文学作品，是寄予殷切期望的。

正是鲁迅那一代人，从20世纪初特别是"五四"运动前后，积极地"拿来"国外的先进文化，还有继起的一两代人，包括"巴金那派翻译家"，才使得像我这样的30年代生人，能够受到与父辈不同的新式教育，从教室里的课文、课外的读物以至音乐、美术各方面，得沐所谓欧风美雨，也听到当时称为弱小民族的呻吟和呐喊。

我平生的重大遗憾之一，是没有学好任何一种外文，以直接阅读外文原著汲取营养。作为一个幼小就爱好文学的偏科学生，从安徒生童话和梁启超译的《十五小豪杰》，到十八九世纪各国文学的经典作品，都是借助于当时译者的文笔才能大开眼界的。尽管现在不少翻译界的后起之秀，指出早期译者由于转译和外文程度等原因，不免有许多误译，不能尽如人意，以致不得不由新的较好的译本取代，但我对不少已被淘汰的译本的译者，仍然怀着感恩之心。毕竟是他们在我精神饥渴的少年时代，让我看到了外面的世界，甚至也看到"黑暗王国的一线光明"。何况我知道当时的翻译家们，往往是在穷困潦倒的处境孜孜不倦地工作，即使有人直接的目的是拿译稿换一饭之资，他们也绝不同于今天盗窃前人译笔招摇撞骗的驵侩之流啊！

除了翻译以外，许多翻译家同时是外国文学、外国文化的研究家，并且写得一手优美的散文。其中也透露了翻译的甘苦。然而就我近年所见，似乎除了杨宪益、高莽偶然提到以外，只有周克希写的书把译者的劳动说得引人入胜。我是很希望多看一些这样的随笔的，正如当年为巴乌斯托夫斯基的《金蔷薇》所倾倒，就是因为他诗意地描绘了文学家艺术家的创造性劳动一样。

现在赵武平的这本人文随笔，我一口气看了。正是我期待的一种。他自己译书，又从事译文的编辑出版工作有年，并为此而在国内外奔波，连走访带淘书，日积月累，在写书人书事的时候，特别是涉及翻译家、外国书和外国作家，不须做文抄公，第一手信息多得是，信手拈来。像捷克流亡作家昆德拉，在巴黎左岸一条小巷中深居简出，人称"隐士"，武平却登其堂入其室，为之勾勒了一幅素描。又如日本的村上春树，人们熟悉他的《挪威的森林》，却不一定明白他何以决绝地表示不来中国的隐衷，武平却以他对村上非小说作品的熟知，从他的旅行笔记破解了这个秘密，且直言不讳地揭示出来。

书中对一些前辈文人、外国作家佚闻趣事的回忆和记述，还有写访书、得书以至失书一类"书话"，都写得隽永有味。但作者好像不安于此，他尤其有意无意地要突破多年来悄悄形成的"书话"一类文字的规范，追求"书话的别样写法"。因此，在他笔下，不但有了指摘译品的《救鱼免溺》《告诉世界的方式》——在后一文中提出译者属于"传媒"的范畴："译者如记者，是'传媒'的一种，拥有的权利是如实传播真相，译文或者报道中不该有传媒的'私货'。"——还有了如《人如其读》《解药》《从孔子到斯诺的暗示》《寓言的悲剧》这样"吱吱喳喳发议论"之作，婉而多讽，完全可以选入"年度杂文"中去了。

大约1936年，何其芳以唯美的散文集《画梦录》获天津《大公报》文艺奖后，曾说，"从此我要吱吱喳喳发议论"，因为日本入侵之势日亟，抗日救亡成了全国的主题，不宜再耽于空灵和缥缈、闲适与缠绵了。我也是惯于街谈巷议的，并非书斋中人，吱吱喳喳话已嫌多，就此打住。

2012年清明

名校名教授是怎样被"思想改造"的

——为陈徒手《故国人民有所思》作序

没有真相就没有历史。这本书在上世纪 50 年代初至 60 年代中（即所谓无产阶级文化大革命发动之前）的历史背景下，写了九位①有代表性的全国一流教授、学者、专家的生存处境。其中除任职北京农业大学的蔡旭和北京师范大学的陈垣两先生外，冯定、王瑶、傅鹰、贺麟、马寅初、汤用彤、冯友兰几位先生都是北京大学这个"天子脚下"的台风眼里人。按照毛泽东的习惯说法，他们都是"头面人物"，故他们的经历有相当的代表性。尤其难得的是，虽然事隔五六十年，却非道听途说，乃是根据当时官方材料的记录。姑不论对相关情况的表述（包括当事人的一句玩笑半句牢骚）因来自巨细无遗的层层报告，而是否或有失真之处；至少其中对人、对事的判断、定性以及处理意见等等，的确见出各级党委当时当地的真实立场和态度。由此复原的旧日景观，便不同于"往事如烟""流年碎影"一类个人记忆，而具有了历史化石的意味。史贵存真，这是我们可以据以回顾那一段岁月，并从中得出相对接近真相的认知的前提。

没有细节就没有历史。各个年龄段的读者，多半知道在 20 世纪后半叶，中国大陆普遍流行"知识分子改造"一说，但具体的经过，怎样从各高校发轫，往往就不得其详了。我们一般的小知识分子，当时不在高校的，也只是在 1952 年前后一段时间里，从《人民

---

① 陈徒手在书稿出版前又增写了俞平伯、周培源先生，故全书涉及十一位老师。此序写于著者增写前，只提到九位，这里就不随之改动了。

日报》上不断读到全国有影响的知名教授、学者、专家或长或短的自我批判自我贬损，就他们与帝国主义特别是美国的关系和各人的资产阶级学术思想，承认前半生走的是错误道路，表示今后要服从共产党领导，彻底改造思想云云。那是在建立新的全国政权之初，伴随着三大运动（抗美援朝、土地改革、镇压反革命），借助于朝鲜战争和随后国内针对资产阶级的三反五反运动大张旗鼓之势，首先在国家机关和高等院校发起以清理组织为目的的"忠诚老实学习"，对人们的家庭出身、阶级成分、社会政治关系，以及个人和亲友的经历和政治面貌进行了一次普查，记录在案；与此同时，把知识分子改造问题提上议事日程。在高校，是在校党委或加上工作队领导下，经过"左、中、右"排队，选出重点，发动学生向重点人物提问，形成围攻，要求他们在小会大会上反复检讨交代，最后始得在群众大会上"过关"，甚至还不得过关。当时使用了从延安带来的政治熟语，如"脱裤子、割尾巴"之类，这叫"洗热水澡"，非重点人物也要"洗温水澡"，总之，必欲达到毛泽东在整风报告中说的打掉知识分子架子，也就是大大伤害了这些人的自尊心而后已。

然后大范围的全国性高校院系调整，既是对苏联教育体制"一边倒"的照搬，也是对原有高教系统的大拆大卸，以体现改天换地的革命性，如将某些课程、某些系别指为资产阶级性质加以取缔，独尊"一声炮响"送来的"马克思列宁主义"；同时也是对教学人员的又一次排队和筛选。

院系经过调整，各类教学人员，特别是大大折腾了一番的高级知识分子，此时喘息甫定，可以趁着国民经济恢复和基本好转，即将开始五年计划建设的大好形势，而安下心来，好好从事教学和研究了吧？

否。1953 年至 1954 年，这是中国当代史上一道坎儿。国际国

324

内形势中某些因素激发了毛泽东终止新民主主义进程、开始向社会主义过渡的灵感。在意识形态领域高调提出向资产阶级唯心主义斗争，从那时起，"（资产阶级）唯心论"成为教育界、学术界以至整个知识界最流行的一项思想政治帽子，尽管还算是比较小、比较轻的帽子。于是，上有不断革命论思维定势的倡导，下有各类积极分子高举"改造"大旗对知识分子首先是高级知识分子的歧视和蔑视，打击和追击，高校校园从此无宁日矣。

这本以大量细节组成的书，其叙事大体上就从这时开始。不管是叫"思想运动""思想斗争"，还是"思想批判"，总之是以知识分子为靶子，而最后经过反右派斗争、社会主义教育（四清）运动，通往封建法西斯主义的"文化革命"。

大家不要以为"右派分子"这类恶名是1957年反右派斗争以后才用作政治分类标签的。其实早在数年前党内就已在进行政治态度摸底排队时习以为常。1953年北京高校党委统战部半年工作计划中，涉及高校内民主党派工作时，就有"帮助一部分右派分子如冯友兰等检讨批判，帮助我党团结改造他们"。不过，冯友兰后来长期定位为"力争表现进步的中右分子"，在打击面大大的反右派斗争中，也没戴右派分子的帽子。据说，五六十年代北大教授中的中右分子和"没有戴帽子的右派分子"，约占全体教授的三分之一强；而1959年教育部明确规定"政治态度划为中右的，或虽划为中中，但表现一般或倾向落后的教师，一般地不考虑提升职务"。不过，这里涉的几位教授，都是1949年前"旧社会过来的""旧教授"，有的且是一级，不待提升了。

不过，这些规定、布置、执行都是暗箱作业，从不告诉当事人的。在既定政策下，具体由学校党委掌控，各系总支、支部的党团员操作。在这些忠诚于党的事业的年轻的积极分子眼中，所有被称为旧教授的人，都是一脑子资产阶级思想，是革命改造的对象；甚至是"知识骗子"，一无所长，一无可用，混饭吃的货色。1954年高教部、教育部到北大检查统战工作，北大党委有人这样说道他们的党外校长："马寅初过去是研究资产阶级经济学的，真才实学究竟如何，目前北大尚摸不清。"校一级决策层是这样认识，经济系党组织认定马校长是牢固站在资产阶级立场，而"知识少得可怜"的人，也就毫不奇怪。高龄的马寅初陪同新任校党委书记陆平到十三陵水库，高一脚低一脚来看望大家时，有的学生感动，喊了一句"向马老致敬，做马老的好学生"，竟被人当作异动上报。学生越是欢迎谁，越是帮老师的倒忙，例如有的学生私下说，能学到某某教授学问的十分之一就好了，虽不无夸张，但总是好学的表现吧，这却成了老师引学生走"白专道路"，与党争夺青年一代的罪名。

由于认定知识分子以知识为资本，所以要剥夺他们的资本，就须贬低他们知识的价值。康生在中宣部一次会议上，张口就对一大批教授的学术全盘否定："不要迷信那些人，像北大的游国恩、王瑶，那些人没什么实学，都是搞版本的，实际上不过是文字游戏。""我把这种事当作是业余的消遣，疲劳后的休息，找几本书对一对，谁都可以干。王瑶他们并没有分清什么是糟粕，什么是精华。"这种信口开河，一经当作领导指示下达，自然助长了党委、总支、支部里反教授的气焰。

1958年7月，康生参观北京高校跃进展览会，发表意见说，农业大学学生应该做到亩产小麦三千斤，达不到就不能毕业。教授级别也应该这样评，亩产五千斤的一级，四千斤的二级，一千斤的五级。农学系主任、小麦育种专家蔡旭在所谓大放卫星的浮夸风中坚持实事求是，不肯见风使舵顺竿爬，康生特别点了他的名，施加压力说："现在农民对农业学校将了一军，农民亩产五千斤，农大赶不上，就坐不住。蔡旭不变，教授就不好当了。"

不但对文科，对农科，似乎可以任意说三道四，即使对自然科学，对像傅鹰这样的物理化学、无机化学专家的学问，也敢轻易抹杀。如化学系总支在对傅鹰搞了多年政治、业务"拉锯战"后，竟在一个书面总结中，指斥傅鹰的"高深理论"，"只不过是些脱离生产实际的抽象的数学公式和空洞的概念，根本不是我们无产阶级所需要的"。

北大党委 1958 年把傅鹰、游国恩等列入"不服输，依然翘尾巴，须严打"之列。"继续烧他们，把他们的尾巴烧得夹起来，特别是要剥夺他们在群众中的思想影响"。这完全是对敌斗争式的部署，却产生在所谓"双反"即反浪费、反保守的"小"运动中。原来这个双反运动是配合中共中央提出的"多快好省地建设社会主义的总路线"的，一直充当反面教员的老教授们，于是又成了"少慢差费"的代表。为"大跃进"揭开序幕的中共八大二次会议就在这年 5 月召开，在会上毛泽东号召破除迷信，解放思想，不怕教授；刘少奇号召"要把教授的名声搞臭"。全国高校学生起来批判老师，这把火就此点起来。中宣部副部长周扬，到全国中文系协作组会议上叫好助威，认为学生向王瑶、游国恩开火，局面打开了，对全国学术界都是一件大事，将写入文学史："保持对立面有好处，像王瑶、游国恩不服气很好，正好继续批判……整风经验证明，经过群众批判，什么问题都能搞深刻。"在这里，周扬跟康生一样，并没有多少新创意，只是在传毛、刘的经，学他们的舌，连"保持对立面"云云，也是从毛泽东新写的《工作方法六十条》趸来的。如果追溯得更远，那么毛泽东上世纪 40 年代在延安整风报告中，批判知识分子在阶级斗争和生产斗争两大知识门类上，是"比较地最无知识的"一语，实在具有"元典"的意义，他后来的名言"唯卑贱者最聪明，高贵者最愚蠢"，以及"书读得愈多愈蠢"都是缘此思路而来。

1957 年轰轰烈烈的反右派之后，1958 年中央宣传工作会议乘胜追击，确定进行社会科学理论批判，马寅初就是那时被列为重点目标的。中共中央政治局一次听取北大、复旦、科学院汇报，就有中央领导人强调："两条道路斗争不解决，知识分子不会向党靠拢。"北京市委由此布置"烧教授"的计划，提出要"猛火烧，慢火炖"，这已开启了后来"文革"语言中"火烧某某某"以及"烧焦""砸烂"（毛泽东并曾称赞邱会作"打而不倒，烧而不焦"）的先河。

其时，被视为资产阶级反动派的"右派分子"们，作为属于敌我矛盾的阶级斗争对象已遭打击、孤立，作为属于"人民内部矛盾"一方的广大中间派的知识分子仍被高层认为没有向党靠拢。而这时要开展"两条道路斗争"，则对立面显然只能从暂时还属于中间状态的人们中去寻找和确定，前述"中右"和"中中"的"旧教授"自是首选。据说，北京大学在反右派斗争之后，共批判教授、副教授四十九人，双反运动中二十三人，1958 年学术批判中十八人，1959 年底至 1960 年初教学检查和编书中十六人。附带说一句，北大党委书记、副校长江隆基因反右派斗争期间领导不力，1958 年初调离。他之所谓领导不力，实指"钓鱼"不力，在鸣放阶段疏于组织，致使教授副教授一级"放毒"放得不够，后来其继任者叫各个总支清查重点人物的反动言论，凑不够数，徒呼负负；虽又补划右派若干人，还是深感遗憾，指责江有右的方向错误。至于江校长当时是由于政治上右倾，没有切实贯彻"引蛇出洞"的策略，还是由于"五·一九"学生运动风起云涌，顾了学生这头，漏了先生那头，今天就说不清了。

不仅北大如此，北京农业大学全校共有教授五十五人，而在大跃进后的四年里，沿用反右派斗争的方法，批判了三十三人，打击面达到60%。这个农大有一件往事，50年代初曾发生"乐天宇事件"。乐天宇是北农大首任党政"一把手"，来自延安的老干部，后来毛泽东写的"九嶷山上白云飞"那首七律《赠友人》，原就是写送这位湖南老乡的。建国伊始，由于乐天宇领导方法简单粗暴，使一位著名遗传学家李竞钧教授不堪重压而去国。这件事在海外华人学者中负面影响不小，中共中央极为重视，毛泽东、周恩来直接过问，将乐天宇调离。这个决定带有"纠左"的性质，但后任几届校领导并未引为鉴戒，对高级知识分子仍多采取高压管控的措施，有的做法甚至比乐天宇还过激。这本书中写到了农学家、小麦育种专家蔡旭的遭遇。他是李竞钧教授去国后接任农学系主任的，却也从一开始就被农大党委看作"和党有距离"的落后分子，借几次思想运动"杀他的学术威风"。他育出良种，使种麦农民大面积增产，有一位书记竟说他"就是碰运气"。加上迷信苏联，有人问，"有了苏联专家，是否还要向旧教授学习？"农学系有一个党员副主任，对党团员说："他们改造起来很难，就是改造了也没什么用……改造他们又费劲，不如培养新的。"这个"彼可取而代也"，与我们后来在四清运动中熟悉的所谓"重新组织阶级队伍"，乃至江青在"文革"中频频强调的"重新组织文艺队伍"的口吻如出一辙。可见极左思潮是渊源有自又绵延不绝的。

这位农学家蔡旭先生在思想政治上遭到不断的批判，在教学与研究上遭到的则不仅是基于幼稚和无知的不理解，而且跟傅鹰先生一样，多有故意的刁难，动辄被停开课，加以封杀，几乎每走一步都很艰难。农科也罢，化学也罢，除了讲授，还要实验，不像文科，似乎略有闪转腾挪的空隙。但文科如王瑶先生他们，不但政治上被人歧视蔑视，而且业务上也被认为"不过如此而已"，尊严扫地，不胜压抑。甚至有一种说法，"文科旧学问越多，对人民危害越大",虽是出于系里干部、同学之口,却都与威权人士说的"知识越多越反动","思想错误的作品,艺术性越高危害越大"等互为注脚,是不容反驳甚至不容辩解的。

今天回首这些笼统称为极左的现象,或被归于路线政策的偏差,或被归于执行者的政治文化素质,对学生一方,更简单地看作是被干部误导盲从罢了。但若仔细想想,尤其是设身处地回到当时语境,就会发现还有深长思之的必要。我们习惯称为极左的路线或政策,都有其深远的根源,而体现在文化领域,其特点是反智、反文化。反智、反文化,必然把反对的矛头指向智力(脑力劳动和它的知识成果)和文化(历代物质和精神劳动成果的统系)的载体——也就是当代的知识人、文化人。以革命相标榜的妄人妄语,轻言"反其道而行之","把颠倒的历史颠倒过来"之类,往往以"自我作古"的豪情,掩盖了"否定一切,毁灭一切"的实质(这从后来的"破四旧"看得最清楚)。从制度的(包括政策、路线)和人性的(包括道德、良知)层面深入探讨下去,就不是一句"极左"、一句"无知"可以了得的了。

说到制度,除了国体、政体大制度外,还有具体的像学校里的党委制(全称似是党委领导下的校长负责制),高校中多年建立起来的党委、总支、支部(分别教师和学生)"一竿子插到底"的垂直领导框架,使各系党组织与行政的关系,实际党政不分;在五六十年代各系行政负责人还每每由党外教授担任的时候,党政矛盾的主导方面自然是党总支、党支部。几度倡议改行党总支对行政工作仅起"保证和监督作用",党支部仅起"保证作用",都受到党务工作干部的抵制。在高校基层系级中,党组织、党员干部挟权自重,有恃无恐,唯我独"革",宁"左"勿右,凌驾于系主任等行政领导之上,指挥一切(又往往是瞎指挥),对教师思想、教学工作横加干涉等等，都是那时的常态。几乎从一开始，党团员积极分子，就多是抱着占领旧教育阵地的雄心壮志走上工作岗位的，他们认定原有的教师应由他们代表党和"无产阶级"来加以领导和改造，"团结，教育"是手段，"改造"才是目的，你不好好接受我的"改造"，就是不接受党的领导，就要对你进行斗争——"以斗争求团结"。这些政策公式也确是他们从事校园阶级斗争的出发点。50年代初期，执政党和新政权都处在革命胜利后的上升期，社会上从上到下唯党是尊，高校中党团员的革命意志是与政治优越感共生的。他们格外容易接受从"粪土当年万户侯"到"粪土"校中的"旧教授"，在最初一轮批判老教师的运动中，承上启下，带动刚刚入学的新生们，一起冲锋陷阵，那些老教师、名教授纷纷应声败下阵来。这些党团员所以底气十足，除了组织上有上级党支持鼓励外，思想上则是无保留地信赖党的"政治正确"。当时流行说，马克思列宁主义，是放之四海而皆准的真理，是哲学中的哲学，理论中的理论，高于一切知识和学问，用俗话说就是"一通则百通"，党的领导者就都是这样掌握了一通百通的真理。相形之下，他们又极容易相信那些名教授、老专家、大学者，没有什么了不起，而一般知识分子（自己这样的革命知识分子除外）不过是没有什么真知识的，甚至是"知识骗子"……这样一批年轻的党团员们，不像时下某些党员干部，为了"走仕途"而做出某些政治选择；他们由党所教导的阶级斗争思维武装起来，将上述若干片面过激的理念"融化在血液中"，参与党委、总支、支部，发挥大小不同的领导作用，都有很大的主观能动性。这样，他们执行上级指示，对极左倾向会自然合拍，往往有所引申发挥，层层加码。有时，上级甚至是高层出于策略考虑，调整政策或放缓步伐时，这些下级竟会不听招呼或阳奉阴违。例如傅鹰是中共中央（或说是毛泽东）树为"中右标兵"的，他们竟无视其中保护的意义，化学系党总支硬是多年坚持认定傅鹰就是右派分子，揪住不放，死打不休，种种施为，几到丧失人性的地步。上级多次关照对冯定的批判要缓和，"不要随便扣修正主义帽子"，有关的干部也根本听不进去。总之，有些人对上面比较正确公允的指令，置若罔闻，一有极左的风声，则听了风就是雨，雷厉风行。我们从这本书里，可以看到不止一处这样的例子。当然，如果所谓"天然的极左倾向"再夹杂了争权、争名利、争意气的私心，事情就更复杂了。

当时高校中对高级知识分子和一般知识分子的伤害，应该说是由极左性质的政治运动（包括名为学术批判之类的所谓思想运动）和日常"政治思想工作"互相衔接持续完成的。"政治路线确定之后，干部是决定一切的"，运动中的伤害，以及渗透到每一天，每一课，每项教学任务和大小会议，而使广大教师们动辄得咎、人人自危的处境，都是经由党委系统的得力干部认真贯彻，上下配合，有计划、有组织地营造而成的。

读者也许注意到，本书中九位代表性的主角中，有一位冯定，与其他"旧教授"不同，原是由中央派来加强党对北大学术方面的马列主义领导的老宣教干部。因为党中央认为北大哲学系是资产阶级学者集中的地方，哲学系也正是需要冯定关注的重点。然而，他进入这个险区不久，就开始陷入难以拔脚的泥淖。这个泥淖并不是由什么资产阶级学者、教授布置的。此后十年间使他辗转不得脱身的，恰恰是校党委、中宣部工作队和系党总支构成的百慕大三角，当然，还有最早发动对冯定《平凡的真理》《共产主义人生观》进行批判，"吹皱一池春水"的中央党校。盘根错节，枝权横生，本书作者用"棋子"来形容冯定在这盘乱棋上被人摆布的尴尬而悲惨的命运。但幕后究竟是怎么回事，这里没有答案也不可能有答案。

起初的一池春水，被搅浑了，如同我们面对若干党史上的案例，不知道到底水有多深。我们只能从书中隐隐约约的笔墨间隙，从事件的外围，试图有所索解。

我们知道，1952 年，中宣部管理的《学习》杂志，乘三反五反运动胜利进行之势，发表一组文章，探讨中国的民族资产阶级在建国后是否已经不再具有毛泽东当年分析的"两面性"（其革命性的一面使他们有可能参加"新民主主义革命"，参加革命胜利后的联合政府，并以其资产作为综合经济基础的组成部分，参与建设）。这一来，引起民族资产阶级人士的恐慌，以为新政权要抛弃他们了。经中央统战部简报反映上来，毛泽东立即批示《学习》杂志检讨，并将时任华东局宣传部副部长冯定刊于上海《解放日报》上的一篇文章，加以点改交《人民日报》转发，冯定此文论资产阶级的两面性依然存在（也就是说其作为参与政权之根据的两面性中革命的一面，并未因三反五反揭露的事象而消失），全文比较稳妥地重申了原先对民族资产阶级的既定看法。毛泽东的批示，意在将此文当作纠偏，以令资产阶级人士安心，这一效果暂时是达到了（至于一年多以后毛泽东决定立即开始向社会主义过渡，又两年多就宣布对资本主义工商业加以剥夺，那是另外的问题）。事隔不久，华东大区撤销时，冯定被调来北京。但这一事件导致中宣部部长换将，有关人员受到批评，冯本无意打击中宣部，这一结局却又仿佛同冯有关。冯定随后被任命为马列学院（今中央党校前身）分院院长。这个分院专收东南亚等国共产党人学习进修，任务比较单纯。冯定从 1932年开始在左翼报刊发表文章，长期在新四军、华中解放区和上海市工作，不属于以马列学院为核心的北方理论圈，加之所在分院是保密单位，书生气十足的冯定交往有限（他的书生气甚至表现为不愿在文章中引用领袖著作的原文）。但他 1957 年末来到北大这个多种关系矛盾重重的地方，就不容他孑然自处；特别是他 1960 年被中央党校人士点名质疑以后，北大哲学系党总支首先做出过度反应，组织批判。此后虽有多次从中央传来缓颊的声音，但都语焉不详，力度不大，见出有心保护者也在犹疑观望，揣测更高层的意图。最后也还是传来康生的批评：为什么北大不批判冯定的修正主义思想？中宣部也决定在全国开展批判。冯定所处三角中的各方所关心的是争批判的主动权，冯定成为批判会上的道具，推来搡去的棋子，身心交瘁，不堪其扰了。所以我们从这本书里有关章节，看不到对冯定的《共产主义人生观》和一百多万字著作中什么修正主义观点的批判进程，却只是巡礼了通过其人其遇反映出来的——内部斗争的反复无常，尔虞我诈，不讲理和无原则，以及党内关系中隐现的山头宗派的影子，一切取决于金字塔尖的"上意"的现实。这一切的激烈程度，绝不下于对党外知识分子的"残酷斗争，无情打击"。尤其是到了 1966 年"文革"以后，上述北大党委、总支、支部一向以领导者、改造者姿态示人的一部分人，也都卷入上下左右内外的混战，形同人们说的"绞肉机"。不仅北大，全国高校，概莫能外。以致"文革"前若干年间人们的功罪，早就逸出了人们的视野之外。

这本书，让我们重温那段历史。九位教授的命运，反映了中国知识分子的命运，更缩影了中国教育、中国文化的悲剧，也是中国历史悲剧的一幕。郁达夫曾说过这样意思的话：一个民族没有杰出的人物是可悲的，有了杰出的人物而不知爱惜，更是可悲的。我们老是感叹中国没有获得诺贝尔奖项的菁英；如果我们不能从历史中汲取教训，一旦有了获得诺奖的菁英，岂不也还是要像他们的前辈一样重蹈覆辙吗？

2012 年 5 月 15 日

程绍国《暮春集》序

程绍国从不讳言好酒。读这个酒人的散文，字里行间除了流荡着瓯江楠溪两岸的水色山光，乌岩石门的烟岚雨雾，闯世界揽来各地叫人揪心的风景光影，还氤氲着黄的、白的、红的土洋各色酒的芳香。

没感觉的人读不出来，有感觉的读者，于是跟着微醺，这时看这一作者，身高背阔，不似传统的文人墨客，谈吐间明快豪爽，甚至带几分粗犷，心中品味，像是燕赵慷慨悲歌之士？像是台州一带坚韧执拗的浙东硬汉？归根结底是浙南温州人性格的典型。

早在多年之前，人们说温州人是"中国的犹太人""中国的吉卜赛"，不带褒贬，仅为事实判断；到"文革"要割"资本主义尾巴"，做生意成了"投机倒把"；改革开放之初，又反对"温州模式"捎带着犯"红眼病"，这类说法遂成了负面价值判断。程绍国曾起而为温州人辩：

> 温州丘陵，地少人多。老子说："不敢为天下先"，温州人反其道而行，不得已啊。几代人漂洋过海，或走南闯北，洒汗流血，历经磨难，许多客死他乡，可歌可泣。温州人有钱，全是温州人苦难、温州人精神换来的，也是温州人尊严换来的。我们捂着疼痛的十二指肠溃疡，笑陪喝酒；我们被指"资本主义"，我们因"投机倒把"被游街，被坐牢，被枪毙；我们上缴高额赋税，却没有换来怜悯抚摸；我们自己造机场，造铁路，

求告的双脚满是血泡……俱往矣，伤感过去，温州人既往不提。

以上云云，你不觉得俨然可作温州市的代言人吗？

读其书不可不知其人。要概括程绍国其人，我忽然天赐灵感，以为可以套用一句现话："立足温州，胸怀天下。"

绍国离不开温州的山水，民俗，人脉，甚至也离不开温州的美食。他起步的创作，是童年和家乡，他以苦难中童年的视角，写了他第一部悲悯情怀的长篇《九间的歌》，不知是由于涉及"文革"的断代背景之讳，还是很长一阵评论家的青睐专注于某些时髦之作，总之这一作品没有受到相称的重视。然而，绍国通达，不以为意。他照旧在他的胸中笔下，酿他的精神私酒，一不按国家标准，二不按专家配方，自有承传，并不左顾右盼。他甚至不像他视为老师的林斤澜先生那样，不求官不求钱但声明文学上的所谓"名利"（其实主要也还只是一个公正的评价）还是要的。绍国并不是矫情，他真的看透尘世转眼皆空的名利，而倡言跟朋友们一起享受眼前的生活。从表层看，他与"乐活派"仿佛合流，但不要被他轻易瞒过，这其实也是如同历代温州人的背井离乡一样，乃不得已耳。散文这一体裁最是无法掩饰自己，他心灵深处供奉的，还是雨果、托尔斯泰那样的文学偶像："作家得有一双明亮的眼睛。这双眼睛首先不是观察春花秋月、草木虫鱼，而是注视人道、正义和真理。"他苦恼的纠结，还是在"一个人改变不了世界"的孤立感和无奈感罢了。或许，我们正好从他的作品，体会一个有精神向往的知识分子在当下必然难免的内心矛盾吧。

我最初读到程绍国的散文，是他写自己家乡的《双溪》，他的父辈是舴艋舟的水手，他写水手生涯，让我想起沈从文。从篇末他的考证看，他是相信李清照《武陵春》那阕词可能是从水路由温州去金华经他家乡这个双溪后写的，"只恐双溪舴艋舟，载不动许多愁"，一般人多半是在这里才知道世上有一种叫作舴艋舟的船。

程绍国并不像有人爱拿古今名人跟家乡套近乎，他反倒对李清照有意见，说："我不怎么喜欢李清照，尽管战乱颠沛，尽管女人悲悲切切的伤感总有理由。一个人活了五十来岁了，还要'欲语泪先流'。一边拼老命'从海道'追随皇帝，一边又'双溪舴艋舟''载不动'她的'许多愁'。读来心中别别扭扭的。"他有这样的感觉不奇怪，因而他这样评价斯人斯句，也可以理解。不过，他是把词里的愁，简单地当成了小儿女的闲愁，忽略了这是一个家破人亡又罹国难的敏感诗人的"家国之愁"。我以为，绍国其实是因为李清照"追随行在"的体制内身份，先就有了戒拒之心，然后迁怒于她的"五十来岁"，这就不讲理了，换成青春年少，就不妨随身带着"许多愁"了吗？其实，问题不在这里，而是尽管绍国说"尽管女人悲悲切切的伤感总有理由"，他却厌烦诗词里面"悲悲切切的伤感"，就像我们现在厌烦当代诗歌散文中的"无故寻愁觅恨"一样。

这是绍国受了有关李清照是什么"婉约派"的说法误导的缘故。同样划到这一派的一些作者——且是男作者，流连花月，雕红镂翠，温声软语，婉约备至，恰好与豪放一路形成对照。然而，李清照的作品，不说她另外的诗文，即令是小词，即令写闺房之私，能够直写"被翻红浪"，是多少男词人笔下所无，哪里有一点婉约，倒是敢于出格，敢于突破禁忌的一股英气，有几分近于豪放了。

我以为李清照的风格是率真，"处世无奇但率真"的率真，或者叫真率，辞书上释为"直爽而诚恳"，"真诚直率，不做作"，诗词如此，做人亦然，在家与夫君赵明诚真的是平等的互相敬爱的知己，晚年再婚后发现对方乃"驵侩之下材"，且有贪渎恶行，不惜诉之于官。这样的一个人，岂是"五十来岁"还作无病呻吟的人？我在这里不是单为了跟绍国一辩，我是借这个机会，说说对李清照的一些想法，并就教于读者，希望有心人再读《漱玉词》时印证一下。

而绍国的写作，以至其为人，特点也正是率真——真率。直到他毫无掩饰地把他对李清照《武陵春》的感觉直说出来，也正是一种率真——真率的表现。他的这个特色，跟李清照的词品和性格是合拍的。他若不是蔽于一时意气，本来应该引李清照为同调。

率真——真率，也就是"生活在真实里"：说来容易，行来实难啊！

我和绍国相交二十年，读他的纪实之作多，虚构之作少，尤其是散文随笔，叙事人一般就是作者自己，作者的精神影像无所逃于读者的眼睛。难得他在家乡从村镇到城市，虽阅世日深，交游亦广，而不改其率真——真率。看他自述当乡村教师时常常借家访之名去学生家吃嘴，每每哑然失笑；又看他写叔父作为"文革"中掌权的最基层干部，其功过浮沉，不因"文革"后曾被揭批失势而有所避忌，绍国是把旁的作者视为私房话的端出来给公众，"一体周知"了。绍国的"把心交给读者"，是把每个读者都当作朋友，知心朋友，当然不限于这两例。崇尚真实，这本来应该是所有写作者共同的底线：外是社会人事的真相，内是个人内心的真实，离开这两个方面，还侈谈什么"生活在真实里"呢?!

绍国不止一次说到自己的"懒"。从一个方面说，写作的勤或懒，不是看作品的数量。从前有位作者，给自己规定每天必写诗一首，应该算是勤于此道了吧？老诗人艾青不以为然，说，写诗又不是大便，哪能硬性规定一天一次？也正是鲁迅说的，写不出时不硬写。当然，鲁迅还说过，他是把别人喝咖啡等等消闲的时间也用来读书、写作了。如果把读书写作的时间全用来搓麻将，自然为我们所不取，但有时搓搓麻将，舒缓身心，未为不可，何况绍国还写出了《麻将》这样的美文，文中的语言看似脱口而出，却不失其文学性，极丰富而生动，此中意味，值得深思。不过，普希金大概也是个扑克高手，不然写不出《黑桃皇后》那样的经典，现在散文《麻将》出自绍国笔下，"麻将"桌上的"黑桃皇后"名篇却还翘企以待呢。

近年网络发展，网上短文，不乏可作散文随笔来读的篇章。这些作品，不须硬拿来以就纸面文体之范。而网文的特点是一般写作心态比较自由，故同样具有率真——真率的天趣。这就向所有的散文作者包括以率真——真率为特色的绍国也提出了挑战。

酸文假醋是我们反对的，但"言之不文，行之不远"，无论对于挑战者还是应对者，永远是不刊之论。文采斐然，也就永远是一切文字工作者的地平线吧。

2012 年 8 月 10—15 日

假如郭小川活到今天

—— 为郭晓惠《大惑：郭小川的一九五九》作序

　　在郭小川研究方面，郭晓惠是兼有亲属（女儿）身份的研究者。小川亲属们在编选文集时坚持保持原件原貌，并且公开小川私人档案（如1957年日记），不为贤者讳，这一开明求实的态度，大有助于我们和将来的人不仅从已发表文本而且从草稿改稿日记书信，不仅从表层，而且能全面深入地了解小川其人：他的天性，他的教养，他的品格，他的价值观，他内心世界中的矛盾……

　　曾有人写过"假如郭小川活到今天"的文字，寄托对诗人早逝的叹惋。晓惠这本书把握住小川四五十年有据可考的心路历程，细数他从青少年苦读到投身革命，从唯党之命是从到大惑不解，又屡经颠踬以求解惑的步履维艰，最后实际指出了他如果不死终将走上的路向。

　　历史是不容假设的。然而，设想小川一直活到今天，不失为一种温故知新的思路。

　　所谓今天，距小川之死已经三十六年。活到今天，意谓要把既往的三十六年时光，一天一天一步一步走过来。

　　起步是容易的。遥想1976年10月，小川即从安阳进京，马上加入欢庆粉碎"四人帮"的游行队伍当中，还会连夜写出热情澎湃的新诗，准备拿去同在团泊洼写的《秋歌》一起发表，一起朗诵。小川有其软弱的一面，由于他"吃党的奶长大"，一当迫害者以党的名义出现，他只能束手就缚，而他宏图远志，是要做"伟大的战士"的,他的性格的底色是坚毅,他不会认输服软,而总要参与。可以想见在全民声讨"四人帮"的大气候下,他如闻将令,必定又要"走向生活的中心","迎向生活的狂澜",矛头自然指向当时斗争所限的"四人帮"。

与众不同,即与一般的作家、干部不同的,是此刻他可能真的接到了将令。他与党的高层如王震将军因历史渊源一直有私人过从,1975年秋,邓小平一度主持工作时,在王震、纪登奎干预下,专案组宣布了郭小川"没有问题"。当时国务院副总理李先念、陈锡联、纪登奎、华国锋还接见了他,委派他考虑文艺界的事情,后因情势有变,让他到外地暂避风头,他才去了河南林县的。

现在风向大转,这些领导人是不是又要叫郭小川抓一下文艺界的动向?小川虽然十分头疼文艺界(首先是此界的许多头面人物),但他从来是按党的教育"以大局为重"的,他能不"勇于担担子"吗?作为可以信赖的老同志,又正当年富力强,郭小川出任文艺官或宣传官的提名,想来不会排在贺敬之之后。

这就使我们在假设后来文艺界以至整个意识形态领域,郭小川以首先是领导干部其次是诗人的身份定位,如何进退周旋,呈现多种可能,不好简单判定。

但在大方向上是肯定的,他对丁玲、陈企霞、冯雪峰之所谓"右派反党集团"的平反,不会像周扬、林默涵、刘白羽那样有所保留,因为对他"右倾投降"的指责,就缘于他1957年初起草的文件要求作协党组向丁陈道歉。他对胡风"反革命集团"案件的平反,也不会像某些人那样作梗,更不用说对作协被划右派的人,他本来就多有同情,据说当年在他努力下曾使作协少划了30%的右派。这些都是胡耀邦平反冤假错案的大潮流势所必至,他有从延安"抢救"到十年"文革"的亲尝体验,对历次政治运动整人的实质了然于心，对推倒一切不实之词，以及再也不搞政治运动的承诺，自然会是衷心认同的。

胡耀邦主持的另一件大事，即掀起"实践是检验真理的唯一标准"的讨论，在曾经做理论宣传工作的郭小川看来，这正是从反马克思主义、假马克思主义向马克思主义的回归，他自然也会无条件地赞同。

在这样的思想基础上，小川会自然而然地响应十一届三中全会解放思想的号召，拥护党中央确定从以阶级斗争为纲转到以经济建设为中心，并走向改革开放的路线。

随后，郭小川理当应召参加理论务虚会，他会有怎样的表现呢？他是惯于思考也勤于思考的人，有了"文革"后期再度挨整之痛，在毛泽东去世后虽然本能地想写悼诗，却不像追悼周恩来时那样发自肺腑，得心应手，一气呵成，竟不得不半途辍笔。三中全会前为彭德怀（还有陶铸）平反的大会，必定触及他关于 1959 年的沉重的记忆。晓惠以为 1959 年是小川的"大惑之年"，盖因流年至此，惨遭"帮助"。其实，他这次被围剿时的诸多罪名早在前此两年的 1957 年已经凑足，换一个人，有其中一条两条，就够打成右派了。只是作协落网的人已多，丁陈一案占了文艺界大半边天，加上周扬实际上放小川一马（我以为周扬是有意把小川送他宣阅的《一个和八个》积压下来，没有让它在 1957 年反右派斗争中就成为"毒草"典型），小川于是等于缓刑二年，从反右派斗争漏网。这样，小川在 1959 年正满四十周岁的"不惑"之年才遭遇"大惑"，并且要到 1976 年才接近解惑的。

小川在理论务虚会上是否发言、表态，这该是一个重大的选择。按照他在团泊洼后期的激烈情绪和他一贯"战士自有战士的性格"，如他当年说的，"我这条命，打仗的时候没丢，现在就得干"，那么，他也许会就"文革"作一个带有他的风格的批判性发言。这将在他未来一段仕途上引起争议甚至成为某一派攻讦他的"把柄"。然而，在接着下达"四项基本原则"时，他又多半会投赞成票，就像在 1956 年他不反感而且认同所谓双百方针引发的有限度的宽松，而到了 1957 年初，他却又会面对"闹事""反官僚主义""干预生活"等一系列纷至沓来的社会动向忧心忡忡，而向青年读者发出要"警惕小资产阶级偏激情绪"的预警。这是他重温延安整风批判王实味等时人人自危的经验，同时也是维护党的领导、维护体制的思维定势。他虽然认识到个人迷信导致独断专行的错误决策，然而他会把"毛泽东晚年错误"同党的领导切割开来。这也将会是他竭诚拥护不久通过的《关于建国以来党的若干历史问题的决议》的思想条件。他在"文革"中检讨强加于自己的罪名时，依照流行的公式归之于"资产阶级自由化"，现在卸下了个人头上那顶帽子，但他还会视"资产阶级自由化"为危害党的领导的政治倾向。多少年来，小川把主流意识形态当作不可逾越的真理，把自己的命运同党紧密地结合在一起，这样的观念和实践，是一个老共产党员、老革命干部的骄傲，是他们安身立命的基石，绝不会轻易动摇。然而，这也是小川在粉碎"四人帮"后历史反思的出发点。

设想他参与或听说了胡耀邦主持关于有争议的剧本（《假如我是真的》《在社会档案里》）的座谈会，他会认同对待有争议的文学作品取这样一种温和的方式，比起 1959 年对他的《一个和八个》《望星空》的围剿来，真是文明多了，"与人为善"，且讲道理多了。对根据小说《苦恋》改编的电影《太阳和人》的批判，经过政治博弈最后仍按照文艺问题结案，比起 1959 年或上溯整个 50 年代动辄大批判，小川也还会感到领导方式上的"新意"。

设身处地揣想，当郭小川把 50 年代至 70 年代作为参照时，他的理性必将认定 80 年代的当下，是较前大大进步了。他会肯定这一进步，不会跟着反对改革开放的某些政治大佬跑，这符合他的认识和天性。以他的智商和品格，他不会出于个人目的，无理取闹甚至无中生有地夸大其词，乱扣"资产阶级自由化""精神污染"的政治帽子。但在 1983 年发动"清除精神污染"受挫又在其后折腾"反自由化"的年月，政治风浪起伏不断。这是小川从 50 年代就表示从心眼儿里厌倦了的"必修课"，但若是由于他的资格、名望和能力乃至职位又不允许逃学，他就势必再一次面临真心和违心、道义和利害、良知和纪律之间的重大抉择，他内心的矛盾，绝不会弱于他生前的 50 年代至 70 年代。特别是中国的政治生活中经常出现"站队"的考验，他与若干高层领导的关系对他的出处会有很大的影响或干扰，这在我们虚构小川假如活到今天时，便出现许多未知数。

特别是一入官场，就难摆脱现行模式运作的惯性。历史的政治的人情的关系的藤牵蔓扯，让被动者"人在江湖，身不由己"。除非极有人格独立的自觉，壮士断腕的狠劲，很难不为人事关系左右。这是令人担忧的。

不过最终时间解决问题。人总是要老的，取消了终身制后，干部总是要离职要退休的。我们一定能够看到郭小川同志高高兴兴毫不恋栈地离休，实现他远在中年就无限向往的充分的个人写作时间。他既告别了不得不虚与委蛇的令他厌烦的官场，也不再有怀着各样打算的人蝇营于他身边。他在构思自己计划中的史诗型作品同时，可以有更清醒更冷静的心情来回首平生，重新审视自己的价值观和对人对事的看法。起决定作用的不再是什么僵硬的教条，而是刻骨铭心的鲜活的感性经验。

举例来说，小川在"文革"中的检查里说到他在 1957 年后

"复杂的思想感情"：他"对周围许多人都是很讨厌的"，"我觉得，这批人钩心斗角，追名逐利，有时又凶恶得很，残酷得很，简直没有什么好人……甚至像生活在土匪窝里一般"。我们从小川当时日记中的具体叙述，就可知这样说绝不是他"小资产阶级知识分子"的贬义的"清高"心理，而正表现了他对人对己统一的是非观，善恶观，美丑观。郭小川是正派人，不论从家传父教的传统道德角度，还是从后来接受党所宣扬的应有作风看，都是如他自律的"守住原则，注意团结"，他所看不惯的，不是出于成见或偏见，而是事实如此。虚伪是恶行的温床，而在某种邪恶的蛊惑下，恶行可以抛掉伪装公然为之，那不就与"土匪窝"没有什么两样了吗？而郭小川当时"周围许多人"还都主要是文艺圈子的干部以至领导干部。这还不叫他从失望到绝望吗？

以上所说我对"假如郭小川活到今天"的大致设想，都可以在晓惠这本书里找到依据，至今值得肯定和应予否定的言行表现，都可以从而找到认知的根源，气质的根源，体制的根源和特定时空人事的影响。这是应该感谢作者的。

从现有的材料，看不出小川曾在"文革"以前读过南共原领导成员吉拉斯（旧译德热拉斯）著的《新阶级》（内部发行）一书，这不重要，重要的是他可能不用依靠书本，而从实际生活中读到了"新阶级"及其在各方面的具体表征。"文革"印证并加深了他的这一感知。他临终前粉碎"四人帮"的胜利，以一霎时的闪光燃起他的希望，他是在希望的陶醉中离去的。假如他活下来，他将会在嗣后至今三十四年中，在这一感知上叠加新的感觉材料。这在小川是难以避免的，你让他满足于"含饴弄孙"，抱着"国家事管他娘"的态度等死，是不可能的，也是完全不符合他的人生理念的。于是，"假如郭小川活到今天"，我们将对他的不加掩饰的爱憎，一仍其旧的忧郁、苦思甚至悲愤，持理解的同情、同情的理解吧。

重复一句，历史是不容假设的。假设也没有实际意义。但我们所知的郭小川，毕其一生是真理的追求者，义无反顾，百折不挠，如果置身在晚近的三十四年里，在历史的曲折反复中，必定会秉持良知，摆脱谎言和迷惘，回归常情常识常理，郭晓惠所达到的认知水平，郭小川难道不能达到吗？那是不可想象的。今天这本书的作者和读者的历史眼光，使我们引为欣慰，在这种眼光烛照下对小川作为一个有代表性的历史人物的解析和诠释，让我们也替小川感到慰藉。

2012 年 8 月 12 日

一个诗人的存在和发现

——读戴明贤著《郑珍诗传》

郑珍，生卒于 1806 年至 1864 年间，是 19 世纪上半叶的一代诗家，更是中国诗史上一个巨大的存在。然而这位生于边远的贵州山乡，曾短期出任小官却大半生穷愁潦倒的诗人，虽为乡邦文献所记载，也只获少数文史钜公给以青睐，而对于一般的新旧文学爱好者，他几乎是从没听说过的陌生人。

这正像一颗行星，就其体量看是一个巨大的存在，然而高悬天边，寂然悄然，泯然于众星之间，等待着发现。

我之知有郑子尹，是 1982 年一个偶然的机遇，来贵阳和遵义旁听黎庶昌国际研讨会，才了解到郑子尹和莫友芝与黎庶昌同为"沙滩文化"的代表人物，但那一次除了弄清遵义市区子尹路命名的由来以外，于其人其诗仍是一无所知。

本书的作者戴明贤，据他在自序中说，对这位乡先贤也是从懵然不知，经人点拨，在十年动乱中偷暇精读，乃得成其知音。戴明贤对遥远天际这颗诗星的发现，并著为此书，带领我，也将启发众多今天与尔后的读者感知这颗星的存在，接受这颗星光芒的牵引。

套一句熟语，如果子尹先生在地下或天上有知，也该会感谢戴明贤为他写这卷"诗传"的劳绩。让更多后人走近这位寂寞百年的诗人及其诗作，也让这些心血浇溉的生命史、社会史不致湮没于岁月尘沙。说来可怜，我刚打开书稿时，竟不知道郑珍是郑子尹的本名，子午山是他家乡的山，别署"子午诗孩"则寄托着他对慈母的孺慕之情。待读到最后一页，这位陌生的诗人，已经成为我声息相闻的近邻，忘年相交的契友，可以月下同游，可以花前对饮，可以雨夜联床，甚至是结伴奔波在逃难路上，可以互相倾诉共同的忧患与各自的悲欢，而不问是19世纪还是21世纪了。

戴序中介绍了晚清以来诸家对郑诗的崇高评价，皆是有所据而云然，并非溢美之词。人们将他置于唐宋以来的大家、名家之间加以论列，多是从他与各家风格的异同来突出他的优长。这是学者之言。在像我这样的诗歌爱好者，或多或少读过一些传统诗作，且各有偏好，自会根据自己的阅读体会，有所欣赏，有所品鉴，不必拘泥于论者的排名，也可以说，读诗，读好诗快我胸襟，斯为得之，又岂在为诗人排座次哉！

不过，从接受心理来看，一个读诗的人总有更容易引起共鸣的题材和风调。读郑子尹写自己亲历的穷愁坎坷，写周围的民间疾苦，总使我想到杜甫、白居易以至皮日休，偶写乡居闲情，又使我想起储光羲、范成大，而诗人主体，更使我想起黄仲则、龚自珍。然而这只是某些近似而已。郑珍就是郑珍。这部"诗传"的好处，正在戴明贤创为"以人驭诗，以诗证人，因人及诗，人诗共见"的体例，避免了单纯的传记"见人不见诗"（往往需要另找诗集合参）和单纯的诗集"见诗不见人"（往往需要另找有关诗人的史料），为读者节省了翻检之劳，也更利于知人论世，不但有助于读者了解了历史的大背景，而且交代了诗人的具体处境，乃知一词一语，都不是无病呻吟了。

戴明贤这样的写法，也许不是学术论著的取径，却十分适合向一般读者"普及"一位诗人诗作，犹如陪同游客进入一条花径，一片丛林，随引随行，即景指点，远胜遥对着草木花树，空泛地说花有多么香多么好看，树为什么有的曲有的直了。

我发现远在贵州的戴明贤，比我发现郑子尹早十来年。我发现他时，他已经先被"文革"后的文学界发现，他的历史小说《金缕曲》获得早期某届全国短篇小说奖，然后1992年我在贵阳认识了他，这是我们缔交之始，于今也有二十年了。二十年来，他默默地写了好几本书，例如关于安顺，他如数家珍，我从他的笔下，真正感到了一个作家对家乡热土的感情，与对这片土地上的文化遗存和风土人情的熟悉是分不开的，也是做不得假的。戴明贤如此，一二百年前的郑子尹也是如此。读了戴明贤这部写郑珍的"诗传"，读了经他精心摘引、解读（不是一般意义上的"串讲"，而是融入了自己的心会）的郑诗，贵州这片曾经多灾多难、边鄙贫瘠的土地，变得于我亲切起来，诗人郑子尹的身影，也在他的亲人、乡邻、挚友和学生之间，像浮雕一样凸现出来。

　　我相信，郑珍——郑子尹先生和他的诗，一经这次的发现，将永远不会被中国人忘记。

2012 年 12 月 25 日

周有光《百岁所思》代序

一　从周有光先生一句话说起

周有光先生有一句话，我一下就记住了：孔子说，登东山而小鲁，登泰山而小天下；今天应该说：登喜马拉雅山而小东亚，登月球而小地球。顺理成章，理所当然啊，这是什么样的高度，什么样的视野，什么样的胸怀！这也正是在新旧世纪之交有光先生一再提醒我们的，过去是从中国看世界，现在要学会从世界看中国；然则我们就不仅背靠身后的历史，而且面向开放的未来！

惭愧得很，对于像周有光先生这样从上世纪初至今硕果仅存的百岁老人，我竟是到他八九十岁之际才知其名的。今天，在他退出经济界实际运作和相关教学生涯近六十年之后，又在他卸下从事三十多年的语文工作职务近四分之一世纪之后，我们从他近年出版的《朝闻道集》等著作中，看到了一个活跃在当代思想前沿的启蒙者的身影。我好像是被"倒逼"着去追溯他过去的足迹，他的生平，他怎样"在八十五岁那一年，离开办公室，回到家中一间小书屋，看报、看书、写杂文"，他自己把这些"文化散文""思想随笔"统称为杂文，让我这个杂文作者得引为同道，感到莫大的鼓舞。而他经过超越其专业的阅读，谢绝了包括政协委员一类的社会活动，沉潜于中外政治经济文化以至历史的书籍，又及时从互联网采集最新的信息，最后化为若干关系千万人命运重大问题上独具慧眼的观点。

此中凝聚了这一位耄耋老人多少日夜的心血和思考！

这本书所收主要是老人百岁前后之作，而兼收的零篇作品，最早是1985年《美国归来话家常》、1987年《漫谈"西化"》，以及1989年初的《两访新加坡》和《科学的一元性——纪念五四运动七十周年》，从中已可看到后来一些观点的端倪。而先生最可贵的思想贡献则似主要见于90年代，直到本世纪初形成文思泉涌之势，多半首发于《群言》杂志，正是资深编辑叶稚珊女士主持编务的时候吧，我也是在那前后才于浏览有关周有光夫人张允和女士的报道同时，特别注意或曰"发现"了周有光这一支健笔老而弥坚的锋芒。

老人在诙谐和调侃的《新陋室铭》里有句，"喜听邻居的收音机送来音乐，爱看素不相识的朋友寄来文章"。这该是朝阳门内后拐棒胡同居民楼的生活写实。从这里除了从邮递员处接收的，也有老人亲自写信封邮寄发出的可贵的资讯。从权威的数据网上下载的，如各国GDP的实际情况、排序等等，不断随着网上的更新而更新，他是真心与朋友共享的。当然，不只这些，他还会寄来已发表和未发表的新作，征求意见。有光先生很看重一位热情的读者庞旸女士对他文章的认真思考，曾把她写的介绍"双文化论"的网文下载寄我。我后来把就此写给周老的信，以《报周有光先生书》为题刊发在《文汇报·笔会》，加注介绍了先生有关的主要观点。现在我又应约给庞旸女士为百花社选编的周老百岁前后重要短文代表作写序，深感这是"同声相应，同气相求"的文字缘、思想缘，是很使人欣慰的；或略不同于完全黑暗时代的"相濡以沫"，而借用古诗"嘤其鸣矣，求其友声"，总是差可比拟的吧。周有光先生现在所拥有的"友声"中，我想"素不相识的朋友"在数量上已远远超过他曾有的老友，以及有缘谋面亲炙的后生朋友，而且还将会不断增加的吧。

周有光先生以他百年沧桑的亲历，以他中西贯通的识见，在"博学之，审问之，慎思之，明辨之"基础上奠定顺天应人的乐观信念，是有强大生命力和感染力的。

老人虽已在今春封笔，但他馈赠给读者的十五卷文集，以及这一晚年之作的选本等，将把他对中国前途、人类前途坚定的乐观信念播洒世间。

2013 年 7 月 23 日

二　在长安俱乐部祝贺周老米寿暨"中国的启蒙与知识分子的责任"座谈会上的简短发言

我最早知道周有光先生对世界大势，对国际国内问题的发言，是在民盟中央办的《群言》杂志。

周有光先生把 80 年代新启蒙这一脉保存持续下来，功不可没。我们将来如果回顾这一段中国启蒙运动的历史，应该记住这个。周有光先生是我们当代难得的智者、仁者和勇者。看网络上的一些访问，先生以很平和的心态和语态陈述他对这个世界上下五千年和纵横千万里的认识，应该说是很尖锐的，很勇敢的，不是我们现在所谓体制内知识分子或其他什么人都能达到这样明澈的认知，并能够和敢于这样坦然陈述出来的。

因此，谈到今天中国的启蒙和知识分子的责任，套一句我们说惯的老话，真得向周老学习，不但在最根本的问题上学习，在技术层面上也要学习，首先是写短文章。我们一般知识分子，既是启蒙者，也是被启蒙者，推己及人，放眼看节奏十分紧张的现实生活里，大量都不是每天能读长达几千字、几万字大文章的人。我们看一看周老这几年出的书，除了语言学著作之外，可以说篇篇都是启蒙教材，是如何认识当代世界、认识我们中国和世界未来的启蒙教材；是关于人类如何从神权、君权走向民权，如何从神学、玄学走向科学的启蒙教材。过去我们喜欢说这叫大手笔、小文章，我们需要确有学理和专业价值但面对小众之作，但是我们也需要甚至更需要像周老这样的人，站在当代思潮的制高点上，却能面对更多的读者，突破了语言和专业的障碍。

我是一个曾经长时期在主流话语体系当中沉睡不醒的人，我接触到周老的文章，还有从70年代末到80年代很多学者放下架子写的短文章，接受了一些基本理念的启蒙。我是这样一步一步觉悟过来的，当然现在还处于觉悟过程当中。如果说启蒙就是理性之光的照射，相信我的思想和灵魂深处还有许多角落没有得到光照，但是我愿意继续接受新的启蒙。在自己被启蒙的同时，如果时有所思，思有所得，能够勉力写出来，对一些同样不是深闭固拒的读者有所启发，那也是我所乐意的，只要我的健康允许。像我这个年纪，比周老小近三十岁，但也开始耳聋眼花，实在是不争气。

不多说了，把我前年给周老贺岁的两首七律读一下，因为是打油诗，并不晦涩艰深，就不逐句解释了。只是表达我一番心意，对周老这样一位热心启蒙的前驱学人的敬意：

第一首："百岁犹欣放眼宽，羊皮贝叶好同参。虚诳早破良知在，数据频更天网传（天网指互联网）。文化溯源如指掌，菁华融汇望团圞。潮来海上生明月，万里谁人不乐观？"

这个"乐观"不是说乐观悲观的乐观，是谁不愿意看"海上生明月"这样的风光呢。也就是说我们人类共同的精神文明和文化价值观，乃是我们共同仰望以至伸手可及的。这岂不是"万里共婵娟"！

第二首："昔谓常怀千岁忧，问公何独不知愁。天倾炼石夸多彩，路远奔波敢自囚（即岂敢自囚）。行也有知归理性，莫之能御是潮流。世间价值纷纷说，日月高悬在上头。"就是说我们的践行以理性为指导。早在国内争论普世价值之前，周老就发表他的双文化论，讲得非常清楚，周老好几年前就讲了世界共同文化和民族文化的关系，讲了这一套东方的、西方的文化价值观，一套里面还有好几套。对此，周老有一个非常清醒的观点，谈到科学没有国界，这个科学不但包括自然科学，也包括社会科学。而我们现在居然还有一些挂着社会科学招牌的机构和它的所谓专家学者在高唱反调，可笑而又可悲，这些人在周老面前将何以自处，让他们自己考虑吧。下面我再把最近写的四句打油诗念一下。

前面念的两首虽云打油，其实比较正经，是贺岁诗，2011 年底在周老生日之前，在新年之前写了，送给他看的。最近又写了四句，确为打油诗，还没好意思送给他看："三世混茫指顾中，"佛教指过去、现在、未来叫三世，周老也指点过去、未来、现在，那么我们，首先是我，"后生何以对先生？——唯一后来居上处，我比寿星耳更聋。"

谢谢。

2013 年 1 月 12 日

354

见花是花　看草是草

——为何频《见花》作序

　　读过何频的《看草》和《杂花生树》，两本很有特色的散文，现在又看到他题为《见花》的书稿。翻开目录，简直像把十二月花名、二十四番花信翻了几番，不知该说是眼花缭乱，还是乱花迷眼。一下想起小时候得到沈启无编的上下两册《大学国文》，也是先看目录，第一组"风土民俗一类文属之"项下，选了《东京梦华录》《梦粱录》《武林旧事》《帝京景物略》《陶庵梦忆》《扬州画舫录》等书，不少涉及花花草草，例如清人顾禄《清嘉录》中"野菜花"一则：

　　　　荠菜花俗呼野菜花，因谚有"三月三，蚂蚁上灶山"之语，三日，人家皆以野菜花置灶陉上，以厌虫蚁。侵晨，村童叫卖不绝，或妇女簪髻上，以祈清目，俗号眼亮花。或以隔年糕油煎食之，云能明目谓之眼亮糕。

　　这一则可以跟本书里的《早绿有杞》《一种荠菜两样情》《三月花儿菜》等篇参看。作者只在平实地叙事，并不刻意抒情，而我读时，自然联想到《诗经》时代的"采采卷耳""采采苤苜"，那不过是平常农事中的辅助劳动，轻松甚至欢快的。而到了"采薇采薇，薇亦作止；曰归曰归，岁亦莫止"，那就是征戍中人的无奈的慨叹了。至于联想到我们半世纪前大饥荒中连野菜都已挖完，那就属于特定年代特定人群的特殊记忆。这可能符合接受美学的一个规律：一本书，一首诗，一篇文章，不是作者从构思到写出发表为止，而是到不同读者那里激起不同的反应和理解，才算完成了各自的传播过程吧。

在《诗经》时代，卷耳就是卷耳，苤苢就是苤苢。说到中国吃了几千年的荠菜，山东词人、豪士辛弃疾到了江南，欣赏"春在溪头荠菜花"，荠菜也还就是荠菜，并没有更多的隐喻，这很难得。中国文人有以屈原为代表的"美人香草"的兴寄传统，以自然物为社会性的符号，表达忧国用世之情，这样一来，花就不是花，草就不是草，兰蕙成了君子，萧艾成了小人，松竹梅兰莫不如是，后来菊花也用来代表高洁的隐士（虽然在屈原那里也只说到"餐秋菊之落英"）。多少年来，哪位诗人就花吟花，就草吟草，很可能被指责为"嘲风月，弄花草"的小道。《尔雅》成书于这种风气之前，《本草》赖有治病的实效，才免于排斥，而中国出不了《昆虫记》那样的著作，势在必然的了。

我之读古人笔记是由这本《大学国文》开始的。这是越出《古文观止》边际的散文世界。除了笔记小说（言情的、志怪的、传奇的）另成格局以外，这些随笔所记多是个人见闻，乃至细心观察"格物"所得，涉及乡风土俗，博物万象，多有正统文章不屑涉及处。

何频这些写花草的文章，可以说沿袭了古代文人中一个非主流的传统，一直到"五四"以后知堂、叶圣陶、俞平伯，以至叶灵凤、周瘦鹃、张恨水一脉。他为这些草木立传，写到这些草木在人间的际遇，犹如导游于自然山水间，也插叙所谓人文景观，但他更力图恢复各类植物的主体性，写它们不同的来历、品性，它们并不是为了人类的实用或观赏而存在的，作为天生万物的大地之子，各类植物各有自己生的权利，它们是跟人类平等的物种。大地春回草木知，它们有自己的知觉，跟春江水暖鸭先知一样，甚至这些动植物可能比一般人更敏感于自然界的哪怕是微妙的变化呢！

我很羡慕何频这样的作者，除了读书，他还行走，一路观察采访草木生涯。这就不仅是从书面来"多识于鸟兽草木之名"了。不但平面走，而且纵贯走，他从一年四季的物候读出了草木的行状。我也羡慕许多生在乡村的作者，他们从小"贴近"自然，能叫出鸟兽草木的名字，能道出它们的习性。初识文学评论家、杂文家蓝翎，以为这个笔名取义于七品县官的顶戴，后来熟悉了，问他为什么起一个乌纱帽式的笔名，才知道这是他家乡单县一带的一种鸟，有一根漂亮的蓝翎。啊，原来如此！错怪了。

何频不但在家乡，在中原，在江南岭南云南行走，他也探北方，走西陲，大别山太行山，酒泉敦煌，以至千里迢迢寻"西藏花草"，看"巴黎的树"……我不知道他在欧洲是否也注意到人家窗台上多摆着一盆盆鲜艳的红花——我打听花名，据说叫"天竺葵"，竟是来自东方。后见苏俄文学大家帕乌斯托夫斯基自传体小说《一生的故事》后尾，专门写了高尔基提醒他注意天竺葵的话题。而在我们国内，几乎极少见这个花种，是嫌它不够高贵，还是嫌它"艳俗"？——其实动辄指某种花草"艳俗"的，往往正是自己未能免俗地陷入偏见的窠臼，草木本身是没有贵贱之别和雅俗之分的，至于你欣赏不欣赏，取决于你的审美情趣、审美能力和审美档次，若只是人云亦云以示高雅，就成了矮子观场了。

在国外旅行，看到故土习见的树木花草构成的景物，会觉得十分亲切。在美国中部爱荷华小城，诗人安格尔作家聂华苓夫妇家对面的河湾，有几株垂柳，杨柳迎风依依，就俨然江南水乡的杨柳岸了。我认识的花木不多，但在欧洲几处都看到珍珠梅，那细碎的小花，教我想起小时候放学做作业，时不时地驰目窗外，正有一棵灌木，茂密的枝叶上缀满了一簇簇盛开碎花的珍珠梅。我知道，凡是带"胡"字"番"字以至"海"字的花名，都是从丝绸之路或海上来的，但像珍珠梅这样不带舶来字号的花，是中国土生土长，然后传到远方去的吗？何频也说起月季花从中国走向世界的事。中外交通史还远未细致到千百种植物的来龙去脉呢。

从前读翻译作品，常有草木之名不知何指。比如"悬铃木"。近年才知道，从上海到各地叫作"法国梧桐"的行道树，其实正是学名"悬铃木"的一种。起初人们看它像中国古已有之的梧桐树，就这么附会了。契诃夫有短篇小说《醋栗》，醋栗是什么果木？黑龙江人说，就是俗称"黑豆果"的浆果，现在人们也学俄罗斯人用它作酱，榨汁，酿酒了。不过查《辞海》，醋栗又名"灯笼果""水葡萄""茶藨子"，不列"黑豆果"，不知它只是醋栗的一种，或是俗名相重的缘故。还有俄文小说中译成"稠李子（树）"的，我猜也许是"臭李子（树）"的雅化，却没在辞书里查出它的学名。

这些题外的话，只是表明我经常邂逅纸上的草木，却也有时遇到些陌生的名目。小时候读翻译的外国小说，见到不厌其详的景物描写，为了直奔故事而去，总是一掠而过，年纪大些，才会细看作家这方面的笔墨，惊叹于他们刻画入微，达到了"细数落花因坐久""嫩蕊商量细细开"式的专注。

我们不能老是污染空气，污染水体，污染土地……我们对大自然的犯罪，不会永无止期。在受够了上天的惩罚之后，我们这些犯罪的人类终须回头，来珍爱大自然，珍爱天生的万物。然而，不待我们异代的子孙发现，我们现世已经面临着许多动植物被称珍稀，而珍稀的物种正在不断灭亡的过程中。

我从何频的笔下，感到他对这些花草树木的珍爱，这是一种可

358

贵的人性的感情。富贵的妄人祈愿长生，而不存如此奢望的普通人，却自拟于草木，他们说"人生一世，草木一秋"，你看那些低工资，低养老金的退休职工吧，他们养护着那些并非多么"值钱"的草花，却像对待自己的家人一样，像对待周围的邻居一样。这更是一种可贵的平民的感情。我们奢谈人类是万物之灵，其实我们村里，我们城里，我们小区的花草树木，跟我们同为地球上的居民。我以为，它们跟人类一样，全都是这个地球上物质和精神文明的一员，难道不是吗？

读王世襄的书，我发现自己其实辨不清"狗"与"犬"。读何频的书，我发现自己辨不清"柳絮"与"杨花"。学然后知不足。盼作者继续写出这样文笔优美的博物散文，帮助跟我类似的读者补上这必要的一课。

2013 年 11 月 2 日

胡小胡《清泉石上流——我的父亲母亲》序

　　胡小胡的父亲母亲是谁？胡考和戈扬。

　　胡考同志我从未谋面，一是我不善交游，一是他80年代在北京近于隐居。我和戈扬同志相熟起来，是在1979年她复出主持《新观察》之后，不免常在作协的内部会上见面，更因我重续50年代与《新观察》的旧缘，愿为这份带一定文学色彩的时政社会文化评论刊物投稿，成为它的作者。1983年到1989年，我们又在虎坊桥作协宿舍成为邻居，早早晚晚常见面，交换一些这样那样的看法，总能从戈扬那里得到些思想界的信息，包括她对一些事象的中肯的分析。

　　那时跟戈扬一起生活的孩子是小妹阿布——我这回从书里才知道她正式用名胡爱农，父母打成右派下去劳改时她年纪还很小，先是跟着十二三岁的哥哥和更小的两个姐姐过日子，后来跟着母亲下放辽宁，70年代初在昭乌达盟敖汉旗李家营子，一老一小被安置在远离村落的科尔沁沙漠边缘，沙丘背面孤零零一座土坯房，五十三岁的戈扬正患着肝炎卧炕不起，十四岁的女儿料理家务。买粮食要先上生产队赶一条毛驴，走五十里沙窝子路到公社所在地，住在插队干部家，第二天把一百多斤粮食让毛驴驮回去。谁知半道粮食口袋颠落，小妹在沙堆上大北风里等了四个钟头，等来一支骆驼队，赶脚的大叔帮着把口袋扎好，回到李家营子已是半夜，母亲早就硬挣扎起身，到村口伫候。这一对相依为命的母女，所以被遣送到旗里最边远乡村的最边远的村外，就因为戈扬是右派。以阶级斗争为纲，对阶级敌人就要冷酷无情！

我这里不惮词费地复述这些，不是多年后为她们诉苦，作者胡小胡写下这些，也不是为母亲和妹妹诉苦。过来人都知道，诉苦有什么用？可以说，类似的处境、场面和细节，发生在那个年代，是必然的，不足为怪的。甚至可以说，比起死于非命和终身沉于苦难底层的千百万"群众和干部"，她们的际遇也还属于不幸中之幸者。

书的主线，是胡小胡的"父亲母亲"和他们一家几十年的生存状态，这里有戈扬和胡考的荣辱浮沉，一家人的离合悲欢，包括胡小胡自己的成长史。胡小胡生于1945年，1949年随父母进入北平，开始有了自己的记忆。"史前"部分除了有据可查者外，得之于父母多年的述说。小胡算得上早慧，又是有心人，在他亲历的人生路上，于种种人事，不但博闻强记，而且是非分明，不讳言自己的判断，是这类文字最可贵的地方。

由于他父母的经历、身份，小胡获得一个优越的成长环境，所谓优越，不是指早年吃穿不愁，学习条件上好，而是除了良好的家庭教育外，更给他提供了一个观察和接触社会首先是知识分子圈的广阔视野。

在阅历了六十年的人生之后，小胡早已不再是从童年视角看父母的那个有诗心又有童心的孩子，也不仅是过早承担了政治压力和长兄责任又格外要强奋进的好学生，他对平生所遇"一一细考较去"，落笔时自然不限于父母和家人，因为他从视野所及的人们身上，悲悯地发现了中国知识分子共同的命运。

这本书涉及的人，几乎可以编一部小型的但是精选的名人词典，入选者从高层到底层，除了少数只是一提而过外，多半留下音容笑貌。作者既借鉴了乃父胡考作肖像画的传神功夫，又发挥了大半生写小说和纪实作品的笔墨。通过这些与他家有关联的人的行状，反映了从 1949 年"进京"初期，经过 1955 年"潘扬"一案、肃反、反右派斗争、大跃进、大饥荒、文化大革命、大规模干部下放（插队和干校）直到江青下台这一重要历史时段中诸多事件，画龙点睛地写出了大背景下的浮世绘。比如"文革"，无论是群众性活动的大场面，还是陪护武斗中受重伤的同学，无论是参与造反提审周扬批斗王光美，还是成了逍遥派后的串连和恋爱，都以似乎平实的叙事，代替空泛的议论，而他对有关人和事包括自己所为的评价自然浮现。

在作者的叙事中，多有未经人道的独得之秘。至少是我这个年纪且亦多年厕身文艺圈中的人，没有听人说起的。胡考二十岁就在30 年代的上海以画成名，抗战期间在延安一直没有作油画，内战中他带着李一氓帮他买来的一批油画工具和材料，在行军路上画了几十张小幅静物素描：山东农村一只水罐几只水碗，一件老羊皮袄、花布围裙绣花鞋。1949 年到北平开文代会，办了个不合时宜的小型展览，立马遭到解放区"头号"美术批评家王朝闻的批判，指其违反毛泽东延安文艺讲话中关于"文艺为政治服务"的精神，所用技法也受西方影响，有违苏联"社会主义现实主义"的路子。这是迎头一棍。从北京回济南，中共山东分局认为胡考给他们丢了脸，不分配工作，到上海还是不分配工作。这跟我的老友、俄文翻译家也是画家高莽的遭遇如出一辙，1949 年一到北平，高莽的漫画就遭到华君武引经据典的批判，以致高莽一辈子不画漫画。胡考因廖承志提名调到《人民画报》，朝鲜战争中，他演绎毛泽东关于"美帝国主义和一切反动派都是纸老虎"的命题，在画报上发表一幅彩色漫画，杜鲁门、杜勒斯、艾森豪威尔骑在一匹被火烧烱的纸老虎上——骑虎难下，行将"就火"吧，一时颇获好评。谁知美国 *LIFE*转载给他帮了倒忙，"帝国主义的画报欣赏你胡考呀！"他的克星王朝闻再次出来批判他的形式主义。

胡考命中还有一个更大的克星是周扬。胡考被打成右派后，周扬一再说他无可救药，给已经"摘帽"的戈扬分配到辽宁工作时，强调胡考不能随行。后来胡考被发配到唐山，在县评剧团当编剧，继以韩愈为主角的古装喜剧《东厢记》之后，又写了一出革命历史题材的新戏。周扬视察唐山，听当地领导说起，冷然责问："像胡考这样的人，怎么能让他编剧？"于是胡考被调去管理图书了。

胡考参加革命后的道路可谓坎坷。他在 30 年代上海时期就已形成自己的思维方式和生活方式，其核心是知识分子的独立人格和尊严。他跟直接从学生投身革命的戈扬不同。戈扬力求成为听党的话的驯服一员，长期以来是紧跟正统的，打成右派以后更是兢兢业业改造自己，争取早日摘掉右派帽子。胡考则是一贯的"名士派"，竟说："摘不摘帽子无所谓！"一副"死猪不怕开水烫"的架势。

当然，胡考这种"消极表现"，并不意味着他的放弃，他只是不屑于作俯首帖耳状，而心中则自有坚持，那就是一贯的"总要做些事情"，不能画画就写小说，不但写了百年沧桑的《上海滩》，而且可能是唯一共时性地描绘众多右派劳改犯生活的《思想列传》。晚年又以水墨画和传统诗词为归宿。

戈扬与之性格相对，她在任何时候都绝不服输，而表现为积极进取。70 年代中后期，许多受迫害者还仅是汲汲于争取平反的时候，她在距北京近千里之遥的沈阳，却已经跃跃欲试，准备一旦条件成熟，就回北京恢复《新观察》！她底气十足，信心百倍。

戈扬这样的精神状态是其来有自的。早在 1938 年，年方二十二的戈姑娘初出茅庐，就奔赴徐州台儿庄抗日鏖战的战场，在那里写出一纸风传的报道文字，成为抗战初期的名篇。她被誉为与著名女记者杨刚、彭子冈、浦熙修齐名的新闻界"四大名旦"之一。1949

年，她受命与张春桥一道参与中共对上海的军管，主持新华社上海总分社（张正戈副）。建国前夕，她应召到中南海，参与开国大典当天在天安门现场对各报刊记者新闻报道的审稿。这些光环都表明戈扬当时在党内深得器重。更不必说，建国不久，就被中共中央宣传部委以《新观察》杂志主编的重任，这是从储安平手中接管的具有广泛社会影响的话语权。从这时起，在老同志黎澍的支持下，戈扬便把自己的命运跟这份杂志捆绑到一起了。她打成右派后不久，杂志停刊；她恢复名誉后，杂志复刊；她再一次离去，杂志终刊。真是一损俱损，一荣俱荣，有人说《新观察》是戈扬"一个人的杂志"，虽是玩笑，不无道理。只要看看这本书中所写，戈扬准备下午去医院动癌症手术那一天，上午还抓紧开了编委会，这岂是一句"工作狂"或"敬业精神"所能概括！这是志业的实践，这是理想的追求，早已超越了政治宣传层面上的工作意义。在她长期顶风冒雨坚持住，成为她精神寄托的的这份刊物上，体现了她全部生命的重量和深度。

从上述有失于简单化的对照中，也不难看出戈扬和胡考之间个性的差距。他们最后的离异是可以理解的。在这方面，新凤霞曾对小胡说："你的父亲母亲是最好的好人。他们分手以后，从没有互相恶言恶语过。"后来胡考和他的新夫人张敏玉女士，跟戈扬之间的友好相处，张敏玉跟戈扬儿女彼此间的善意，都是一种文明的人际关系，反映了当事人的胸怀和素养。

胡小胡这本书，在中国人民历史性苦难的底色上，有时工笔有时写意地勾画了他们一家及成百亲友的命运，虽不免令人唏嘘，但更令人警醒。这是人们需要"知史"的关键所在。

难得的，是小胡不仅写出了人们经历了什么，还写出了从他的父母，他自己，他的弟弟妹妹和亲人们，他家和他本人的众多朋友、同学、同事们，是怎样应对生活中的无妄之灾，怎样在政治性磨难临头的时候，以巨大的韧性坚持着，相信生活，热爱生活，如同我们近年来在天灾人祸中所感受到的哲理：一方面灾难在横行，一方面生活在继续，千百万人满怀希望地向着未来，这才对得起自身经受的苦难。

我读这本书的同时，印证最近读到的几本同类的著作，乃有一个额外的大收获：发现我们中国当代的文字书写，正以不可抗拒的力量向历史纪述倾斜。

学者、作家彭定安，是小胡母亲插队时一度的邻居，也是四十年前小胡的文学启蒙老师。小胡在书里郑重记下他的一段话：

> 在我对当前文学的接受中，时不时会感叹：一面是中华大地亘古未有的社会变革、历史进步、文化转化、人性进化；一面却是如此疏离的、冷漠的、浅薄的叙事！那些震颤灵魂的社会流动，人生浮沉，都付诸流水。对于文学来说，失去这样巨大丰富的叙事对象，等于失去生命。我们需要巴尔扎克所说的"历史的书记"、托尔斯泰所说的"写人民的历史"、鲁迅所说的反映"中国的人生"的作家与作品。

彭定安兄所期望于文学的，在每年数以千计的长篇巨帙中，或许也有吧，我没有搜罗研究，无从置喙；但我以为，在大量正式出版的与私人印行的非虚构叙事中，力求恢复历史真相，修复社会集体记忆的努力，正在蔚然成风。通过书写和口述记录，抢救个体记忆的自觉努力，已经开始展示可喜的成果。这是发自民间的潜在的要求，如果不遭颠覆性的摧残和扼杀，它的一波一波的冲激，将会把虚构作品带动起来，共同成为"历史的书记""写人民的历史"，反映"中国的人生"的潮流。

难道不是吗?!

2013 年 11 月 18 日

徐南铁主编《守望与守护》序

《粤海风》改版百期选文，放在一起重读，语境大体依然，立意仍觉警策，可以说不失其现实意义，常读常新。不必藏诸名山，还是置之案头吧。

我不久前为一部杂文大系自选一集，于1986年夏写的《说"三不"》一文的去留，却颇犹疑了一阵。

那篇二十九年前的旧文，围绕领导人重申"不抓辫子，不戴帽子，不打棍子"的承诺，说了一些个人的想法。

这个"三不"，我最初想，该是针对余悸犹存的人们，用以安抚民心的。所谓抓辫子、戴帽子、打棍子，至少是从"文革"前的五六十年代就有的问题，故在1961年政策调整时早就提出过"三不"来消除影响。但随后阶级斗争的弦越绷越紧，一个一个大小运动都要"大批判开路"，口诛笔伐，故态复萌。到了十年动乱，变本加厉，不可收拾。以致经过平反冤假错案、真理标准讨论等一系列务实和务虚的努力，许多人刚刚从"口欲言而嗫嚅"的状态试步走出来，但仍然感到"辫子""帽子""棍子"如习惯势力的阴影在周边浮动。当年的领导有鉴于此，乃重提"三不"的口号，也许更多是在向某些部门的掌权者发出信号，让他们收手吧。

我在《说"三不"》中，指出在社会政治生活中"抓辫子""戴帽子""打棍子"的现象，对照宪法和党章，有辱国格和党格，并说"一个死抱住这一套不放的人，如果是共产党员，那也是不合格的"。因此，我说，对有关部门和干部仅是提出"三不"，是"取

367

法乎下"，相当于公共汽车服务公约中订上"（对乘客）不夹不摔"一样，实在是大大地降格以求，会惹人耻笑。因此，我在文中建议，似可不必再提"三不"这个低标准的"丢人"的口号了。

为了论证以"三不"来制止"辫子""帽子""棍子"的横行之可笑与可悲，我引了一幅给干部颁发"无亏损奖""不贪赃奖""不损公奖"的漫画为例说，如果满足于以"三不"为民主生活的佳境和极致，那就仿佛要对党员干部设立"不抓辫子奖""不戴帽子奖""不打棍子奖"；而"能不挨整，于愿足矣"则将被誉为模范公民的模范心理了！

这一番意思不是很好吗？为什么在选与不选上费了踌躇呢？是由于"辫子""帽子""棍子"已经销声匿迹，上述议论就如鲁迅说的那样，该与"时弊"一起速朽了吗？环顾周围，还不能这样说。

我是觉得三十年前那篇旧文，在今天看来，已经深感立论太高，过于超前，近乎空话了。

别的不说，当时视为好玩的"无亏损奖""不贪赃奖""不损公奖"之说，今天看来，不是不但不像讽刺与幽默，反倒像是正式的建议了吗？

更重要的，当时就"三不"说了些多余的话，不但无助于在实际生活中消除"抓辫子""戴帽子""打棍子"的现象，反倒参与促成了取消"三不"的提法，遂使原来可以公开声讨的弊端，变成免于追责的隐形常态了。我为自己的幼稚多嘴，颇有些悔之不及。

如是云云，我把那篇《说"三不"》最终留在自选集里，只是为了"存以备考"。

那么，是不是还应建议，重新把"三不"的老口号，作为旗帜高高扬起呢？

我想，中国传统文化讲，"事不过三"，这个"三不"也许在我建议不提它的1980年代，由于出自享有公信的领导人之口，或对某些顽固不化的干部还有些警示作用，在今天不管谁说，恐怕都只能归之于空话套话一类，如春风之过各式各样的马耳了。

事实上，在那之后不久，可能是各方多有类似的反应（拙文也只是反映了群众的呼声罢了），"三不"之说的确从此不再见诸宣扬。然而过后回首，却发现上面不提"三不"之后，"辫子""帽子""棍子"并未真正休息，而是有时潜形游弋，有时浮出水面，再立新功，功能不减。而此时此刻，再也听不见领导人殷殷嘱咐实行"三不"，要求"不抓辫子""不戴帽子""不打棍子"的声音了。

《粤海风》改版之始，已近上个世纪末，那时早已不提"三不"了，而舆论环境则"如鱼饮水，冷暖自知"：编者知之，作者知之，多数读者或亦知之。作为一个文化批评的平台，这份双月刊最大限度地吸引了尽可能多的作者和他们的批评性言论，也最大限度地包容了质疑、商榷、辩难、驳论等不同意见。大家常说"真理愈辩愈明"，即使不提到真理的高度，光说欲求真理所必不可缺的前提条件之真相，也是需要多方互相补充印证，才能充分显示的。要达到这一境地，一份杂志首先是编者（当然作者也不应缺席），除了要具有"雅量"外，还须真正具有求真务实的文明精神。

求真务实谈何容易，它是要在排除"假大空""瞒"和"骗"的艰难博弈中前进的，"真善美"是在克服"假恶丑"中得以立足的。这才成其为文明精神：文明是一种态度，是一种教养，文明更是一种精神。

人类是在不断扬弃野蛮的过程中逐步进入文明的。野蛮的特征是崇尚暴力。在原始人里，暴力是本能。随着人类的进化，暴力赋有了多种物质形态，其中包括语言暴力，进而从语言暴力发展出文字暴力，所谓口诛笔伐属之。而对一般平民和读书人，首先是施之于他们的语言和文字的暴力，中国历史上十分突出的"偶语弃市"和"文字狱"就是；在中国以言治罪、以文治罪，总之以思想治罪，至少怕已有三千年的历史。这里我突出地说到文明，并且与野蛮对举。因为就文而言文，我们要看到文字暴力的实质，它是反文化的，更是反文明的，它是野蛮的遗留，更是为野蛮开疆拓土。

而操文字暴力以行者，已不是旧日形态的野蛮人，他们可以文质彬彬，他们可以口若悬河，他们可以倚马千言，然而不掩其野蛮本色者，一句话，叫作：不讲理。

本来，在中国传统文化熏陶的观念中，"有理走遍天下，无理寸步难行"，然而在某种特定情势下，却是"有理寸步难行（甚至动辄得咎），无理横行天下"。比如"理论"一词，究其语源，原是动词，如"理论一番"，就是互相据理而论，离开讲道理，理论也者，就是胡搅蛮缠。但恰恰是多年以来，一家之言乃至所谓金口玉言占据了所谓理论的制高点，派生出各式各样不像样子而自称"理论"的无知谬说，违情悖理的无理搅三分，这就使有些人的所谓"理论"大大跌价，成为无理之论，其丧失信任也必矣。

与此相连带的是，对人"抓辫子""戴帽子""打棍子"的语言暴力、文字暴力以至行政和政治暴力实施者，早已不是文盲、半文盲，而多是具有相当学历甚至高学历及各类职称、学衔者，如果说，当年暴力施行者自诩"俺是大老粗"，或仍可予某种程度的理解和谅解，而这类不复"大老粗"的"识字分子"施暴者，却不可再作等闲看。本来，在传统文化中，尊重有一定文化程度的人，是因为他们不仅识文断字，而且"知书达理（礼）"，"理"之所在，通过读书以达之。如果一个识字且不止于识得"之无"的人，不顾常情常理常识一味不讲理而不知脸红，你管他叫"知识分子"？读书人？文化人？都不像。叫他什么好呢?!

在当局重提"三不"直到不提"三不"以后，那些继续以各种方式耍弄"欲加之罪"的"辫子""帽子""棍子"的，就是这样一些人。

在可以预见的时限内，似乎不可能根除这类人所安身立命的基点。

正是因此，我格外珍视《粤海风》新编百期所经历的十八年，是在特定的语境下跋涉过来的。当代人仍可从这一选集所收文字中找到一代人思想、智慧、理性的果实，将来的读者或仍可从这些果实中发现其中凝结的一代人的心血。

是为序。

2015 年 6 月 1 日

戴逸如图文《樱桃好吃》序

那个有名的"牛博士"，是不是作者戴逸如的化身啊？

这随你自由猜想，可以回答说，也是，也不是。反正逸如先生的许多真知灼见、奇思异想，是经由牛博士的嘴说出来的，可你对照漫画，牛博士仿佛孙悟空，幻化为多种形象行走、翱翔于大千世界。作者与牛博士，与画中主角有分有合，而万变不离其宗，一而三，三而一，都从那一支生花笔毫端流出。

文也自由，图也自由！逸如先生真逸如，你真的好自由啊！

人人都赞图文并茂，是先有文，还是先有图？作者的思想情趣寓于形象，若非主题先行，怕是难分先后。这样提问，似乎是胶柱鼓瑟了。从读者这边说，反正爱读文的先读文，爱读图的先读图，在成书后，图文分置两页，必须左顾右盼；在《新民晚报》《今晚报》上，固有领地，一眼看去，确是照单全收。先看图，则文有点睛之妙；先读文，则图有渲染之功。

中国工笔，又兼写意，引进漫画人物，卡通元素，老传统的砧木上嫁接了新创造。同时，借着牛博士活泼隽永的吐属，教我们领会了作者心胸的高远，腹笥的丰富，就是所谓思想含量、知识含量吧，用老话说，此中有经纶，有识见，更有爱憎，有臧否，常有未经人道之语，却都让读者于审美愉悦中得之。

逸如先生眼观六路，耳听八方，读人所常见书，又读人所不常见之书，然后得有从天上看人间的视角：如从贪官的摄影、高俅的踢球，说到德才之异路，评人的尺度，宏大叙事，又具体而微；再如从中国古琴和竹笛的千年不变，顶多外加雕绘彩饰，对照西洋乐器中的钢琴和长笛之逐步改进，思索"外插花"的行为定势，乃从琐细小处，上溯思想根源。全都发人深省。

书中有一篇《必须完美》，说的是日本京都西大寺古茶园，作为园林好处，其动人的气质和神韵，只有细雨迷蒙、水气氤氲才能完美呈现，因此只在特定天气下才开放入园游览。这一佚闻让我辈读者联想多多。我们习见了春秋佳日，像北京颐和园、故宫等景区，人山人海，几近庙会。遥想慈禧在"夏宫"时，即令六十大寿的热闹盛典，也没有这样的人气。倒许是庚子（1900 年）国变期间，八国联军在前，哄抢乱民随后，入园骚扰，才会有这样的步履杂沓，人声鼎沸吧？而紫禁城中，无论强君弱主，是上朝理政，还是御花园里消闲，想来都是肃然穆然，只有在谧静中才显出前朝与后宫的氛围。而今天的游人如织，则只能使人联想到李自成初入宫掖，或是冯玉祥率队逼宫的乱象。今天来北京的几乎所有旅游者，有几个能像在日本古茶园观光时那样享受名胜古迹的原汁原味呢？一则短文，一幅小画，给我们的启发是从审美的态度，历史的联想，以至旅游中各样难解的问题，可以说是全方位的了。

我曾为四川画家于化的花卉戏题打油诗云："有花无刺不精神，有刺无花伤了人。若问青春何处靓，真花真刺见情真。"

我想，将此诗移赠这一图文专栏合集，却也恰如其分。逸如先生，好吗？

2015 年 6 月 2 日

渴望爱与被爱的心灵

——刘燕瑾《火线剧社女兵日记》代序

一

这是一部青春的日记，关于成长，关于友谊和爱情，关于烦恼和痛苦及其驱除与疗救，以及战争环境里内部斗争的磨炼⋯⋯

日记主人刘燕瑾，八路军冀中"火线剧社"的女兵，1938年入伍，1939年入党。日记历时五年，从1943年至1947年，正是作者二十岁到二十四岁的盛年。她穿着灰色土布军装，走过历史上这一段从抗日战争敌后惨烈的反扫荡，直到国共两党内战攻守异势的转折点；既抱着为民族解放而奋斗的志愿，也带着追求个人幸福的情怀。

感谢燕瑾的珍惜和历史的机遇，使这部纯粹的私人性的日记，竟能经过七十年时间的淘汰幸存下来。让我们得以在完全不同的语境，披阅七十年前一位战士——少女的灵魂。①

这不是文学作品。原汁原味的生活、思想、感情以至语气，没

---

① 参看日记1946年8月31日："这本日记⋯⋯这一年多的工夫没白花啊。我应该更珍贵地保存它，以便将来万一有用的时候好再翻出来看看，我相信对我不会没有好处吧！一年多的经历，一年多的血泪生活都全部记下了。等再过一年，再翻出来看，该多么新鲜呢！同时也可以供给愿意了解我、帮助我的人，以一种赤裸裸的真实的参考吧！他可以由这本日记里了解我全部的生活、斗争!""保存吧，瑾，只要是有你的生命，那么日记就应与你共存，并永远不离开你！"这是作者经过"整风"后更加明确了的写作并保存日记的态度。

374

有任何艺术加工，更谈不上雕琢。

燕瑾生于 1923 年。十五岁，只读到初中二年级，辍学去冀中抗日根据地参军。据说当时因年幼"长得又漂亮"，分配到剧社学习表演。看她五年后开始的日记，叙事抒怀不仅都能达意，每每生动鲜明，而且在"戎马倥偬"——行军和演出的间隙，偶有闲笔涉及自然景观，体察入微，还别有会心，透出诗情，这就属于本来意义上的"情商"，包括审美能力，也可以说是文艺的天赋了。①

这当然更不是学术著作。然而作者用笔留下的感性材料，远远超出了个人传记性叙事的范围，而于无意中以个案形式提出了有关青春期情爱教育和早恋问题，友谊与爱情、婚姻的界限问题，特别是如何对待青年的精神世界等诸多疑难问题，实际上涉及了心理学、教育学乃至社会学的课题。

总之，这是一本《爱经》，中国的，40 年代的，敌后游击区的。今天的年轻读者，可以从中一窥旧时少女在友情和爱情之间的内心纠结，一辨"嘤其鸣矣，求其友声"的友情与"关关雎鸠，在河之洲"的爱情的异同；如果这只能算是浅阅读的话，那么深入领会和思考，就是对于精神世界的问题，不论是思想或感情，任何简单粗暴的政治干预，不管动机多么伟大正确，都是弊多利少，对当事人的心灵会形成难以结痂的伤害。

站在这部日记后面的刘燕瑾：健康，善良，热情，天真；按她自己后来说的，应当再加上幼稚和糊涂，我想这是由于不懂世故又毫无城府，导致对个别人以至某级组织盲目轻信。

歌德写过两句经典的诗（译文不见得经典），"青年男子哪个不

---

① 参看日记 1943 年 6 月 2 日，看星星；1943 年 6 月 19 日，看早霞；1944 年 10 月 4 日，行军路上看月亮；1945 年 2 月 28 日，月亮如乳母；1945 年 10 月 20 日，大清河边月夜看雁群。

钟情，妙龄女郎谁个不怀春"，这是普遍的人性；而由此引起的情感波动也是必然的和可以理解的。歌德以第一人称写了《少年维特之烦恼》，而这一部真人真事的日记则是《少女燕瑾之烦恼》，她不是"无故寻愁觅恨"，而是如实写下了无处安排的种种心情意绪。

今天的读者读这部日记，会注意到日记开笔前的 1941 年，十七岁的燕瑾跟大她六岁的导演凌风（即凌子风）在排演话剧《日出》过程中彼此产生了好感，次年"三八节"在边区参议会演出时两人定情。但因他们恋爱没有经"组织"批准，而且凌风不是中共党员，又是从敌占区大城市辗转来归的，注定至少一时不受信任，于是就这样分处千里之遥的延安和敌后，信件不通，燕瑾在不断被批判斗争中苦苦等待，三年后等来的却是凌风与别人结婚的消息。

燕瑾的日记不仅记下了她对初恋恋人的真诚等待，也叙述了那"不断的批判斗争"对她整个精神生活的影响。

感情生活——亲情、友情和爱情，对于社会的人只是精神世界的一部分。影响及于每个人包括刘燕瑾的精神生活的，还有政治生活；政治因素包括来自组织的干预，是最强有力的外因。

几乎从 1943 年开始，对燕瑾的小整风、大整风，除了围绕她与凌风若断若续、若即若离的恋爱关系外，还纳入了燕瑾与剧社内男同志间的交往。可怕的是到了最后连燕瑾本人被迫检讨时，也提到所谓男女关系的原则高度。但"男女关系"并不属于法律和道德范畴，却只是个模糊概念。在我们女主人公和男同志的交往中，充其量有一次被称为"王快镇的 kiss 关系"，剧社党组织却把她同一些男同志的友好相处，以至受到多个异性的追求，混淆一起放进"男女关系"这个大筐了。

这里不得不多说几句。造成这种局面，除了党和军队为保持战斗力而必须制定严格纪律外，主要缘于基层如剧社的领导和群众

376

（包括其中的许多知识分子），多半是囿于"男女之大防"的传统礼教观念，认为男女之间不可能更不应该存在两性关系之外例如友谊、友情这样的关系，似乎不同性别的人特别是青年男女之间稍显亲密的接近，都有"直奔（性）主题"的嫌疑了。

中国共产党领导的革命队伍，本来在内部是提倡"阶级友爱"，并以此为内部团结的黏合剂的①。这种"阶级友爱"固然有"阶级"的标签，但一般认为"友爱"就是"友谊""友情"的同义语。即使以阶级属性为前提，也不能限定在同性之间。理论上是这样，而在一进入生活实践，在男女同志之间，要么淡漠相处乃至冷眼相加，要么一旦发生了可称"阶级友爱"——友谊、友情的表现，一不留神就会在对于"友谊（情）"与"爱情"（特指性爱）界限不清的眼光里，沦为"男女关系"的严重问题了。

（附带说一句，可能是1949年"进城"以后，却也必定是经由党组织或高级领导指示，在运动和日常人事工作中，才不再使用"男女关系"这一"罪名"，只对"乱搞男女关系"行为加以干预、追究，包括婚外情、婚外性行为、婚前性行为等。虽然仍非法律语言，但较简单的"男女关系"一词，已相对降低了"扩大化"的危险。）

二

1938年一入伍就成为火线剧社的新兵，老兵们热诚接纳了这个

---

① 对于"阶级友爱"，在主流意识形态的诠释，似乎应推毛泽东所说"我们都是来自五湖四海，为了一个共同的革命目标，走到一起来了"，"我们的同志应该互相关心，互相爱护，互相帮助"；而这种"关心、爱护、帮助"，应该包括一旦发现别的同志有例如"小资产阶级"的"不健康"的思想感情表现，应该立即向组织报告，这才是对同志在政治上负责，符合阶级友爱的真谛。

十五岁的小姑娘，因其年幼"长得又漂亮"，自然为大家所宠爱。刘燕瑾在生活上、业务上得到兄长们的指点和帮助，对此她心怀感激。随着年龄渐长，从初解风情而又一知半解，她把年长于她的男同志对她的爱慕和追求，一例看成同志间理所当然的（阶级）友爱，自然不忍断然坚拒，都报以友善的态度，只因各人气质不同，主观上难免分出了厚薄。她一度以为气质相近、过从较密的黄枫，反扫荡时被日寇俘虏，传说黄已壮烈牺牲，是对她一个重大打击。因曾视同知己，在传来他牺牲的噩耗时，深感欠了他一笔感情的债。然而，黄枫又"复活"归队了，这使燕瑾深深引为欣慰。然而不久，黄枫接受组织审查，组织同时要求燕瑾与他划清界限，也就是断绝来往。从这时起，重提燕瑾和凌风的"违规"恋爱，又围绕她与黄枫的交往，结合燕瑾和男同志们的友谊，形成了清算她感情生活的围剿之势。先是在行军、演出的生死斗争的间隙，大小会连续不断，迫令燕瑾检讨；1943 年下半年则进入严酷的整风运动。这个"下半年"是这部长达五年的日记留下的唯一的长长空白。

假如由组织主持，动员群众参加的这类"思想斗争"截至 1943年上半年及时告一段落，而未发展到下半年整风运动中的紧锣密鼓，急风暴雨，炮火纷飞，也许这类所谓意在"帮助"的生活检讨会、思想总结会，适可而止地起到提醒的作用，可以说还不失其正面的效果。因为就当事人刘燕瑾来说，她已经自省到感情和理智的关系，有助于理智地处理感情问题。而且重要的是，她仍然坚持了革命组织内"友谊""友情"之必要，这是绝对不违当时"阶级友爱"的大旨，而又符合人性本真的要求的。

燕瑾在 1946 年 3 月 16 日的日记中，抄录了她 1944 年的一篇日记（在烧毁的一个本册中保留下来的），显然这一页如她所说"足足反映了那一年的思想感情的表现，以及那一年的内心苦痛"，至今仍"起着共鸣",是她十分重视的：

> 年轻的人们，爱情会损害你啊！
>
> 我知道求人谅解的那种虚妄，然而我也深深理解友情的可贵。
>
> 在伪善与自私的圈子里，"友谊"是常常遭到损害和出卖的。
>
> 过去，我一直常常差不多如此以为一切人都是好的善良的，然而我能这样自信吗？"热情"到底算什么呢？只不过是促使自己受骗的一种毒药！
>
> 每次的友谊被人误解，使我变得非常之孤独，我深深警惕"罗亭"所走的路。我了解了一切浓厚的友情是在"自私"被打倒之后才能存在。让我这样默默地领会过去吧！
>
> 我珍贵我的前途，我深怕我的生命会像一朵花，无声地开放又无声地萎去。我向往于英雄主义的生活，让一切烦琐俗事远远离开我吧！生活的路其实是极其宽广的，假若让我挑选"光荣"与"烦琐"的友谊，那么无疑的我将抛弃后者。
>
> 友谊的可贵，倒不在于胜利时的共同狂欢，而是在于失败时的忘我互助。因为"进步""地位"和"荣誉"损害了和损害着多少的友情啊！
>
> 我看见人们相互之间玩弄着感情，争执着享受与虚荣，我知道生活于这种环境是非常可憎与可怕，因此我焦急地等待着一种摆脱。①
>
> 人，可怕者不在于受挫折，而在于没有克服挫折的毅然的

① 当时刘燕瑾还寄希望于能够调往延安即凌风所在地，后来又在剧社面临精简时希望能有机会离开。

勇气与决心。生于安乐不如死于斗争——在激烈的斗争中即使战死都是愉快的！

我永远是一个战士，虽死于激烈的战场，也要唱着赞歌。

这一篇焚余的日记，是燕瑾为真正的友谊写的赞歌，也是她历经"斗争"后接近成熟的友谊观。那导致她无数矛盾和纠缠的，如"爱人者不被爱，被爱者不爱人"等情结，在很大程度上是由于早年没有划清"友情"和"爱情"各自的边界，一律目之曰"爱"的缘故。

由此，燕瑾还产生这样浪漫主义的异想：

我感激你们，感谢爱我的人。泪都流出来了，请恕我不能千篇一律地爱你们。如果"人"能允许有几个爱人（甚至任随其感情的自由发展），而爱人与爱人之间也能心心相印，毫无一种怀疑忌妒的心理，那不是更好吗！也许这是妄想，永远的妄想，我也深知道是绝对不可能的，但是谁也抑制不住我这样想呀！……可是你们为什么都爱我呢？难道是因为我爱你们的缘故吗？你们就真没有看到我是多么平凡的人呀，可有什么值得爱的地方呢？我真是不了解，我有这样许多大毛病……唉，如果你们全不爱我，任何人也不睬我，从来就谁也没跟我谈起过这个问题，那么我会很自由了，像个野人一样……甚至任何人都讨厌我，我才高兴呢……可是为什么不呢？

如果我们狂妄地自居老大，那么在读到二十岁的刘燕瑾提出了只有后来的性学家李银河才会有的关于婚姻形式的超前构想，而直到今天大多数人还会认定为谬论邪说的时候，可能简单地说她"幼稚"。但这一幼稚之见，却出自渴望友情，渴望爱与被爱的心灵的天真，这种天真却总不幸地遭到被她报以友爱者的亵渎：就在她以同志相称的人们中，有人接近她，向她示好，是出自真诚地寻求知音、知己，朋友以至爱人，但也有些浅薄的轻佻者，同样是以"爱"的名义相追求，却缺乏精神的内容，在玩弄别人的感情同时，难免怀着"吃豆腐"的打算，甚至闹出争风吃醋来。一旦受到某种压力，这一部分人往往倒打一耙诬陷别人，暴露他们的自私和虚伪。

在因黄枫事件引起的清查中，燕瑾如上的倾诉，就是体验了感情带来的"甜、热、苦、酸、辣"之后的复杂心理，她紧接着写道：

> 感激你们，只有感激得流泪，我还能说什么呢！但我也有时恨你们，恨得很厉害……唉，我不能爱你们，因为我好像感觉我没有感情了……只有……只有……唉，让我大声地呼一口气吧！（1943年4月24日）

这是令人窒息的苦恼。然而绝处逢生，不是虚构小说硬按的光明尾巴，而是夜不安枕，找到了解脱的力量：

> 痛苦的安慰是最快乐了，我深深地体会到这种感情。我痛苦死了，但是我却找到了一些痛苦的安慰。上帝呀！一个人难道非要经历一些折磨吗？
>
> "刺激"有时对于人倒是一种使其向上的元素，尤其是男同志，只要他是倔强的，那么他会有一极大的转变。我看到了很多这样的例子。但是女同志却下降得很多，越来越没有生气。为什么呢？我是绝不会的，我不能让人家（特别是忌妒我的

人）看笑话。我要更倔强、更勇敢地活下去！"让创造生活的人活下去吧！"（1943 年 4 月 25 日）

按照今天遣词用字的常规，这段日记中的"倔强"一般写作"坚强"。而"倔强"突显了逆反和不屈的意向。燕瑾向来不甘落后，在经过组织批评以后，力求果断地改变自己"群众关系"中遭人物议之处，决心规范自己的言行和男女间交往的分寸：

> 朋友的关系是不应建立的①，以后对任何人都应一样，有些好一些的也只能说是密切一些的同志。在我没结婚以前，对任何男人都不应太真诚、热情、坦白、直爽，因为他们受不住，总会有其他想法或行动，这样会害人，我为什么要害人呢？我恨我自己没早发觉这样的问题，以致形成这样。这个教训应该接受了，接受吧，以后少接近他们。又不可能成为自己真正对象，不要对他们好，剧社中没有一个可能发展的……（1943 年 4 月 27 日）

今天我们这些局外人回头看，事情其实很简单，一个漂亮、健康的女孩子，在一个男青年众多的小集体里，几乎成了"人人爱"的竞逐对象，而这个女孩子一度全都报之以热情和坦诚……如此而已。

我们终于看到她在日记中重复多次地规劝、提醒、警示自己：对待任何人都应有一定的分寸，尤其是男同志，"不要太奔放"；

---

① 日记作者在这里说的不应建立的"朋友的关系"，是指目标明确为所谓"先友后婚"的异性朋友，"交朋友——男朋友，女朋友"，也就是后来一度流行的口语"找对象""搞对象"。

"摆脱一切青年人——热情的勇敢的青年人的追求和爱慕，逃出他们的包围圈……超出于这个火热的情网……"

其实什么"狼来了"的险情也没发生，让我们想到"天下本无事，庸人自扰之"的旧话。而把这样一个简单的事情变得复杂化的，并不是当事人刘燕瑾的"庸人自扰"。

但若把一级组织有计划的但工作方式稍嫌简单粗暴的政治行为看成"庸人自扰"就错了。那些干部是认真的。他们认为改造普通党员和群众——特别是挂着"小资产阶级"标签的知识分子的思想，以至改造或支配他们的感情，使他们从非无产阶级的思想感情变为"工农兵的""劳动人民的""无产阶级的"思想和感情，乃是他们"政治思想工作"的天职，他们自觉或不自觉地执行着从精神控制入手巩固思想和政治领导的重大任务。

在火线剧社，从1943年7月1日开始的"整风、坦白运动"，竟使刘燕瑾成为重点，清算她的"小资产阶级思想"，清算她的"男女关系"一直绵延到1944年12月的个人思想总结。要强好胜的燕瑾为了"争取做示范"，"在这次整风中改变人们对我的印象，改变我的思想"①，"满足……大家的希望"②，不惜"顺杆爬"地采取如后来所谓的"上纲上线"，严重地自污自辱，如与"敌人的桃色间谍……手段"相提并论，说自己"实际上起到了一种敌特破坏作用"等等③，简直耸人听闻。至于提到"与党一条心，还是两条心"、"组织上入了党，思想上入没入党"的问题，则只是挂靠到毛泽东整风报告的政治高度，成为套话，反倒不足为奇了。这样表示了对毛泽东教谕的服膺，也表示了对党组织的"帮助"的回报，认

---

① 1943年3月21日日记。
② 1944年12月10日日记。
③ 同上。

定"应该对党对组织做无条件的绝对的相信和服从，只有这样你的问题才能解决"①。这就是整风运动的伟大成果在刘燕瑾这样一个青年党员思想上、精神上的体现。

值得庆幸的是，经过八年敌后抗战的血与火、生与死的锻炼，又同时经过革命队伍内部斗争的历练，在这部日记结束于1947年时，我们已看到在思想政治上一步步走向成熟的刘燕瑾，穿着灰色土布军装的二十四岁的女兵，正走在进军天津的途中，这时她已同后来白头偕老的知己和同志王林结婚，她怀抱中的婴儿，则是近七十年后为她这部日记的整理、注释、出版尽心尽力的王端阳。

那时，刘燕瑾回顾早年的"幼稚，糊涂"，曾用过"混蛋"这个字眼自责，未免过重、过苛了。人人从历史深处来，人人逃不掉历史的限制。

要强好胜的刘燕瑾，在战争环境中坚持着她的英雄主义信念；我不知道她是否读过罗曼·罗兰这几句话："真正的英雄主义，是在认清了生活的真相之后，仍然热爱生活。"这部日记写到1947年，燕瑾可以说已经上过了"认清生活的真相"的第一课，她依然热爱生活，她仍怀抱远大的理想和个人志愿，在束缚个性的年代力求完善自己的人格，这是令今天——近七十年后的读者也为她欣慰的。

我在上世纪60年代初，作为编剧之一参与中央实验话剧院《叶尔绍夫兄弟》剧组的活动，从而结识了刘燕瑾同志。她在孙维世导演的这一苏联生活题材的话剧中，扮演一位年轻干练的女工程师伊斯克拉（俄语语义为火花）。后来留在我记忆中的"大刘"，就是穿着皮夹克的"火花"——伊斯克拉·卡萨克娃工程师帅气矫健的身影。

---

① 1944年12月10日日记。

70 年代我所在的剧团来了个年轻的同事王克平，我们有缘谈文说艺，他写剧本，又从事木雕艺术，才华横溢，尤其难得的是政治胆识。后来我才知道他是刘燕瑾和王林的次子。他和乃兄端阳在发现母亲早年日记后，以开明的历史主义态度待之，决定一字不改地公之于世，作为一个重要历史时期的一页真实的见证，这是极具远见卓识之举。我以为，从探秘历史的角度看，日记主人与早年恋人凌风之间的互相等待与彼此相失，虽是贯穿数年的一条情感线索，但其实已经退居其次，因为燕瑾在剧社整风前后经历的思想政治批判及其引起的心灵震荡，才是对了解那一代"知识青年"思想改造的富有史料价值的文字实录。

　　我有幸结识燕瑾、端阳、克平，都是他家的主要成员，遗憾的是与王林同志呼吸过同一城市的空气，却缘悭一面。他是革命的长辈，也是文学的前辈，更是上世纪 50 年代最早因文学创作而受难者。在我遵端阳、克平之嘱来写此读后以代序时，燕瑾日记中写到的他们夫妇间相知相契的真正爱情，也让我感到极其亲切。

　　哦，这一切都已沉入历史了。

　　真的一切都已沉入历史了吗？

　　　　　　　2015 年 9 月，中秋前夕，于杭州白乐桥盂庄
　　　　　　　11 月 1 日定稿于北京

图书在版编目 (CIP) 数据

一万句顶一句：邵燕祥序跋集 / 邵燕祥著. — 北京：
北京十月文艺出版社，2016.4
ISBN 978-7-5302-1530-2

Ⅰ.①邵… Ⅱ.①邵… Ⅲ.①序跋—作品集—中国—
当代 Ⅳ.① I267

中国版本图书馆 CIP 数据核字 (2015) 第 260285 号

一万句顶一句：邵燕祥序跋集
YIWANJU DING YIJU：SHAOYANXIANG XUBAJI
邵燕祥 著

出	版	北京出版集团公司
		北京十月文艺出版社
地	址	北京北三环中路 6 号
邮	编	100120
网	址	www.bph.com.cn
发	行	新经典发行有限公司
		电话（010）68423599
经	销	新华书店
印	刷	三河市三佳印刷装订有限公司
版	次	2016 年 4 月第 1 版
		2016 年 4 月第 1 次印刷
开	本	880 毫米 ×1230 毫米 1/32
印	张	12.75
字	数	300 千字
书	号	ISBN 978-7-5302-1530-2
定	价	36.00 元

质量监督电话 010-58572393